2014年度教育部人文社会科学研究专项委托项目"我国文化生态保护与实践探索研究"子项目"新城镇化进程中民间文学与民俗现状及其保护（14JFWH01）"调研之一

"原生态" 的幻象

作为国家非物质文化遗产的剑川石宝山歌会研究

田素庆 著

The Illusion of the Original Ecology
On the Shibaoshan Folk Songs in Jianchuan County as the
National Intangible Cultural Heritage in China

中国社会科学出版社

图书在版编目（CIP）数据

"原生态"的幻象：作为国家非物质文化遗产的剑川石宝山歌会研究/
田素庆著. —北京：中国社会科学出版社，2015.4
ISBN 978 - 7 -5161 - 5925 - 5

Ⅰ.①原… Ⅱ.①田… Ⅲ.①山歌—研究—剑川县 Ⅳ.①I207.7

中国版本图书馆 CIP 数据核字（2015）第 077645 号

出 版 人 赵剑英
责任编辑 凌金良
责任校对 周　昊
责任印制 张雪娇

出　　　版 中国社会科学出版社
社　　　址 北京鼓楼西大街甲 158 号
邮　　　编 100720
网　　　址 http：//www.csspw.cn
发 行 部 010 - 84083685
门 市 部 010 - 84029450
经　　　销 新华书店及其他书店

印刷装订 北京金瀑印刷有限责任公司
版　　　次 2015 年 4 月第 1 版
印　　　次 2015 年 4 月第 1 次印刷

开　　　本 710×1000　1/16
印　　　张 17
插　　　页 2
字　　　数 288 千字
定　　　价 65.00 元

序

人类优秀的传统文化——非物质文化遗产，如何在现代化建设进程中得到存续、保护和发展，这是当今我国也是全世界的一个热门的话题。

要珍惜保护人类来到人世间所创造的文化遗产，这已是全人类的共识。然而，认识是一回事，实施又是一回事。由于闻世晚，新知的文化遗产——非物质文化遗产的保护更是存在着更多的争议。联合国教科文组织，根据国际先行者的经验，总结了一些科学的路径。

2011年中国成都第三届国际非物质文化遗产论坛上，联合国教科文组织《保护非物质文化遗产公约》秘书处负责人塞西尔·杜维勒女士指出："根据《公约》第2.3条，'保护'指的是确保非物质文化遗产在社区和群体里长久生命力的各种措施，包括该遗产各个方面的确认、立档、研究、保存、保护、宣传、弘扬、传承（特别是通过正规和非正规教育）和振兴。我必须强调的是，这些措施只有在如《公约》所说'旨在确保非物质文化遗产生命力'的情况下，才是真正的保护措施。为了立档而立档，或者仅仅在遗产消失之前做记录称不上保护，为了满足研究者科学好奇心的研究称不上保护，除非它能够直接为巩固非物质文化遗产生命力做出贡献。相关法律保护，不管是知识产权法，还是保护文化空间的法律，或者是保护社区成员实践其遗产权利的相关法律，都只有在它们有助于确保非物质文化遗产生命力时，才可以算保护。即使是设备最好的档案馆、最齐全的数据库、最眩目的网络互动平台或者最全面的知识产权立法，也只有在它们证实能促进遗产未来实践和传承时，方可称作保护。"

如何才能真正实现"旨在确保非物质文化遗产生命力"真正得到保护的呢？一部分学者主张"原汁原味"的原生态保护。"原生态"这个词是从自然科学上借鉴而来的，本意是指生物和环境之间相互影响的一种生存发展状态,原生态是一切在自然状况下生存下来的东西。在不可移动的或凝固的物质文化遗产方面,如文化遗址、宫殿、古青铜器皿等,以及独特的民俗文物,"原模原样"或原貌下的"修旧如旧"。"原生态"有它存在的理由。但是那些与人相传的非物质文化遗产的实际和保护,情况就复杂多了。因为,它们本身就不是静态的,而是活态的。如民歌是在不同时空中民间传唱的,星转斗移,时空包括民间发生转换,特别是日新月异的今天,又如何原封不动,一成不变地保留过去?理想与现实似乎存在着难以逾越的鸿沟。所以,为了使来自生物界的"原生态"术语,更准确地表达人文的文化遗产的实际,物质文化保护的专家,又进一步提出了"原真性"保护的理念,并成为国际公认的文化遗产评估、保护和监控的基本因素。一些学者又借用物质文化遗产"原真性"的理论,作为非物质文化遗产保护的基本原则依据,同时,又是对非物质文化遗产保护原生态话语表达的深化。

本书稿就是针对这些理论和实践的争议,选择第二批国家级民俗类非物质文化遗产,云南省大理白族自治州剑川县石宝山歌会为切入点,通过现场实地的调查、历史记忆的梳理以及相关白曲对唱分析为个案的研究,提出自己的理论诉求和实践探讨。

作者站在文艺民俗学的视角,融合文化人类学等知识理论,采取了相对特殊的既客位又主位的观察立场和较长时期"浸入式"的田野日常生活,两次石宝山歌会的现场调查,目睹部分现实现象的发生(发展),得以重新审视田野其中"看起来是那么回事"的原生态,实际情况并不那么单纯。作者认为:今天,现存的石宝山歌会是当地民族传统"歌墟"的传承与发展。"原生态"概念本身自有多义性、建构性和隐喻性等。"原生态"还是一个在更广泛的意义上引起中国普通群众意识上最为普遍认同、接受和使用的一个概念,其间的倾向所指,是当下田野立场,对少数民族、少数民族民间文艺及民俗在当代所遭遇的"内部的他者"的想象,甚至更为复杂和隐蔽的"自我想象"及"塑造"。偏居于中国西南一隅的少数民族民歌,因政治、经济、文化甚至学术传统等因素更多地被赋予了想象性的或自我认同的"原生态",又有现当代多方利益诉求的诸多力量合谋制造的"幻象"。

其实,这是由既有历史根源又有时代趋势的合力所致。E.希尔斯在名著《论传统》中认为:传统是围绕人类的不同活动领域而形成的代代相传的行事方式，是一种对社会行为具有规范作用和道德感召力的文化力量，同时也是人类在历史长河中的创造性想象的沉淀。因而一个社会不可能完全破除其传统，一切从头开始或完全代之以新的传统，而只能在旧传统的基础上对其进行创造性的改造。当代云南白族石宝山歌会就是传统衍化的范式。

作者在此，通过这一个少数民族民间文艺的当代田野个案，采取了以其当下生活为真正"原生态"的新的定位和立意，从而既深化充实完备国家级民俗类非物质文化遗产项目的田野资料，又以个案经验参与这一学术理论话语本土化建构的努力，显示了作者独特的眼光、深邃的洞察力和理论思辨。

为推进我国非物质文化遗产保护和文化生态保护研究，文化部和教育部联手，专门设立了2014年度教育部人文社会科学研究专项委托项目（我国文化生态保护与实践探索研究）：我承担了子项目《新城镇化进程中民间文学与民俗现状及其保护（I4JFWH01）》，并邀请作者参加，现本专著的修订及出版，为此项目提供了新鲜的经验。

联合国教科文组织《保护非物质文化遗产公约》第2.3条指出："保护"指的是确保非物质文化遗产在社区和群体里长久生命力的各种措施。非物质文化遗产既是一种"活世态"代代相续的生活样式，并在"在各社区和群体适应周围环境以及与自然和历史的互动中，被不断地再创造"。对此塞西尔·杜维勒女士又强调：《公约》中认为非物质文化遗产可以不断地被创造和再创造，世代相传或者在群体间共享。如果用《公约》中的语言来表述，那就是"在各社区和群体适应周围环境以及与自然和历史的互动中，被不断地再创造"。这就是说，《公约》中所提到的非物质文化遗产必须是活遗产：它必须不断地被相关社区、群体或个人创造、延续、再创造并保存保护，否则就称不上是非物质文化遗产。非物质文化遗产作为活遗产，源于过去，并在当今和未来予以继承。非物质文化遗产并不存活在档案室、博物馆、图书馆，或纪念地，相反，它只活在人类的精神世界当中。在非物质文化遗产保护中，注意西方理论在中国语境的本土化解读，并在实际中如何进一步认识和实践这些问题，是我们需进一步努力的方向。

本书稿理论联系实际，材料翔实，论说有据，学术注意规范，学风严谨。全文结构得体，文笔犀利，有个人见解，是一篇理论联系实际的优秀专著。我祝贺她的成功,并预祝她在人文科学崎岖的小路上不断攀登,取得新的成果。

是以为序。

陈勤建

2014 年 10 月 1 日于上海华东师范大学丽娃河畔

目　　录

引　论

原生态：朝向当下少数民族
民歌田野的视角

一　问题提出与研究对象的选择

中国现代民俗学是在关于外来词"Folklore"核心理念的理解与论
争中确立的。在有益的学术辩论中，现代民俗学对学科的自身定位进行
了不断的修正和调整，加深和增添了新的更富民主意识和人类意识的内
涵，树立了以整体性的、传承性的、"人"的"现在"的生活文化为研
究对象的学科取向。① 然而我们也可以说，这是某种程度的不太有效率
的学科内耗，耽误和影响了民俗学团结一致，轻装上阵，观察和把握改
革开放三十多年来中国所经历的急剧社会转型，以及由此造成的传统研
究对象受到空前破坏与剧变的现实。中国现代民俗学"近似局外的看
客，错失了自觉振兴民俗学的良机而少有作为"②。直至由政府主导并动
员全社会积极参与的非物质文化遗产保护工作，才又"热传导"式地
"意外地激活了在低温状态中徘徊已久的中国民俗学"③，并迅速升温开
始成为热门学科。这期间的境遇，民俗学者甚至以"冰火两重天"④ 来
形容。

难能可贵的是，民俗学者在这场轰轰烈烈的非物质文化遗产保护工

---

① 陈勤建：《现实性：中国民俗学的世纪抉择》，《民俗研究》1998 年第 4 期。

② 乌丙安：《思路与出路——保护非物质文化遗产热潮中的中国民俗学》，《河南社会科
学》2007 年第 2 期。

③ 乌丙安：《21 世纪的民俗学开端：与非物质文化遗产的结缘》，《河南社会科学》2009
年第 3 期。

④ 高丙中：《中国民俗学三十年的发展历程》，《民俗研究》2008 年第 3 期。

作中保持了清醒的认识头脑,准确指出:非物质文化遗产和民俗文化之间存在着交叉重合的内容,但非种属关系,仍各自有相应的内容和范畴。① 在有民俗学者参与的全国非物质文化遗产普查、抢救和保护工作中,一定程度地也暴露了原有民俗学"家底"存在的问题。具体来说,其核心问题依然是田野调查不够广泛细致、指导理论陈旧单一及资料总结有模式化倾向等。总体来说,民俗文化自身的价值在被非物质文化遗产概念激活的同时,又被其搅乱②,部分偏离了民俗学关注生活文化、人的价值的学科底色,而这也正是民俗学(者)之所以能相比其他学科较快较好地、高水平地参与国家非物质文化遗产保护决策的重要原因。而非物质文化遗产保护由于其"政府行为",也不可避免带着"中国式运动"的相关特色③,与民众的日常生活认知尚有距离,如何整合遗产主体参与活态传承也并非"政策万能"。也就是说,民俗学的当代研究与非物质遗产保护都需要重新加以检视、调适和协调,发挥其基础理论及应用实践优势的互补,最终为实现推动社会主义文化大发展大繁荣做出应有的贡献。

承应民俗学在当代发展中所面对的时代问题,本书选择以云南省大理白族自治州剑川县石宝山歌会的现场调查及相关白曲对唱分析为个案研究对象。石宝山歌会是第二批国家级民俗类非物质文化遗产,以特定时空的民歌现场演唱为其特色。当代民歌研究,视域和理论提升已扩大至其"口头"、"表演"和"语境"等研究;原本传唱于山野田间的小调白曲也正在经历着被升格为"少数民族民间艺术代表"、地方民族文化的"商品化"开发及"文本"(机械复制)数码化生存、传播及舞台化展演等过程,这些都大大更改了作为传统"文本"研究的民歌、民间文学的定义与功能定位。另外,相对于白曲生存之民俗,就本个案来说,即"文化空间"——歌会,甚而至其民间日常生活——也在全球化的背景下、非物质文化遗产保护的实践以及地方民族文化建设的努力中,发生着重大的变化和变迁,并且不可避免地作用与反作用于白曲。个案研究民俗现场中的民歌与民歌现场里

---

① 参考乌丙安《思路与出路——保护非物质文化遗产热潮中的中国民俗学》,《河南社会科学》2007 年第 2 期。

② 刘铁梁:《内价值是民俗文化之本》,《中国社会科学报》第 169 期 16 版 "人类学"文章之一。

③ 因不是本文的立论取向,不作专门论证,只会在与本文相关的部分顺带提及。

的民俗，其结果于添置中国民俗文化地图的构件、深化对非物质文化遗产个案的细致调查外，其方法论取向如果用时下最为炙手可热的学术"热词"来概括的话，那就是"原生态"。暂且悬搁纷纭，"原生态"指示了研究的基本方法——当下田野现场观察，也明示了其理论诉求——于当下的观察中尽可能还原该个案的原生性、综合性与其现代性。① 此外，"原生态"概念本身自有的多义性、建构性和隐喻性等，也正是当前摆出了"学术界的连续性姿态"②关注的学术热点之一。"中国原创"的"原生态"概念，在全球化进程中的中国，在现有建制下的各学科之间，已然引起了一系列的"原生态效应"。同时，不可否认，"原生态"还是一个在更广泛的意义上引起中国普通群众意识上最为普遍认同、接受和使用的概念，其间的倾向所指，也值得本书以"原生态"的当下田野立场，对少数民族、少数民族民间文艺及民俗在当代所遭遇的"内部的他者"③ 的想象，甚至更为复杂和隐蔽的"自我想象"及"塑造"做出些许正本清源的努力和思考。也就是说，本书既正视源于学术基点不同的西方外来理论的有限性，也汲取当前各学科客观开放的学术讨论结果，尝试以朝向当下民歌田野的"原生态"的视角，回归少数民族民歌习俗、民歌艺术的生活本位，发掘开显其整体生命活力，使本书的少数民族民歌民俗的知识生产，摆脱一度以此为对象的"很陈旧、很简陋的知识生产关系"④ 的学科窠臼，这也才是文艺民俗学对本真"生活相"⑤ 追求、对民俗文化生命基因解读的终极意义。总之，本书即是试图通过一个少数民族民间文艺的当代田野个案，以其"原生态"的定位和立意，既深化国家级民俗类非物质文化遗产项目的田野资料的充实完备，又以个案经验参与这一学术理论话语本土化建构的努力。

　　全球化背景下的田野已非"远方"、"异乡"；"他者"的传统与"现代化"的关联已成为传统继续生存（"非物质文化遗产"保护）甚至可以转化为文化软实力、文化产业生产力的基本前提。经济全球一体化、社会同质化及消费商品化的当代，伴生的却是人类寻求文化的多样化呈现与共

---

① 陈勤建：《民间文化遗产保护和开发的若干问题》，《江西社会科学》2005 年第 2 期。

② 参见徐杰舜、郑杭生、梁枢等《原生态文化与中国传统》中徐新建的发言，《广西民族大学学报》（哲学社会科学版）2011 年第 1 期。后文会有更详细的梳理。

③ 参见［美］那培思（Beth Notar）《对云南大理白族的表述与自我表述的再思考》，《西南民族大学学报》（人文社科版）2008 年第 8 期。

④ 高丙中、王建民等：《关于〈写文化〉》，《读书》2007 年第 4 期。

⑤ 陈勤建：《当代中国非物质文化遗产保护》，《解放日报》2005 年 10 月 30 日。

存。无可否认,偏居于中国西南一隅的少数民族民歌,因政治、经济、文化甚至学术传统等因素更多地被赋予了想象性的或自我认同的"原生态",其逆溯的"原"在新的时代背景下有何别样意味?当下歌会的现象呈现是否就是外界所期待的"原生态"?"原生态"的真正价值到底是什么?等等。笔者相对特殊的既客位又主位的观察立场和较长时期"浸入式"的田野日常生活,提供了目睹部分现象发生(发展)的机缘。两次石宝山歌会的现场调查,更提示笔者应仔细审视辨别已有的资料及目见的现象,寻求不同的切入点以重新审视田野其中"看起来是那么回事",其实却是深有历史根源、各有利益诉求的诸多力量合谋制造的"幻象"。"幻象"迷信的破除,才是真正意义上的文化自觉①与文化自信,在笔者看来,也才真正能够在人类文化多样性及精神丰富性上平等地奉献出属于自己民族特性的色彩。

二 研究思路与研究方法

1. 研究思路

本书的论述基点,朝向当下的田野,是对完全符合"本土歌手在自己家乡日常的生活中传唱的民歌"②的"原生态预设"下进行的 2010 年、2011 年两届石宝山歌会及白曲调查,兼及歌会在剑川白族民俗节日文化系统中的构成、白曲在日常生活中的歌唱。石宝山歌会原是完全民间自发形成的一个节日,有其生成传承的内在生态脉络。就目前来说,歌会是剑川白曲得以集中演唱的一个最重要场域之一,白曲对唱也是歌会的正面主打活动,"会"与"曲"相互依存,不容偏废。与中国绝大部分民俗活动一样,歌会、白曲同样经历了新中国成立后民歌"大跃进"、20 世纪 80 年代以来"文化复兴"热潮与 90 年代"文化搭台,经济唱戏"阶段。1999 年歌会被政府征用,成为剑川县的民族节日③(之前是差不多遍及云

---

① 费孝通:《反思·对话·文化自觉》,《北京大学学报》(哲学社会科学版)1997 年第 3 期;《百年中国社会变迁与全球化过程中的"文化自觉"——在"21 世纪人类生存与发展国际人类学学术研讨会"上的讲话》,《厦门大学学报》(哲学社会科学版)2000 年第 4 期;《关于"文化自觉"的一些自白》,《学术研究》2003 年第 7 期。

② 乔建中:《"原生态"民歌琐议》,《人民音乐》2006 年第 1 期。

③ 依照国家少数民族区域自治法,民族自治地方可有自己的民族节日。1999 年 8 月,剑川县人民代表大会常务委员会剑人大发〔1999〕36 号文件将歌会定为"中国·云南剑川石宝山歌会节"。

南大部分地区的氏羌族群①后裔普遍最为盛行的"火把节"②），其核心价值部分地被政府行政行为、地方学者文化活动引导，也开始了对石宝山歌会、白曲的现代意义建构。21 世纪以来，又以成为国家级"非物质文化遗产"为契机开始新一轮的文化形象的建构与自我建构，其与歌会自然生成的内在联系，在新的时代背景、不同的价值意识形态下，再次呈现出不一样的样貌。

　　国家级非物质文化遗产的荣誉已是当下石宝山歌会的最大语境；参加了第 13 届央视青歌赛"原生态"比赛的剑川白曲又声名鹊起。那么，"原生态民歌"的剑川白曲在国家非物质文化遗产的"原生态"歌会现场，其"原生态"究竟有何启示意义？国家非物质文化遗产名录仅只是为了"点名"保护歌会这一"孤立"民俗，还是应该扩而延及孕育生成歌会、白曲的民俗文化生活系统，也即真正意义上的原（本/真）生态？我们究竟能从此"原生态"中领悟到什么？本书就是一个有着历史关联性的，朝向当下田野的民歌及其演唱"语境生态"的考察，并试图以此个案回答上述疑惑。

　　因此，本书的研究思路首先是在学理层面考析"原生态"概念在当代中国的文化新锐意义：（1）迥异文明系统的西方人类学术语"Authenticity"与"原生态"关系考辨；（2）生发于"生态"理念，适应中国本土语境和"中华民族多元一体"国情的"原生态"概念论证；（3）全球化背景下，"中国原创"，各学科参与论证的"原生态"概念之本土化意义；（4）国家非物质文化遗产保护下，少数民族文化"原生态"的价值定位与认同建构决定其未来命运。由此立论："原·生态"组词形式，指向时间维度和生态场域维度，其时间不必远溯之前甚至原始，当下即是；生态场域维度，其价值无关真实与否，而在优劣高下。原生态就是当下生活本身，原生态的立场即意味着对朝向当下田野的观察，是对民俗生活"生活场"、"生活相"和"生活流"③的观察和判断，这与现代民俗学重

　　① 民族学界目前较为认可的古族群划分命名之一，其后裔大致为遍及云南各地的彝族、哈尼族、纳西族、傈僳族、拉祜族、白族、藏族、景颇族、怒族、独龙族、阿昌族、普米族等。
　　② "1985 年 7 月 12 日，剑川县第九届人民代表大会第八次常委会做出决定，将'火把节'定为剑川县民族节"，见《剑川县志》，第 443 页。
　　③ 陈勤建：《生活相 生活场 生活流——略论非物质文化遗产保护的原真性整体性原则》，载文化部民族民间文艺发展中心编《中国非物质文化遗产保护研究》，北京师范大学出版社 2007 年版。

新树立的生活整体论存在高度契合。原生态产生的国情语境与（主要是）西部少数民族民间歌舞类型的原生态实践，在全球化背景下商品化消费的当代中国出现，还意味着对原生态概念本身进行理论体系本土化的必要性和紧迫性。

在此基础上，以个案形式，在当今深具反思性的前沿理论指引下，探讨学术理论话语建构下的"原生态"概念和民族志的写作形式，如何打通与民间生活"原生态"的内在关联，也即学术理论话语以何种立场观察生活、以何种方式描写生活和如何发现生活本身的价值等具体问题，如此才可真正称得上是整体式生活论立场的现代民俗学学科根基。

第一，从时间维度溯"原"石宝山歌会历史以来诸原生要素，如地方历史文献、地方民族志丛书、国家非物质文化遗产申报书等对歌会的记录；民间传说表述与现实诉求中的歌会与十一年官办歌会历程，正是当下歌会原生态不可忽视的历史沿袭要素和中国国情语境，也是直接承续着当下非物质文化遗产语境下的歌会、白曲研究的学理基础。以上是本书研究语境中的"**印象**"。其中，我们可以看到传统社会历史研究模式和传统文艺研究模式对歌会白曲意义的误读与遮蔽。

第二，在生态场域维度，以调查笔记的民族志形式对 2010—2011 年歌会田野"**现象**"进行描写。尝试以此个体性的同时也是更具反思性的写作形式，平衡所谓"全知全能的"与"天真的"① 民族志记录者的形象定位焦虑，真实展现所谓"原生态"的美丽幻象。歌会现场描写及收录的白曲将呈现不同价值主体，如媒体、旅游者、甚至部分地方文化工作者、白族民众，他们对参与歌会和唱白曲的"原生态意味"有着不同的阐释和期待。他们的声音和行动共同构成了不容忽视的当下歌会白曲的"原生态"想象，也都还是歌会习俗正在经历着的现实过程，而其于文化主体（剑川白族民众）的民俗生活的价值才是本书关注的重点。白曲作

---

① ［美］奈吉尔·巴利:《天真的人类学家——小泥屋笔记》，何颖怡译，广西师范大学出版社 2011 年版。作者诚实又不失风趣地记录了作为一名人类学家，如何克服"文化震撼"、语言障碍、生活习惯等困难，在充满乏味、灾难和敌意的田野中进行民族志调查的真实的生活经历，是一部"颠覆"关于人类学家"美丽"田野工作经历想象的调查笔记，目前在学术界引起不小的关注，可与当年马林诺斯基的日记、列维·施特劳斯的《忧郁的热带》相互参阅，进一步反思人类学知识生产过程、人类学家知识生产者的角色定位等问题。

为少数民族语言艺术之一种，也只有立足于本土（"原生态"）才能得以最大化的阐释。① 也即少数民族民间艺术也有其不能放大升格拔高并成为某种标准模式的有限性。这也应合当今非物质文化遗产保护中"遗产不由学者、专家或官员决定其价值及等级；不能予以量化或比较；遗产之于享用主体具同等价值"②。

第三，将歌会、白曲放入剑川民俗生活的（大）生态场域，充分倾听本土叙述者的"倾诉"；记录、翻译和解读当下田野所收集到的剑川白曲，在其日常生活的意义、生命意识的感悟和认知上发掘其价值维度，并以此贯穿全文对原生态民俗文艺**"生活相"**的价值立意。

第四，以深度的融入式的田野生活经历和日常生活感悟，陈述石宝山歌会作为国家级非物质文化遗产，在更为现实的社会发展进程中，所正在面临着的真实的生活原生态，以及普遍意义上，当前少数民族民间文化正在面对着的"文化变迁的逻辑"。

总之，"原生态"的视角及理论构拟，是本书力图保持现实人生关注、不回避时代要求的学术立场，以及为之的一种努力。同时，本书还试图在客观呈现歌会原生态的同时，表达如下立场：石宝山歌会作为国家级民俗类非物质文化遗产，理应成为区域性的民族民俗文化代表，而白曲更堪作为优秀的、浑然天成的民族传统语言艺术、生活艺术的代表，但是就田野看来，歌会生成传承的"原生态"原本就较为脆弱，国家级非物质文化遗产荣誉，一方面并未普照于歌会事实主体白曲、优秀歌手之上③，更由于某种意识形态上的"正确"要求，切割了其生成之源动力的某些"原生态"要素。另一方面，官方立场主办的歌会节，历来就并未取得本民族间的一致认同，因而步履艰难，每年都渐露窘况和疲态，然而其强势主导的权威及消费时代下追新夺异的片面价值追求，近年来更在国家非物质文化遗产的"政府保证"下，成为一种"新时代"的"原生态"传统——一

---

① 表演理论之"跨文化的民族志应用的障碍"，见王杰文《"表演理论"之后的民俗学——"文化研究"或"后民俗学"》，《民俗研究》2011年第1期。

② 参见塞西尔·杜维勒女士（《保护非物质文化遗产公约》秘书处负责人）发表于2011年5月29日中国成都"非物质文化遗产国际论坛开幕式"的致辞。

③ 刘锡诚同样注意到，作为民间实际蕴含量最为巨大，也最被学者及联合国教科文组织公认为最能代表社会意义与文化史意义的民间文学（口头叙事），与其得到的国家层面的（国家级非物质文化遗产名录）承认及重视"极不相称"，见《非遗保护的一个认识误区》，《河南社会科学》2011年第5期。本书会再有论述。

种还未与传统完全接轨,自我生成转换能力尚待建立的新"生态"传统。非物质文化遗产保护理论与实践下的石宝山歌会、白曲的民俗学价值在本书的论域中就有了须进一步探讨的必要,或许回归于文艺民俗学关注"生活场"中民俗文艺"生活相",才是最终融洽二者的通道。也就是说,不能只关注白曲展演于石宝山歌会,更应该在其生长的日常生活中,发现其承载的日常生活智慧、优秀民族精神,从而不仅在歌会展演,还在生活中"活态传承","既满足这代人的需求,又不影响后代人满足其需求"① 的可持续的"原生态"力量及使命,这也是本文理论探索的终极目标。这就决定了本书的"原生态"场域考察,以石宝山歌会为基点,扩展到舞台、平媒、互联网等对外宣传路径和剑川民间日常生活中;白曲考察,也从歌会现场,扩展到新近民间创作以及新媒体技术条件下的音像录制。

本书还将考虑当代地方民族文化的建设,如果在未经学术辨析的简单粗陋的"原生态"指引下,有再度被动或主动地滑向某种"标签语境"的危险,从而有可能使一直都在"与时俱进"的剑川白曲在新的商品消费语境中,再次②陷入对少数民族婚恋形态"纵野纵歌纵情"③ 的浪漫化想象,以及对歌会是"远古群婚遗俗"④、白族"情人节"⑤ 的奇风异俗窥探的桎梏中,从而遮蔽了其实际生活艺术价值、民族文艺价值的开显,而这也绝非地方民族文化建设中文化主体真正的自觉。

综上所述,本书力图说明,石宝山歌会从来不乏外部影响和文化接触,它们都或多或少转化成了现场观察意义上所描绘的"原生态"的历史感。朝向"原始"、"静态"、"封闭"、"非文明"、"非现代化"的"原生态"只是未经田野的理论话语预设或表达惯性又或别有居心。以上诸"象"的互相纠缠渗透,在本书的论证语境中,皆为**幻象**,而唯其诸多幻象之折射,可能间或曾显现出本书试图捕捉的部分"真相",即歌会、白曲是白族民间生活本身的艺术化表达,是对民族语言的精妙使用,

---

① 参见塞西尔·杜维勒女士(《保护非物质文化遗产公约》秘书处负责人)发表于 2011 年 5 月 29 日中国成都 "非物质文化遗产国际论坛开幕式" 的致辞。

② 本文以传统社会历史学、传统少数民族民间文学研究模式为其先例,故此处称"再次"。

③ 常用于伴称石宝山歌会及白曲的相关文献的一个固定词汇,不一一列举。

④ 剑川县人民政府:《国家级非物质文化遗产名录项目申报书》,2007 年 2 月 8 日,第 3、7 页。

⑤ 见闻于一部分地方文化、旅游宣传资料以及歌会开幕式县政府领导人欢迎词、主持人开幕词、串场词。

是其 "**生活相**" 的艺术化习俗呈现，同时，也是指向 "唤起各族民间歌手对自己 '母文化' 传承、创造的激情" ① 的 "原生态呼唤"。

2. 研究方法

根据上述研究思路，本书研究方法的关键之一在于田野调查的层次与程度：其一，歌会现场的连续参与观察，是对歌会本身发展状况的一个较直观和全面的把握。其二，"局内人" 与 "局外人" 的双重立场定位——既是剑川沙溪乡普通日常生活中一名 "汉人媳妇"，又是具备一定民俗学知识，带有明确调查目的的 "外来调查者"——在白族地区较长时期的共同生活是本书现场观察式的 "原生态" 立论的基础准备。其三，历史文献、报纸、文章及相关网络资料收集、政府文件和行政举措观察分析、非物质文化遗产申报书、地方学者文化活动解读、白族民众民俗生活系统内在逻辑提炼是对田野调查的扩展。其四，歌会现场的白曲录音、翻译、描述和分析，以及歌手其他的创作、表演和作品分析等，是理解当下剑川白曲艺术的关键。其五，充分重视剑川民众对歌会、白曲和歌手的表述以及现实期待，这也是 "当地人视角" 给本书的重要参考维度，也是本书的知识生产力图有助于被研究对象的主体地位根本改善的良好初衷。

另外，本书研究方法关键之二也在于多种理论视角的互文互阐：其一，文艺民俗学跨学科交叉研究的基本学术路径——跨越文艺与民俗之间，于 "文本" 的解读中体察民俗和于民俗中理解文本、民俗文艺是民间日常生活的民俗生活相等核心理念是本书重要的立论基点。其二，表演理论是本书歌会现场对调唱曲描写、音像制品音/像分析的主要参考理论。其三，相关学者对国家非物质文化遗产政策的关键学理解读和反思是本书重要的学术理性立场。其四，带有反思性建构性的、以整体式生活论为取向的民族志描写是本书呈现的基本面貌。其五，多种学科理论的采纳和视角借鉴，是力避本书不至闭门造车，保持讨论的对话主体多元化、知识的生产具反思性，以及使结论更具开放性和有可生长点的努力。简而言之，本书是对歌会 "原生态" 的基本构成要件——歌会、民歌、歌手及听众（民众）——在新的时代背景和理论视野下的多层次、多维度的交互观照与解读，并且以此个案的微观研究，尝试对 "原生态" 这一社会热点问

---

① 乔建中：《"原生态" 琐议》，《人民音乐》2006 年第 1 期。

题和学术界关注新动向进行一个本土化理论话语的构拟。

三　相关研究综述

1. "民歌"① 相关研究综述

作为学科研究对象的民歌,始于"五四"歌谣学运动。因研究旨趣和研究视角的不同,民歌的研究呈现出不同的研究结论,在此主要梳理与本书的论述框架相关的民歌研究。

新时期以来,在国外相关研究理论的译介与交流下,中国学界对民歌的研究扩大了范围和视域,如朝戈金《口传史诗诗学:冉皮勒〈江格尔〉程式句法研究》、《"口头程式理论"与史诗"创编"问题》等②,是以个案形式进行"口头程式理论"的本土化运用尝试。此理论启发了对民歌的口头性与现场创编性的关注与认识。郑土有《吴语叙事山歌演唱传统研究》在田野调查获得的第一手资料基础上,对吴歌的口头传承、编创规律进行了探索,对吴语山歌的"活态性"的演唱传统进行了深入研究。③ 此外,杨利慧、安德明《作为表演的口头艺术》等关于"表演理论"④ 的系列相关译述和专题讨论,都提示了民歌在"表演与口头"、"活态性"这一实际场景的民俗志记录及研究尚待进行诸如民俗学、人类学、语言学、宗教学、音乐研究、戏剧研究等方面的综合研究与跨学科的交叉互阐。上述的民歌研究,突破了新中国成立以来长时期占据研究领域的社会历史研究、文学文本研究的传统模式,转而以民歌发生、流传机制为重点,开启了关注民歌的"表演性"与"活态性"的研究范式。

相对少数民族民歌的丰富多彩来说,对其进行多角度、新理论的研究相对欠缺。1949 年之后的少数民族社会历史大调查、新民歌运动都搜集

---

① 本书是在比较的意义上使用"民歌"概念,即以群体与个体形式口头演唱、讲述的有韵及有格律的(不限篇幅及体裁),来自民间的,长期流传的传统文艺类型,不升格到更大意义上的"民间文学"或"民间文艺学"概念层面上,也不讨论在"民间文学"或"民间文艺学"概念下对民歌的研究纳入。

② 朝戈金:《口传史诗诗学:冉皮勒〈江格尔〉程式句法研究》,广西人民出版社 2000 年版;《"口头程式理论"与史诗"创编"问题》,《中国民俗学年刊》1999 年卷。

③ 郑土有:《吴语叙事山歌演唱传统研究》,博士学位论文,华东师范大学,2004 年。

④ 〔美〕理查德·鲍曼:《作为表演的口头艺术》,杨利慧、安德明译,广西师范大学出版社 2008 年版。

记录了大量的民歌。20 世纪 80 年代以来的集成工程，也为少数民族民歌研究储备了丰富的资料。范志娟《黑衣壮民歌的审美人类学研究》以审美人类学理念研究广西黑衣壮民歌，力图突破经典美学研究范式，建立边缘的、少数民族的、听觉性的、涵盖黑衣壮整体文化的所谓"族性美学"①。《民歌社会的现代情结和现代社会的民歌情结》探讨黑衣壮民歌与现代都市化社会之间的"现代性潜流"，直面少数民族传统艺术的境遇和意义问题，带有鲜明的现代意识和强烈的忧患意识。② 梁昭《民歌传唱与文化书写——跨族群表述中的"刘三姐"事像》在"人类整体经验"的视野中，对"歌仙"刘三姐的跨族群表述进行了文学人类学的研究，进而反思文化表述中的诗学和政治问题。③ 以上二者都是以文化整体性作为研究背景，微观而至于歌会/歌场/歌墟的相关研究，有陆晓芹《"歌圩"是什么？——文人学者视野中的"歌圩"概念与民间表述》明确提出非本民族的符码化命名实际上遮蔽了本民族的民间传统，强调应重视本民族自己的民间表述和地方性知识体系，才是深入理解民间文化传统的有效途径。④ 以上三位关于少数民族民歌的研究，都以历史上就以山歌闻名的壮族及其民歌为对象，可以说已在有意识地倡导少数民族本位立场的研究，研究视角更趋具体而微，这于研究的多方位开拓有重大意义。其他少数民族民歌目前来说尚缺乏学术界的学理关注，已有的研究，尚停留在传统文学社会学研究或传统民族民间文艺研究模式。笔者也认为在更充分细致和多角度的各少数民族不同的歌圩、花儿会或歌会基础研究出现之前，各少数民族间的歌会、花儿会、歌圩不存在比照研究的基石。

以原生态民歌为研究对象的论文，大多是基于音乐领域内的概论式讨论，或对当代文化消费模式下民族歌舞艺术打着原生态旗号的符号化生产、商品化开发、旅游业营销等进行批判，未对最近兴起的"原生态"概念对（少数民族）"民歌"价值的正面发掘、（少数）民族文化自信力培育，以及"原生态"之于民歌的当下实际田野与发展流变予以客观研

---

① 范志娟：《黑衣壮民歌的审美人类学研究》，博士学位论文，山东大学，2006 年。
② 范志娟：《民歌社会的现代情结和现代社会的民歌情结》，《文艺研究》2006 年第 4 期。
③ 梁昭：《民歌传唱与文化书写——跨族群表述中的"刘三姐"事像》，博士学位论文，四川大学，2007 年。
④ 陆晓芹：《"歌圩"是什么？——文人学者视野中的"歌圩"概念与民间表述》，《广西民族研究》2005 年第 4 期。

究讨论。又或限于单篇论文篇幅,并未及至"原生态"之于中国国情的特殊意义、"原生态"的本土语境的理论话语意义建构、"原生态"与国家非物质文化遗产政策的相互关系等亟须解决的主要问题,这也是本书选题的一个考虑。

2. 石宝山歌会及剑川白曲研究综述

报道、介绍和研究石宝山、歌会及剑川白曲的文章不时见诸报端地方文化版、旅游休闲类杂志、各类地方民族文化丛书及学术论文期刊。但总体来说,多以自然风光、民族风情介绍、历史民俗展示、民歌艺术抒情感悟及民歌资料收集汇编等类型为主。因歌会发生地就在国家级首批文物石钟寺石窟附近,有关于石窟的历史考证、索引、图片展示的也大多会谈及歌会,如宋伯胤的《剑川石窟》①、《剑川石窟》②、《南天瑰宝——剑川石钟山石窟》③ 等。张文勋带领云南省民族民间文学大理调查队编写的《白族文学史》④ 由于其实地调查开展于新中国成立后不久,且较为扎实全面,有关剑川白曲的部分内容有较大参考价值。近些年来,地方学者为完成民间文艺的三大集成工程和县志编修,系统整理出版了一系列地方民族文化(研究)丛书,与剑川石宝山、石宝山歌会、剑川白曲相关的分别有杨延福的《剑川石宝山考释》⑤、段伶的《白族曲词格律通论》⑥;罗越先的《石宝山与西域》⑦;张文主编的《剑川文化志》⑧;张笑主编的《剑川县艺文志》⑨,等等。专门收集整理编译大理、剑川白曲⑩的资料文献及专著有:剑川县文化馆铅印本《石宝山白曲选》1 至 9 集(共收入本子曲

---

① 宋伯胤:《剑川石窟》,文物出版社 1958 年版。
② 欧阳春、陈朴:《剑川石窟》,云南民族出版社 1985 年版。
③ 剑川县文化体育局:《南天瑰宝——剑川石钟山石窟》,云南美术出版社 1998 年版。
④ 张文勋主编:《白族文学史》,初版于 1959 年,云南人民出版社 1983 年修订再版,删改了部分历史时代局限的内容。
⑤ 杨延福:《剑川石宝山考释》,云南民族出版社 1999 年版。
⑥ 段伶:《白族曲词格律通论》,云南民族出版社 1999 年版。
⑦ 罗越先:《石宝山与西域》,云南民族出版社 2008 年版。
⑧ 张文主编:《剑川文化志》,云南民族出版社 1995 年版。
⑨ 张笑主编:《剑川县艺文志》,云南民族出版社 2010 年版。
⑩ 大理白族自治州辖剑川县,但由于地理地域及历史发展的差异,大理白曲与剑川白曲及其他县域的白曲都有着艺术上的显著差别,下文会作详细介绍。

26 首、歌谣 210 首）；施珍华、陈瑞鸿、李文波编译《白族本子曲》①；
张文、陈瑞鸿主编《石宝山传统白曲集锦》②、《石宝山歌会传统白曲》。③
另外，以石宝山歌会的历史源流、文化内涵为研究对象的单篇论文仅有羊
雪芳的《剑川石宝山歌会的历史文化内涵及其社会意义》④、董秀团的
《剑川石宝山歌会的历史变迁及文化内涵》⑤ 等寥寥几篇。另据董秀团截
至 2009 年的调查："1979 年以来收入中国期刊全文数据库的篇名中涉及
石宝山歌会的文章仅有 7 篇"⑥，其余多以石宝山石窟研究为主。有关剑
川白曲的文章及研究论文（集），有张文、羊雪芳的《白乡奇葩——剑川
民间传统文化探索》⑦，其中个别单篇论文曾于学术期刊上发表，基本上
是以概况介绍、抒情感悟、传统文学文本的艺术性分析及社会文化研究为
基调。朱刚的《从传统到个人：石龙白曲的传承机制及诗学法则探析》⑧，
以石龙白曲歌手，即个人如何一步步被传统塑造成为传统所期待的歌手的
过程进行了探析。以收集记录歌会现场的唱曲对调，并进行相关研究、出
版的，目前所知，仅有日本大东文化大学工藤隆教授在东京出版的《云
南省白族歌垣与日本古代文学》。⑨ 近年来，剑川白曲及石宝山歌会影响
力逐渐扩大，也有杨曦帆的《石龙村的音乐文化生活——白族民间音乐
调查》以石宝山附近村落石龙村为田野调查点，从音乐人类学的视野关
注石龙村民的音乐生活。⑩ 张翠霞也以石龙村为调查点，作了《多维视野
中的"歌"与"歌会"及其文化阐释——剑川石龙白族调与石宝山歌会

---

① 施珍华、陈瑞鸿、李文波编译：《白族本子曲》，香港天马图书有限公司 2003 年版。

② 张文、陈瑞鸿主编：《石宝山传统白曲集锦》，云南民族出版社 2005 年版。

③ 张文、陈瑞鸿主编《石宝山歌会传统白曲》，云南民族出版社 2011 年版。

④ 羊雪芳：《剑川石宝山歌会的历史文化内涵及其社会意义》，《民族艺术研究》2003 年第
3 期。

⑤ 董秀团：《剑川石宝山歌会的历史变迁及文化内涵》，《云南民族大学学报》2009 年第
2 期。

⑥ 同上。

⑦ 张文、羊雪芳编著：《白乡奇葩——剑川民间传统文化探索》，云南民族出版社 2006
年版。

⑧ 朱刚：《从传统到个人：石龙白曲的传承机制及诗学法则探析》，《民族艺术》2010 年第
4 期。

⑨ 参见中日白族歌谣文化学术讨论会论文集《唱响白族歌谣，我们踏歌而来》，2006 年 8
月。笔者目前未见汉译本。

⑩ 杨曦帆：《石龙村的音乐文化生活——白族民间音乐调查》，《南京艺术学院学报》2009
年第 3 期。

的调查研究》。① 云南大学于 2004 年在石龙村建立了"云南大学少数民族调查研究基地——白族调查点",综合收集民俗资料,结集为《石龙新语——剑川县沙溪石龙村白族村民日记》。② 董秀团作为基地负责人,相继有《歌唱与生活:大理剑川白族调的社会功能及其变迁》③、《全球化背景下少数民族民歌艺术的传承与发展——以云南大理白族调为例》④ 发表。吴哲硕士论文《剑川白族调音乐形态与传承发展研究》,重点考察和研究以石龙音乐村为主的剑川白曲的音乐形态、传承模式及发展现状,并对其发展中所存在的问题进行了思考,同时提出可行性建议。⑤ 另外,世界少数民族语言研究院也在石龙村建立了白语学校,各地或各国的相关研究人员、机构,就笔者了解,陆续集结于上述两个基地,进行着各个方面的研究,将会有相应成果面世。以上论文或研究资料结集,或限于篇幅,或聚焦剑川白曲的艺术特性,或囿于研究视角,又或拘于田野调查时长、范围,都未能尽其对石宝山歌会历史、现状的全貌研究。

值得特别注意的是,剑川白曲并非完全意义上的口头传唱,许多民间传唱者、爱好者都精通汉语,兼识汉字,他们不仅口头传唱,还用汉字记白语语音或增损汉字笔画的形式⑥,手抄记录下了一些传统唱本、精彩唱段和自己的创作,这在当代白曲艺人中也相当普遍。部分手抄本白曲经当地文化学者、歌手的选择、整理和翻译已陆续以各种方式问世,但其中关于选择的标准、整理的规范、翻译的达雅、出版的形式甚至署名权、版权、经济利益等问题在当地白曲艺人中也有议论,这也是关系保护创作人积极性和创作活力的一个重大方面,不容轻视,目前尚未见有研究加以特别关注。

本书所秉持的朝向当下田野的"原生态"概念、研究立场和"原生

---

① 张翠霞:《多维视野中的"歌"与"歌会"及其文化阐释——剑川石龙白族调与石宝山歌会的调查研究》,《重庆文理学院学报》(社会科学版) 2010 第 11 期。

② 董秀团主编:《石龙新语——剑川县沙溪石龙村白族村民日记》,中国社会科学出版社 2009 年版。

③ 董秀团:《歌唱与生活:大理剑川白族调的社会功能及其变迁》,《楚雄师范学院学报》2010 年第 8 期。

④ 董秀团:《全球化背景下少数民族民歌艺术的传承与发展——以云南大理白族调为例》,《曲靖师范学院学报》2010 年第 7 期。

⑤ 吴哲:《剑川白族调音乐形态与传承发展研究》,硕士学位论文,云南大学,2011 年。

⑥ 史称"白文"、俗称"老白文"或"汉字型白文",以区别于新中国成立以来创立的"新白文"或"拼音型白文",后文会再有介绍。

态"相关理论研究综述及本文理论诉求见下专章。

四 研究的目的与意义

现在的石宝山歌会，在很多当地白族民众眼里，都没记忆中的"热闹"了，景况一年不如一年。随便问起一个曾经的参与者，都能滔滔不绝描述当年的"热闹"，场景依然历历在目，以至歌会结束回家好几天，耳朵里都还是"铮铮铮"的三弦声和对歌的此起彼伏。个中原因大家也基本能依凭自己的理解和感受说得出来一二三。那么，石宝山歌会现在已经是国家级非物质文化遗产并列入保护目录，其初衷乃是继续使之发扬光大而非真成为"遗产"凭吊追忆。翻阅尚可追溯年代的纪录，访谈一些当年的参与者，再认真观察当下的石宝山歌会，佐以时兴的理论指导，以新的观察视角切入，在已经大不同的时代背景下，梳理出关于这个节俗更贴切的历史与文化内涵，把握甚至引导歌会在当代的良性变迁及走向，这于本书就是最大的研究目的与意义。如果再能从中缕析出此个案研究对于当下非物质文化遗产保护工程的实际价值，并且对民俗学基础理论建设有所贡献那就是本书的终极追求。

另外，个案的田野调查还促成了本书更着意关注新的时代背景和新的理论范式下，如下问题的探讨意义：

第一，当下全社会对"原生态"的热捧及非物质文化遗产保护热潮，并非民俗学研究的全部，石宝山歌会的个案将部分显示出民俗学对这两个文化时尚的理论基础意义，这也是民俗学作为一门人文社会学科而非"运动"、"潮流"得以永续长存的内在活力。对尚存强烈争议的"原生态"理念标签上石宝山歌会及白曲，不予回避，而是予以具体实例现象的分析，或能平复对此问题的或纯学理式驳斥、或浪漫化愿景的期许。这也是本书以田野个案参与原生态概念的本土理论意义构拟的一个尝试。

第二，正视源于时空、族属和资讯等差异所产生的普泛化、浪漫化少数民族民间生活的想象，探究其真实的充满琐碎物事的日常生活该以什么样的姿态回归民俗学的生活论学术取向；探究当代少数民族民间文艺是仅有传统范式的民俗学（文本）研究价值，还是也有其商品、文化开发等经济价值？因应时代需求的当代民俗学的学科理论发展，是对少数民族民间生活、民族艺术的指导规范前瞻还是观察解释说明？是学理性引导制约还是尊重文化主体的自择？这些都是以民众整体生活论为学科价值的民俗学所必须回答的时代问题。

第三，倾听基于传统学术研究模式、学术行业生态①所导致的"沉默的"、"整体化、均质化"的"内部的他者"自己的声音；观察地方民族文化建设中，实际上一直处于主导地位的地方文化工作者的文化活动和更具权威力量的地方政府的行政举措；消费社会语境下，媒体的放大了的"声音"效应更是不容忽视——这一切，都是当下非物质文化遗产保护国家工程下，非物质文化遗产项目重要的"原生态"构成要素。本书的原生态立场，即是将上述不同声音纳入当下田野"原生态"的场域语境中，细心考辨，充分论证，力图以基于学科本位的理论论证，观察并参与到当地节俗艺术的"原生态"变迁进程及其方向规划当中。

第四，现代消费社会下，传统定义中集体、民间、口头编创演唱的民歌歌手，因其个人艺术能力，可创作演唱（表演）作为消费商品的民歌脱颖而出，并因此获得一定经济利益，这部分改变了创作无功利与仅口头演唱的传统歌手（群）定位。甚至歌手的艺术才能、艺术风格、演唱场域、演唱形态及心态都在此驱动下有了巨大的变化，这也即是"原生态"之引起强烈质疑的根本原因之一。从集体化、无艺术个性面目的"民族民间集体创作"转向以"非遗传承人"（"民族代言人"）身份出现的单体性歌手，他们在经济利益追求、民族艺术弘扬甚至非物质文化遗产活态传承之间的关系该用什么样的价值评判标准，这也是民俗学学术伦理的基本问题之一。

第五，特别关注被忽略从而板块化凝结为"具备完全民族传统审美（接受）能力"的民众（听众）。他们作为某种民族艺术的"想当然的必然主体"，其实，是有着内部巨大认同差异的不同个体甚至群体。是对其进行本民族代表艺术的"启蒙"，使归属于本民族属性的艺术在新时代得以存续？又或者，是尊重（任凭）他们基于民间社会的传统舆论评判和生存压力下的其他经济利益追求，从而自然（自行）放弃其民族艺术？这样的选择过程，既关系国家非物质文化遗产保护运动的成效、长效，又

---

① 参见施爱东《学术行业生态志：以中国现代民俗学为例》，《清华大学学报》（哲学社会科学版）2010 年第 2 期，其论述要点之一："中心向边缘的学术版图周圈"，实际上阻碍了边缘学术圈的声音向中心圈的学术传递；同时，中心圈的研究范式往往要一段时间后才得以传至边缘学术圈奉为圭臬。此二者的不同学术地位及学术影响力，造成当前民俗学并非良性的学术生态。

关系民俗学者的文化责任、文化作为，更关系人类精神文化多元化的终极目的。

第六，探讨对少数民族民间艺术的"审美"、"艺术"因素之外的"额外"要求，即所谓"民族性"，是否还存在着曾经的张力？[①] 又或者说，在已然十分强大的民族国家之下，地方民族文化特色建设是基于什么样的现实诉求。

第七，尝试探讨学术理论话语中的"原生态"与生活"原生态"之间的关系该如何贯通，以及对本书作为田野个案调查和民族志写作方式本身的反思。

[①]　参见吕微《中国少数民族文学史编写中的学科问题与现代性意识形态》，《民族文学研究》2001 年第 1 期。

第一章

"原生态"与"非物质文化遗产":地方民族文化重建的一个契机

第一节 "原生态"——全球化背景下的新浪漫

一 "生态"·"文化生态"·"文化生态保护区"

究其词根"生态",乃是借用生物学的概念。1866 年,德国科学家海克尔(E. Haeckel)提出"生态学"的概念,把生态学定义为生物有机体与其自然环境之间的相互关系。此一生物学概念,由于其广泛的适应性和解释力,迅速为社会学、文化学等人文学科所吸纳,并进一步细化。1955 年,斯图尔特提出"文化生态(学)"(cultural ecology),目的就是为了与社会学中的"人文生态学"和"社会生态学"(social ecology)相区别,着重研究人类与环境的相互适应过程及其所带来的文化变迁,特别是文化的进化。[①] 1971 年,法国博物馆学界两位承前启后的开创性人物乔治·亨利·里维埃和于格·戴瓦兰不满文化的"福尔马林"式的封存展示,而率先提出了"生态博物馆"的概念并予以实践。"生态博物馆"理念不仅响应生态环境保护的时代潮流,还回应了原住民日渐清晰和明确的文化遗产的主体诠释权呼声,更顺应了人类要求协调和持续发展的愿望,先之于博物馆学界,而后在文化生态保护区建设等领域引发一场旋风式的开创性革命。

2001 年,联合国教科文组织在进行"人类口头及非物质遗产代表作"的评估时,提炼出"文化空间"作为一个解释文化地域环境、文化传承主体、宗教礼仪、习俗等民俗传统传承等方面的文化整体概念。对"文

---

① Steward Julian H. , *Theory of Culture Change：The Methodology of Multilinear Evolution*, Urbana：University of Illinois Press, 1955, p. 5.

化空间"① 的具体保护实践，又催生出"文化生态保护区"等相关理论。20 世纪 90 年代以后，文化生态及文化生态保护的相关理论逐渐传入我国，学术界也开展了相应的思考和讨论，从 1997 年起，贵州、云南等各西部省政府开展了相关的探索和实践。②

总体来说，关于文化生态保护区的建设及理论讨论，大多集中并局限于当地政府的具体操作实践及学术界关于文化生态概念本身③、文化生态失衡④以及各文化事项之间的相互牵引关系上⑤，并未引发全社会各领域的强烈认同及热情参与。不过，经过此番伴随着国民环境保护意识提高的洗礼，"生态"一词，成为超越文学文本分析领域的广义"文本"（context）概念，又具体化和细化面目不清的"社会文化环境"（situation），而广泛成为描述此类现象及其现象生成环境之间相互关系的一个有效名词，如"网络文学生态"、"民间文化生态"等。

二 "原生态"·"原生态文化"·"原生态民歌"

2003 年 8 月，杰出舞蹈家杨丽萍历经挫折，在昆明推出《云南映象》，明确宣明其"原生态歌舞集"的理念。不期然间，除了《云南映象》以其厚重质朴的民族原生歌舞元素、精美绝伦的舞台效果以及直达心灵的生命本质叩问取得巨大成功外，"原生态"的概念，竟也成为此后

---

① 当时评出了三项"文化空间"——亚洲乌兹别克斯坦的"博恩逊区的文化空间"、非洲摩洛哥的 Djamaa el-Fna 广场文化空间和几内亚的"尼亚加索'苏苏—巴拉'的文化空间"。

② 1997 年 10 月 31 日贵州省人民政府与挪威王国签署了合作建设中国第一座生态博物馆——梭戛生态博物馆的协议。该博物馆的范围包括梭戛乡的 12 个村寨，建有资料中心，集中展示当地的生活、生产习俗和民间艺术。随后，贵州省相继建立贵阳市花溪镇山布依族生态博物馆，锦屏县隆里古城生态博物馆、黎平县堂安侗族生态博物馆。2002 年，贵州省政府公布首批 20 个重点建设的民族保护村镇，涉及苗、侗、布依、彝、水、瑶、亿佬等少数民族村镇。云南省也从 1998 年开始选择腾冲县和顺乡、景洪市基诺乡的巴卡小寨、石林县北大村乡的月湖村、罗平县多依河乡的腊者村、丘北县的仙人洞村等建立具有代表性的少数民族聚居自然村寨为文化生态村（这样的文化生态村名单还在不断增添，此处不再一一列举）。此外，从 20 世纪 80 年代以来，云南省各地关于历史文化名城、名村（镇）的各级评选至今仍暗流潜涌，当选时间的早晚、级别的高低甚至成为云南省内各地区人民互相标榜自己及所在地域更有"历史"，更有"文化"的一个外在标签。参考贵州省、云南省相关政府官方网站。

③ 孙兆刚：《论文化生态系统》，《系统辩证学学报》2003 年第 3 期。

④ 方李莉：《文化生态失衡问题的提出》，《北京大学学报》（哲学社会科学版）2001 年第 3 期。

⑤ 王鹤云：《保护文化生态激活文化遗产立体生存》，《中国文化报》2003 年 7 月 29 日。

中国边远地区（尤其西部地区）、少数民族地区及文化的一个重大的生长点。时隔一年，山西左权举行"全国民歌南北擂台赛"，在音乐领域引入"原生态"一词。再随后，国家文化部开始使用这个概念，制订和实施更为广泛的抢救性文化挖掘计划。以中央电视台为代表的主流权威媒体也陆续制作推出了一系列民歌类节目，如央视十二频道的"魅力十二"民歌联播、2004 年春节黄金周黄金时段的西部民歌电视大奖赛、2005 年南宁国际民歌节也高扬原生态民歌的旗帜。2006 年中央电视台举办第 12 届央视青年歌手大奖赛，在众多专家及观众的质疑和争辩声中，增设原生态组比赛，在取得巨大争议声中的"成功"后，2008 年又成功举办第 13 届央视青歌赛的原生态组比赛，等等。仿佛陡然出世的深藏于民间、民族的绚烂服饰、充满山野气息的质朴歌喉和仿佛天籁般的美妙歌声给国人带来了全然一新的听、视觉盛宴，再凭借着央视的权威媒体力量，"原生态"一词及相应的理念，从此深入人心，走入更多人的日常语汇中。自此，"原生态"俨然成为 21 世纪以来最为新锐和流行的文化时尚，频频出现于各级各类民歌大赛、文艺会演和各级各类报纸杂志、学术研讨、摄影展中，甚至以关键核心理念的姿态，出现在环境保护、旅游产业、地方文化定位及建设，还有农副产品生产等领域，至今不辍，方兴未艾。

从"生态"到"文化生态"再到"原生态文化"又到"原生态民歌"，增添的不仅是词根"生态"的修饰前缀"原"，也不仅是词序前后的简单调换①，成为前置定语式的偏正结构以修饰后置（任意）中心词。其变化轨迹，除了联合国教科文组织大力倡导的"人类口头及非物质遗产保护"及学术界关于此类问题讨论的深入，也正应和了当今经济全球化和商品消费社会的时代潮流，以及身处剧烈变化旋涡的"现代人"所渴求的内心安宁。而后者，正是"生态"、"文化生态"、"民歌"仅加一前缀"原"就立即身价百倍的根本原因。

第二节　论争与启示——各学科论域中的"原生态"

一　论争

"原生态"概念甫一问世，就面对着学术界的激烈论争与质疑。按现

---

① 以上各概念的梳理，是承应理论发展的自然逻辑，与本书的论述主旨有一定关联，但并非都是本书论述的主要内容。

有学科建制，尤其以音乐学界、人类学界、文化批评界和民俗学界的批评最有代表性，细究下来，都有各自学科研究视域和研究旨趣的不同。

　　大热于荧屏（舞台）的"原生态民歌"让音乐界的反应最为热烈。"原生态唱法"的提法是否科学规范就是首要的问题：冯光钰认为"原生态民歌"是近几年出现的名词，而"原生态唱法"则是 CCTV 青歌赛的称谓。[1] 不同的提法应进行整体的历史观照，做出合乎实际的界定。他认为："原生态民歌和原生态唱法的存在都是客观的事实，但作为赛事的称谓，笔者建议叫'传统民歌'、'民间唱法'比赛，更为妥当。"[2]一直大力倡导原生态民歌的田青则表示："原生态"唱法的命名虽不甚准确、不可评比，但严格说来，其他通用的"美声唱法"、"通俗唱法"甚至"民族唱法"其命名也都有不准确、不可评比的地方，因而命名取其约定俗成。[3] 樊祖荫则认为民族民间音乐的边缘化值得以"原生态"来命名，正面立于央视媒体的权威舞台上。[4] 乔建中也认为："'原生态'是一个不得已而为之的说法，是因为当代环境下有了太多不朴素的所谓民歌。"[5]

　　其次，对演唱发生场域及其相应的演唱形态、歌手心态变化也是争议的焦点："从演唱实践来看：原本产生于特定生活的原生态的民间歌曲，一旦搬上舞台成为舞台表演形式或电视荧屏艺术就由生活原生态艺术变成了舞台或电视欣赏艺术，已难以原汁原味地呈现民歌原型的音乐形态，只能是歌唱演员模拟民间歌曲原生态的艺术再现。"[6] 杨民康也以亲历的采风实践回应了"原生态"民歌比赛曲目"不原生态"的事实：2003 年中央电视台"全国青年歌手电视大奖赛"上，来自云南石屏县的彝族青年李怀秀姐弟的一曲"原生态"《海菜腔》，虽引起评委们激动忘情的起立鼓掌致敬，其实却是来源于有着族群内部差异及地域差别的彝族不同支系的海菜腔的拼接。"所以，它已并非是'原形态'的民歌，亦非'原生

　　① 冯光钰：《"原生态唱法"三议——从 CCTV 青年歌手大奖赛谈起》，《星海音乐学院学报》2006 年第 4 期。
　　② 同上。
　　③ 田青：《原生态音乐的当代意义》，《人民音乐》2006 年第 9 期。
　　④ 金燕、王珍：《保护还是污损？——原生态进青歌赛引起中国文化界大辩论》，《艺术评论》2006 年第 8 期。
　　⑤ 乔建中：《专家谈原生态民歌》，刘晓真采访整理，《艺术评论》2004 年第 10 期。
　　⑥ 冯光钰：《"原生态唱法"三议——从 CCTV 青年歌手大奖赛谈起》，《星海音乐学院学报》2006 年第 4 期。

态'的表演形式，而且一定是缘于人为因素使之改变成这样的。"① 另一长期坚持民族民间采风的音乐家陈哲，并未否定基于舞台表演的特殊性所发生的变化，还是坚持认为原生态不是野生态，舞台展演的民歌仍应有其原生态灵魂。② 其他原生态民歌倡导者，基本都未否定"舞台"的改造，但仍正面积极观之。

与西方殖民主义实践及话语体系有着深厚渊源的人类学③，如果按其经典理论体系的二元对立范式："原始社会"—（"欧洲中心"的）现代工业社会、"原始文化"—（"欧洲中心"的）现代文明、"野蛮人"—（"欧洲中心"的）现代文明人、"原始（手工）艺术"—现代工业产品等一般理解的话，毋庸争辩，在中国社会和普通民众一般理解和使用展示中，原生态似乎也指向了意涵"原始的、固定的、异族的、无文字的"文化艺术形式和形态。④ 除了现代汉语"原"字前缀所指示的"原始"、"原来"、"本来"之意外，国人社会进化论式的思想也是其固化的思维定式。"原生态"与传统人类学经典范式的时间静止、社会封闭的"异邦"、"他者"的学术立场是否存在逻辑联系就成为人类学必须加以厘清的一个核心问题。⑤ 中国民歌艺术及其"原生态"问题是否能与之等量齐观，就不仅仅是出于理论目的的辨清，还需要学术与生活的对接普及。

文化批评学者认为："晚期资本主义的语境下，'原生态'意指尚未被艺术加工的民间质朴艺术形态，而在更广泛的全球视野里，它还应当囊括所有未遭现代商业文明摧毁的原住民文化。"⑥ 原生态艺术类型亟须对其进行挖掘式的抢救性保护，然而又必须依赖市场和商业的支撑。"但这种草根艺术一旦被票房控制，质朴纯真的原生状态便会荡然无存。另一方面，维系原生态文化的前提，就是维持它赖以生长的民族（地域）的自

---

① 杨民康：《"原形态"与"原生态"民间音乐辨析——兼谈为音乐文化遗产的变异过程跟踪立档》，《音乐研究》2006 年第 1 期。

② 金燕、王珍：《保护还是污损？——原生态进青歌赛引起中国文化界大辩论》，《艺术评论》2006 年第 8 期。

③ 就当前中国学科划分来说，人类学与民俗学是不同学科，兹按其主要学术倾向分而论之。

④ 参见彭兆荣《"原生态"的原始形貌》，《原生态：现代与未来》，《读书》2010 年第 2 期。

⑤ 同上。

⑥ 朱大可：《"杨丽萍悖论"的文化困局》，《中国新闻周刊》2006 年 9 月。

然与文化空间,而这势必跟原住民走向现代化的生活渴望发生激烈冲突。"① 这样的"'杨丽萍悖论'……是一个世界性难题,联合国教科文组织,至今未能解决各国在遗产申报中出现的悖论现象。在旅游局、文物局和环保部门之间,保护和开放的博弈经久不息,两种矛盾的立场根本无法调和"②。

中国民俗学的当代实践以参与非物质文化遗产保护为主。刘晓春认为,"原生态"就是民俗学寻求"本真性"的尚古主义、民族主义和浪漫主义的"知识传统"在非物质文化遗产的语境下,由"学者、媒体、政府以及商界共同制造了一个非物质文化遗产的'原生态'神话"。③ 此外,还有"全球化现代化过程中地方文化资源所蕴涵的文化政治意义等复杂的历史与现实问题"④。在他看来,民俗文化"本真性"的问题,不应该再与"过去之民"的"遗俗"有关,已经"祛魅"的大众文化不能以重新"还魅"、"蒙上一层原始的、本真的、未知的、来自正在远去的家园逐渐被遗忘的神秘面纱"的方式来刺激人们对地方文化的消费欲望,地方文化也不能借此建构自我的文化身份认同。"现实生活中并不存在作为活化石的民俗,只有当人们抛弃了原生态的幻象,以传承、变化、发展的眼光看待民俗的时候,成为非物质文化遗产的民俗才具有生生不息的活力。"⑤ 岳永逸考察了民间艺术在当代的开发现状,认为:20 世纪民俗学初创期时,就有意以浪漫的想象将民间视为是与过去的"静态"相关。21 世纪初的"'民间'也就自然地添加上了'原生态'外衣甚或被原生态置换。在求'发展'和憧憬'好生活'的背景下,出于急功近利的片面文化自觉,被视为原生态的民间艺术常常被外来者和传承者'共谋'打造成能带来利益,仅具工具理性的商品,并构成中国民俗文化艺术市场繁荣的图景"⑥。

---

① 朱大可:《"杨丽萍悖论"的文化困局》,《中国新闻周刊》2006 年 9 月。

② 同上。

③ 刘晓春:《谁的原生态? 为何本真性——非物质文化遗产语境下的原生态现象分析》,《学术研究》2008 年第 2 期。

④ 同上。

⑤ 同上。

⑥ 岳永逸:《两个世纪初的想象——原生态与民间艺术的吊诡》,《文艺争鸣》2010 年第 3 期。

二 启示

根据上述各学科的观点引述，我们可看到，音乐学界对来自民间、民族，未曾受到过关注和展示的"非主流的"、"边缘化的"民歌艺术，却即将随着时代发展而悄无声息的湮灭感到扼腕叹息。出于对一种生活艺术经历舞台化、学院派改造后，可能会出现的"声乐教育上的话语霸权和导致的'变味'现象感到深恶痛绝"①。在原生态民歌的问题上，音乐学界意识到了学科转型的必要性，"面对现代大众文化的发展，都越来越意识到重新认识中国民族民间音乐文化价值对于今后中国音乐文化发展的至关重要"②。而对舞台与民间生活的"对立"——即引起争议的焦点——虽一面认为："真正的'原生态'民间音乐，应该是指那些从艺术形态到表演环境均呈民间自然面貌的'活态'音乐文化类型。"③ "从绝对意义上说，世界上只有一种'原生态民歌'，那就是由本土歌手在自己家乡日常的生活中传唱的民歌。"④ 另一方面也看到，自新中国成立以来，民歌便在各种场合，以不同方式走向过舞台，经历过"现代舞台、专门音乐家对民间歌手的第一次格式化"⑤。央视舞台展演的原生态民歌，还在国家非物质文化遗产保护政策推行以来，以其正面示范效应出现："一时间，在强调原生民歌本真性、原生性的舆论下，许多歌手有意在舞台上尽量突出所唱曲目的本土风格，努力向原生风格靠拢，民歌传承呈现了逐步复兴的新态势。"⑥ 因此，借助央视权威媒体平台和国家非物质文化遗产保护政策继续唤起民族文化自信心、培植民族文化自信力，珍视、发扬民族文化传统，从而使舞台民歌与非舞台民歌都得到良性互动的发展，是音乐学界对原生态民歌既忧心忡忡又欢欣鼓舞的学科展望。

因学科研究旨趣不同，音乐学界应对民歌艺术的流变，秉持"在一

---

① 金兆钧：《关于"原生态"与"学院派"之争的观察与思考》，《大众音乐生活》2005年第4期。

② 同上。

③ 杨民康：《'原形态'与'原生态'民间音乐辨析——兼谈为音乐文化遗产的变异过程跟踪立档》，《音乐研究》2006年第1期。

④ 乔建中：《"原生态"民歌琐议》，《人民音乐》2006年第1期。

⑤ 乔建中：《"原生态"民歌的舞台化实践与"非遗"保护——在"中国原生态民歌盛典"学术研讨会上的发言》，《人民音乐》2011年第8期。

⑥ 同上。

种理性的音乐文化遗产保护工程里,对于每一个文化变迁的印迹,都必须采取具体的措施,对它们进行必要的跟踪调查和存立档案"① 的理念。而对民歌在民间生活中的生存机制,也就是使它能够活态地传承下去的内外部社会生态环境、自我生存能力、传承体系和传播方式等未有涉及。

人类学在摒除其学科"原罪"的发展进程中,脚踏实地地对"原生态"可能蕴含的"原生形貌"作了八个层级的细密划分:原始的——时间维度的原初性;原本的——事物生成的客观自然属性;原生的——历史变迁的关联性;原思的——原始思维的逻辑性;原型的——文化类型的共同性;原真的——民族志所呈现的文化构造多样性;原住的——土著权利的合法性;原创性——艺术创造的特殊性。② 并认为即使原生态其层析含义有诸多"原",其与当代文明,并不必然是一种"对立性存在形态",而是一种历时承继关系;无须远溯线性一维时间之始,而需对"话语/权力"注入新质,因而,当代原生态的大热,虽有现代传媒与商业市场炒作之嫌疑,然其终究包含了人类不断求索的自然、和谐的"原生态的现代价值",是"一个特殊的地方知识和民间智慧,一个特定族群的认知和认同依据,一个特别的文化表述类型和范式,一个特色的艺术系统和技术魅力"③。

当今中国,文化批评界对"未经商业文明洗礼的原住民文化"的判断实属高蹈之论,所谓"原住民"天然就该属于地理偏远、族属异质的中国少数民族?商业文明与原住民文化就是二必择一排他式的选择题?当下的中国还能否找到这样的"原住民文化"?或"原住民文化"都值得商业文明之市场之手打造吗?等等。然而其"悖论"之问却是无论哪一门学科都应该严肃认真对待的,这也是"原生态"的现代价值追求和非物质文化遗产保护所必须直面的"悖论"。而其中的选择,也涉及(各学科)学者的职业操守、学科伦理等形而上又形而下的基本立场。

中国民俗学曾经走过不算短的"遗俗"研究时期,被非物质文化遗产政策重新激活学科活力的民俗学界,对曾被掣肘于"未开化之民"的"遗俗"研究的学科之痛仍记忆犹新,于是某种程度上,对寄寓着新学术

---

① 杨民康:《"原形态"与"原生态"民间音乐辨析——兼谈为音乐文化遗产的变异过程跟踪立档》,《音乐研究》2006 年第 1 期。

② 彭兆荣:《论"原生态"的原生形貌》,《贵州社会科学》2010 年第 3 期。

③ 同上。

生长点的非物质文化遗产保护当中的"原生态"之论调近乎本能般地强力反驳,略失客观冷静。"原生态"之内蕴的原生、本真的生活场价值,值得再予学理观照。

总体而言,上述各学科论域内的"原生态",大部分是基于对其组词形式的表象理解后的匆忙之论,缺乏对"原生态"的出现时机、具体语境和价值意义等的深入细致的学理梳理,更忽略了观察"原生态"受到社会各界、普通民众普遍热烈欢迎的社会事实。而"原生态"核心理念可与当前国家非物质文化遗产保护运动紧密联系的相关特质,更提示我们应再进行一番剥丝抽茧的细密分析,尝试构拟其当代语境下的本土化理论话语体系,如此才可相得益彰。

第三节 "原生态"的国情语境与本土 理论构拟的意义

一 "Authenticity"与"原生态"

(一) Authenticity

严格来说,西方理论词汇并未见"原生态",可相对应的是一个来自哲学领域的"Authenticity",译为"真实性"、"本真性"或"原真性"。

在对"真实性"与"原真性"的比较考量上,参与物质文化遗产保护——古建筑修复的建筑学界认为:"真实性"在其表述途径中需追加"何时的真实"这一判据,而"原真性"之汉字"原",本身即提示了其时间维度,因而就表达途径来说,"原真性"的字面信息量大,包括了"真实"和"原状",点明了(物质)遗产与时间维的紧密关系,优于"真实性"措辞。但是"原"字的时间指示意义,也容易使其关联原初/原状,而成为持不同意见者集中质疑之处。[①] 然而固守"原真性"标准也有局限性,目前,就古建筑修复物质遗产保护的操作实践来说,大都通过时间维的加入,既努力还原其原初特征,又适应物质遗产在历史(功用)流变上的后续特征[②],即如音乐学领域的努力一样,保留其对象在不同时

---

① 张成渝:《"真实性"和"原真性"辨析》,《建筑学报》2010 年 2 月。

② 金星:《遗产保护与"原真性"——寻求遗产保护的新思路》,《建筑与文化》2009 年第 6 期。

代/变化的轨迹,在这个意义上来说,这也是一种时间维上的历史性"真实",诠释着历史生成的轨迹。

中国民俗学界多取"本真性"或"原真性"。就前者来说,"本"之"本来"、"原来",具时间维度的指示意义;在"本"之"本质"、"原本"价值维意蕴上,隐含对真实性的追求。"原真性"与之同理。

西方民俗学发展历程中,一直存在着本真性追求,民俗事象的"真伪"、"二手"之评判标准——所谓的"莪相之争"①,曾肩负着民族精神复兴的伟大使命。然而在人文、社会学者的推动下,曾严格追求其经典学术旨趣的"实证"、"科学",也开始逐步更为关注共时性的知识生产、民俗传播下的变异等问题,于是对本真性的苛求转向了发问:"是谁、在什么时候、为什么需要本真性"②,更何况,本迪克斯早已明确指出:对艺术品真赝有着"根深蒂固成见"的异文明系统下的"本真性"问题,能在多大程度上适用于中国社会和学界?因而本真性的有趣之处在于:"不是为了区分真实和虚假,而是要了解在个体和群体的话语中,本真性的功能和意义究竟是什么。"③ 那也就是说,成长于西方理论下的中国民俗学,在原生态问题上并没有现成的模式化的理论模具可以套用,借其理论的智慧光芒,我们得自行探索。

(二) 原生态

"原·生态"的论争核心,首先在于汉字"原"之多义。"原"有"①水流起头的地方;②根源、因由;③开始发生,来源(于);④追求本源,推究;……⑥最初的,没有经过加工的;⑦原来的;⑧副词:本来;……"④ 等义项,既指涉时间初始维度,又指涉其本质状态。"生态"指示场域的空间维度,乃为客观中性的词汇。"原"之多义,在中国汉语语境里,如⑥⑦⑧义项,其倾向意义基本等同于真假价值评价的正面。因而,就"原·生态"这一组词形式来说:"原"为"生态"附加的时间维与价值维,导引了对其"生态"的时间推断问题与真实判断问题,同时,又在很大意义上促成"优劣高下"的价值判断。这也正是我们纠结于"原生态"与 Authenticity 的"原真性"、"本真性"的一个成因。在某种程度

---

① 瑞吉娜·本迪克斯:《本真性 Authenticity》,李扬译,《民间文化论坛》2006 年第 4 期。

② 同上。

③ 同上。

④ 《汉语大字典》九卷本(第二版),四川辞书出版社 2010 年版,第 85 页。

上，这也证明汉语词组"原生态"与 Authenticity 的翻译措辞不存在直接对应的关系，但这不意味着对其词汇核心理念——"本真"追求的拒绝。

就生物学意义上的"生态"而言，"终极原生态"乃是宇宙大爆炸、地球诞生之时刻，线性一维自然物理时间下的生态变动不居，因而，所有的"生态"都是其自身的"原生态"；所有的"生态"变迁，也都是其"原生态的变迁"。文化生态也同此理：终极文明已随历史远逝不可稽考，当下文化生态即是其文化的"原生态"；历史以来文化之变迁，也正是其文化原生态的变迁。时间维度的回溯仅具相对意义。

而就"生态"之空间维度，即"场"来说，只有优劣之分，真实之价值意义无涉。也就是说，即使科学实验模拟之"生态场"，都是为"真"；为得到不同实验结果，人为操控实验条件的改变，也是为"真"，都是被试之"生态"：和谐则共生，不和谐则有汰选。此从自然科学到人文社会学科皆可成立。故此，笔者同意学者理性、学术理论不能一厢情愿干涉符合其生态主体利益或意愿的相关实践。[1] 民俗"真伪"之辨、"传统发明"与否，都不是民俗学研究的关键问题，否则任何民俗之"初始"，都是人类的一项"发明"——"发明"都为"原生"、"本真"，仅在不同时代和不同主体的评判标准下有优劣之别；民俗之传承，也正是不同时代的"发明"，层累地积成为传统。[2] 民俗学等人文学科只可对社会现象的价值优劣做出基于学理的观察、评估与预测，其结果最终还是得经过民众的自行检阅和选择。

正如前已引本迪克斯的诘问，Authenticity 的"真实性"、"本真性"与"原真性"诉求，仅具线性时间维的指示意义及诉诸"真实"的价值意义，还并不直接关切"原生态"之中国语境与本文学术目标。

那么"原生态"的国情语境该是什么？

二 "原生态"之中国国情语境

在产生于西方工业社会殖民/后殖民"Authenticity"语境中，"原始"是相对于西方工业社会的现代化；"静态"是相对于发生"传统断裂"的

---

① 施爱东：《学术与生活：分道扬镳的合作者——以各类"公祭大典""文化旅游节"为中心的讨论》，也持同样观点，见《文化研究》2008 年第 1 期。

② 如顾颉刚的孟姜女研究成果。

西方现代社会；"封闭"是相对于地理大发现及现代交通工具所提高的人类出行能力，并不完全适合中国式"原生态"（民族、歌舞）概念产生的国情语境。

如前已述，"原生态"的大热，是伴随着一系列来自边远的（非中心）、非汉族的（非主流）艺术形式"载歌载舞"进入国民公众视野的。以杨丽萍《云南映象》为代表的（少数民族）"原生态歌舞集"系列、各类荧屏（舞台）的西部/少数民族原生态民歌大赛以及中国民众/观众超乎想象的热烈响应，这是进入 21 世纪以来，国民经济迅猛发展，地区地域各方面差距也空前加剧，以及历来主体民族汉族与其他各少数民族不均衡发展的基本国情下的中国式"原生态"语境。

异种族异文明系统关于"异邦他者"的学术理论话语体系，不自觉地被惯性套用转化为中国国情下的同种族同文明系统①的"内部他者"。不言而喻，后一"他者"，在大部分中国民众、甚至一部分传统学术思维模式下的学者们的普通理解中，有着如下的心理倾向等同意义：

一、地理疆域上，多指中国西部地区。而中国西部地区在当今中国经济国情下，基本等同于经济欠发达地区（后文将列举的西部省份开展的"原生态"相关实践，也可视为反证与自证）；

二、民族属性上，多指除汉族以外其他少数民族，或部分西部汉族；

三、艺术类型上，多指非常见于舞台、非学院体制教育的民间歌舞类型；

四、文化类型上，多指传承千年的以儒家文化为代表的汉族文化之外的少数民族文化——尽管五千年华夏文明的历史，就是一部各（少数）民族相互交融、学习、碰撞的历史，有否纯粹的、系统原生的汉文化或（某）少数民族文化都值得严重怀疑。

如果较真细究一下少数民族及其所集中聚居的西部，为何就如此"顺畅合理"地被想象成"异（同）邦"的"内部他者"，至少可以从《山海经》那个年代开始：山的那头海的那边，生活着一群异服异言甚至"异形"的"种类"；"蛮"、"夷"、"狄"、"胡"环伺"中原"，是"非受圣人之教"的"化外之民"；"中国"是世界的中心……中国当代文学中的"寻根文学"，也曾经"以学者的姿态投入对非汉民族及地域文化的研究，或者走

---

① 笔者认同"中华民族多元一体格局"。

进大自然、到人迹罕至的所在去寻觅生命存在的特殊感受"①。民俗学家也曾从民俗的"原始初生态"探讨过文艺的机制。② 可以说，当时的寻根文学创作及文艺批评就已有了对"原生态"理念的初步倡导和实践。

即便如此，历史发展时间延续、文明体系相对统一、地理疆域长期大一统、民族成分来源多元化的华夏文明，并不完全适用于西方理论术语的简单套用。更何况，新中国成立后"各族人民当家做主"，改革开放三十多年的成就，都已远非西方人类学语境。"原生态"得有一个本土化过程。

而"原生态"这一社会热词，就出现在全球化现代化进程中的上述中国具体国情语境下，产生于商品化消费主义的时代中，生长于国家非物质文化遗产政策鼓励文化多元化发展的当下。因而，实现整体生活论转向的，以"语境中的民俗"③ 为研究对象的中国民俗学研究方法论，在本书的研究论域中，就是正视以民族民间民歌为代表的"原生态"概念产生的国情"语境"，正视民族民间民歌的"原生态"实践所代表的理论意义及现实诉求。

三　本土理论构拟的意义

虽然原生态受到的学术质疑大于赞同，但并不妨碍它继续作为西部各少数民族聚居省份建设"民族文化大省"，实现（地方民族）文化大发展大繁荣目标的一个文化支点。各种民族民间艺术团体的艺术活动，或地方政府在主导非物质文化遗产保护当中，也频频打出原生态的大旗，收到良好的社会、文化和经济效益。④ 保持新闻触觉的部分权威主

---

① 陈思和主编：《中国当代文学史教程》第二版，复旦大学出版社 2008 年版，第 279 页。

② 陈勤建：《原始初生态民俗内在的文艺机制》，《民间文艺季刊》1986 年第 2 期。

③ 刘晓春：《从"民俗"到"语境中的民俗"——中国民俗学研究的范式转换》，《民俗研究》2009 年第 2 期。

④ 如《云南映象》及其系列的"原生态歌舞"演出已经成功实现全国、全世界巡演，现常驻云南昆明会堂的演出也场场爆满，长演不衰，"是到目前为止，国内惟一依靠一台节目就可以养活自己的舞团"（CCTV - 1《看见·生命的旁观者——杨丽萍》20120219 节目解说词，http：//news. cntv. cn/program/kanjian/20120220/100361. shtml）。《云南映象》不仅是一张享誉世界的"云南名片"，还是云南省建设民族文化大省的一出重头大戏，对云南 25 个少数民族的民族文化展示，有不可低估的示范和带头效应。"多彩贵州·中国原生态国际摄影大展"从 2008 年至今已成功举办四五届，形成了具有较高知名度的国际文化品牌。其他虽无"原生态"字样的明示，也多与自然生态山水、民族文化特色为创作主题，出现了如"印象·刘三姐"等原生态地实景演出系列，等等。以上皆可在互联网上查到相关内容。

流媒体对原生态"一边倒"的宣传报道立场,或许可以看作是争论不休的学术界的一个反面。

2006年央视青歌赛首增"原生态组"取得强大争议声中的巨大成功后,《光明日报》以《增添原生态唱法,青歌赛的伟大创举》为标题,热情洋溢地盛赞这是一"伟大创举",在对"'原生态'概念产生于'全球化'越来越直接地作用于社会文化生活时"进行了客观理性的分析之后,也不无忧心地认为:"'原生态'这一概念的出现是在拷问我们的文化认知。"[①] 2011年4月20日,《光明日报》发表《对文化原生态的期待》,联系之前通过的《中华人民共和国非物质文化遗产法》(2011年2月25日),提出:"在国家经济不断发展,人民生活水平不断上升,而原生文化却因此不断走向消亡的边缘,保护原生文化的工作,即保护民族民间文化的工作,也因此变得更加突出。"[②] 2012年2月18日,《光明日报》再次刊发《原生态文化亟待保护》一文,对少数民族"珍贵稀缺的原生态文化资源"被少数民族自己本身,在与外界沟通、上学、就业等现实抉择面前,"干脆放弃民族教育,放弃了本民族所固有的语言、文字以及生产生活方式"[③] 等现实,感到十分的忧虑。

这样关注原生文化走向的关切态度和客观理性的务实立场值得学术界反思。我们或许也可将之看作是对学术界的一个提醒和敦促:暂且搁置概念组词本身的争论,或对之加以界定提升,更多地关注"原生态"在促进民族地区民族文化展示、保护和建设的现实意义,以更深入细致、更具现实关怀的理论建构参与到少数民族地区"原生态式"的非遗保护的实践中来。

应该说,学术界关于"原生态"的"名"—"实"、"真"—"假"、"原"—"非原"等的争论之声一直都没有断绝过,只不过相应于社会现实"原生态"的蓬勃发展,学术界更高端的理论探讨平台的关注多少有些延宕,参与学者们的论域也不是那么集中,学术视角、话语甚至立场也

---

① 所引句子为《光明日报》《增添原生态唱法 青歌赛的伟大创举》之两个标题,李松,2006年7月18日(http://www.cctv.com/qgds/20060718/101538.shtml)。

② 彭世团:《对文化原生态的期待》,《光明日报》2011年4月20日第14版(http://epaper.gmw.cn/gmrb/html/2011—04/20/nw.D110000gmrb_20110420_2—14.htm)。

③ 刘青友:《原生态文化亟待保护》,《光明日报》2012年2月18日第9版(http://epaper.gmw.cn/gmrb/html/2012—02/18/nw.D110000gmrb_20120218_1—09.htm)。

还有待更新。

2009 年 9 月，贵州省举办"原生态文化：价值，保护与开发"国际论坛，《读书》编辑部参会后，"觉得很有意义"，才辑录了几位与会者的发言刊发，"以引起大家对原生态开发与保护的重视"①。2010 年 6 月，贵州省又举办"人类学与原生态文化：第九届人类学高级论坛暨首届原生态民族文化高峰论坛"②，《光明日报》国学版刊载了来自不同学科专家们的原生态论争，这才被认为是"知识界参与的信号"、"变动中的社会对学术提出了新的需求"、"学术界的连续性姿态"③。

"首届原生态民族文化高峰论坛"的主题是："原生态文化与中国传统文化（国学）"，首先就将原生态（民族）文化与代表中国传统文化的国学联系起来进行探讨，寓意颇深。联系本文的论述主题，郑杭生教授的观点值得注意：一、"原生态"与"传统"一样，是被现代人从对过去的重构或新构所构建起来的，因而成为现代生活的一部分，如当下的非物质文化遗产，因而不可能有绝对意义，只能在相对意义上理解和使用。二、相对意义上的原生态文化是存在的，是"现代的成长和传统的被发明"，也是现代性之所以推进的一种动力。因而，"保存原生态文化，要有利于这个原生态文化的主体，有利于他们的进步，有利于改善他们的生活，这是一个最重要的标准"④。与会学者中，彭兆荣教授曾对"原生态"概念作过人类学论域的认真梳理，如《民族志视野中"真实性"的多种样态》、《"原生态"的原始形貌》、《论"原生态"的原生形貌》⑤ 等。他也认为"原生态"是一个中国组装的词汇，中国应该有自己的话语来描述它，至少也应该作些"本土化的努力"，⑥ 等等。但是，如果再仔细审读

---

① 《原生态：现代与未来》"编者按"，《读书》2010 年第 2 期。

② 2010 年 6 月 23—24 日，由人类学高级论坛秘书处和贵州凯里学院主办，《光明日报》2010 年 8 月 9 日第 12 版"国学论坛"刊发了论争全文。

③ 徐杰舜、梁枢、郑杭生等：《原生态文化与中国传统》中徐新建的发言，《广西民族大学学报》（哲学社会科学版）2011 年第 1 期。其他与会者还有：叶舒宪、徐新建、彭兆荣、陆益龙。

④ 徐杰舜、梁枢、郑杭生等：《原生态文化与中国传统》中郑杭生的发言，《广西民族大学学报》（哲学社会科学版）2011 年第 1 期。与本文无关的其他论点不再陈述。

⑤ 分别载《中国社会科学》2006 年第 2 期、《读书》2010 年第 2 期、《贵州社会科学》2010 年第 3 期。

⑥ 徐杰舜、梁枢、郑杭生等：《原生态文化与中国传统》中彭兆荣的发言，《广西民族大学学报》（哲学社会科学版）2011 年第 1 期。

这些"跨学科与超学科"① 的学者们的"首届高峰对话"，不免也生发一些遗憾：第一，过于狭窄地认定原生态文化就是西方传统人类学的研究对象，顺手就能举出当今最新世界人类学报告中所谓最原始的"原生态人"作为例子，对论坛举办地盛服接待他们的苗族歌舞，反而似乎都"视而不见"；第二，或囿于论坛主题或对话氛围，与会学者对"原生态"概念本身并未做出更加充分和独立的阐释，倾向性地认定需溯古到人类文明之初始、中国文明之源头，特别是传统文化之精粹：国学——虽然对国学概念本身的模糊性也表示了保留意见；第三，原生态的现代意义、对当前少数民族地区经济发展与文化保护和建设的关系及意义等也未涉及等。

　　这不能不说明，当前学术界对"原生态"作为理论概念、作为社会文化热点的思考还远远不够。在此意义上，本书愿意以一个个案田野来尝试作点思考。

第四节　学术与生活的对话——民俗学视野下"原生态"的个案分析

一　学术话语中的"原生态"与民间生活"原生态"

　　如前已述，"原·生态"的组词模式下，"生态·场"诸构成要素皆是为"真"——不必然意味着"优"或"和谐"。在此基础上，理解"原生态"的关键核心就在于时间维度的确立与"生态·场"的价值优劣的观察与判断上。

　　那么，"原"该溯到何时？原始社会吗？简单进化论下的经典社会形态学早已为我们建立好了人类从原始社会、奴隶社会、封建社会、资本主义社会到共产主义社会的"进步阶段图景"，再加上中国人文化基因当中对历史的偏爱，五千年文明史的溯古从来就是一种习惯性的思维模式。可是汉字"原"的能指不单只是有"原始"——文明之反意——的唯一义项，"原"还有"①水流起头的地方；②根源、因由；③开始发生，来源（于）"等"起源"之意。如果不是对考据有特别的偏好，这也就意味着

---

① 徐杰舜、梁枢、郑杭生等：《原生态文化与中国传统》，《广西民族大学学报》（哲学社会科学版）2011 年第 1 期。

"生态·场"能容纳的生态要素,来自滚滚历史长河之流中,大浪淘沙,能留下至今的,就正如郑杭生教授所总结的,是"被现代人有选择地重构或新构所构建起来的",它就是我们现在的日常生活,个别"优异者"成了非物质文化遗产。

"生态·场"因之也就是一个变动不居的概念,曾存在过的、发生过的都是真实。但是,无论是在自然科学还是社会科学意义上,我们却尽可以对各个不同"生态·场"做出优劣、高下、正确或错误的分别来,这当然就取决于对生态场构成诸要素及其相互关系的考察,以及评价的不同标准。在此意义上,本书认为"(文化)生态"作为描述人类文化互动的、也是动态发展的状况的汉语词汇,优于其他同类词汇,如"文化空间"或"场"、"场域"、"语境"等,其间,还可以贯注、投射或寄寓人类作为生态主体、文化主体的主体意识。

以上对"原·生态"的基础意义作了解释说明,也再次表明,在宇宙物理时空的绝对意义上,当下即为"原生态"。本书的"原生态"研究,无须回到过去的某个时候寻找"原始证据",当下田野即是;更无须分辨"原生态"的真假,存在即是为真、真实,甚至本真、原真。本书的"原生态"视角,与其说是在定位时间维和检索生态场中诸构成要素,不如说是对诸要素进行学理上的观察和优劣评判。在这个意义上,本书的"原生态",更是一种观察立场。

可是,"原生态"却是一个"产生于'全球化'越来越直接地作用于社会文化生活"的词汇与概念,本书的学术目标,也是要通过对一个特定时空的民俗事件、民间生活进行田野调查,最后以民族志的写作方式,运用一系列学术语汇对其进行描述阐释,使之作为国家级非物质文化遗产能更好地活态传承下去。因而,作为学术话语的"原生态"与民间生活"原生态"的关系,还远非上文的寥寥数语就能道尽。

"写文化"① 之后的民族志写作反思,提示本书的原生态田野调查应充分关注如下方面,观察立场才能更趋客观,作为学术话语的原生态才能在其生活细节真实的意义上,真正展示民间生活原生态。

---

① [美]詹姆斯·克利福德、[美]乔治·E.马库斯编:《写文化》,高丙中、吴晓黎、李霞等译,商务印书馆2006年版。这是一本关于民族志写作主体及其写作方式反思的论文集,目前在国内学术界产生较大影响。

第一，民族志的主—客体关系。

民族志的对象——客体长期缺席失声毋庸置疑，可这不意味着他们没发出过自己的声音，没有自己的生活，没有参与到社会历史的（现代化）进程，没有与民族志主体进行过互动，甚至"戏弄"过主体——本书将尽量展现地方文献资料中客体的声音。地方政府、文化学者和普通民众们的活动和诉求也是本书原生态观察立场的重要一维。但是，更为复杂的情形通常是：民族志客体常常根据主体的（想象性）"要求"成为自己——"如果说民族志作者是站在本地人的肩膀上阅读文化，那么当本地人写作每一个文化描述时，他或她也是站在民族志作者的肩膀上阅读。那些原来被归类为无文字的人们的反应越来越将田野工作者们拘束在自己出版的作品里"①。换为本书的论述语境：如果我们曾经的民族志写作主体，长期以来仅以简单的、粗陋的"原生态"概念来表述客体，客体也将此作为自己的"标签要求"的话，那么就算是客体自己发出的声音，也难免朝向简单、粗陋的"原生态"的表层理解上去。此类情景田野现场并不少见，可是传统学术研究的惯性模式还未曾认真自省过这种所谓主—客体关系的互换与渗透，这更警示原生态作为注入新质的学术概念进入民间生活领域的重要性。

第二，民族志的写作。

"真正生活在土著之中与偶尔钻进土著人群询问若干问题在效果上是全然不同的。与询问相比，'参与其生活进行观察'在获得信息的深度和广度上是非常不同的。一些现象靠询问是根本无望获得的，只能在完全具体的现实状态中被观察。"② 笔者归属于田野调查地的长期的日常生活无疑给了本书原生态民间生活立场写作的基石。本书再现了其中部分非概论式、非走马灯式观察的"微观生态"：少数民族本身也对"自己的"艺术形式有着不同甚至负面的评价；生存压力和求发展进程下，也会做出务实的选择；国家级非物质文化遗产荣誉也非"政策万灵"。笔者深度"参与生活"，还能感同身受地觉察到如下微妙之处：日常生活中、歌会现场上的民俗艺术展演，好像并没有学术话语当中那么多"民族艺术特性"的美好浪漫甚至齐整的"必然性规律"，似乎也没太紧迫的"传承使命感"。

---

① ［美］詹姆斯·克利福德：《论民族志寓言》，《写文化》，李霞译，商务印书馆 2006 年版，第 159 页。

② 高丙中：《〈写文化〉与民族志发展的三个时代（代译序）》，《写文化》，商务印书馆 2006 年版，第 11 页。

口头编创的民歌,不成句不成曲不忍卒听的也比比皆是。总之,一切都像是普通日常生活中,该发生就发生,没发生也大不了的普通物事——简单、琐碎、繁杂、随意。官方主办下的歌会,有时甚至可说"朝令夕改"、"好心办坏事"等,民众对之也有抱怨,可还算很期待很积极,或许这也就是所谓民间生活原生态的真实本意。十一年间官办歌会状况的梳理以及笔者作为普通参与者,对2010年、2011年两年歌会现场的调查日记,就是尝试以此形式观察记录朝向当下的田野当中,各族群众要参与到自己的民俗节日和艺术表演,所将同样会遇到的,或多或少这样那样有意无意的"阻隔"或"遗憾"的歌会原生态。而这样"非完美、非浪漫的"歌会正是被外界(包括学术界)寄寓了诸多想象的原生的本真的歌会原生态。这也在民族志的写作形式上,尝试平衡所谓"全知全能的"与"天真的"民族志记录者的形象定位焦虑。如是原生态,或许才能对我们在学术话语中建构"原生态"的本土话语提供更真实的基础。在这个意义上,歌会调查日记就是在同类意义上模仿《天真的人类学家》的写作模式,以展示外界对"原生态"的美丽幻象。同时,也是为着以调查日记的形式,如实呈现作为民族志写作主体不可避免的"我来了,我看到,我思考,我描述"的个体性的主位立场。

　　第三,民族志写作目的。

　　在对原生态的简单理解及中国特有的国情语境,甚至传统学术理论研究模式下,西部少数民族民间歌舞艺术很大程度上就承担起了对"最后的原(始)(文明)生态"的想象。在传统民族志学术写作中,"这种共时性的悬置有效地将他者文本化,在一种既不在时间的流动中,也不在同样暧昧不明、变动的历史的当前创造出一种真实感……有关正在消失的初民社会的主题和有关传统社会的末日的主题在民族志写作中随处可见"[①]。"当许多常规民族志用现在时态描写一种正在过去的现实——'传统'生活。对一个可知的共同体的虚构'可以为了一个广泛的道德行动而被再创造。但被采取的真正步骤是放弃任何对现存社会的直接反应。作为一个普遍的回溯性条件,价值存在于过去'。"[②] 也就是说:本书个案对原生态

----

① 　[美]詹姆斯·克利福德:《论民族志寓言》,《写文化》,李霞译,商务印书馆2006年版,第150—152页。

② 　同上书,第155页。单引号内为作者引述乔治·艾略特小说《中镇》中的话。

的学术话语的建构努力,不是为了成为一种"文化遗失和文本抢救的田园诗寓言"①,恰恰正是在朝向当下的田野,在对原生态民间生活的观察中,本书发现民族民间艺术有其(应该能)② 生生不息的生命规律,由此,学术话语中的"原生态"与民间生活原生态的关联(应该能)打通,而不至于各说各话、越行越远。

无论"原生态"在当代中国社会的出现是个"警喻"还是"隐喻",学术界都不能再简单地回避或抽象地谈论它了,因为我们——无论是主体还是客体——正生活在日常生活的原生态中。

二 朝向当下石宝山歌会的原生态个案概述

本书"原生态"的命名择选及学术路径还在于关注如下社会—田野—学术事实:长时期以来,民间自发生长、自娱自乐的歌舞习俗,虽养在深闺人未识,却已是天生丽质难自弃,或至少也是充分满足、符合其文化主体之审美需求,否则无以解释其延续至今的能量。然而于现实话语权之主导方来说,就是处于学术理论观照、教育模式择选、媒体舞台展演等领域的边缘与非主流的生存模式。当下商品消费时代和非物质文化遗产政策下,原本生长于民间的歌舞基于不同原因被各种"展演"③ 方式甚至各视角的学术理论表述纷纷打造、包装,部分脱离了原来日常生活的原生场域,就此产生诸多"原生态语境"下的二元对立范畴,如:民间生活方式—媒体/舞台报道展现;民间习俗艺术—旅游包装营销;自娱自乐—换取经济收益;民族主位表述—学术客位表述;等等。这是简单或初级"原生态"关于"场域变化就非原来生态"、"消费商品化的民间艺术就不该是原生态艺术"、"原生态艺术应该回到原来产生它们的生活、劳动场景中去"等的争论集中焦点,堂而皇之地彰示着文化话语权的霸道。

以笔者的田野个案对象看来,大部分"对立"并非为其文化主体在其(平庸的、物质相对匮乏的)现实生活中所在意,甚至歌会赛歌台上夺得更好名次以获得个人的民间荣誉、白曲音像制品能销售出更多以收回

---

① [美] 詹姆斯·克利福德:《论民族志寓言》,李霞译,载《写文化》,商务印书馆 2006 年版,第 155 页。

② 未来无法预测,少数民族民间艺术在经济社会发展中最终被放弃、被淘汰也是不可避免的常态史。

③ 本书从广义概念上使用"展演"一词。

经济投入成本、能否登上更高更大的舞台——成为"明星"或获得更多经济收益,也是部分歌手们一展歌喉的内在驱动力。因而,笔者坚持认为:这种源于更为真实和现实的、生活当中的对曲赛歌会,不能用向壁臆想的理论预设批判指责。在这个意义上,本书并非是为承载着"最后的原生态"想象的少数民族民间艺术即将在当代消费商品社会下的"沦落"高唱挽歌;也并非为了振臂高呼在某具体时空,以具体形式保存所谓"最后的原生态"以便现代人的"现代心灵"能随时到彼处"栖居"。本书不是在批判"他者",而是批判我们对他者的想象性建构——所谓"原生态的幻象"已经在多大程度上影响、干扰了他者的自我建构。在此基础上才可谈论"建构他者并通过他者建构我们自身"①,而"我们",当然指全人类。

也就是说,本书个案田野语境下,真实存在于民间生活的原生态,在学术话语的"批判"下需新质的注入——除源于优异价值的本真外,更为关注文化享用者的整体生活诉求以及现代发展追求。就此而论,民俗学界严厉批判的"浪漫主义遗俗"可视作一个深具前瞻性的善意提醒。本书将从如下几个方面开展石宝山歌会的田野研究。

(一)溯"原"歌会"原生态"

从时间维度上梳理石宝山歌会的历史渊源:作为一个被政府接管多年的民间节日和被国家收录的非物质文化遗产,在无孔不入的全球化现代化渗透下,裹挟着地理地区经济差距、文化差异等因素,石宝山歌会的当下"原生态"已然呈现出了文化政治的意味。这是本书所力图想要在学理层面加以辨析的,也即民俗学界所力主批判的"原生态的幻象"。其被赋的"原",既是歌会历经坎坷在当下某种宽松氛围的社会文化环境的复苏、复原,又是在一定意义上,由"内部的他者"("本土的他者")的"异地域"想象甚至不平衡的学术传统(生态)所塑造与被塑造。其开始的时间,也远在非物质文化遗产运动兴起之前,也就是说,原生态之幻象,并非在非物质文化遗产语境下才呈现,早在非物质文化遗产运动之前,歌会、白曲自有其表述的文字和研究,相对来说,本书称此为"印象"。而无论印象或幻象,皆体现了现代化建设和地方民族文化建构的历史能动

———————

① [美]詹姆斯·克利福德:《论民族志寓言》,李霞译,《写文化》,商务印书馆2006年版,第161页。

性、国家认同与地方民族认同过程中的张力结构。而非物质文化遗产保护作为国家性的行政举措，也正在以强而有力的绝对权威参与着歌会与白曲的当代发展进程，学术话语的关注应正当其时。

（二）当下歌会田野"原生态"

在场域的生态维度上描写当下石宝山歌会原生态：朝向已经和正在经历着诸多改造和表述、已经和正在随着时势发展变化的当下歌会田野，我们仍能在其中发现（底层）民众文化主体的行为实践及理念诉求，其与官方意志、地方文化学者活动以及媒体报道非常不同——日常民间生活中的石宝山歌会、白曲，并非完全被非物质文化遗产运动所改造和学术表述所抽离，其"生活场"还有其自在的现象呈现，其文化主体还有着自己的现实诉求，这是我们梳理史料和稍稍走出官方主办的歌会活动（开幕式演出、对歌台对歌、篝火晚会）之外的田野现场中就能感受得到，本书称之为"现象"。就笔者两年歌会田野所见，至少四代人的参与者本质上依然还在延续着传统以来参与歌会的方式和期待，见证着歌会的历史变化，也还有着自己的"说法"，他们的"原生态"值得认真考量，在笔者看来，也正是石宝山歌会还能否延续的最后的"原生态"力量。

（三）原生态民歌——剑川白曲

对原生态民族民间艺术的价值维度发掘：剑川白曲是一种源于生活的民族艺术，民族语言的使用，不仅使其格律独特和谐优美，还蕴含了丰富深刻的民族生活智慧。本书对剑川白曲的描述、解读即是着意在其日常生活的意义、生命意识的感悟和认知上发掘其价值维度，并以此贯穿全文对民俗文艺生活相的价值立意。在此意义上，也是为中国民间文艺学的传统研究模式提出另一思考路径。白语歌唱的白曲，使得剑川白曲的实际接受面，并未普及本民族，也将更多的外来研究者甚至（外族的）文化（产业）开发者拦于其外。在这个意义上，剑川白曲的原生态意味更浓。就笔者多年的生活观察，近些年各种技术手段下的白曲创作、演唱和发行传播，基本停留于有着明显地域性、年龄层差别的少部分的剑川白族民众的接受群面上。所谓"现代化的冲击"也只指原有接受面的萎缩。也就是说，剑川白曲原生态的受众面还能否维持并得以扩张，这才是当前问题的关键。本书将以歌会现场收录的原生态白曲的翻译和当下场景描写、歌手情况介绍表明：外界、媒体、甚至个别地方人士对少数民族民间艺术简单粗陋的原（始）生态的想象，无疑只会让原本活泼的作为生活艺术的白曲再度"僵化、刻板化和污名化"①。更多的学术关注不仅极为迫切,面临的任务也将更为艰巨,国家非物质文化遗产要实现在其生活场中活态传承,还有为"原生态"艺术"正名"的前提工作要做。

(四)剑川民俗生活世界

从民俗生活世界的场域角度观察"歌"与"会"的"生活相":将歌会作为特定时空的"事件"放入更为广大的剑川白族民俗生活世界中,观察歌会、歌手、白曲所具有的地域性文化特征,并在本土叙事者的"倾诉"中,再次表明:正是剑川白曲在人生生命历程和日常生活中的歌唱,使其有生生不息的潜在力量。歌会、白曲就是剑川民俗生活世界中的"生活相",舍此无他。同时,本书也客观陈述歌会、白曲在当前社会的发展进程中,所正在面临的现实的"原生态"危机。而更为隐蔽的一个"危机",是为我们所习焉而不察、自在而不知的"文化变迁的逻辑"。

总之,上述的研究范围划分,或许能让笔者较为清晰地对研究对象——剑川石宝山歌会的原生性、综合性与现代性②做出更为理性的学术判断。

第五节　非物质文化遗产还是"原生态"

"非物质文化遗产"概念是与"原生态"概念几乎同时期出现的另一学术时尚。2004 年 8 月,中国签署联合国教科文组织第 32 届大会通过了《保护非物质文化遗产公约》。2005 年 3 月国务院颁布《关于加强我国非物质文化遗产保护工作的意见》,意味着政府层面全面正式的主导,而早先就已有学者及各方相关实践的积极有益的探路先行,此不列举。几年来,在政府行为的积极推动下,从中央到地方,从学院派学者到地方文化官员,再到创造、享有非物质文化遗产的传承人、普通民众都投入了相当的热情。相关机构的设立,各级别非物质文化遗产政策的制定及保护名录的建立,以及各类论坛、各路媒体的推波助澜,中国掀起了一场空前的"非物质文化遗产"热。在民俗学者看来,几乎使民俗学作为一个边缘、冷门学科在新世纪里获得了惊天大逆转,重新获得了学术生长点,焕发了

---

① 高丙中:《汉译人类学名著丛书·总序》,《写文化》,商务印书馆 2006 年版,第 4 页。
② 陈勤建:《民间文化遗产保护和开发的若干问题》,《江西社会科学》2005 年第 2 期。

生机。

非物质文化遗产同样是考察石宝山歌会的一个良好视角，然其官方立场、管理行政色彩与民俗学学术理论并非所能互洽。如果我们将几乎同步萌兴的"原生态"与"非物质文化遗产"两个概念及大致覆盖的研究范围加以交叉，依然在如下方面存在差异。

第一，"原生态"的积极实践者主要是民间人士，音乐学者如杨丽萍、田青等，然后引起（音乐）学界及政府部门的注意，媒体的介入使之获得广泛的传播面，进而在各领域大热①；而"非物质文化遗产"自始便处于政府强力主导下，媒体与学术界的参与进一步放大了政府的主导力量。

第二，"原生态"一经提出便倍受质疑，然终究成为一个不需详加辩解便被广泛使用的概念，由于在生活领域（如农副产品）也有涉入，公众认可度高；总体来说，"非物质文化遗产"仅为翻译措辞的选择问题，其概念所涉及种类及范围基本没有增删方面的质疑，公众认知程度正在提高。

第三，由于中国历史地理及各民族社会发展程度等具体国情问题，"原生态"概念在普通民众的理解当中有较鲜明的倾向所指，具体来说，地理范围上多指中国西部地区、边远地区、少数民族聚集地区；民族属性专属少数民族（或西部汉族）；艺术类型也常以歌、舞为主要典型。而"非物质文化遗产"原本即可以涵盖上述原生态的倾向所指，然而在西部、少数民族地区、传统民间歌舞艺术类型的民间判断及（学术）命名上，则稍显阔大而常被更夺人眼球的"原生态"换用。

第四，在笔者看来，判定口头与非物质文化遗产的标准较为客观明确，一经评定，对其"口头"、"非物质"等属性并无多少可争议之处，且有衡量其价值等级的标准，如世界级、国家级、省级等。而"原生态"似乎天然指向人类生活及艺术的"绝对价值"，其价值等级不可划分，其所唤起的所谓"心灵震撼"、"生命诗意栖居"、人与自然和谐共处的"人类意识"等也非目前更趋五花八门的非物质文化遗产名录项目所能比肩。

第五，受限于某些禁区，客观地说，部分列入名录受到国家保护的非物质文化遗产，如果其生成之"原生态"与民间宗教信仰甚至迷信有着

---

① 因论文视域，与"寻根文学"批评相关的"原生态"探讨不再旁涉，留待后来。

千丝万缕的联系,那么通常都需经过"漂白",呈现为所谓"正确的文化价值体系"。而在民俗学的视野里,此"原生态"应该没有禁区。那也就是说,作为受到国家承认的非物质文化遗产,一方面被人为割裂了其生成之源,另一方面需呈现为"正面"的继续繁荣的景象,其间的张力,唯有探寻本书语境下的"原生态"方能得以解释。

第六,基于不同学科旨趣立足点的"原生态",总体来说目前处于被强烈质疑的境遇。笔者多次意欲表明,学理式辨析的客观冷静,或仅只能作为被论证对象借此反观,冷静自省的参考视角。很多现实生活情境下,学者的理论快感不能当作正确/道德要求;学者的理论理性不能变成情感冷漠/冷酷;学者的理论创造应当与生活更加亲密。也就是说,至少就目前阶段,我们不能因"原生态"之"荒谬"而绝决断了以此为标榜、以此夺获更多眼球的"求发展"和"憧憬好生活"的民间艺术传承者的追求,这也并非民俗学学科伦理所能容忍。

总结起来,原生态首先是本书观察石宝山歌会节俗及民歌传唱的一个视角,有"生态"之"田野生活场"维度,也有追溯"原初"、"原本"之当代语境的"要求";非物质文化遗产保护是本书重要的理论资源和最终旨趣所在,是民歌节俗强大的外来促动维度,因而二者是正相关关系,偏一不可。其次,就事实上已处于濒危生存状态的西部、少数民族民歌艺术来说,有很多正是藉了各级各类"原生态民歌比赛"的舞台才得以进入中国国民的视野,得到媒体、学者的关注、报道、宣传与研究,进而再以跻身政府行为的各级别的评级名录,获得相关的政策和保护经费。这些来自外界的肯定、认同甚至追捧,很大程度上重新激起了民族内部的文化自觉意识,学理的冷静不能就此摒弃现象的分析。乔建中也认为:"因为强调'原生态'及其'生存、保护'而蕴含了更加丰富的文化内容和一个改变民歌生存状态的远大理想。"[①] 再次,在全球化现代化背景下,原生态民歌"尽管它们已经过不同程度变异,但都有其特定的生成背景和文化诱因,仍然属于活生生的人类音乐文化遗产"[②],那么,祛除非物质文化遗产语境下的"原生态的幻象",不仅是当代学者的文化义务,也是

① 乔建中:《"原生态"民歌琐议》,《人民音乐》2006 年第 1 期。
② 杨民康:《"原形态"与"原生态"民间音乐辨析——兼谈为音乐文化遗产的变异过程跟踪立档》,《音乐研究》2006 年第 1 期。

民俗学者保持现实人生关注的文化责任。

小　结

本章梳理分析了"原生态"之词源形成和组词形式的意义，综述了目前国内对"原生态"研究的相关情况。总体来说，原生态自有中国的国情语境，不可与西方语境下的"Authenticity"等量齐观。对"原生态"进行更深入的研究，是本土化学术理论体系建构的一个有现实意义的方向。本章还在当代更具理性反思的学术理论指引下，对即将以个案田野调查、民族志写作等方式进行的学术话语中的"原生态"构拟，究竟如何才能更好地关联、贯通民间生活"原生态"作了认真的辨析与思考。并对即将开展的朝向当下的石宝山歌会研究，规划了研究的范围和方向。最后表明："原生态"是本书的一个观察立场和问题意识，是对作为国家级非物质文化遗产的石宝山歌会的另一视角的观照与研究。

总之，本书将以历史文献梳理、田野深入调查为基础，辅之以相关理论思考，开显出关于"原生态"概念之于歌会、白曲这个具体调查对象更为贴切的意义。因此，相对于宏观原生态理论的讨论，本书是一个特定时空民歌传唱微观原生形态的观察及记录。本书提出和构拟的"原生态"问题意识，是对本土化原生态理论体系的一个尝试。

第二章

印象：众声纷纭的石宝山歌会

第一节　印象之云南·大理·剑川

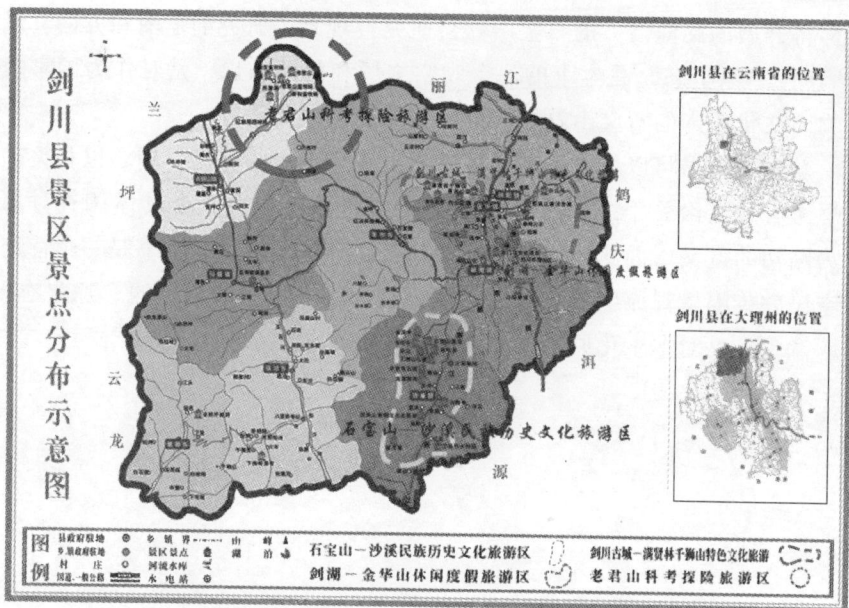

图 2 - 1　剑川县区位图　景区景点分布示意图

　　云南，位于中国疆域的西南边陲。其名由来，有说因位于"云岭之南"。客观的地理位置标识显然没有这样的传说浪漫：话说汉朝某一天子，仪容威赫接受被征服的地方某部落首领的称臣纳贡，问起他的故国，答曰："天之下，云之南。"这个回答既表示了被臣服于"率土之滨，莫非王臣"的无奈，也委婉地传达出天子也不能征服的"云之南"，就是自己的故乡。于是"彩云之南"、"彩云南现"、"七彩云南"就成了云南最为美丽也最为祥瑞的代称。这个传说如同一个精彩的譬喻，巧妙地隐喻了有史以来甚至直至今日，云南之于中国历史、疆域、文明、社会、文化等方面，在人们的想象中那种若即若离，既是又非的"神秘面纱"。极为特殊多样的地理自然气候环境、25 个少数民族多姿多彩的民族文化、与东南亚、南亚等国天然接壤的特殊区位位置等，如此种种，都足以让人听闻"云南"其名便心生向往。这样的浪漫想象，加之当代社会经济发展程度与东部地区的巨大差距，在经济全球化浪潮席卷的 21 世纪，有进一步加深的倾向。

大理，又是一个充满"风花雪月"① 美好想象的地方，历史上曾建立"南诏"、"大理国"② 等先后相继的地方政权，大约与建立在黄河、长江流域的唐宋政权和西北方吐蕃政权相当时期。唐末"天宝之战"就是彼此交集唐、吐蕃和南诏的重大历史事件。除却苍山洱海自然纯美的风景，白族淳朴深厚的文化底蕴，同样是"云之南"的一个恰当注脚。白族历史上没有自己的文字，自唐以来，便积极全面地学习汉文化，汉文化程度及水平在云南各少数民族当中堪称首屈一指，然而就大理大部分地区的白族来说，又保留和发展了自己独特的语言、服饰、风俗习惯等民族文化。这种处处印着汉文化影响痕迹，又显然风格迥异的似是而非、似曾相识，同样是一种文化的震撼。新中国成立后，根据党的民族区域自治政策，于1956 年 11 月 22 日建立大理白族自治州，辖有 1 市 8 县 3 自治县：大理市、祥云县、宾川县、弥渡县、永平县、云龙县、洱源县、剑川县、鹤庆县、漾濞彝族自治县、南涧彝族自治县、巍山彝族回族自治县。云南白族有 140 多万人，80% 居住在大理白族自治州，另外还有彝族、回族、纳西族、傈僳族等其他少数民族。

值得注意的是，当地人们日常语言中的"大理"，可能指称大理州所辖的各县，也可能仅指大理市；大理市内又以"大理"指称古城范围，以"下关"指称州府所在地。具体交流中，当地人很习惯用一个"大理"便指称上述的所指，不会混淆。每年 11 月 22 日的大理州州庆，又以全州

———————

①　"风花雪月"，是指大理市周边地区有代表性的四种景致的提炼：下关的风、上关的花、苍山的雪、洱海的月。

②　目前民族史学界基本认同于"南诏"是由彝族先民所建立，"大理国"是由白族先民建立。

重大节庆（放假三天，各县出节目参与庆祝活动）的形式强化着这一认同。主要以"大理市"（古城及周边如喜洲、苍山、洱海、崇圣寺三塔）为主的旅游业的繁荣，更将"大理"作为一个标志性名片推向世界。因此，大理州内各县的白族都强烈自我认同于地理位置上的"大理市"。譬如我们在舞台、节庆等宣传活动中常见的白族妇女服饰，是以大理市喜洲镇白族妇女服饰①为底本重新设计出来的属于舞台的"新金花服"，寄寓"风花雪月"②，不属于大理州任何地方③，然而却成了当代白族妇女的标志性服饰。苍山脚下崇圣寺三塔也是这样一个超地域的标志性符号。这于国家民族政策及民族学的民族认同与凝聚力来说，有着强烈的（积极的）示范意义，却于民俗学不尽然。就笔者的田野和阅读经历来说，这样的混同在有的时候并不有助于具体问题的理解。因此，在涉及不同地域的白族文化时会有标明。

剑川，位于云南省大理州的西北方，东连鹤庆县，南接洱源县，西靠云龙县和怒江傈僳族自治州的兰坪县，北邻丽江，县政府所在地金华镇（见图 2-1）。全县总面积约 2250 平方公里，总人口 177875 人（2010年），其中白族 161056 人，约占总人口比例的 91%，是大理州各县中白族人口比例最高的县。剑川白语是当地通用语，日常生活中的白语使用在大理各白族县中最为普遍。1982 年春，《白文方案（草案）第二稿》（中国社会科学院少数民族语言研究所徐琳、赵衍荪修改制定），就是以剑川方言为基础方言，以金华镇白语音为标准音作为白语的中部标准音④（南部标准音为大理喜洲白语，不过喜洲日常生活中白语使用明显并没有剑川普遍。南部标准音和中部标准音基本很难进行交流，又通用汉语）。以语言保留和使用情况看，推定剑川保有更深厚和更多的白族文化，应该可以成立。考古材料又证实了剑川其实自古以来就处于文明发展的前沿，且与外界有着我们现在都难以想象的历史。海门口遗址经考古发掘，论证为"一处从新石器时代晚期直至青铜时代的大型水滨木构干栏式建筑遗址。

---

① 如电影《五朵金花》杨丽坤扮演的"副社长金花"服饰。

② 长穗代表下关风的飘逸，包头花朵刺绣代表上关花，包头顶端短穗代表苍山顶的积雪，整个包头呈弯月牙形。

③ 剑川白族传统服装完全不同于新金花服，下文图片即可见到。另可参见汪宁生《西南民族老照片——汪宁生藏》，巴蜀书社 2010 年版。

④ 《剑川县志》，第 498 页。《白族文字方案》1993 年 6 月 18 日获得国务院批准推行。

出土的铜器, 以确切的地层关系证明该遗址为云贵高原最早的青铜时代遗址"①。相当于"从夏代的中晚期一直延续到商代末期"②。遗址中有稻 (2930±35 年)、粟 (2940±35 年)、麦 (2435±35 年) 等多种谷物的炭化遗存, 证明当时剑川海门口已与黄河流域有了粟作农业的交流, 并且发展出稻、麦的轮作技术。③ 大致于战国末至西汉初期的剑川沙溪鳌峰山墓葬群及出土文物表明, 虽是在本地新石器时代文化基础上发展起来的一种土著文化, 但在缓慢的历史发展过程中, 与四川西部、甘肃、青海地区的青铜文化有着"惊人的相似", 且"绝非偶然, 当与氐、羌民族南迁的历史事件有关"④。另有海贝 47 枚出土, 也说明可能当时, 就已有印度洋到我国西南的或来自我国东南沿海, 集中于中原, 又经中原到西南的"海贝之路"⑤。唐、宋时期, 剑川地处吐蕃与南诏交界处, 唐与吐蕃、南诏的连年征战, 客观上带来了文化上的相互交流。石宝山石窟就是遗存至今的客观证据。

第二节 印象之石宝山石窟

石宝山石窟群⑥位于剑川县沙溪乡石宝山, 石宝山平均海拔 2140—3038 米, 距县城金华镇 23 公里, 距沙溪镇 15 公里, 占地约 25 平方公里, 1982 年成为国家第一批重点风景名胜区。石宝山石窟是中国石窟中分布在最南方的石窟群, 分石钟寺 (见图 2-2)、狮子关、沙登菁三片区, 共17 窟, 233 躯造像。石窟内有南诏国天启十一年 (850) 和大理国盛德四年 (1179) 造像题记, 可推知它开凿的历史已超过 1000 年。石窟有南诏王者像、菩萨、佛陀、观音、明王、力士、护法、梵僧等人间王者、大乘、密宗等佛教教派造像, 题材独特丰富, 造型精美, 雕刻技巧纯熟, 线条细腻流畅, 具有浓郁的民族风格和鲜明的地方特色。1951 年宋伯胤受

---

① 北京大学教授、国家"夏商周断代工程"首席科学家李伯谦先生语。摘引自李昆声、闵锐《云南早期青铜时代研究》,《思想战线》2011 年第 4 期。

② 李昆声、闵锐:《云南早期青铜时代研究》,《思想战线》2011 年第 4 期。

③ 同上。

④ 云南省文物考古研究所:《剑川鳌凤山古墓发掘报告》1990 年第 2 期。当地实际地名应为"鳌峰"。

⑤ 李凯:《先秦时代的海贝之路》,《青海社会科学》2010 年第 1 期。

⑥ 石窟与歌会关系, 值得本节一书。

图 2 - 2　石钟寺远景

国家文物局选派,在当地文化爱好者沙溪乡下溪村村民杨延福①的陪同下,重点深入石宝山作文物考古,完成调查报告《记剑川石窟》,刊载于1957 年 4 月《文物参考资料》(现《文物》)②,1958 年文物出版社出版《剑川石窟》单行本。1961 年,石宝山石窟成为第一批全国重点文物保护单位。宋伯胤的研究和学者身份对剑川石窟的研究起到了"奠基人和开拓者"的重要作用,其关于石窟造像命名、编号和定义也就成了后辈学人沿用、再解释或质疑的出发点。③例如宋伯胤对第八窟"阿姎白"的命名及怀疑就是至今悬而未决的学术公案之一。其命名"阿姎白"(见图 2-3),据称是当地白语音译,"阿姎"是"姑娘","白"是"开裂"、

---

①　杨延福为剑川沙溪乡白族人,终其一生生活于此,对本民族的民间文化、掌故旧物极其热爱和熟知(甚至偏执),收集保留有大量汉文史籍,也有一些学术论文见诸各级各类刊物,至今在沙溪乡仍有盛誉。其著《剑川石宝山考释》(云南民族出版社 1999 年版),在笔者阅读看来,虽部分论点有待商榷,但颇有清人考据之风,且据民间"传说",笔者遵从其对一些资料性材料的记录和判断。

②　杨延福也随后发表《读〈记剑川石窟〉后》,载《文物》1958 年第 4 期,补充和更正了一些调查中的事项。

③　相关论文恕不一一列举,另请参看 2001 年"剑川石钟山石窟国际学术讨论会"论文结集。

图 2-3　石钟寺石窟第八号窟：阿姎白

"裂缝"，翻译成汉语就是姑娘身上开裂的地方，直白地说就是女性生殖器。不过部分学者及当地人①并不认同，认为白语中没有表达此意的固定词汇，而是个解释此窟形象的句子，李东红也认为，"实际上这只是个别不懂白族语的学者，20 世纪 50 年代在剑川白族中进行社会调查后得到的结论。白族语中并无此说。窟内也没有'阿姎白'字样"②。而当年宋伯胤考察时并未记录而见于现在的造像榜题内的"西匹乃"（"西"为白语"死的"意思，"匹"为白语对女性生殖器的称谓，"乃"是白语中的量词，意思为"一个"，完全符合剑川白语对对象名词式命名的语法结构——量词后置，当然也是涉及生殖器式的白语"脏话"，白族当中也不会轻易出口——笔者注）才是此窟的"合法"称谓。③ 有些见识的个别老一辈称八号窟为"'寄熬曼'——一种类似田鸡的蛙，直译可称'金蛙'"④。而普通白族民众通称此女根为"维"——白语中"佛像"、"神

①　杨延福在多年后才得以出版的《剑川石宝山考释》中，只是客观描述其形象："台上半浮雕一圆锥物体，高 62 厘米，正中凿一槽。"没有用白语命名之，第 82—83 页。
②　李东红：《剑川石窟与白族的信仰民俗》，《世界宗教研究》2006 年第 3 期。
③　同上。
④　陆家瑞：《"阿姎白"——白族"母性文化"符码》，《民族艺术研究》2003 年第 1 期。

像"的意思①（这个称呼相当普泛，在剑川的民俗宗教信仰中，略有神迹之事之物都可称为"维"）。

至于宋伯胤当年的怀疑，也是目前学术界争议的焦点："这个雕品，传是'女生殖器'。据我观察，虽不敢肯定不是，但有两点怀疑：第一，它不是原来就雕成的，很可能是莲座上的雕物被人打凿掉以后的结果；第二，如果它是原来雕成的一个极有意义的崇拜物，那么为什么要把崇拜物雕得这样粗糙，把崇拜物的座子、石窟两壁以及窟外的装饰又雕得那样细致，这是不可理解的。"②这就成了学术界长时期的关于"原有雕像毁坏，工匠顺势雕刻"或"原本就是"的两种争论。地方部分学者后来的研究，超越了怀疑，直接附会上了"白族原始生殖崇拜"、"佛教密宗女根崇拜"③ 等内容，也根据剑川白语、民俗行为当中保存有大量关于"母"的尊称、称谓得出了"'阿姎白'是白族母性文化的一个符码"④。有学院派学者沿袭此判断："白族固有的底层文化中有女性崇拜的意识"⑤，或认为是石窟雕刻时期，由于剑川特殊的地理位置而传入当地的印度婆罗门教、印度密教阿吒力、汉传佛教的禅宗、密宗，以及西藏的密宗相结合的产物。⑥ 田青综合了四种有力的怀疑意见，但还是谨慎表示："至少在目前找不到更有力的证据证明'阿姎白'系旁人强加给石钟寺石窟的时候，我们只能把它们视为一个整体。"⑦ 在此基础上，他认为八号窟是"佛教密宗的一个特殊的、写实主义的'曼荼罗'"⑧。

第八窟就地势来说，位于其余七窟——异牟寻⑨、阁罗凤⑩、地藏王

---

① 李东红：《剑川石窟与白族的信仰民俗》，《世界宗教研究》2006 年第 3 期。

② 宋伯胤：《记剑川石窟》，转引自张笑主编《剑川县艺文志》，云南民族出版社 2010 年版，第 157 页。

③ 董增旭：《南方敦煌——剑川石宝山石窟》，"云南国学讲坛"，见《云南信息报》"特稿" B4，2009 年 3 月 20 日，讲座于 3 月 21 日在云南省社科界联合会举行；另见《云南信息报》副刊·文化专题 B05，2009 年 3 月 20 日；《都市时报》"专题" A06，2009 年 3 月 20 日。

④ 陆家瑞：《"阿姎白"——白族"母性文化"符码》，《民族艺术研究》2003 年第1 期。

⑤ 丁丙：《剑川石钟山石窟造像缘起蠡测》，《民族艺术研究》2002 年第 6 期。

⑥ 王世丽、杨晓坚：《试论南诏大理国的佛教源流与"阿姎白"的文化内涵》，《中央民族大学学报》2003 年第 6 期。

⑦ 田青：《"阿姎白"与佛教密宗的女性观》，《中国文化》1993 年第 8 期。

⑧ 同上。

⑨ 南诏国第六代国王。

⑩ 南诏国第五代国王。

菩萨、华严三圣、维摩诘、八大明王、甘露观音之上。如果按主要奉行阿吒力派①的剑川民间宗教来看，观音为最高神祇，其下是大黑天神，第六号窟"明王堂"最右边的护法是"南方广目天王"（即"大黑天神"），其上是第七号窟"甘露观音"（俗称"剖腹"观音——为劝化世人，宁愿剖心以示其诚，剖腹之际即成佛），也就是说，石钟寺石窟群总体上体现了从人间（王者）到佛界、从菩萨到观音、从外来宗教再到本土信仰的相对的等级排序意义，八号窟应该尊极七窟之上。有学者认为应当是大理国时期的尊胜佛母——释迦牟尼佛的密教化身——也是大理国时期所创造的高于观音的最高神祇②，在其雕刻崩裂之后，才别出心裁地改造为"阿姎白"。有论者从石材雕刻特质、佛像密宗（阿吒力）宗教艺术造像的严格定制，以及八号窟孤证于当时内地佛教密宗艺术（如四川大足石刻）和藏传佛教密宗形象（如欢喜佛）以及剑川石窟群等证据，认为，"阿姎白"是石材崩裂痕迹引起人类对山、谷、巨石等普遍都有的"性心理意识"联想，并在以后的时间不断地进行修整使之更为形象化和物化，"并非'宗教'与'生殖崇拜'"③。

　　就石宝山的民俗活动来说，第八窟一直以来都是祈求受孕及顺产的崇拜物，民间有相应的祷词④，在成为国家级文物保护单位之前，由于香火旺盛，顶龛被熏得乌黑，女阴石刻也被祈求顺产的香油涂抹得乌黑发亮，香油甚至流渍蔓延岩下，经久不褪。龛前供人跪拜的石盘上，人们双膝下跪、双手扶地的地方，天长日久，竟出现了深深内凹的四个印迹。有论者结合田野民俗信仰调查认为石窟不仅是"过去的"，更是"现在的"，并非所谓的"原始崇拜的遗风"，而是普遍和实际的民间关于"送子观音"的"佛教信仰"⑤。冯骥才现场考察之后，当即表示："我已经明白了！"风格严谨写实的大师之作石宝山石窟，"绝不可能从中冒出具有强烈象征意义的阿姎白"⑥。其"阿姎白是利用一尊残损的佛像改造和再造的。很

① 目前宗教学界认为属印度密宗与西藏密宗在云南交汇融合当地土著民间信仰而形成的滇密之一种，曾广泛被南诏大理国"政教合一"时期所信仰。阿吒力教派信仰，目前公认为只在剑川还有其残存形式。

② 王海涛：《云南佛教史》，云南美术出版社 2001 年版，第 205—206 页。

③ 王瑞章：《剑川石窟"阿姎白"迷雾辨析》，《民族艺术研究》2006 年第 1 期。

④ 陆家瑞：《"阿姎白"——白族"母性文化"符码》，《民族艺术研究》2003 年第 1 期。

⑤ 李东红：《剑川石窟与白族的信仰民俗》，《世界宗教研究》2006 年第 3 期。

⑥ 冯骥才：《我眼中的大理甲马与"阿姎白"》，《民族艺术研究》2005 年第 1 期。

清楚了,阿姎白不是云南佛教的密宗思想使然。不是佛教的创造,而是再造。那么是谁再造的? 是民间,这再造的精神动力来自哪里? 来自民间——一种民间的精神"①。人们对它的崇拜,是"如今还活着的极古老的文化……是它亘古不变的灵魂,那就是对生命的热爱与虔诚……如果我们遗弃了有关阿姎白的口头记忆,最终它留给后人的只是一块被误解的胆大妄为的疯狂的性的石头"②。应该说,上述的论证更为坚实有力,也说明了民间的民俗信仰有时并不可确凿考证,各种极其偶然的因素都有可能导致不可预期的历史流变,应该在当下还活着的民俗中、从人类固有的生命意识里得出更具现实关怀的解释。

第三节　印象之石宝山歌会

上述对八号窟的论证,又大都以石宝山歌会男女青年的对唱情歌活动作为旁证:"石宝山歌会在某种意义上是性崇拜的一种特殊表现形式。剑川石窟中的阿姎白长期受到善男信女们的顶礼膜拜,据说是因为向它求子相当灵验。已婚未孕的妇女们通过参加石宝山歌会,到阿姎白前跪拜求子,回家以后竟奇迹般地怀了孕,生了子,所以就认为向石钟寺阿姎白求子灵验。可见石宝山歌会在古代是一个青年男女纵歌、纵野、纵情的盛会。"③ 歌会历史悠久,"是远古群婚的遗风几经岁月的淘洗而形成的民间节日"④。"源于'群婚'上古遗风"⑤"是中国古代远古群婚制和原始生殖崇拜的孑遗和历史见证"⑥。"石宝山歌会最初是白族原始的文化现象,是以信仰鸡神为标志,以女性崇拜和女阴崇拜为核心内容的宗教朝拜活动。"⑦"母系氏族公社时期"产生的鸡图腾崇拜"又是人类社会盛行族外群婚制的时期。从古至今,石宝山歌会期

① 冯骥才:《我眼中的大理甲马与"阿姎白"》,《民族艺术研究》2005 年第 1 期。
② 同上。
③ 剑川县文化体育局:《南天瑰宝——剑川石钟山石窟》,云南美术出版社 1998 年版。
④ 剑川县人民政府:《国家级非物质文化遗产名录项目申报书》2007 年,第 3、7 页。
⑤ 张文:《白族传统习俗"石宝山歌会"》,载张文主编《白乡奇葩——剑川民间传统文化探索》,云南民族出版社 2006 年版,第 42 页。
⑥ 同上。
⑦ 羊雪芳:《剑川石宝山歌会的历史文化内涵及其社会意义》,《民族艺术研究》2003 年第 3 期。

间盛行的情歌宣泄、野合等习俗，正是白族先民群婚制的遗俗"①。"石宝山一年一度的歌会，为各地而来的成千上万的男女提供狂欢偶合的机会和场合。这应当是桑间濮上男女野合一类古老习俗的遗留，也与女性生殖崇拜有关……男女野合狂欢可以促进大地的繁殖能力，有助于稻谷的生长。"②

　　八号窟是"原始生殖崇拜"并与歌会的"远古群婚"果真有着互证的关系吗？前已述石窟开凿时代非社会进化论式的"原始"社会，"生殖崇拜"溯茫然不可知的"原始"年代谬矣，更为含混的"远古"不值一晒。那"群婚（制）"又该如何辩驳？有学者认为：最早题记为"盛德四年"——大理国王段智兴年号，时已为南宋淳熙六年（1179）的八号窟，即便从世界民族生殖崇拜意识/物考古历史的序列来看，第八窟并非自然的遗迹（或形象联想或质朴加工遗迹），而是写实般地赫然陈列于明显体现封建社会时期宗教意识的石窟形制和石窟群里，因此，歌会期间膜拜阿姎白以及一定程度"性自由"的民俗活动，与代表着原始的"女性生殖崇拜"并无实质联系。③ 八号窟以其形制，也孤证于同样以对唱情歌为节日盛会活动的大理白族绕三灵④当中。再者，求嗣于八号窟并不限于歌会期间，笔者多次去过石宝山石窟，亲眼所见大年三十、春节正月初一妇女们（不限民族，从语言服装即可判断出）的旺盛祷拜（因为国家文物，不能再烧香火，更不能手触文物），其他不定的时间，也基本能见到祈

---

　　①　羊雪芳：《剑川石宝山歌会的历史文化内涵及其社会意义》，《民族艺术研究》2003 年第 3 期。

　　②　丁丙：《剑川石钟山石窟造像缘起蠡测》，《民族艺术研究》2002 年第 6 期。

　　③　王瑞章：《剑川石窟"阿姎白"迷雾辨析》，《民族艺术研究》2006 年第 1 期。

　　④　大理白族绕三灵，大理市周边白族的一个集歌舞、祭祀等诸多文化内容为一体的一个民俗节日，对它的阐释可谓白族研究的一个"显学"。研究视角不同，所谓"道学家看见淫"——"不受惩罚"的"婚外性"、带有情/色/性挑逗暗示的情歌对唱等非绕三灵的核心，也非主体参与者的活动目的。但是地方政府、旅游业等为着某些目的，目前存在不合实情的过度阐释（白志红《实践与阐释：大理白族"绕三灵"》，《民族研究》2010 年第 5 期）。主体参与者的解释（民族志）历来没有受到过重视和表述（缺失/失语），而从情感上、道德上和行动上并不会参与的地方精英关于地方风俗的诠释又应着社会政治文化环境的演变而演变，成为外显的被普遍接受的"民族风俗知识（史）"的建构过程。因而即便就是本民族的地方精英的阐释，也与其本民族的实际参与者的理解，存在着显而易见的差别，地方精英的阐释同样存在想象中的过度阐释（赵玉中《地方风俗的诠释和建构——以大理白族"绕三灵"仪式中的"架尼"为例》，《思想战线》2008 年第 1 期）——笔者认同二者的判断，后文不再论及。其实大理绕三灵无膜拜类似"生殖崇拜物"的环节。

拜。另外,白族特有本主崇拜①信仰,凡每村必有本主庙,凡本主庙都必有送子娘娘,地理和心灵距离的亲近,非特殊情况,不必如此群山跋涉舍近求远。

至于歌会是歌唱情歌以致"男女野合狂欢",前述似乎"有事实有真相",再有《周礼·地官·媒氏》"令会男女,奔者不禁"及《诗经·国风》的强大论据,似不易辩驳。不过,诗经里国风所讴歌的"春天+水边"模式,"仲春之月男女相会,是一种命令,是男女应尽的义务,因为只有这样才能'重人伦,广继嗣',合乎人类繁衍的规律……如果民间歌谣不是继续保持了它们原有的某些神圣特征的话,我们就很难说明这些远古年代的民间歌谣为什么会被编纂起来……歌谣的仪式功能为它们获得了尊重"②。然而,石宝山歌会的歌唱在笔者的历史考证和田野调查中,并非歌会原生态的绝对(唯一)主题(论述见下文),其情歌对唱只是石宝山朝山习俗③的一个衍生现象,而一定程度的"性自由"传说,最多只属于人类学中的"节日性放纵"——"在某一时期(如节日)为婚外性关系提供方便并使其合法化,此俗在人类学上或称之为'节日放纵'(festival dissolution)"④。而就"节日性放纵"来说,如果再结合阿姎白的求子祀祭,也广泛见于汉文史料有关"借种"、"野合"的记录,如"西观山祈子会、凤翔灵山祈子会、宝鸡钓鱼台庙会、临潼骊山娘娘庙会中,均有

---

① 白族本主崇拜同样是白族研究的另一"显学",相关记载及研究汗牛充栋,不列举。"本主",即"本神"、"本境之主"、"本村保护神"。白族村寨几乎每村必有一个本主或多个本主,或多个村共奉一个本主。本主的来源、形象、成分错综复杂、形形色色,自然物、抽象物、历史人物(英雄)、本村历史有功者、佛道神祇等都能成为本主。本主的传说亦属各村的"地方性知识",并无所谓本主"谱系"或"族群",因而各村本主与所祐下之民心灵上的亲近与亲切并非能与外村、外神分而享之。大理地区通行的"本主忏经"中,对其功能有此描述:"寿延绵,世清闻,兴文教,保丰年,本乐业,身安然,龄增益,泽添延,冰雹息,水周旋,安清吉,户安康。"通常来说,村民日常生活中生育、婚姻、疾病、困顺、生子、耕种、盖房、丧葬、远行甚至梦魇、情绪等人生重大事项、个人日常琐事需告知本主,求得祐护与安慰。

② [法]葛兰言:《古代中国的节庆与歌谣》,赵丙祥、张宏明译,华东师范大学出版社2005年版,第193—194页。

③ 稍年长一些的被调查者多次向笔者强调"歌会"是现在的叫法,其实是会期于农历二十七至八月初一的"朝山会"、"八月初一会"、"观寺(会)",歌会源始的宗教诉求后文会详解。本文采纳目前习用的"歌会"一词来表述此节俗,在有具体分析时再特称。

④ 汪宁生:《古代婚丧习俗丛考·奔者不禁》,《古俗新研》,敦煌文艺出版社2001年版,第205页。

此'野合'习俗"①。据赵世瑜分析，所谓"借种"、"野合"等习俗乃是明清封建社会时期民间在巨大的生育压力之下的一种变通行为。②

综上所述，就曾盛行一时的传统社会发展形态理论而言，剑川考古实物对其社会阶段的性质断定从未属于过"原始"的社会形态；20世纪50年代的少数民族社会历史大调查，对白族的社会历史阶段也未有属于"原始社会"的评估，"白族"也从未在民族学上作为"直过民族"（直接过渡到社会主义阶段的少数民族），这应是对西方原始社会理论的简单套用。就人类婚姻形态而论，西方人类学古典进化论式的"原始群婚"已受学界的强烈质疑，"母系社会群婚论"应是对其的机械理解。且更有意味的是，此"原始群婚遗俗"为何选择性地被用于了未见确凿史料记载"野合"现象的少数民族，而从未判定给实有史料记载的汉族？

以上所引论述，按其身份和立场来看，部分学院派学者与地方学者多持"原始（远古）群婚遗俗"论，论证过程简单，结论直接，所引述西方关于原始母系社会、女性生殖崇拜、远古群婚遗俗等理论，多为模式化理论词句的互引互证，不仅没有更多的史料（实物）支撑，更不能在已有史载记录（明清时代）和近当代现象中自圆其说。我们可以说地方学者由于学术视野的相对单一，学术理论缺乏交流提升还有地方民族文化（特色）建设压力等造成研究的局限，但学院派学者不基于学术真理的附和，某种程度上是在潜意识权威层面上助长了地方学者的误断，应该反省。再有，学院派学者的学术兴趣不能像地方学者般持之以恒，质疑的声音转瞬即逝，而地方学者在较为长期的地方民族文化（特色）建设中，一直充当实质性的文化主导者角色。他们的文化活动和借助的行政力量在相当大的程度上是石宝山歌会、白曲所由变迁的不可抗的外部力量，是我们考察这个民间节俗和民间文艺的重要维度。因而他们关于歌会的"纵歌纵情纵野"、"原始（远古）群婚遗俗"的固定式地方性表述，在全球化现代化背景下，非物质文化遗产保护中，对构成少数民族民间节俗、文艺形式的"原始"意味指向、"静止"状态凝固的"原生态"想象起到了微妙的作用。

---

① 赵世瑜：《明清以来妇女的宗教活动、闲暇生活与女性亚文化》，载郑振满、陈春声主编《民间信仰与生活空间》，福建人民出版社2003年版，第148—182页。

② 同上。

第四节　印象之大理白族民歌·剑川白曲·山花

一　大理白族民歌

20 世纪 40 年代初，历史学家石钟健在大理地区拓得五方以汉字书写，却不能以汉语读解的碑文。其中三方碑额题记有"山花"字样，遂命名为"山花碑"，所用文字命名为"白文"——"白文就是当时民家人（1949 年前白族的自称和他称）所用的文字，这种文字，十之八九借用汉字，新奇字不过占十分之一二，在语法上，则与汉字稍有不同，不过是借汉字来写他们的口语罢了"①。其中，大理地区享有盛誉的明代白族学者杨黼（约 1370—约 1453，字桂楼）所作《词记山花·咏苍洱境》②："碑文是用白族民间通用的民歌形式三七、一五（即头三句各七字，末句五字）写成的……第二句和末一句押韵。"③ 所以，又把以此"白文"，按三七一五形制、二四句押韵——50 年代以后，根据民间挖掘的民歌材料和三十六韵韵类表④，订正为"押韵格局为第一、二、四、六、八句押韵"⑤ ——写作的诗、文、民歌（包括唱、写）形制称为"山花体"。

《五代会要》载：大长和⑥郑国仁旻⑦上书后唐庄宗帝舅⑧"转韵诗一章，诗三韵，共十联，有类击筑词"⑨，徐嘉瑞考为"白文学最古之记载，见于正史之第一篇……所云诗三韵，疑即七、七、五之山花碑诗体"⑩。

---

① 石钟健：《大理喜洲访碑记》，载徐嘉瑞《大理古代文化史稿》，中华书局 1978 年版，第 386 页。

② 关于杨黼及其《山花碑》，可参看徐嘉瑞《大理古代文化史稿》，第 386—400 页，或其附录三"白语调查组译注山花碑"（实为白族学者徐琳译注），第 429—435 页；张文勋主编：《白族文学史》，第 356—366 页；云南少数民族古籍整理出版规划办公室编：《白文〈山花碑〉译释》（实为白族学者赵橹译注），云南民族出版社 1988 年版，等等，不赘述。原碑文无年号无款识，据碑正面的《圣元西山记》，学界基本认同于立碑于明景泰元年，即公元 1450 年。

③ 徐琳译：《山花碑》，载徐嘉瑞《大理古代文化史稿》附录三，中华书局 1978 年版，第 434 页。

④ 详见张文勋主编《白族文学史》，云南人民出版社 1983 年版，第 257—259 页。后文会再作实例说明。

⑤ 段伶：《白族曲词格律通论》，云南民族出版社 1999 年版，第 29 页。

⑥ 南诏清平官郑买嗣篡位后国号。

⑦ 郑买嗣之子。

⑧ 郑仁旻曾求婚于后唐庄宗，故称其舅，时年公元 925 年。

⑨ 原文不存，转引自徐嘉瑞《大理古代文化史稿》，中华书局 1978 年版，第 388 页。

⑩ 徐嘉瑞：《大理古代文化史稿》，中华书局 1978 年版，第 388 页。

赵橹表示了质疑，认为转韵诗与杨黼山花词前后相隔525年，且前者原文不存，不能如此刻舟求剑。① 前者可能是深受唐五代中原文化影响的诗体，且应为宫廷御制文体；后者则是白族传统民谣俚曲积极主动汲取中原汉文化，甚至深受佛教讲唱文学强烈影响的结果。② 也即二者没有源属关系，分属不同类型。但在南诏大理国时期及以后，在与中原文化主动和频繁的交流中，准山花体的民谣俚曲是得到了较充分的发展的。③ 石钟健也认为白文最晚当在段氏后理国④初期初创，流行于段氏总管⑤后期，正盛于明景泰年间（1450—1457）。⑥

　　兹予总结：根据山花碑严谨的格律、成熟的创作手法，或以汉字型白文记录⑦，或白语口头传唱的山花体民歌艺术在明代已经基本成型，影响广泛，其上限不会超过南诏大理国时期。

　　如已述，"大理"、"白族"、"白语"都不能一概而论，白曲也这样。"大理"的（大理市周边、喜洲镇、洱源县邓川镇等）白族民歌有着自己的格律、韵调，歌唱起来，就笔者歌会现场所见，甚至是被誉为"曲仙"的苏贵⑧都不能完全听懂，更别说与之对唱。不过，不排除个别歌手由于

----

① 赵橹：《"山花体"源于"转韵诗一章"辨》，《华夏地理》1987年第2期。

② 赵橹：《白族"山花体"的渊源及其发展》，《民族文学研究》1993年第2期。

③ 同上。

④ 段思平公元937年建大理国，历十四世至1098年，通称大理；1096年段正淳立，历八世至元世祖（1251年）灭，通称后理国。

⑤ 元灭后理国后，赦段兴智，借段氏家族代元守土，立为段氏总管，自宋宝祐五年（1257年）始，终元一代，至明洪武十五年（1382年），史称段氏总管时期（史学界有争议，兹按徐嘉瑞考证，见其书第324—329页）。

⑥ 转引自徐嘉瑞《大理古代文化史稿》，中华书局1978年版，第386页。

⑦ 白文因是各人依据各自白语口音择音近汉字所记录之故，并无标准模式，甚至就是本人在前后文中对同一白语音都会择记下不同汉字。这加大了非精通白语历史流变的研究者的识读难度。1993年国家推行《白文方案》，以拉丁字母拼写方式来记录白语语音，因而民间又将其原使用的"白文"称为"老白文"，现推行的"白文"称为"新白文"。笔者接受剑川文化学者张笑意见，称"老白文"为"汉字型白文"，"新白文"为"拼音型白文"。

⑧ 苏贵，白族，1939年7月生，沙溪东南村人，2002年5月，被命名为"云南省民间音乐师"，云南省非物质文化遗产传承人。曾追随张明德学习弹唱创作技能，擅长对传统唱本进行艺术加工整理，新创本子曲几十首。现场编创能力超群，语言生动、出语不凡，引人入胜，被群众尊称为"曲仙"，民间以能与他对唱为荣。举凡寺庙开光、修桥建屋的吉利赞词、白事丧仪更是以能邀请到他创作白曲为骄傲。其他艺术成就另简介另见张文、陈瑞鸿主编《石宝山传统白曲集锦》，云南民族出版社2005年版，第285—286页。两年多的田野中，我们与苏贵的日常生活接触较为密切，一直都按白语称呼习惯称其为"大大"，意为"伯父"、"伯伯"之意。

其特别的生活经历、超群的艺术能力兼容并备。据苏贵说,施珍华①是其多年的"夫甲"(白语,老友的意思),他就兼而能演唱多种白族曲调,是个不可多得的白族民歌、器乐全才。《白族本子曲》充分体现了施珍华的艺术优势——收录在"白族本子曲"名目下的"白族民歌"有来自大理全州各县、怒江州兰坪县、玉溪市元江县甚至历史上曾远走湖南桑植县的白族民歌,内容、类型丰富多彩。这些收录编译的民歌经过汉译,丧失了部分形态特征,不过仍然可以看出各个地域、各个白族支系在"白族民歌"或"白族本子曲"名目下的显而易见的差别。②

有个常被引述的传说:"古时候,从天上飘下来三个本子,被下关天生桥的大风一吹,各自落到了大理、凤羽和剑川;落在大理的是大本曲,落在洱源凤羽的是吹吹腔,落在剑川的是本子曲;从此,白族人才有吹吹腔和大本子曲。"③ 这个解释性传说解答了关于"大理白族民歌"的地域差异,也就是说,大本子曲、吹吹腔、本子曲都是等而齐观印象式的"大理白族民歌",但是微观而论,还得具体民歌具体分析。本书因主要是剑川石宝山歌会演唱语境下的白曲调查,故不再旁涉同是大理州白族的民歌艺术——大本子曲、吹吹腔等,白曲渊源及各支流也恕功力不能再考。

二 剑川白曲

"剑川素有'白曲之乡'之称,是白族民间歌谣的发祥地。被列为国家艺术科学重点科研项目的《白族民间歌谣集成》收编的 479 首歌谣中,剑川的作品占 50% 以上;中国歌谣集成云南卷共收编白族长、短歌谣 280 首,剑川的作品就有 122 首,占 43.5% 。以其数量多、质量高、品种全、流传广而著称于世,受到专家的好评。"④ 这就是说,一方面,我们不能将剑川白曲混同于更宽泛意义上的"(大理)白族民歌",另一方面,剑川白曲自有其艺术特色,对其的研究,不可推及整个大理、白族民歌

---

① 施珍华,白族,1938 年生,剑川金华人,收集、编译和创作了大量精品白族民歌,演唱、编创、弹奏俱佳 1997 年 2 月,因其艺术成就获联合国教科文组织"民间文艺家"荣誉称号。已逝。

② 参见施珍华、陈瑞鸿、李文波编译《白族本子曲》,香港天马图书有限公司 2003 年版。

③ 施珍华、陈瑞鸿、李文波编译:《白族本子曲》,香港天马图书有限公司 2003 年版,第 2 页。

④ 张文、陈瑞鸿主编:《石宝山传统白曲集锦》,云南民族出版社 2005 年版,第 2 页。

艺术。

剑川白曲按其形式可分为短调和长歌两大类，都能演唱或吟诵。短调白语称"白枯"Baipkv（或"白枯子"，"子"为后置量词"首"、"支"之意，可省略），即"白曲"之意，形制短小，内容多以情歌、即事即景即物的唱叹歌咏为主，又俗称"白族调"。长歌白语称"本子枯"，"本子曲"之意，形制较长，内容多以演述一个完整的事件或叙事性故事即一个本子为主。在剑川民间表述中，又常用白语"白枯"、汉语"白族调"来统称短调、长歌，需要特别强调时才会说"本子枯"或"本子曲"。这也部分造成有关剑川白曲的研究和介绍中一定程度的串用。本书遵从民间白语的习惯性表述"白枯"——即汉语直译"白曲"——来指称本书的研究对象：小调式的情歌对唱、咏物抒怀和长篇幅的吉利词、仪式歌、本子曲，必要时再予分别注明。"剑川"的地域前标，是为了与大理州其他辖县白族民歌作区别，后文无必要可不再使用。至于前文所使用或还将使用的"民歌"、"歌谣"、"山歌"等，是以汉语为学术表述语言对此艺术类型的"通用名词"，与此处所界定的"（剑川）白曲"并不自相矛盾或牵制。

龙头三弦是剑川白曲演唱时的主要伴奏乐器，大部分学者及音乐家都基本认定当属中原（或经四川）汉族[1]较晚近时期才传来之物，再加以形制的细节部分和弹奏技法上的适当改造。三个弦轴上端加上了雕刻和彩画都堪称精美的龙头[2]，同时又有一根适应背负和行进途中弹奏的结实的背带。就弹奏技法来说，剑川、洱源为专用食指和中指按音的"二指演奏法"，且大理各县域内配合演唱的伴奏各不相同。剑川三弦伴奏谱口口相传为："三石三、九斗三、三石九斗三、九斗三石三；县补县、票补票、三叉骨燕季得瓜。"[3]后半部分是白语，意思是"吃（猪）心补心，吃（猪）肺补肺，骨扇排骨煮香汤"。如此形象生动充满生活趣味的弹奏谱记忆口诀，更说明三弦伴奏下的白曲演唱应当是民间普通日常生活中调味

　　[1]　就作为乐器的三弦来说，也有认为是来自古代西域民族的"胡乐"。不过，在白族民间表述中，除周边如彝族、纳西族等外，通常只将本民族之外的民族笼统称为"汉族"。
　　[2]　剑川木匠在滇西一带久负盛名："丽江粑粑鹤庆酒，剑川木匠到处有。"2011年5月，剑川木雕入选第三批国家级非物质文化遗产名录扩展项目名录，属传统美术类。剑川木匠故事是中国工匠类民间故事中饶有特色的一个类别。
　　[3]　施珍华、陈瑞鸿、李文波编译：《白族本子曲》，香港天马图书有限公司2003年版，第9页。

添趣之乐事。

目前剑川文化学者考证认为,《博南歌》、《义督古词》为其白曲的最早形态之一。前者其词涉及"汉王朝"、"澜沧江"等,不再具体可考;后者白文:"段白王,出丸博,桂赫闷北义督赎。白子白英占彦福,苟朽彦下种。"释意为:"段白王,出院榜,大理以北义督赎。白子白女沾您福,幸福日子长。"①考证为大理国开国君主段思平其籍在剑川北门外院榜村②,并已立"大理国开国皇帝段思平故里碑"存证。③《剑川县志》:"唐贞元十年(794年),南诏得剑川,假矣罗君在剑川置义督睑,逐罗鲁、吐蕃,以弄栋蛮居之。"④ 也就是说,义督睑建立前后,民间大约已有"准山花体"的民歌,然从已挖掘到的此时期的单篇只章的古白曲、《义督古词》不完备的形制、讲述人的追忆以及《白族文学史》"南诏及大理国时代的白族文学(748—1253)"的文学史划分⑤,我们基本可以断定:口耳相传的山花曲,南诏大理国时期甚或以前,或已随风远逝,或尚在萌芽成长中。石宝山歌会的"以歌择偶"、"以歌桑间濮上"不具备比拟《诗经》的根据。现有白曲史料绝大多数集中于"元明清及国民党统治时期(1254—1949)"⑥,新中国成立后至今,此类白曲资料、集成、新创作更堪称海量,也即,对白曲作为民族民间文艺的研究,放置于此才更有意义和价值。

三　山花白曲

白曲最早见诸外界报刊发表,据施珍华考为1938年下半年杨泽仁发表

---

①　张笑主编:《剑川县艺文志》,云南民族出版社2010年版,第277—278页。施珍华标注为"剑川白族古歌"下也有此首《义督古词》,其下有简单的收集记录:"1953年8月剑川东乡新仁里盲艺人段汝兴(俗名:阿楞哥)唱。"据其说,"原词很长,讲南诏、大理国时候的历史,但失传了。他的老师也只记得曲子和这几句词"。见施珍华、陈瑞鸿、李文波编译《白族本子曲》,香港天马图书有限公司2003年版,第42页。另外,《剑川县志》第14页也有记载,因为汉字型白文,记录文字有不同。

②　大理国(王)史诸家杂说,笔者择更大受众面的《云南日报》文章为据:赵椿《段思平身世》,《云南日报》2006年5月12日,云南日报网(http://www.yndaily.com)。

③　当然,另一音似"院榜"的大理喜洲镇阁洞旁村临214线公路旁也有一块大碑,题"段思平故里",个中原因无须详解。

④　云南省剑川县志编纂委员会:《剑川县志》,云南民族出版社1999年版,第14页。

⑤　少数民族文学史的历史分期、文学作品的时代考证是个巨大的学术甚至政治难题,不细究。

⑥　参考张文勋主编的《白族文学史》分期法。

于昆明《观察报》的本子曲《串枝连》与1939年3月22日欧阳凌霄的本子曲《鸿雁带书》。① 参看影印件与现整理出版白曲资料中收录的《鸿雁带书》以及部分民间手抄本，基本都有字、词、句、结构、篇幅等方面或大或小的差异。这正好说明：民间歌手（或记录者）汉字型白文使用习惯、汉译信达雅、民间以手抄形式对之的选择和加工等，不能一一而论，这也是白曲在民间得以集体创作、传播和接受的一种形式，它的生命力也在民间以各种其他的新创作得以延续。这样具有广泛民间生命力的本子曲还有《黄氏女对金刚经》、《出门调》、《放鹞曲》、《月里桂花》、《母鸡抱鸭》等（见后文）。兹综合白族语言学家段伶、白族音乐家张文研究成果，对拼音型白文、汉字型白文、山花形制及其格律、韵调予以一个直观例证介绍。② 其他小调白曲文本分析主要将以歌会现场收录为主，并恕笔者语言的障碍不能再论证其格律、韵调，此处先按下不表。

泥鳅调③

拼音型白文	汉字型白文	汉译文
Seitqainlvnlded gainxdegainx, ③	色清务得该勒该，	细鳞鱼儿惊惶惶，
Zex lap jaipdel mox xuix jainx, ③	真劳皆登没须皆，	有了地盘没水养，
Zex lap xuixjaix mox jaipdel, ⑤	真劳须皆没皆登，	有了水养没地盘，
Pia zaf zuqquit ngaix。 ③	标杂租取尔。	水草下躲藏。
Tet pia kex zi jel qi duap, ①	特标克真经气朵，	天天躲藏憋不住，
Bei qi meid wa mal gai fainx, ③	初贝七之冒该翻，	刚一出门被捉翻，

---

① 施珍华、陈瑞鸿、李文波编译：《白族本子曲》，香港天马图书有限公司2003年版，第83页。

② 参看段伶《白族曲词格律通论》，云南民族出版社1999年版，第80—81页；张文、陈瑞鸿主编《石宝山传统白曲集锦》，云南民族出版社2005年版，第120页。

③ 《泥鳅调》是广泛流传在剑川、大理的传统白曲，被誉为"曲母"，意即"白曲一切调之母"，但由于语言的历史流变及曲调的非完全收集，笔者目前未见白族学者对此有更具说服力的详尽论证。目前所流传《泥鳅调》文本，笔者认为皆为张明德新中国成立后的弹奏演唱，"口头表演"性质决定各版本略有差异。

Yonp ngot gai yin ngvlnvx het, ①	用我该彦务篓核,	将我塞进鱼篓里,
Hainlpeid laf hainlcuai。 ③	亥杯劳亥川。	身抖心发慌。
Mellolded zi yon zil zeinl, ⑤	闷波得真拥之在,	汉子说是要油煎,
Melyopded zi yon zilai, ③	闷由得真拥之尔,	婆娘说是要盐腌,
Yonp ngot beid zonx sanxil nox, ⑤	用我改中上席奴,	把我摆在席面上,
Yinl qainx laf ngot qainx。 ③	彦千劳我千。	邀来邀去搛。
Gai ngot motded mel nguix dail, ⑤	介我某得闷温呆,	捉我那人要眼瞎,
Ye ngot mot ded mot ga sai! ③	因我某得某戛色!	吃我那个要倒塌!
Cuxzi tul mal fai dua lil, ⑤	初之拖冒发朵利,	纵虽无力来反抗,
Kai zi mot gai kai! ③	开使冒戛开!	用刺来卡他!

简要说明:

第一,山花体制:七七七五,七七七五,或三七七五,七七七五;四句一停,八句一首,也可多首重叠联章为完整一支山花。

第二,通常首句起韵,双句押韵,即一、二、四、六、八句尾字押韵,如本调用下划线标明所押之韵。重叠联章可继续押此韵,一韵到底,如《泥鳅调》等白曲精品;更长篇也可适时换韵,但也须押至一首完结。

第三,剑川白语有八个声调,拼音型白文用 8 个字母——"l \ b \ x \ 省 \ t \ p \ d \ z"附着在最后标明其具区别意义作用的声调,在山花诗歌格律艺术化中,可分为高、中、低三个律调,用数字 5、3、1 表示。其中高调 5 对应 l \ b 两个声调;中调 3 对应 x \ 省两个声调;低调 1 对应 t \ p \ d \ z 四个声调。①

---

① 参看段伶《白族曲词格律通论》,云南民族出版社 1999 年版,第 44—47 页。另见《白文拼音方案》。

第四，非押韵句，即三、五、六尾字，要以八声调—三律调（高、中、低）方式"同调相押，异调相协"。即上句中调，下句就以高调或低调相协，反之亦然，造成音节高低起伏的音乐效果。就本山花来说，其高、中、低三律调相和谐规律分别是：3353/1313/5353/5353。

山花演唱通常伴以三弦手或歌手自弹自唱，音乐感及现场感染力都较为鲜明生动。现引述徐嘉瑞现场听张明德弹唱《泥鳅调》后，对其弹唱的高超技艺与强烈艺术感染力的文字表述作为白曲山花在形式、格律、艺术性、音乐性甚至社会意义等方面的一个总结：

> 我听张明德弹唱《泥鳅调》时，听到愤怒的声音，从三弦的弦子上跳动起来，又低沉下去，然后又激动起来。低沉的调子像沉在水底藏在水中，愤怒的声音像要把弦子扭断。他在弦子上控诉地主，诅咒地主，表现出白族人民对封建统治者的仇恨和反抗。①

小　结

本章对一些将使用的关键概念做了说明和界定，并试图摒除主要是地方学者对八号窟与歌会的过度联想从而赋予歌会的"原始（远古）"、"群婚"标签。山花体白曲的简单溯源也可为其旁证。本章力图说明："原生态"不意味着时间维度需追远直至社会学意义上的"原始社会阶段"甚至人类学意义上的"（母系）群婚"，因而也并非现有学科体制划分下各学科范畴的核心理念的冲突。"原生态"之"生态之原"乃是"在一地传统生活文化根基上原真性或原生性地沿袭传承"②。新中国成立后歌会所经历的发展历程，在可查的文献中，也即其历史维度中，或许能有助于理解歌会"对相关社区的文化传统或文化史渊源关系和程度"③。

本章的"据理力争"也想说明：作为被研究的传统对象，少数民族民间文化一度被外来的研究者，用当时占统治地位的理论模式和方法反复

---

① 徐嘉瑞：《白族文学在跃进中》，《边疆文艺》1958 年 6 月号，转引自张文勋主编《白族文学史》，云南人民出版社 1983 年版，第 240—241 页。

② 陈勤建：《保护非物质文化遗产要防止文化碎片式的保护性撕裂》，《文艺报》2006 年 3 月 7 日，第 004 版。

③ 同上。

"研究"过。随后，时过境迁，或者外来研究者的研究兴趣已经转移，或者研究视阈也得到了交流提升，只留下传统研究模式下的理论工具和文字。但被研究者对"被研究"（"被关注"）之事并未忘怀，其中的"掌握文字者"也一度拾起衣钵，以求知、获得解释之人类存在的普遍行为，对自己进行过多次的自我研究、自我观照。他们终其一生的本土生活，决定其研究兴趣、视阈，很大程度上只能局限在本土。他们在本土出众的"文化能力"，也决定他们的文字、活动会获得某种认同。① 因而"僵化、刻板化甚至污名化的"印象，并非完全来自外来的研究者，被调查对象的自我认同内化，以及其在本民族特殊的"文化发言人"的角色，成为合谋当代原始（社会）生态幻象的"内部接应人"。这其中，根本无法判决其各自的责任权重。

另外，山花白曲成熟的体制、格律，别具一格的艺术表现力及成就，也说明其作为一种民族语言文学艺术，应当在民间时刻有着丰厚沃土给予滋养培育，歌会并非有一个固定的"不变的过去"，而一直都在随时随势发展的"原生态"当中。

① 另可见施爱东《学术行业生态志：以中国现代民俗学为例》，《清华大学学报》（哲学社会科学版）2010年第2期。

第三章

民间表述与现实诉求：被规训的
石宝山歌会

第一节　民间的表述：石宝山歌会起源传说

如果说前述是地方文化学者所打造的歌会"原始群婚起源论"的话，那么下面关于歌会起源的口述传说则可视为白族民众的民间表述，别有意味地是，二者全然不同。①

传说一：很久以前，石宝山下财主的独生女儿爱上一个穷庄稼汉，两人夜夜相约上石宝山弹三弦对情歌。财主得知后，放火烧了小伙子家的茅屋并将他赶出了村子，后来竟派人杀了小伙子，想以此逼迫姑娘死心。谁知，姑娘对爱情十分忠贞，在农历八月初一那个月黑风高的夜晚，悄悄地上了石宝山，在心上人被害处哭得死去活来，然后纵身跳下万丈悬崖⋯⋯从此，年年农历七月二十六至八月初一，为纪念他们，当地群众便潮水般涌上石宝山，在昔日这对情人弹琴对歌的地方，尽情地弹琴唱曲，持续几天几夜。②

传说二：石钟寺旁如钟的巨石，原来是一口金钟（见图 3-1）。远处飞来的恶龙口吐烈焰，把金钟烧成石钟，于是灾难濒临白族山寨。在本主的指点下，以沙溪坝子里的情侣阿石波和阿桂妞为首的十子十妹十"夫甲"（老友）串动千对歌手，云集石宝山日夜对调赛歌。歌声终于使恶龙魔法失灵，但他俩不幸累死在石宝山。为纪念他们，并防止恶龙再来作孽，人们每年都上山对歌，相延至今。③

---

①　本书视民间传说为地方学者根据民间口传所收集，非地方学者所力持观点。

②　杨梅：《剑川白族的石宝山歌会》，《支部生活》2000 年第 1 期。

③　张文：《白族传统习俗"石宝山歌会"》，载张文、羊雪芳编著《白乡奇葩——剑川民间传统文化探索》，云南民族出版社 2006 年版，第 41—51 页。

图 3 - 1　石宝山上石钟石

　　传说三：石钟山上的万年古松挂着一口金钟，钟声远播苍山洱海，能调风顺雨。有一年火把节后，抽穗的稻谷被害虫一夜间吃得精光，人们敲响金钟，消灭了害虫，却不知害虫是由九头龙的鳞片所变，恼怒的九头龙喷出妖火将金钟烧成了巨石。从此，金钟失声，日月无光，瘟疫和灾难笼罩山寨。年轻的情侣失去了爱人，年老的父母失去了儿孙。沙溪坝子的情侣阿石波和阿桂妞更是空有一身本领却无能为力，操碎了心。一天，两人同时梦到一个白胡子老人教导他们：约上一千对真正相爱的伴侣上山对调子，众人的歌声能战胜恶魔。于是，四乡八寨成百上千的青年人在金钟旁搭了对歌台，燃起篝火，日日夜夜歌唱不息。九头龙的火焰终于被众人的歌声湮灭，阿石波和阿桂妞也与九头龙同归于尽。为了纪念他们，盼回金钟，大家给巨石取名石钟石，山称为石钟山，并且每年七月底都在石钟石旁举行盛大的歌会。①

　　传说四："石宝山歌会，原名'八月初一'。据传石宝山周边的沙溪石龙等地每年的白露到秋分这段时间要下冰雹，在这期间，丽江的雪山一

---

　　①　张文记录整理：《石钟山》，载张笑主编《剑川县艺文志》，云南民族出版社 2010 年版，第 102—103 页。

露头，剑川坝子中的大春作物就会受灾大减产。在沙溪，20世纪50年代还坚守祖训在坝子里不能出现白的东西，如木料、白帽白衣服，一旦发现白的东西就严厉处罚。在此期间，石龙还派专人到石宝山岩洞里搜查，据传岩洞里藏有大批的冰雹。把冰雹查出毁掉，那当年就能获丰收。八月初一是中秋时期，如能在石宝山举行法会祈祷黑龙和菩萨保护就更好。于是，逐渐形成了八月初一的朝山会。"①

图3-2　十子十妹雕塑（局部）

按民间传说故事的形态分析来看，传说一除了给出歌会发生时间七月二十七至八月初一、有情人歌唱外，其他历史信息全告阙如，可断定属后起的附会歌会"情人节"定位的拟造传说，无须再分析。传说二与传说三提供了歌会起源的基本要素："破坏者"——恶龙/九头龙；事件：金钟变石钟，灾难降临；"帮助者"——本主或白胡子老人；"英雄"——阿石波和阿桂妞/十子十妹十"夫甲"；"行动"——一千对歌手日夜对

---

① 石龙村民李绚金日记，见董秀团主编《石龙新语——剑川县沙溪石龙村白族村民日记》，云南大学新民族志实验丛书，中国社会科学出版社2009年版，第134页。云南大学于2004年在石龙村建立了"云南大学少数民族调查研究基地——白族调查点"，聘请当地有一定文化知识的村民李绚金作为村寨日志记录员。

图3-3 宝相寺,又称悬空寺

唱;"结果"——英雄献身,纪念英雄。传说四是最近的田野收集口头传说,提供了"灾难"的细节——冰雹,农作物受灾;"禁忌"或简便的"禳灾手段"——"白色"禁忌、祈祷黑龙和菩萨。传统靠天吃饭的农业社会,对严重破坏农作物的灾害天气记忆深刻,因而关于气候的旱涝禳祭与收成丰馑就会产生许多传说和活动,最后再稳定成为某种节日,通常来说,其时间也就是在一年中难得的农闲时节。如农历六月二十五火把节其传统核心要素之一就有"以火色占农"[1]。歌会会期七月二十七至八月初一,正是农作物即将成熟之关键时期的短暂休闲,此时如有灾难天气,堪称灭顶。

据《剑川县志》不完全记载:

明成化十六年(1480),大雷雨,冲毁良田二百余亩,房舍无数。[2](第15页)

清乾隆二十一年(1756)夏,剑川雨水连绵,秋粮歉收。(第16页)

清嘉庆二十一年(1816),剑川饥疫,六月降霜,七月雨雪,秋粮歉收。(第16页)

1985年8月30—31日,沙溪连降暴雨,沙登箐等地发生泥石流,受灾面积1490亩。(第37页)

1990年8月3日,象图乡发生罕见10级大风,4日大雹灾,最大冰雹重150克,连续暴雨3小时,毁庄稼8007亩,其中灭产4300

---

[1] 李元阳:《云南通志》,转引自游国恩《火把节考》,见徐嘉瑞《大理古代文化史稿》附录一,中华书局1978年版,第401—416页。

[2] 虽无具体日期,但记载良田被毁,可视为当年农作物歉收,后面所记载时间,大致就是于歌会前后。

亩。（第 40 页）

1991 年 8 月 14 日，沙溪洪水，冲毁农田 116 亩，淹没 2531 亩。又 8 月 24—29 日，多地"低温冷害"，"正在抽穗扬花的 3 万余亩水稻，遭到不同程度灾害性损伤"。（第 41 页）

宝相寺旁，2005 年由民间自筹资金建起了"十子十妹殿"（见图 2 - 2），内有着传统白族服装，从事各种传统劳动和弹弦唱曲场景的十对青年男女塑像，香火极其旺盛。因而我们可以认为，歌会传说的民间表述表达的正是传统农业社会对灾害天气的痛苦记忆，以及充满浪漫美好情怀的用歌声战胜自然灾害，以劳动/抗争换取美好生活，建立幸福家园的民间乐观主义的坚韧精神。

第二节　作为现实诉求的石宝山朝山会

通常来说，中国民间的民俗节日及民俗活动绝非只会有单一目的，各种其他诉求会在其历史发展流变中不断附加、涌入和渗透，最后浑然一体，源流莫辨，自在自得，各得其所。前述已证歌会有祈助农业生产的一面，下面将述其历史以来民间其他的现实诉求。

石宝山，白语称"砟波善"，意为"大石头山"。"山不在高，有仙则名"，自南诏大理国择其开凿石窟以来，石宝山便不再是默默无闻的荒山野岭，徐霞客曾慕名前往，惜路线有误，与石窟失之交臂，抱憾留下《石宝山游记》。石宝山区域范围极大，石窟开凿后陆续建有寺院庙宇，间或有僧或信众住持。现择史载已存和与本书有关者介绍之。①

1. 石钟寺：石窟所在称石钟寺，据石窟题记及沿途涂鸦，当是石窟建成之际即应有寺宇，然唐宋元明文献无考，现有建筑为新中国成立后国家文物保护拨款所建。

2. 宝相寺：建于石宝山主峰宝顶峰下"宝岩"，传元代鹤庆路军民总管高保曾建"祝延寺"，明代改称"石宝寺"，清康熙时易名"宝相寺"至今。宝相寺依岩而建，危崖悬岩，又号称"悬空寺"（见图 3 - 3）。

3. 灵泉庵：宝相寺其上，宝顶峰东北侧岩腋，庵内有瓮形小水

① 以下参考杨延福《剑川石宝山考释》，云南民族出版社 1999 年版，第 20—28 页。

井——剑阳八景之一"石宝灵泉"："状如仰臼，才容斗水，百人挹取而不减，不挹亦不溢，旁有几案石床壶濯之属，下有石狮石犬石蟆听经等异状。"①

4. 金顶寺：宝相寺其上，宝顶峰顶东麓大石坪上，其海拔约3000米。明末段畒避吴三桂召，借奉母之名出己资建"佛顶寺"，曾毁而又建，名"慈云寺"，民间俗称"金顶寺"。

5. 海云居：石宝山东支石伞山下，明末游方僧湘人楚石云游至石宝山，收当地人普联为徒，清顺治、康熙年间募化修建，成于康熙二十三年。后人多方苦心经营，始不毁。现位于1987年新建石宝山山门西南。

各寺都曾有高僧住持讲经，其中尤以明末高僧寂定最负盛名。寂定，剑川永榜村人，明万历二十七年（1599）生，自幼向佛，被母送到金陵受教，然其衡山剃度，以佛讲游历京师，声名渐重。后回云南探母，住锡石钟寺，声名大震滇中，又曾四处云游结庐，再后归家省母，被段畒留驻"佛顶寺"。清顺治十六年（1659）圆寂于佛顶寺。

图3-4　朝山路上

名山胜地名僧名寺，石窟开凿之时，佛家寺宇创建之际，大约就有香客朝山，当地白语称"观砟波山"、"观寺"，汉语意"逛石宝山"、"逛寺庙"，"朝山会"是其雅称；而"歌会"，更当是"文革"以后文化复兴逐渐附加上的称法，现在民间老者通常会并称为石钟山朝山歌会（见图3-4）。

杨延福认为，择八月初一为会期，正式固定成为石宝山朝山会传统——也即现在的石宝山歌会的，当是始于高僧寂

---

①（明）李元阳：《石宝山记·碑》，转载自杨延福《剑川石宝山考释》，云南民族出版社1999年版，第45页。

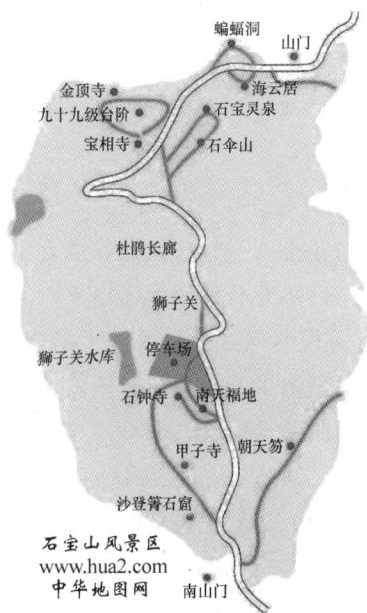

图 3 - 5　石宝山风景区路线图

定，"有几年的旧历八月初一，他（寂定）在山开八关斋讲经大法会，四方听众云集。而后山间各寺住持，都在每年七月及八月作斋醮，来山上香的男女善信，艳服浓妆扶老携幼来听讲，就成石宝山歌会的滥觞"①。清代与民国前期，还有一次七月初一的会期，抗日战争后，就自行废弃。② 大约这个法会和会期具备相当的吸引力，有历史记载以来至今，一直都是石宝山附近沙溪各村、羊岑乡、弥沙乡、甸南镇，剑川周边诸如洱源县三营、乔后、大树、温坡，丽江市三河、九河，兰坪县、大理、鹤庆、凤羽等各地白族群众的一个民间盛会，时至今日，都可见到参会白族群众身着各式鲜艳服饰前来赶会。

　　石宝山群山绵延，各寺之间均需小半日脚程，大家都不愿错过八月初一的"正会"时间，于是很早便相约上路，换好漂亮衣装，背上行李，带着饮食及工具，朝行暮宿，生火造饭。约七月二十七、二十八、二十九这几日，大多已陆续抵达（见图 3 - 5）。艰难漫长的朝山途中，水源地的山间集体野炊，再加上漫漫长夜，有人弹拨三弦，再有应者对唱些挑情打趣、听得大伙儿心跳耳热的小调，这该是一次多么愉快美好的集体户外旅行。民间的山花小调此时大约也已发育成熟，本来情歌山花就是一直严格禁止唱于庭堂村落，只能在山间野外砍柴、摘菌，田间地头插秧、劳作或马帮、背运途中演唱的。于是自然而然地，伴着松涛天籁，在朝山途中，在野炊间隙，在露宿营地，漫山遍野、僧寮寺院甚至表情狰狞威严的神佛金刚前就此响起了三弦的"铮铮"声、此起彼伏的情歌小调和听者的阵阵笑声。有诗为证：

---

① 杨延福：《剑川石宝山考释》，云南民族出版社 1999 年版，第 16 页。
② 同上书，第 15 页。

香烟喷作雾迷漫,彻夜僧寮不掩关。明月乍来还乍去,可怜佳节与名山。

三营浪子土三弦,靡曼山歌断复连。菩萨低眉弥勒笑,无遮大会奈何天。①

白族天性中的乐观豁达、幽默风趣借由山花小调或直白热烈、或含蓄委婉、或针芒相对绵里藏针、或情意缠绵故作娇嗔充分地表达了出来。在此自然唱调对曲中,民众自然会聚焦在他们认为唱得好的那些歌手附近,歌手之间也起了相较一下的胜负心,于是能吸引多少听众聚焦、尾随就成为歌手唱调高下一目了然的评价。凡曾参与听曲的受访者,都会津津乐道地给笔者描绘曾几何时某某著名歌手身后尾随了多么长的"粉丝团",部分"铁杆"甚至会紧紧跟定歌手从这山爬到那山,从山上走到山下。情感丰富的作家们的散文也可印证。② "熟听白曲三百首,不会唱调也会吟",唱调听曲于绵延群山间,听众的多寡和阵阵笑声鼓舞甚至怂恿了歌者越唱越勇,听者也心动痒痒,于是,歌者—听者—你强—比我弱等关联自然就产生了交流与竞技的意味。朝山的听众们这山走一走,那山歇一歇,心里都清楚该去"粉"谁。

如前所述,歌会期间求嗣于八号窟到现在一直都是一个可见的民俗现象。民间信仰的庞杂、包容甚至混乱当然不会只寄托一尊"维"(佛像)之上。石宝山上每座寺院都有身兼数职,行使求子、送子功能的弥勒佛、送子观音、送子娘娘等,它们的香火也从来不比八号窟逊色。剑阳八景之一的石宝灵泉也兼有了送子招财功能——喝上一碗灵泉水,虔诚敬香后,伸手往泉眼里掏摸,捞到瓜子喜得子,摸着钱币则招财③,总之都会根据不同需求让祈者当下即在情感上称心如愿。由于山路漫长艰难,过去朝山通常都需花费多时,露宿多日,在特殊时空场域下,暂时脱离的"乡土熟人社会",不受约束的临时集体生活,火辣辣的情歌

---

① (清)赵怀礼《朝山曲》四首,转引自张笑主编《剑川县艺文志》,云南民族出版社2010年版,第479页。

② 参见不同作家们的《歌会散记》,张笑主编《剑川县艺文志》,云南民族出版社2010年版,第228—242页。

③ 张文、羊雪芳编著:《白乡天籁——剑川民间传统文化探索》,云南民族出版社2006年版,第48页。

小调可能撩拨了一些人的心弦，再加上现实的祈子需求，于是，认为朝山会是乱搞男女关系、旧情人相会，甚至"借种"的口述传说在民间也有流传。也有诗为证：

> 宝岩久息八关斋，无复人间大辩才。高顶慈云殊暖褛，并头犹覆野鸳来。
> 一筏凭谁渡爱河，盲风蓼海正生波。中岩清静真抛得，欲问开山诺巨罗。①

总体来说，此类现象曾广泛见于各地各民族，但是一些人的"节日性放纵"不构成石宝山朝山会宗教信仰朝拜的基调（其他还有如祈求农业丰收等），更不至于是朝山会产生、延续至今的动力。甚至某种程度上可视为是民间生活的一种智慧——歌会期间的"性放纵"正是宗教外衣下民间一种宽容的生育压力、性欲压抑的变通。或许小调太过"淫词艳曲"、"放纵"非常离经叛道，歌会至今在民间也未有个好名声。以前，村落庭院绝对禁止哼唱小调，"正经"有地位身份的人家绝对不许子女接触，个别小调歌手更是有些"道德"甚至"生活作风"方面的民间负面评价。"好人不上石宝山，石宝山上无好人"之谚如同一道隐形的"道德禁令"将歌会的参与群众基本牢牢地限定在石宝山范围内周边部分地区、部分人群。这也正可以解释，深受汉文化影响②的明清民国时期的剑川及周边白族文人，尽可以对石宝山水挥毫留下溢美盈情的文字，对朝山/歌会却只有上述四首便集体噤若寒蝉，查遍此时期史籍也难得觅其踪影。

第三节 新中国成立后石宝山朝山歌会的发展

从各种史料来看，新中国成立后白曲作为一种"人民"的艺术，积极地投入了火热的新中国各种革命运动和建设中。一些至今还在民间口头

---

① （清）赵怀礼《朝山曲》四首，转引自张笑主编《剑川县艺文志》，云南民族出版社2010年版，第479页。

② 剑川是云南"历史文献名邦"之一，儒家文化的浸润比较深厚，后文即会谈到以魁阁、街道铺设、白曲说教等为其代表的实例。

讲述中记忆鲜活的优秀歌手如王恩兆、苏存厚、杨杰、张明德等，以其艺术天赋让传统白曲艺术在新的时代得以保存记录和发扬光大。他们的成长、创作、演唱甚至命运不仅与民间白曲的原生态紧密相关，更见证了白曲在那个时代随着时势的波澜涌动的命运。① 而就每年的朝山会来说，史载："1962 年 9 月，县文化馆在石宝山歌会期间首次举办对歌赛。"② 表明剑川文化主管部门彼时即已开始了对朝山会的"社会主义"改造，而此前后，穿插交替的是："1958 年石宝山歌会期间，县和公社各级派出民兵把守路口，不准群众去赶歌会。在'十年文革'期间，石宝山歌会更是受到长时间的查禁。1975 年，县里印出通告，四处张贴，不准群众去赶歌会，甚至派出荷枪实弹的民兵巡捕进山赶歌会的群众。"③ 如同中国其他地方的民俗一样，武力禁止并不会铲灭了朝山会，所有有生命力的民俗活动自然会随着解放思想的春风吹而复生。

下面就按时间顺序梳理相关记载，从中可以看出，在剑川政府有关文化部门（地方文化学者）的引导下，朝山会逐步附加上了对歌、赛歌内容，并且逐渐成为剑川县一个可资打造的旅游产品节目。

> 1982 年 9 月，石宝山歌会期间，文化馆组织歌手对歌，以"歌唱农村新貌"为题，开展赛歌活动。④（第 24 页）
>
> 1984 年 8 月，石宝山歌会期间，云南省白族曲艺理论讨论会的 50 多名代表到会参观……县文化馆组织的本子曲演唱队为代表们作了精彩表演。（第 28 页）
>
> 1985 年 9 月，大理州文化局、州文联联合下发《关于举办 1985 年度剑川石宝山赛歌会的通知》，9 月 11 日至 15 日，州人大、州委

---

① 四位歌手简历参见《剑川知名民间艺人小传》、《白族著名本子曲艺人张明德》，载张文、羊雪芳编著《白乡天籁——剑川民间传统文化探索》，云南民族出版社 2006 年版，第 215—218、209—211 页。张明德 1960 年受毛泽东接见后创作的"歌咏毛主席"调，笔者认为完全可以纳入同此类型中的艺术精品，见《张明德的白曲人生》，《大理文化》2011 年第 1 期。张明德艺术人生另可见张文勋主编《白族文学史》，云南人民出版社 1983 年版，第 557—559 页。

② 张文主编：《剑川文化志》，云南民族出版社 1995 年版，第 16 页。

③ 羊雪芳：《剑川石宝山歌会的历史文化内涵及其社会意义》，《民族艺术研究》2003 年第 3 期。

④ 笔者根据张文主编《剑川文化志》"大事记"记载，对明确涉及歌会/对歌活动的文字作了梳理，时间起止是唐朝至 1994 年，见其书第 10—47 页。年份间的疏漏是原记录缺失（下同，以下仅标注页码）。

宣传部、州文化局负责人亲临歌会指导工作，州业余曲艺队在歌会上演出节目。(第 30 页)

期间，1985 年 10 月 2 日，石宝山旅游公路通车，全长 17 公里。[①]

1987 年，石宝山山门修建。[②]

1989 年 8 月 28 日至 30 日，县文化局、文化馆在石宝山歌会期间照例[③]组织歌手赛歌。采用当场命题、当场选配歌手的方式进行比赛。有 200 多名歌手参赛，评出一等奖 6 名、二等奖 12 名、三等奖 20 名。(第 35 页)

1991 年 9 月 5 日至 7 日，县文化局在传统石宝山歌会期间照例举办对歌赛，有 120 多名歌手参赛，评出一等奖 9 名、二等奖 12 名、三等奖 21 名……有中国神话学专家袁柯等著名专家。5 日晚，在宝相寺山箐举办首次大型篝火晚会，特邀云南大学中文系教授、白族学者张文勋点火，中央电视台、云南电视台播放了歌会盛况。(第 38—39 页)

1992 年 8 月 25 日至 27 日，县文化局举办"石宝山歌会对歌大奖赛"，评出一等奖 6 名、二等奖 12 名、三等奖 24 名。26 日晚，在宝相寺山箐举办篝火晚会。(第 41—42 页)

1994 年 9 月 2 日至 4 日，县文化局举办石宝山歌会赛歌活动，评出一等奖 6 名、二等奖 12 名，三等奖 24 名。县委、县政府领导参加了 3 日的篝火晚会。(第 46 页)

1995 年 8 月 25 日至 27 日，日本大东文化大学文学科教授工藤隆及文学科学生荒屋才、加藤优子一行到剑川考察石宝山歌会。回国后在日本发表石宝山歌会专题文章，引起日本文化界普遍关注。[④]（第 45 页）

---

① 《剑川县志》，第 38 页。公路的畅通对歌会的改变和影响是巨大的，基本上每位受访者都会提及这个重要因素，因此在此插述。

② 剑川县人民政府：《国家级非物质文化遗产名录项目申报书》，2007 年 2 月 8 日，第 38 页。其他有关基础设施的建设也会插述。

③ 按其"照例"当是有对歌活动或其他，但笔者未见记载，不予考证，仅据实有记录。下同。

④ 以下参考《剑川县志》"大事记"，年份间的疏漏是原记录缺失（下同，以下仅标注页码）。

1995年，石宝山对歌台建成。①

1998年9月17日至19日，剑川县石宝山歌会期间，云南省人大主任尹俊至石宝山视察，同期，中共剑川县委、县人民政府主办"石宝山笔会"，国内、省内及大理州内50余著名作家、学者应邀参加笔会，参加游览石宝山风光，参加石宝山歌会民间对歌活动。"石宝山笔会"后，《人民日报》、《云南日报》、《光明日报》、《羊城晚报》、《春城晚报》等纷纷登载"石宝山歌会"和宣传剑川的署名文章，对提高剑川知名度、促进石宝山旅游资源的开发利用，起到了积极推动作用。同年，12月7日，县人民政府成立"剑川县石宝山风景名胜区管理委员会"。县长段玠兼任主任，县政协副主席赵根华任常务副主任。(第49页)

1999年，石宝山对歌台前打歌场建成。②

1999年，石宝山23公里柏油路面筑成。至2002年，旅游厕所、水、电等公共设施配套完毕。③

1999年8月，剑川县人大常委会剑人大发［1999］36号文件将歌会定为"中国·云南剑川石宝山歌会节"。

至此，石宝山朝山会至少在官方文件里正式成为"石宝山歌会节"。"石宝山朝山·歌会"，只是民间老者口中依然保留的历史痕迹。

第四节　被规训的节日——官办歌会节（1999—2009）概况

也就是从1999年起，剑川县人民政府正式征用了这个民间节日，其主旨同此时期全国各地热火朝天的"文化搭台，经济唱戏"大潮并无二

---

① 剑川县人民政府:《国家级非物质文化遗产名录项目申报书》，2007年2月8日，第38页。固定的、正式的和永久的对歌台，改变了原有对歌是漫山遍野、寺庙堂前佛下对唱的生态，也是当下歌会原生态一个重要的场域。

② 剑川县人民政府:《国家级非物质文化遗产名录项目申报书》，2007年2月8日，第38页。打歌场即是观众/听众席，也是群众自发文艺演出的重要场域。从此大部分的对歌与听歌被固定在此，相关的文艺演出也从寺庙大殿转移至此。

③ 剑川县人民政府:《国家级非物质文化遗产名录项目申报书》，2007年2月8日，第38页。

致，其初衷之一也是为着旅游资源的开发和地方经济的发展。① 在剑川县人民政府关于主办这个"民族节"的正式文件②里（1999—2009 年），我们明确地看到官方"打造"的一些细节化手段与步骤（详见附录二）。也在此强大外力下，歌会的生态开始了被动地但也是"互动"着的某些变化③，也就是说，正是其文化主体——不管是官方（民族自治县政府）还是地方文化学者还是参与者的普通民众，都"无可回避"地选择参与了这个历史过程，其"打造"过程及其结果，正是当下歌会正在呈现的"原生态"的基本面貌，也正是笔者据以观察、描写和立论的基本田野。非如此，笔者无法命名当下所见之歌会现场，更不能抽离其史之凿凿的"打造"的历史过程，以纯粹学术理论话语所臆想的"纯洁的原生态"来"苛求"当下石宝山歌会及其白曲田野。

如果我们基本认可官方开发民族文化资源，发展国民经济，改善民生的良好初衷，并且认同官方文件表述和行政举措紧密保持着某种政治敏感性和政策一致性的话，那么附录二总结的十一年间的官办歌会节有着如下明显的倾向性。

第一，朝山会的原有宗教属性从刚开始的节日组成部分转向有意识回避，再到大力提倡：1999—2001 年，海云居宝相寺的宗教活动由县民宗局组织管理，作为歌会内容的一部分，但 2002 年起在文件里便失去了踪影，直到 2006 年以"阿吒力古乐演奏"惊鸿一现，2010 年、2011 年阿吒力再次重装上阵，安排到以禅宗比丘尼为主的海云居④进行宗教科仪的展演⑤，而众多古寺中海云居之被选择，在笔者看来，也与山门附近的地

① 这个初衷即使在纯学术讨论中也得两说，后文再续。

② 公文号依次为：剑政发【1999】39 号；剑政发【2000】30 号；剑政发【2001】42 号；剑政发【2002】29 号；剑政发【2003】39 号；剑政发【2004】22 号；剑政发【2005】16 号；剑政发【2006】22 号；剑政发【2007】16 号；剑政发【2008】50 号；剑政发【2009】27 号。感谢剑川县常委、政法委书记张开泰提供（笔者先生的堂哥）。

③ 笔者一直坚信，在中国国情下，不可能存在所谓纯粹的理想主义（浪漫主义）式的"原生态"。原有文化生态随着时势的或被动或相互"妥协"的互动式和谐发展，就是其产生作用于现在民间生活、于当下民间生活中可见的原生态。

④ 有关海云居宗教属性，可参见剑川县民族宗教事务局编《剑川县民族宗教志》，云南民族出版社 2003 年版，第 225 页。

⑤ 见剑川县政府 2010 年、2011 年"剑川石宝山歌会节文化活动方案"。因论文结构所需，2010 年、2011 年歌会官方文件不再列表，转以田野民族志描写呈现。海云居位于石宝山门附近，方便就近看到表演。

理位置、不用高海拔登山有一定关系，也就是方便游客/贵宾快餐式的欣赏。当然，剑川（中国）民间宗教的包容性不用担心会发生什么宗教冲突甚至不愉快，不过，就本书所论重点而言，笔者意在提醒：虽然民间一直都在继续着宗教朝山活动，但官方是在有意识地把"朝山会"转向"歌会"，此"具有独特性的宗教科仪"展演是"外请的和尚来念经"，具表演性质。

第二，经过两年的摸索，2001年起，文化的台上开始唱起了经贸、旅游的戏。要么是此舞台已尽其应有功能，经贸和旅游就此步入正轨，自我发展；要么就是一直都有显著底层草根性的朝山会并不算一个良好的经济舞台，2005年起歌会节自然淘汰了举步维艰的招商、经贸洽谈会。另外，2010年歌会现场还可见各企业出于广告营销、扩大知名度而自主赞助的祝贺红色条幅、气球，或许这个"舞台"受众太过草根和底层，2011年也都没了踪影。

第三，官方一直都"仓促地"试图把一些不属于朝山会生态的活动"植入"其中来增添（证明）其旅游资源的"丰富"，并且力图外扩其生态所涉人群、地域和活动。不过往往事与愿违，花样繁多的打着"首届"旗号的一些不属于朝山会原生态的活动，虽有政府红头文件的督促与保障，大都悄无声息就没有了"下一届"。以机关企事业单位为团体、以县城为分会场的各种"首届"活动，目的本是为了以"新娱乐"形式举县同欢，但其参与活动的方式、形式及人员并不能就此融入其中良性互动，于是苦撑四年后作罢。唯一成功融入歌会生态并成为重头戏的便只有开幕式文艺演出，其由县文化局在各乡镇中评选后组织调演，代表着整个县最高的文艺演出水准，这于日益增长的群众文化需求来说，也是每年歌会最值得期待的"高水准"文艺演出。

第四，就摘录的办节指导思想和行政举措来看，紧跟时势、抢抓机遇、酒香还要大吆喝、借重媒体、自强实力、充分发掘民间文化资源、大力发展经贸、旅游产业，甚至为了保障作为现代节日的歌会的顺利进行，公安、交通、卫生、医疗、消防、通讯等服务保障部门都全面启动保驾护航。举措都无可厚非，也算勤政有为，不过，其与民间草根朝山会、已成新传统的歌会节的生态有机融合还值得再花一番心思。2004年起，"还节于民"便成为官方文件表述中的"愿望"。或许是疏忽又或许是必然，主办十一周年之际，2009年歌会开幕式就与民间开了一个不小的玩笑：民间历来就是七月二十七集结完毕，也已习惯了等着看官方组织的更为精彩和有规模的开幕式文艺演出，但是当年政府文件日程安排出了差错①：当天来到现场的仅只是部分节目的带妆彩排，面对早已聚集好坐待多时的民众，官方不得已将错就错，彩排当成了正式演出，还将3公里开外正在山门列队彩排的部分人员紧急输送过来，拼凑了一台"开幕式文艺演出"，虽没了层层"贵宾席"阻隔（第二天贵宾们也可能不用出席了），民众首次可以最近距离接近舞台，但是彩排毕竟是彩排、拼凑毕竟是拼凑，群众很不满意，后果有点严重。②

第五，正式舞台对歌比赛，取得相应名次荣誉，至少从新中国成立后，就是歌会生态景观之一。参赛人员的逐年减少，或许能说明一些问题。官办歌会同样搭建了对歌赛的舞台，并一直致力于打造"对歌赛曲"、"三弦弹奏大赛"的"白曲盛会"，在笔者看来，也幸而有此举措，白曲至今还在传唱，也成就了现在正积极活跃在各种舞台上的一小批优秀歌手、三弦名家。当下学术表述中成为"原生态"对立面的"舞台"，本书语境中并非如此。

第六，同时也应看到，一些基于剑川原有文化生态的事物，如木雕、石雕、刺绣、纸扎、布扎等手工制品，甚至历史上以"乡绅村贤"阶层为主的古乐、书画等，在歌会节相对良好和更高的展示平台上，较为愉快地积极融入了其中，延续至今成为歌会一道别致的风景线，用新闻报道的标题来概括的话，就是"剑川石宝山歌会活态非物质文化遗产博物馆"③。

小　结

20世纪80年代以来民间文化复兴是当时中国社会的主要潮流。在此复兴大潮中，绝大多数民间文化都自觉、主动地将对日渐强盛的新中国的政权认同，以各种"国家符号"纳入所复兴的民间文化及仪式当中，成

---

① 详见附录二。2009年官方文件错将歌会开幕式活动安排到了七月二十八，由此造成了一系列问题。

② 歌会参与民众都对笔者表达过对此的不满。不过，通常民众们总是很善良宽容，况且也没有什么责任追究制，此事很快不了了之。

③ 秦蒙琳：《剑川石宝山歌会 活态非物质文化遗产博物馆吸引数千人》，《春城晚报》2010年9月14日星期二，A223版。

为民俗学研究中颇值得关注的"国家的在场"①。同时，改革开放、发展市场经济的国策和地方政府行政压力，也使异彩纷呈的民间文化被各地方政府所征用，作为经济唱戏的一个舞台。其间，二者各自的原有属性都经历了相互的调适与互动，再有一些社会主义国家意识形态建设的"特殊"要求。因而可以看到，歌会在官办历程中，有意识地在规避一些"敏感"领域，而选择突出其既符合社会主义国家意识形态要求，又能彰显其民族/地区特色的艺术类型。而一旦政策有所"松动"，就需要将"特色民间信仰"特别彰显出来。本书主旨意在歌会的主打活动"歌"与"会"，不再对其民间宗教的根本之源做出考证，只在与主题相关之处再予提出。

本章详尽梳理了历史以来，民间表述、史实材料的歌会源起，又将歌会的"国家在场"一一列表呈现，目的即是想说明：第一，由政治权力所规训改造的歌会，其历程是朝向当下田野的"原生态"所无须回避、必须纳入的视角；第二，民间的朝山"原生态"也自然选择/淘汰了一些非能融入本生态的事物和人员。因而，把握"行政"权力的官方的举措、拥有"话语"权力的地方学者的文化活动并不能掩盖甚至替代民间的诉求，民族文化主体还自有其他的表述和诉求，即三者都是构成歌会完整生态的重要因素，偏一不可，不容忽视。而这，也正是中国国情下石宝山歌会个案的原生态本土话语建构的重要参量。

下一章，笔者试图以田野民族志的表述形式，尝试观察、体会作为朝山歌会的（底层）文化主体对当下的朝山与歌会又持有何种期待，以及他们作为歌会的"当然的"主体，在参与自己的民族节日时，与同是本民族的地方自治政府、地方文化工作者又有什么不同。他们都是遗产的主体，我们究竟该作如何权衡？

---

① 高丙中:《民间的仪式与国家的在场》,《北京大学学报》2001 年第 1 期。

第四章

现象：朝向当下田野的石宝山
歌会调查

　　人文学科中研究者的主观感渗入，已不再成为学术研究中所谓"客观性"的障碍；以一定预设的学术框架进行田野材料择选，其唯一性也已不再受"科学"结论的质疑，尤其是以田野调查作为学科主要方法的民俗学。然而民族志的写作，也即作为知识生产方式本身，其目的、方式以及将会产生的对他者的"知识建构"作用，目前正在受到"写文化"时代之后的反思。在本书前述的背景研究中，目前来说，"被研究者"自己的声音某种程度还正受着"传统学术行业生态"的束缚、"被研究者"的自我认同很大程度上还是来自外部的知识建构。于是，除了"重构研究者与被研究者的关系"、"创造更多机会和优化研究方法，让研究对象自己的声音得以表达"① 之外，田野调查、民族志写作及写作方式本身作为民俗学基本研究方法，仍然不可避免有"研究者"与"被研究者"的二元划分。现有学科建制划分下，"研究者"仍然是"被研究者"的主要知识建构者。于是，笔者认同："我们要通过自我反思使得对象从这个知识框架（指学科制度——笔者注）当中被解放出来，对象的主体性到底在我们的表述当中怎样来解放，就成了一个非常关键的问题。"② 传统民族志"全知全能的"调查者定位显然不可能有"对象的主体性"，或许做一名"天真的"③ 调查者，采用调查日记形式，反而能从另一角度感同身受"对象的主体性"。此外，在本文的原生态视角和立场下，调查者的"亲历日记"，也是希望以一己之视角，一己之体验观察描写寄寓了外界

---

① 高丙中、王建民等：《关于〈写文化〉》，《读书》2007 年第 4 期，高丙中发言。
② 高丙中、王建民等：《关于〈写文化〉》，《读书》2007 年第 4 期，汪晖发言。
③ ［美］奈吉尔·巴利：《天真的人类学家——小泥屋笔记》，何颖怡译，广西师范大学出版社 2011 年版。

诸多美好想象的原生态歌会田野究竟是什么样的。白曲的现场收录、翻译、解读，也可以帮助我们认识真正的原生态民歌。

第一节　原生态歌会调查之一——2010 年 石宝山歌会调查笔记

本节及下节将以调查日记的形式，记录笔者两年来参与歌会的所观所感，一些细节的描述并非闲笔。笔者既是普通参会者，又是民俗调查者的身份，或许可以兼而看到官办民族节的初衷、努力及其与民间民众由于意识形态、价值立场甚至传统办会模式上的不同而产生的"隔阂"与频频的"行政失误"。笔者歌会的亲身经历，或许也能感同心受参会民众对官办节日的期待、顺从甚至不愿、不满。出离于官办活动及宣传报道、书面记载之外的，完全属于民间的朝山活动及其参会主体基于生活及民俗心理的现实诉求，也即歌会的"底层"原生态，也需笔者的田野民族志"描写"才能得以呈现。

图 4 - 1　朝山路上

一 2010年9月5日（农历七月二十七），歌会第一天，晴

今年"首届"歌会要实行交通管制，有三年以上驾龄零事故的营运车司机才能申请歌会通行证。歌会开幕式当天，石宝山路段不通行其他社会车辆，并且接受县交警大队统一调度管理。我的"原生态"田野就跟广大赶会的老百姓一块儿从挤车、步行开始。

图4-2 山门迎宾队伍

图4-3 山门迎宾队伍

图4-4 山门迎宾队伍

图4-5 山门迎宾队伍

上午7点，我们在沙溪坐上微型车，很快车满出发，一路畅通。石宝山公路本来就只是窄双向山间车道，稍有一点碰擦就能把路堵得死死的，记得2006年自驾车去的那次就堵得够呛，"首届"的交通管制看来效果不错。7：30到达山门，停车场已按区域停放了好一些中巴车、货车。微型车旅客下车后很快调转车头，空车回去再排队拉客了。此时已有穿着各式民族服装的朝山群众陆续向里走（见图4-1），工作人员忙着向每人征收2元作为景区卫生维护费，看不过来也就有人径直进去了。山间的清晨很是寒

冷,山门迎宾的各村文艺演出队员换上单薄演出服后个个都冻得瑟瑟发抖,不过还是排好队,拿着各式道具开始载歌载舞练习白族调"心肝票"①(见图4-2、图4-3、图4-4、图4-5),这调子很是朗朗上口,连我都很快学会了跟着他们一起哼唱。9点左右,前警车开道,一连串越野车、旅游中巴开来,穿着白族传统蓝色扎染马夹的县领导们和挂着"贵宾证"、"记者证"的一群人向着早就列队等候的迎宾队伍走去,现场顿时响起一阵接一阵的"小心肝"。我们也趁着混乱跟着他们堂而皇之地接受了挂香包迎宾,从正山门步入石宝山。抓拍了几张照片后,突然发现贵宾们又乘上原来的车直接去宝相寺下对歌台了,这个没赶上,干脆就先上海云居。

印象中海云居一直都很清幽,虽已满满当当来了很多人,但大家各行其是:烧香、挂功德、问卜、捡菜做饭、闲聊,清幽一如既往。挂功德的老者告诉我们,有几个莲池会、妈妈会②的人前一两天就到了,还热情地邀请我们吃了斋饭再走,旁边人看我们外地人模样③还告诉我们下午有阿吒力科仪表演。不过我们还是得赶紧告辞赶去宝相寺。这一段路约有3公里,好在一路上穿着各式服装的老少男女的群众人潮都在步行前往,我一路抓拍。看得出来大家都很兴高采烈,有的人还背着很大的背囊,依然健步如飞。一路上都有人用手机放着白族调或其他流行音乐,突然间几句小调子和笑声也会不时从赶路的人群中传来,偶尔再有其他人群给搭个腔那更是笑成一片。不过,先生说他根本听不懂他们在唱什么,很奇怪的方言口音,再加上没来由的(语境)只言片语,猜都没法猜。

赶到宝相寺下对歌台,开幕式的文艺演出早就开始了。对歌台建在两山间的一小块平地上,是个典型的白族戏台建筑,为了适应现代演出,临时在前面用木板搭建了较宽敞的略高于打歌场(舞台下平地)的一个舞台。和我记忆中的一样,这个并不宽敞的舞台和打歌场早就挤得水泄不通(见图4-6),对面依山而建的遥远的观众席基本不能看到些什么,但还是挤满了好多人,上面的山上林间也有很多人,视线都朝舞台这个方向,

---

①　"心肝票",直译就是"小心肝(宝贝)",流传较广,词意大致是:"小心肝,你到之处我也到,你去之地我也去,好像早约好。哪里你都提我名,哪方我都把你挂,今天我俩又相逢,别说离别话。"

②　剑川以中老年妇女为主的宗教团体,称"妈妈会"。

③　从戴眼镜、拿单反相机、背双肩旅行包上,我和我先生怎么看都是外地人模样,这种明显的"外地人模样"给我的田野经历增添了一些小趣味。

但我很怀疑他们究竟能看到些什么。就连舞台垂直上方的山上，也到处都是人，他们能看到些什么呢？好奇心下我们也试图攀爬上去看个究竟。竟非常不易！山泥早被前面的人踩得非常湿滑，更何况这差不多就是一个70度左右的陡山坡。非常小心地，我还是手脚并用爬到可以俯视到舞台的一个位置，大失所望，茂密的山林枝丫遮挡住了舞台的大部分，但再看看满山崖蹲得到处都是的人们（见图4-7），他们视线都在俯视着舞台方向，一动不动，或许这毕竟要比打歌场上挤得不能再挤也什么都看不到要好？俯视之下我看到，舞台前方最好的位置上宽松地排着好几排贵宾座椅，贵宾们正襟宽坐，"欣赏"着舞台演出（见图4-8）。群众很规矩地站在贵宾席两旁和身后，高密度的密密麻麻挤做一团，个别人正努力往外挤，更多的人是在试图往里挤，再其后，便是来来往往闲逛的人流。

图4-6 人山人海的歌会开幕式文艺演出现场（2010年）

这里不算个好位置，况且对我来说长时间在这个湿滑的陡坡上，太过危险。于是在旁人的伸手帮扶下，我又手脚并用爬回了山下，试图在打歌场上找个缺口挤进去。舞台的音乐声响听来很是诱人，演出已经过半，打歌场很多人还是在很努力地想再往前挤一挤，换个更好的观看位置，很多人依然在踮着脚尖，伸长脖子尽力往舞台方向看。我们捂着耳朵从大音响下找到个缺口向前挪了些。

图4-7 满山坡的人，都在往舞台下方看（2010年）

图4-8 歌会现场远眺（2010年）

　　宽坐的贵宾们有些竟有了不耐烦的神色，这也难怪，就我所看到的节目来说，上了年纪涂着脂粉的各乡镇农民、退休群众"很业余很群众"的演出既不养眼又很粗陋，让见过大世面的"贵宾们"端坐半天情何以堪。拥挤中，我也烦躁起来，感觉随着挤进挤出挤好位置的人所引起的人潮涌动，自己四周都不断地有人在贴身地"蹭"，转过头去投以一瞪，却看到他

图 4 - 9　人头攒动的歌会现场（2010 年）

们还正全神贯注伸长脖子盯着舞台呢（见图 4 - 9），朴实的群众可能并没有
"现代人"关于"合理的、安全的身体距离"的概念，如此挤蹭绝非故意，
当下即已释怀。不过我还是决定拼了挤出去算了。此时演出刚好结束，贵
宾们大赦般往外退场的当下没想到周围群众却如更猛的一股潮水向舞台中
间涌来，我当下就被挤在当中动弹不得，转瞬间，群众便把整个舞台团团
围住，大部分人甚至直接围坐到了舞台上，偌大的舞台仅只剩下直径 3 米
左右的一个圈。解脱了的我百思不得其解：这不是演出都结束了吗？占领
舞台这又是要表演什么呢？问了收贵宾椅的工作人员，才知 1 点有对歌比
赛。此时刚过 11 点，要有这么提前吗？堂哥正在旁边坐镇指挥，告诉我们
对歌台这两座山一到晚上就会有人打着手电顺着山路对歌。这才注意到这
上山的入口处立着"原生态民歌走廊"的指路标志牌一块，上面是颇有名
气的石龙歌手李福元与三河女歌手赵应萍正在对歌的照片。

　　打歌场上的"大理饭店"门口，歌手李根繁、李繁昌等一些人在摆
摊售卖有他们参演的各种白曲演唱 VCD/DVD 光盘，群众有的在围坐着看
小电视里正在播放的白曲表演/唱，有的在挑选，生意火爆。

　　据说工作人员都要陪着贵宾回县城（25 公里外）吃饭，对歌不会很早
开始，这个时间可以返回海云居看阿吒力科仪表演，看完再回来听对歌刚
好。暗暗鼓劲给自己下了又要步行往返 6 公里的决心，我们就又上路了，

一路上边走边吃婆婆准备的干粮。海云居平静依旧,都说刚才来了大队人马,表演提前,已经结束了,师傅现在正吃饭呢。还告诉我们,表演的是省级非物质文化遗产传承人张荣谦,他的阿吒力科仪表演真是很精彩,有《散灯》(灯舞)、《散花》(花舞)、《剑舞》等。交谈中一些老妈妈认出我先生是寺登街上赵医生的儿子①,气氛更亲切了许多。有人热心地建议说先跟着一起吃饭,等师傅吃完饭,让他再表演一场给我们看看。当下我们就觉得相当不好意思,怎可如此劳烦,于是就推说要回去看对歌,告谢出来。

再次走回,对歌还没开始,占领舞台的人还在艳阳下坚守,不过还是让出一部分舞台让准备停当的金华镇文联业余宣传队和邻县鹤庆县祝贺队送上了四支舞蹈(见图4-10)。甫一结束,便又继续围坐过来。下午一点半左右,工作人员开始清理到处都坐、站、蹲满了人的舞台准备对歌,清理半天也仅让够主持人通行、三弦手、两个对歌手站立的地方。我们也趁机坐到舞台一侧,任如何清理也不起身。无奈之下,文化局李岗副局长放出狠话:"你们不起来,我们就不对歌!"或许这话有些效力,一部分人开始撤离舞台,让出较大一部分。我们得到李副局长眼神暗示,可以继续坐在舞台一侧评委脚下的地板上。

图4-10 打歌场上人山人海,打歌者自得其乐

---

① 其长年在外读书、工作,沙溪老一辈大多只见过他小时候的样子。

歌王姜宗德①和歌后李宝妹②首先登台对唱起来。我并不能听懂，不过看得见舞台四周群众都听得津津有味，偶尔一阵哄然大笑，又或会心一笑，又再或面带羞赧的微笑。曲终大家意犹未尽，都在笑着争相交头接耳交换听曲心得，我终于明白原来白曲小调的民间评价标准并非通常意义上的掌声，而是群众的各种笑，不管有没有出声。

接下来是民间歌手和三弦手的拜师仪式，有位穿长袍戴礼帽的长者为其司仪。师徒互尽礼仪交换礼物后，礼成。不过，当时就让坐在舞台上的我看得很糊涂：这里面不是有好些歌会现场工作人员吗？后来得知，这个仪式组织得过于仓促，又箭在弦上，不得不现场拉了工作人员上台完成仪式。

期间，就群众的笑声来判断，苏贵大大一张口头几句就赢得了个满堂彩，后面更是笑声不断，看来"曲仙"名副其实。还有石龙歌手李繁昌③，他的台风非常稳健，看来也是唱曲的一把好手。而13岁的罗燕与张银的对调（见图4-11），观众好像都流露出了"不忍听"的神色（具体内容见附录三）。除此之外，对我来说，完全听不懂还坐在艳阳下的舞台，实在是个体力和情感都觉很挫败的考（烤）验。于是勉强听完第六对歌手唱完之后，我们便撤离舞台，那个好位置也很快被旁人补上。

时已下午3点，决定先往石钟寺一趟，回来再上宝相寺。往石钟寺约有10公里的公路，有指定中巴车往返，第二趟我们才挤上了车，站着到了石钟寺停车场。这里是个开阔的场地，凉风习习，有个凉亭可以俯望半个沙溪坝，二伯父④的钟山古乐队⑤就在这里定点演奏（见图4-12）。看到有车前来，古乐队就演奏了起来。曲毕我们过去问候，得知来意后，二

① 姜宗德，1969年7月生，剑川甸南兴水村人。2004年大理州三月街首届山花杯歌王歌后大赛摘得歌王桂冠。擅长三弦自弹自唱，音色纯厚洪亮，是剑川民间公认的（年轻）歌王。其艺术之路另见张文、陈瑞鸿主编《石宝山传统白曲集锦》，云南民族出版社2005年版，第287页。

② 李宝妹，女，1978年9月生，沙溪石龙村人。2004年大理州三月街首届山花杯歌王歌后大赛摘得歌后桂冠。其歌声甜美，声情并茂，能即兴编唱白曲，有自己独具韵味的白曲演唱风格。被剑川民间认为是"白族的宋祖英"。其艺术之路另见张文、陈瑞鸿主编《石宝山传统白曲集锦》，云南民族出版社2005年版，第286页。

③ 李繁昌，白族，1984年5月生，沙溪石龙村人。

④ 我公公的二哥，我们堂哥的父亲。

⑤ 乐队成员大部分是沙溪人，有农民也有退休教师，平均年龄在65岁以上，笔者乡间生活时期经常会碰到他们，差不多都认识。

图 4 – 11　小歌手罗燕、她父亲与张银

伯父让几个熟悉歌会历史的队友接受我的访谈,他们都很高兴,也很健谈,纷纷告诉我这是朝山会,歌会是后来才叫的;有好几个县、好几个地方的白族都来赶会;以前歌会盛况是好几座山漫山遍野都在唱,觉都不睡,几天几夜地唱,"破四旧"时拿枪赶都赶不走;三天歌会下来,耳朵几天都不会清静;有的老人在家里就要许好唱100首调子的心愿,唱完一首丢一颗豆,边唱边走边丢,要唱完100首才会下山;现在主要是交通方便了,大家来得快去得也快,朝完山当天就能回去了,就唱得少了。至于政府组织歌会是让歌会更热闹了还是不热闹了,他们有些分歧。

图 4 – 12　沙溪钟山古乐队

告别古乐队我们朝石钟寺走去，这是一段约 4 公里的山间小道，一路上都可见歇息的人们。一群装束口音都很陌生的中老年妇女引起了我的注意，就停下与她们攀谈起来。她们都很爽朗热情，说是来自大理（市）的一个莲池会，昨天就在海云居歇了一晚，今早做了早功课才出来的，她们差不多每年都会相约来石宝山做会、念经、游览，晚斋后就要回去。她们指说其中一位是"经母"（引领众人念经之妇女），会念很多经，随后就很大方地集体给我们唱起了大理调"十二月花名经"（汉语）——每月一个花名，讲当月农事物象，再讲一个做人道理。

告别她们，我们继续向石钟寺爬去。沿途看到在水池之处有个别妇女掬起一捧略喝一口，又擦洗一下眼睛，然后再放一角两角纸币或一角硬币到水池上，不管水脏不脏，上面漂浮着多少纸角币，下面又沉淀着多少硬币。

石钟寺因是国家级文物，不能再在此烧香、做会，不过每窟前面当地民众双手合十，口里念念有词的祈拜还是屡屡可见，熙攘人流中也有八号窟前的跪拜，总体来说其现在功能更像个旅游景点。民间记忆中石宝山唱调子曾经就是发生在石钟寺及对面的狮子山，这样看来，从空间上来说，石宝山上唱调子因国家保护文物措施有向宝相寺转移的一个客观因素及历史过程。

再次折返石钟寺停车场，古乐队已准备收工去石钟寺吃饭，场上坐着好多人都在等车。不一会儿来了一辆，还没等车停稳，大家便蜂拥一般地紧紧围堵住车门，车门一开有的甚至当下就冲到了车里，让车里想下的乘客根本无法下车，僵持半天，才由司机喝令着让个别人先下了来，有的干脆就从车窗里跳了出来，不过这个松动的当下，又有想上车的即时就冲了上去，于是上车下车就在大家的互相拥挤中持续了多时。我们直到半小时后第三辆车才挤到一个站位，不无疲惫地回到对歌台。

宝相寺还得再爬半个山崖，转了一圈，所见除了烧香、闲逛之外，没听到任何歌声。于是下山，再次步行回到山门，时已至下午 6 时，打算无论如何都得回家先休整片刻，晚上再来看"原生态民歌走廊"。

山间日暮早，想要回家的群众在山门前拼抢空车放返的指定营运车在我看来几乎到了一个完全失控的局面，满场都是追着车跑的人群，满车都严重超载，塞得满满的。我们归家心切自然加入了拼抢行列，走出停车场外十几米翘首等待，好不容易才等来一辆回沙溪的车。不过我们的行动毕竟不够敏捷，在抢了近一个小时无果后决定每人多出一份钱让司机不多载他人，调头后老远处就只等着我们，保证能有个座位。

　　回家晚饭休息片刻后，20：30 我们重振精神又坐上微型车上了石宝山。此时篝火已在打歌场上熊熊燃起，密密麻麻已是好多人，里面音乐震天，大约有跳舞的演出。与白天一样，外围的人都在努力地往里挤着，我们站在对歌台桥头探头看了一下，觉得挤也无望，就干脆放弃。打着手电筒，决定先去对歌台对面的"原生态民歌走廊"一探究竟。深山密林里伸手不见五指，有着手电筒的照亮也担心会一脚踏空滚落山崖。向上走了约 500 米后，我们竟连传说中满山遍野的手电筒光亮也一束未寻得，更别说歌声，再往上的话，山间的黑暗、穿林的风声实在是有些吓人，于是赶紧下得山来。

　　还有另一座标志"原生态民歌走廊"的就是往宝相寺方向的山上，民间传说中"野趣"之"战场"也在这附近。可是有了白天为看舞台手脚并用的爬山经历，觉得这个传说实在太不靠谱，"条件太过艰苦"，更与所谓充满"天地合一"的"野合"、"浪漫"想象太过遥远，再加上伸手不见五指的黑暗，我们即时知难而退。

　　下得山来，篝火都已经熄灭，场上一时尽有了繁华落尽的气氛，除了几个摊位还有一些喝多了的食客在大声嚷嚷外，曾经拥挤的打歌场上稀稀落落地晃悠着几个人。我们也一时不知该往哪儿走，只是觉得继续待在寒意彻骨的空荡荡的山间已无意义，当下就决定再趁早步行回山门去，回家好好休息明天再说才更为现实。

　　此时已过深夜 10 点，指定营运车也只能电话预定熟人司机再包车回家了。

二　2010 年 9 月 6 日（农历七月二十八），歌会第二天，晴

　　上午 10 点，我们又到了对歌台，舞台上又已经坐满了群众，按日程安排，马上就应该开始对歌。不过据说报名对歌的人不够，可能要晚一些才会开始，于是我们决定先上宝相寺。宝相寺的香客明显少了好些，不过妈妈会的人们还是忙出忙进准备斋饭。

　　下山后，对歌还是没启动的迹象，按日程表来看，正午 12 点海云居有一场阿吒力科仪表演，昨天就已错过了，今天得补上。于是急速步行前去。海云居清静依旧，大家各忙其事。昨天那些老妈妈赶紧过来告诉我们说，张荣谦师傅回去了，今天没表演。无功，又返对歌台。对歌台已经准备停当开始对歌，不过听起来真的已经不如昨天的歌手精彩了，盘踞台上的观众陆续撤了好些。对我来说，那更是对牛弹琴，只好在打歌场上闲逛。此

时一个小饭篷里传来一阵阵笑声，寻声而去，原来是苏贵大大在与一位穿着金花服据说来自洱源的中年妇女在对歌，他们周围围了好些人，都在屏息侧耳倾听（见图4－13）。苏贵大大面前桌子上放着一碗茶水，喝一口茶，调子就源源不断涌来，对方看来也非常善唱，紧挨着她坐的伙伴有时都会笑得支不住打她一下。苏贵大大本来自己弹着一把三弦，但两人你一曲我一调，来来回回没有通常节奏的间隙，三弦自然跟不上。一位工作人员自告奋勇将三弦接了去代弹，仿佛一下子又打了一针强心针似的，两人的歌声都又高昂了起来，也有了歌唱的节奏。周围的人或坐或站都静静地在听着，偶尔又哈哈大笑起来。时间不知过了多少，台上对歌大概也都结束了，三弦手停了弹奏要去工作，苏贵大大接过三弦放在一边，口里继续唱过去一调，对方也毫不示弱再回将过来。渐渐地，两个人的调子越来越快，都不像在唱歌而是说话了，急急切切的语速、兵来将挡的阵势让围听者紧了圈子紧了眉头努力在听。不过，曲未终人须散，有人递给洱源女歌手她的背囊招呼她回去了，对歌宣告结束，围听的我们也只得散去。

图4－13　小饭棚里的对歌，群众围聚而听。左二里为苏贵，桌对面是洱源对歌者

再次走回山门附近，看了展出的木雕、刺绣品、书画展。停车场上来自各县的中巴包车走了过半，已经没人抢车了。回家。

晚饭后，想到夜返的艰难，我们决定自驾前往，一路顺利，甚至直接开到了打歌场上。此时正在放着露天电影《错爱金花》（又名《多情谷》）——以石宝山对歌会为题材，大致讲一对恋人年轻时对歌相恋有情，却只能各组家庭。多年后其子女又在石宝山上对歌相恋，却被告知是同父异母的兄妹——场上只有两三个老妈妈在看着。小吃摊也少了几家，食客寥寥。装有器材设备的帐篷里传来麻将的声音。看来只能回家。

三 2010 年 9 月 7 日（农历七月二十九），歌会第三天，晴

上午 10 点，不顾交通管制期限还是自驾了，竟也一路无阻直至打歌场。工人在拆打歌场上临时搭建的小食棚，一些货车已装好了桌椅板凳货物等准备离开。询问工作人员，说今天还有对歌，等报名的人来了后就开始。又上宝相寺，"原生态民歌走廊"的标志牌倒落地上，粘满湿山泥。寺里还是原有的妈妈会成员，不过明显少了好些。下得山来，打歌场都拆得差不多空荡荡了，看到苏贵大大正在场上晃悠，就问起昨天对歌的情况，顿时他眼里泛起了不无得意的神色，连连说"她会唱、她会唱"。

下午 3 时，工作人员已开始拆音响设备，看来对歌比赛是不可能的了。既然要回去那就顺路带上苏贵大大，刚才他提到歌会期间文化局不管他们的交通、食宿，每天只发 50 元补助，这几天他都没下山，是在宝相寺吃的斋饭，主持还特别招待了他一个能睡的地方。

苏贵大大很是客气地同意了，说要去把和他一块"被定点"在宝相寺的黄四代①叫上一起回去。都坐到车里后，我们自然谈到了县文化局对他们两个省级非物质文化遗产传承人的安排和酬劳不尽合理的话题，黄四代一改刚上车时的拘谨，脱口而出："文化局说是因为全球经济危机，只能发这么多。"苏贵大大也插了一句："我当时也说，全球经济危机，怎么也会影响到我们呀。"

车至山门，李副局长过来打招呼，看到苏贵与黄四代都坐在车上，立即就说："你俩不能走，要到县里去，县长办了庆功宴要去吃饭。"看得出，两位老艺人都不太情愿，但也不能不去，于是很抱歉地从车上下来，

---

① 黄四代，白族，1950 年 2 月生，沙溪黄花坪村人。2002 年 5 月，被命名为"云南省民间音乐家"，云南省非物质文化遗产传承人。其嗓音洪亮，音色厚实优美，擅长即兴对唱，出口成章。多次获石宝山对歌比赛一等奖，民间歌手以能与他对歌为荣，被民间誉为"歌王"。其他艺术成就及简介另见张文、陈瑞鸿主编《石宝山传统白曲集锦》，云南民族出版社 2005 年版，第 285 页。

再把三弦、背包各自背上，跟着李副局长走了。

歌会至此结束。

四 补记

第二天即是八月初一，金华镇赶起了传统的"骡马物资交流会"。婆婆金华镇的娘家亲戚让我们上县城去吃传统只有这个会期才有的毛驴肉，顺便再拿一些自制的月饼准备过八月十五。"骡马会"期间各乡村群众齐集县城，买卖交易骡马牲口物资、为秋收做准备是各乡村重要的节令生活安排；而对县城人来说，准备食材、炕月饼差不多是县城每个家庭这期间最主要的工作。离开拥挤喧闹的骡马物资交易会场，行走于明清民国古建筑群落里的红砂石板小道①上，不时也可闻到各庭院飘过的酥油饼香。不过在商品物资交流已经充分化、常态化的县城，所谓"骡马会"在很多县城人眼里已经成了一个专卖假冒伪劣商品、严重妨碍交通出行、甚至冲击固定小商铺、大卖场，影响县容县貌的一个"传统"。问到歌会，金华镇的姨舅姑伯辈们这辈子竟都没在歌会期间去过石宝山歌会的！白曲也听不懂！还与我理论说，年轻时想去该去的年代正赶上"破四旧"，"好人不上石宝山"嘛！与我同辈的表兄弟姐妹虽去过歌会，但也说听不懂在唱什么，而且身边的同学同事差不多都是这样。看来，剑川白族不参加歌会、听不懂剑川白曲并非个别现象。

不几日，堂哥下乡顺道来家里闲坐，问起交通管制之事，他说他快被那些老妈妈骂死了，说是他不让她们去朝山赶会。县里已经做了准备，明年在山门朝东方向新辟一个能停500辆车的大型停车场，解决歌会期间行车难、停车难的问题。他也提到，石宝山公路条件有限，大型旅游大巴运行受限，以微型车为主的营运车又运力有限，因这次的管制，旅行社、自驾游都损失了好多客源。再有就是途经石宝山部分路段的开往兰坪县铅锌矿山的货车，开幕式当天也被管制停在路边了大半天，造成一些经济损失。

我们给苏贵大大送去了一份月饼，当时他正在放牛，同村老者跟他开玩笑说就把月饼挂在牛角上好了。

几天后，苏贵大大借着向公公看病来家里小坐，说起那天去吃饭的

---

① 金华镇历史上文风鼎盛，据说巷道里的石板只能由儒生行走其上，普通老百姓只能走两侧由鹅卵石铺就的侧沿，寺登四方街巷道也有此规矩。

事，他和黄四代都"奉命"席间唱了几曲，都是一些"歌功颂德、拍马屁的调子"。随后他俩看饭局还要持续，就提前出来，自己找了车回家。

第二节 白曲现场对唱实例之一——
2010 年歌会白曲试析

剑川白族听不懂剑川白曲是个很普遍的现象，我先生刚开始就基本不能听懂，公婆忙于工作不能相助，于是我们决定到石龙村请当天舞台上结识的歌手李繁昌帮忙听音记曲。李繁昌很乐意地接受了，并且带我们到云南大学白族调查研究基地。他作为云南大学聘请的本村管理员，有责任用云南大学提供配备的录影设备记录歌会实况。浏览录影，大部分是开幕式的文艺演出，就对歌来说，仅只有对歌台比赛，没有其他场域的自发对唱被摄录，而且他们已经作了择选，也就是唱得好的才会完整录下，唱得不好的仅有片断就此打住。

图 4-14 苏贵和羊岑女歌手对歌。听众（自由地）围满了舞台

李繁昌按其理解简要评价了各录影对唱歌手实况后，就用他们歌手常用的汉字型白文一字一句，多次反复重放、听记下了三首对唱实例，随后再解释兼念诵一遍，帮助我先生当场听懂、事后翻译，这个过程竟整整无

间断地持续了约七个小时！照他的评估，本次歌会唱得最好的，当之无愧该是苏贵，可惜与他对唱的羊岑乡女歌手①口音太奇怪，调子听起来不舒服（见图 4 – 14）。

一　苏贵和羊岑女歌手对唱实例汉译②及注解赏析

对唱时间：2010 年 9 月 5 日下午约 4 时，全长 11 分 13 秒

听音、汉字型白文记录及白文朗诵：李繁昌

翻译：苏贵、赵一平

汉译	注解及赏析
男： 今年我已六十岁，枯树根也发新芽。 六十岁还来采花，差点羞死掉。 害羞我也不顾了，采到羊岑花一把。 把它挂在卧室里，醒来看看它。	六十岁：苏贵时年已 71 岁。据其解释说，一是因为"六十"的白语发音可以与下句形成音节高低律相谐；二是对歌者年纪约 40～50 岁，把自己唱年轻一点，对歌场景下也好互相映衬谐调。 　此调音节铿锵，出语直白又含蓄，当即引得舞台上下一阵哄笑。
女： 心悠悠，哥妹相遇石宝山。 石宝山上好游玩，游了不想走。 一年只来游一次，游了之后难相别。 让我牵肠又挂肚，好似中了蛊。	心悠悠：三字曲头，起韵限韵之用，无实意。 　中蛊：原词是吃了相思药、着魔药。 　女歌手的羊岑乡口音明显，且略为紧张，调子尾音上扬，非金华标准音调。
男： 听到你也留恋我，我上捆着绊脚绳。 我也去来她也去，追着我后来。 我们相爱太危险，用它做我暖心药。 你也去那我也去，路上相抚摸。	我上：白语方言直译，意为我之上、我自己，"上"，反身代词。 　绊脚绳：此处喻歌手（苏贵）妻子。 　这里苏贵似乎表达出"身不自由"的婚姻家庭，下句也很巧妙地暗示某种"身体接触"的"暧昧"。其实大不然，他们的对唱发生于光天化日的对歌台上，众目睽睽之下，这种似乎很"私密"的喃语，也借着麦克风、扩音设备传至打歌场每个角落。因而，带着点"颜色"的"有情调"，博来的又是围听群众阵阵笑声。

---

① 因苏贵是省级非物质文化遗产传承人，民间又被尊誉为"曲仙"，唱曲实力非凡，不再参与对歌竞赛评奖。当天羊岑女歌手是主动邀约他从被定点的宝相寺下山，一起上台对调，故她的姓名没出现在县文化馆对歌安排名单上，苏贵也不知道她姓甚名谁。

② 为节省篇幅，汉字型白文所记音，统一放置在附录三，可供汉族研究者凭其汉语音节感受其押韵、高低协调律，也方便相关白族研究者对本书提出批评。

续表

汉译	注解及赏析
女： 小情哥，你不是个男子汉。 你是如此怕媳妇，就因和我亲。 你怕家妻咱分手，现在一切人未知。 你怕家妻咱分手，就为和我亲。	女歌手也很害羞地笑了，此调就紧接着上调之意，真正对起歌来。 民歌研究早已证明，普遍意义上的口头对唱，都会有一些模式化了的语句、词汇、意象、表达法可供歌手在现场编创压力下灵活调用、组织和搭配。因而白曲"对歌"强调的是男女歌手相互之间"调子"的交流、交锋。
男： 回家我给家妻说，找了情人给你看。 我把你来约回家，高兴得拍手。 来时她也叮嘱我，来了多找几个伴。 你把她们请回家，我可以容纳。	苏贵也紧接上调之意，并表示其妻"宽宏大量"，这种"违反常情"的"大度"，自然又引起台上台下阵阵笑声。
女： 回答阿哥一句话，妹妹劝你一件事。 妹妹劝你几句话，好好记心上。 几件衣服身上暖，情人不能找几个。 你找情人好几个，会不会心疼？	当然，连女歌手都不认可其妻这种反常的"大度"。
男： 十个情人放十角，把你放在最里面。 把你当成眼珠子，不给别人说。 一切就是我们俩，家妻面前也不说。 牵着你手叮嘱你，不要乱说道。	苏贵在此充分地表达了他能游刃有余于十个"情人"之间，也最为怜惜"眼前人"。 有如此"能耐"，又能"贴心"地"用情专一"，自然又让（女）听众既舒服又向往。笑。
女： 情哥哥，你是如此有情义。 你的东西不羡慕，羡慕你的情。 有情的花开得艳，有情的花开得旺。 英俊我哥你有情，无人能相比。	女歌手也被其情"感动"了，此情花尤可鉴，"情人眼里出潘安"。
男： 我给妹妹说一说，我外号叫有情子。 我来大家都喜欢，没人嫌恶我。 人人心意都顾到，身上肉可给你吃。 今天和你说好了，死也在一起。	苏贵乘胜追击，直指自己就是"情圣"，其为情故身皆可舍，命皆可抛。 毋庸置疑，再次笑声！
女： 你说这句那就好，切记不要不守信。 如果你把事搞砸，我不原谅你。 你要从了我不从，你要退了我不退。 手牵手儿走出去，让大家来看。	如此这番"生死相许"的"爱的告白"，女歌手也坚定了"爱的盟约"。

续表

汉译	注解及赏析
男： 麦芽糖和苍耳子，和你如何扯得开。 今天和你说好了，一定跟着我。 我也去那你也去，你也走那我也走。 吃饭我们在一起，笑呵呵的吃。	此处用了日常物事比喻二者的"浓情蜜意"，相当精妙！ 麦芽糖，以粘著称；苍耳子，中药名，果实外有倒刺毛，常挂在经过之牲畜毛皮上实现异地播种。两物事都有粘、挂对方之意；次者，二者一旦粘挂上，无论如何都扯拉不开了，时时刻刻都要黏粘一起；再者，麦芽糖甜，苍耳子苦，如此搭配堪称完美；最后，二者一旦黏粘上就万不能扯拉开，强行拉开只会让二者两败俱伤。——此处细析是笔者请教苏贵得知，据其称也是对唱时灵感乍现，现场脱口而出。 笑声，必需的。
女： 我哥笑呵呵的吃，我哥走前我跟后。 走在前会拉我心，走在后会软我脚。 你我身影就一个，走路脚相拌。	或许女歌手已经完全折服于"曲仙"情歌的强大攻势。声音明显发颤，尾音愈发上扬，并在情急之下唱不成调，匆匆谢阵。
男： 听得走路脚相拌，我手扶在你肩上。 手儿相携一路行，你要记心中。 游寺爬山一起去，花园胜景两人赏。 我把话儿说给你，牢牢记心中。	苏贵自然接上表示二人亲密之身影句，用歌会对曲常用套语顺利结束对歌。 曲末，以男女歌手合唱的"咦呀嘛呀嘿哟"结束全曲对歌。

二　李繁昌与赵应萍对唱实例汉译①及注解赏析

对唱时间：2010 年 9 月 5 日下午约 4 时，全长 12 分 48 秒

听音、汉字型白文记录及白文朗诵：李繁昌

翻译：李繁昌、赵一平

汉译	注解及赏析
男： 哎呀呀，现在才到我登台。 如果这是吃东西，如何轮到我。 我也插进唱几句，我也进来跳一跳。 我也和她唱两句，随便过过瘾。	开场自然。

---

① 此调为"无情调"，以反讽、嘲笑、挖苦为主，道无情实有情的一种艺术表现形式，民间称之为"无情调"，并认为这种调子没功力就很难唱，唱不好闹不愉快甚至当场打起来的事也会发生。

汉译	注解及赏析
女: 听到你要过把瘾,好的话儿没说到。 担心哥哥心糊涂,吃错了疯药。 年纪轻而显苍老,容颜不老心已老。 我只与你唱支曲,你就打主意。	对歌下一方顺势接住上一方最后一句,在口头现场编创民歌类型中也较为常见。 李繁昌时年才26岁,赵应萍约40岁。此处充分体现无情调之极尽讽刺、挖苦之能事。
男: 你说我打你主意,妹妹不要乱讲话。 家中有个大嫂,她就在旁边。 她的身材非常好,她的脾气你不知。 若果说话不小心,我都怕三分。	白曲情歌小调中,男方通常自称为"哥",视女方为"妹"。
女: 听到你也怕三分,约了情人怕老婆。 魁梧身躯老鼠胆,他怕他老婆。 我只和你唱几句,没有其他什么心。 要是我去找情人,如何轮到你。	李繁昌身形较壮,但也被对方认为徒具其表,是"老鼠胆"。
男: 听说不能轮到我,妹妹喜欢老头子。 不好意思直接说,喜欢他钱财。 我是一个俊小伙,我们如何来相配。 若把我来和你配,糟糕又委屈。	针尖对麦芒,丝毫不让步。
女: 现在你还揶揄我,你的名声早在外。 来波阿爷老小伙,人人都知道。 你装什么小伙子,走路你用三只脚。 如果你是小伙子,我就是朵花。	女歌手引经据典。来波阿爷,是李繁昌曾参与拍摄的本子曲中一个角色名,现已成为李的民间绰号。 老小伙,白语"古小伙",多有为长不尊、老不正经、应成熟稳重持家立业的年纪,却闲游晃荡不务正业之贬义。 三只脚,即来波阿爷拄拐杖。
男: 现在你还奚落我,我也不是太苍老。 来波阿爷玩笑话,不是真情况。 你哥我是大老板,身上挂着小油肚。 油光满面富贵相,我是大老板。	辩解、按自身形象特点进行包装。
女: 听到你说有油肚,不是油肚是水肚。 正经事情不想做,只会喝开水。 脚上鞋子我来买,买双袜子也靠我。 你是什么大老板,晚饭没着落。	剑川木匠滇中闻名,民间对掌墨大师傅极为尊重,一般都供应好茶好烟让其休息时间充分享用,不会催工。大师傅的小徒弟则没此待遇,如要休息,只能借拼命喝茶水拖延时间,常会喝得腹胀如鼓,于是"不是油肚是水肚"是白族俗语,意为尚未(出师)成功,就只知偷懒躲闲。可用于各方面。 民间对此俗语非常熟悉,因而获得笑声认同。

续表

汉译	注解及赏析
男： 现在你还嘲笑我，妹妹头脑不清楚。 我想你在说梦话，啥都不知晓。 你家无油我送来，无米下锅盼我来。 如果没有遇到我，为何胖成这个样。	赵稍胖，也成为被"无情"嘲笑的特点。
女： 父老乡亲同志们，现在我们说假话。 我们只是唱曲子，一切都是编。 肥胖就是吃出来，肥胖之人福气好。 现在胖子到处是，生活状况好。	在对歌台上的对唱，都是歌手互邀、或随机配对演唱，当然是"说假话"。
男： 听到生活都美好，现在谁想吃肥肉。 若果有人爱肥肉，这里有两头。 想吃前腿随便割，想吃后腿随便砍。 若果想吃精瘦肉，身上无瘦肉。	这里有两头：故意用指示猪的量词"头"，拿自己和对方身形开涮。 观众有笑声。
女： 父老乡亲同志们，我们就唱到这里。 这句唱了就不唱，让给别人来。 他们台下等很久，让给他们唱几调。 这句唱了就不唱，让给别人来。	对歌台下还有一些歌手候场欲上台一决高下。
男： 听到让给同伴们，前边的确骗你们。 唱曲只是为娱乐，并非真实事。 唱出都被风吹去，口说无凭无痕迹。 这句唱了就不唱，让给同好们。	李也再次表明二人的无情调只是"舞台演出需要"。 曲末，以男女歌手合唱的"咦呀嘛呀嘿哟"结束全曲对歌。

三　李根繁与哨坪女歌手①对唱实例汉译及注解赏析

对唱时间：2010 年 9 月 6 日下午约 3 时，全长 11 分 14 秒

听音：苏贵

汉字型白文记录及翻译：李繁昌、赵一平

---

① 此曲对唱于歌会第二天，李根繁，1969 年生，石龙村人，现任村委书记，多次获石宝山对歌比赛一等奖，其即兴创作语言生动幽默，贴切自然，仿佛信手拈来。参与录制了许多传统本子曲，在民间有很高的知名度，被认为是无冕歌王或"歌霸"，不再参加竞赛评奖。女歌手是主动慕名求战，故组织方也没记录她的名字，只是凭口音判定她是洱源县哨坪村人，年纪约 40 岁。

汉译	注解及赏析
男: 花一朵,花儿害怕太阳晒。 太阳当顶火辣辣,要把花儿浇。 大雨下得如瓢泼,把你培植成朵花。 【雨水落地变成金】 培植成了这枝花,你想不要我。	原唱词"雨水落地变成金"是句农谚,此句意译,借用于此表示在李根繁的滋润下,女歌手才出落得像朵花。 至于词意有否"性"方面的潜意识暗示和联想,笔者认为能在大庭广众之下对唱出来,至少是民众能够坦然接受的基本意义和尺度,歌手不可能在自己乡亲面前公然满口"污言秽语",众乡亲也不会容忍。这也反方面说明,如果抽离开此时的演唱语境,仅作案头文本分析,所谓弗洛伊德"利比多"也许就能为此曲钉上某种类似"淫词艳曲"、"不道德"的标签。下文还有类似唱词。
女: 回到家了又回转,<u>游寺</u>对歌真热闹。 这种机会很难得,遇到哥哥你。 别人面前常提你,石宝山上两相随。 我爱哥哥善唱曲,<u>我很喜欢你</u>。	游寺:白语"观寺",是民间对歌会最通用的称法。 "我很喜欢你":男女歌手第一次见面、对唱,李都不知对方姓名,如此直截了当,笔者认为只能说明歌手唱花柳曲之表达惯性和曲调固定化模式,非当真就是外界想象当中的少数民族在恋爱、择偶方面的率真、自由。
男: 回到家了又回转,身上背着绣花包。 绣花包儿歪歪挂,里面有花无? 哥哥有意来采花,现在还未采到花。 妹妹包中若有花,<u>哥把花瘾过</u>。	女歌手穿当地传统服装,背绣花包。 "把花瘾过":李巧妙用妹比花、妹背绣花包、绣花包里有花夸赞对方如花,并委婉暗示,包中花可让哥过花瘾,其有否某种暗示如上例分析。
女: 花儿来到石宝山,哥哥歌喉如莺啭。 <u>花儿盛开任哥采</u>,两人心相依。 <u>河中金鱼成对游</u>,找到情妹暖哥心。 真心话儿对哥讲,百年情常在。	这两段唱词也属石宝山情歌常见唱词,不过用于此也不嫌老套。
男: 哨坪用啥来浇花,一朵还比一朵好。 一朵还比一朵艳,相当合我意。 双倍给钱来买花,妹妹卖花找哥哥。 人说妹妹来卖花,贷款我也乐。	表白妹如花艳,为"采花"倾家荡产、银行借贷也不辞。这种"勇气"和"精神"可嘉,自然赢得笑声。
女: 你我情义若<u>丝连</u>,英俊哥哥情义深。 别人妹妹不中意,愿跟哥哥脚后头。 哥哥请你送我走,随意闲聊都有意。 东山高来西山低,是否配哥哥?	若丝连:原句唱词是说要把鸡那若有若无的气息续连上去,鸡的气息本来就气若游丝,取其比喻义,此处为意译。 东山西山也取其比喻义,可见女歌手肚才也实力非凡。

续表

汉译	注解及赏析
男： 会句话儿给妹妹，你要认真看护花。 无聊光棍人儿多，担心毁了花。 前门你要紧闭起，后门也要加根闩。 那些无聊光棍们，打你上主意。	李的交代、嘱咐絮叨、烦琐，却非常有真实的动作感，赢得笑声。
女： <u>大哥我哥真心哥</u>，妹妹关门用铁锁。 现在小炉匠人多，想要撬门锁。 弹子锁也能打开，用暗锁也随哥意。 以后钥匙弄丢了，丢了妹不哭。	"三个哥"连排并用，有强烈的情感依恋感觉。 女歌手顺势接上关门闭户也不堪各种"骚扰"。"小炉匠"喻各种花样百出、本事出众的"骚扰者"。 此处有鲜活、真实的日常生活场景，赢得阵阵笑声。 至于"门"、"锁"、"开锁"、"撬"等是否有象征心理学意义，笔者不作分析。
男： 对歌越唱越好唱，要么哥去<u>上妹门</u>？ 哥哥来上妹妹门，省得出是非。 妹妹去处伙伴多，哥哥总是独一人。 这句唱完我们走，成为一家人。	女歌手唱功不俗，李为之倾倒，表示愿意"上门入赘倒插门"。 "被征服者"的"认输措施"，让笑声不断。
女： 哥哥上门我不要，担心为难着哥哥。 兄妹二人歌儿甜，不要相交恶。 每年来此找次哥，见到哥哥心欢喜。 不怕人言来找你，哥哥高兴吗？	女歌手居然婉言谢绝主动"上门"！ 拒绝得如此决绝，也出乎听众意料，于是大笑。
男： 我要上门你不要，把哥当成<u>山里人</u>。 把我当成山上来，心中没有我。 村里公鸡不稀奇，<u>山上锦鸡难捕捉</u>。 你若逮到你哥哥，别人会嫉妒。	李是石龙村人，属山区。 被拒之后的委屈与自辩，于是自比山中锦鸡，羽冠华丽锦绣，与村中公鸡不可同日语，况稀世珍见，不可错过。 这种比喻形象生动又贴切自然，舞台上下笑成一片。
女： 哥哥你呀真帅气，人才出众有文化。 人才也好文化好，俊秀小伙子。 □□□□□□□，妹妹担心哥不信。 哥哥爱我我喜欢，沾了哥哥光。	女歌手哨坪口音浓烈，此句重放无数次，苏贵、其二儿媳、家里闲坐客、我公婆无论如何都听不出来，姑且空置。 曲末，以男女歌手合唱的"咿呀嘛呀嘿哟"结束全曲对歌。

综而论之，三曲都是歌手们口头现场编创、对唱，属歌会期间唱得最好、赢得最多认可之曲。根据对唱现场感受和唱词细析，三位男歌手都有其艺术个性，如"曲仙"苏贵，句句珠玑，押韵和谐工整，情感大胆又细密，妙趣横生；青年歌手李繁昌台风稳健，挑战无情调，别出一格；

"歌霸"李根繁采语自然,唱曲打趣与生活场景浑然一体,也获得广泛认同。三位女歌手都有口音(非白语北部标准语音——金华镇口音),因而部分影响了听的感受。唱词有部分常见石宝山情歌套语及模式化表达惯性,不过总体来说也有一定对唱实力,能与对方曲词交锋,不落下风。

第三节　原生态歌会调查之二——2011 年 石宝山歌会调查笔记

一　2011 年 8 月 25 日(农历七月二十六),歌会前一天,晴

　　总觉得去年的田野有什么不对劲,早饭后我终于按捺不住提前去了。打歌场已经布置好,周围小食馆和摊贩也都做好了准备。解散多年后又重新组建起来的"阿鹏艺术团"(见图 4-15)——32 岁以下,能唱能跳会弹(三弦)者优先,共招收得六男六女,组建于会前两个月——正在彩排,要"首届"登场亮相了。群众拿了小食馆的条凳,招呼我们在台下一起坐着看。

图 4-15　阿鹏艺术团 2011 年歌会开幕式文艺演出

　　多次来石宝山,居然一次没登顶(金顶寺)未免是个遗憾,于是直奔金顶。先上到宝相寺,经悬岩一路曲折向上,平均坡度 40—70 度,个别路段近 80 度,只能容一人侧身蹬爬上去。不过一路上都有好多人,有些年迈的老妈妈居然也身形矫健地爬坡上坎走在我们前面，让路人赞叹不已，再一打听，最长者居然已有88岁，其他82、80岁的也不在少数，况且她们大多背着香火纸烛供品和行囊（见图4－16、图4－17）。

图4－16　朝山途中

半山腰嵌岩而建的是灵泉庵，一进门就听到有人在唱祝赞。走到传说中的石宝灵泉，已与我曾见过的、史载中的完全面目全非，成了一个肮脏的、布满瓜壳果皮、也不再向外冒水的死水坑。有人拿着香烛向我们兜售，并告诉我们手摸进去可以得偿所愿，不过我实在怀疑是否还会有人愿意将手伸进这样一个垃圾洞。石洞上方树起了好些（在我看来丑陋的）神佛塑像，据说都能保佑送子送财得清吉。

继续向上直至山顶才是建在海拔3000米的一个大坪场上的金顶寺，远眺即可看见整个沙溪坝子和剑湖波光，甚至更南的苍山余脉。金顶寺屡败屡建，现在已渐成一个两殿规模的格局，也已人来人往。两旁昏黑的厢房床沿都坐着一些人，好像在秘密进行着什么仪式。几个老妈妈很警惕地观察着我们及手中的相机，紧紧跟着我们，一再告诫这里不能拍照、那里不能看。不过很快有人认出我先生，说起她与其母曾是"夫甲"，前几天还去家里看过病，态度就松动起来。随即有几个老妈妈便围过来向我们解释说，前几天她们"沙溪七姊妹"——现在实际主持金顶寺大部分寺务

图 4－17　朝山途中

的来自沙溪的有七个成员的自发团体——都被叫到县上开会去了，说歌会这几天不要搞"跳朵兮"①——被外面的游客、记者看到不好，影响剑川

---

① 以下内容参考张笑《剑阳湖畔话神灵》，云南民族出版社 2009 年版。

剑川民间原始本土宗教之一，南诏大理时期的野史资料即有记载，称"朵细薄"、"大希波"、"希波"、"希幡"，等等。朵：大，伟大或远大；兮：神秘术的意思；波/薄：对男性长者的尊称。朵兮薄，即会神秘术的男性长者，行使此一活动称为"跳朵兮"〔tiorx dort xil〕。

南诏大理国时曾为国教，后被外来佛教、密宗、道教、甚至本主崇拜等驱赶、排挤至乡野农村，多为个体化、分散化、无固定活动场所的零星活动，然其始终并未消亡（第32—38页），并吸收了上述宗教的部分元素。

剑川"朵兮薄"认为他们是"神灵"或"本主神"的"鸡"，是神灵崇拜的施行者。这种理念源于最初白族人群对鸡的崇拜。"朵兮薄"称自己为"埋根"〔mai gail〕（埋：白语，鸣叫；根：白语，鸡），认为他们是为神灵打鸣啼叫的"神鸡"；是代黎民向本主"上复"，又替本主向黎民进行"吩咐"的使者。在民间，白族各村寨中还分散着一些主动配合"埋根"，联络"朵兮薄"与黎民百姓之间相关事宜的半神职人员，人们称此类人民为"押埋根"〔yaf mai gail〕（押：白语"不"的意思，"押埋根"即白语"不会叫的鸡"）（第38—39页）。

朵兮薄有一套自己的仪轨，一般是请神、附体、上复、祭拜、行礼、吩咐、还魂等，在施行仪轨中所使用的祭器一般有：神马架、"宾买鲁"（宾买鲁：白语盐、马、饲料的意思）、红布幛、镜子、称秤、升斗、纸花、纸皇盖等。随着社会的演变，男性神职人员逐步绝迹，其原有仪轨中诸如咬犁尖、上刀山、下油锅、喷焰火等神奇的"朵兮术"已经失传。现施行"跳朵兮"的神职人员已演变为以女性为主体的神职队伍，白语称之为"捨由"〔sait yort〕，或"捨由姆"（姆为大妈），即"女朵兮"之意。（第39—40页）

据张笑研究及田野调查，"朵兮"、"捨由"均为师徒秘密口授心传，其"朵兮"理念与"朵兮术"，史籍无载。现在活跃在民间的"捨由"被师傅挑中或自愿成为，大都是人生中曾经历过一场几乎濒死的疾病，由家人求神问卜后，师傅口传心授，白语称为"搭坛"，学习请神、上复、吩咐等。根据各人悟性，学成即为"捨由"；搭坛多次未果，被指定成"押埋根"，做"捨由"的"二帮手"。（第41—44页）

金顶寺的"跳朵兮"一年有好几次，七月末的以"乖兮吻"为主，即专为"寻宗问祖"、"托命寄名"（第42—43页）。也即民间"七月半"鬼节最后几天阎王关门之前，再看看逝去亲人在阴间的生活状况。

形象——只能进行一般的"上复"（方言，意为以香火供品祈求祷告、"贿赂"、"收买"神灵以求顺心得愿）、"吩咐"（方言，意为以神灵之名告知所应行、应忌之举动）等，还热心地领着我们参观了由她们"沙溪七姊妹"自20世纪80年代以来就多方储备筹措香火钱、出最多份额修复起的金顶寺大殿、二殿和完全自建的西南厢房。其时，苏贵大大的老伴也在那里制作、出售上香用的纸花，让我们回去后转告他带些东西来，再由我们带上来给她。

告辞下山，顺道进了宝相寺上方的通明阁，此阁于1999年4月开光，兼有回廊形二层木楼可住宿和喂食野猴群。当时大殿两侧并非平整的地板上已层层叠叠放了好些草席，经打听说是晚上免费提供给香客的，香客都会自带简单行李，铺下去就可以睡了。

二　2011年8月26日（农历七月二十七），歌会第一天，晴，间有小雨

去年"首届"的交通管制宣告结束，可自驾车。苏贵大大和黄四代还是得自行解决交通问题，9点必须在山门参加迎宾。于是我们约好早上7点先去东南村口接苏贵大大，然后再在黄花坪村路边等黄四代。

7点整，穿着新衣（里面是统一着装要求的蓝马夹）和新鞋的苏贵大大精神抖擞地背着三弦和背包出现在村口。行至黄花坪村口等了好半天，黄四代才姗姗来迟，看得出也是精心梳洗打扮了一番，苏贵大大还提醒了他是否穿了蓝马夹。再等到他们的两个女歌伴（非正式的师徒关系）到来后我们就出发了。

一路上大家很兴奋，谈论着歌手当中谁有肚才（能现场编创演唱叫有肚才）；谁没人才（长得不好看，身材不好等），谁唱调子太无情。[①] 她们打趣说黄四代都老了，还要看谁好看干嘛，没想到黄四代据理力争，说唱调子要看人才的，没人才唱着没心肠（方言：不起劲，没动力之意），然后当即就恭维说人才像她俩就能唱得起劲了。随后马上从手机铃声中翻出一曲由他和李宝妹对唱、录制的传统经典无情调播放起来，大家觉得他俩声音都太好听了，唱得太"无情"了。

和去年一样，才8点刚过，山门迎宾队伍已经列队齐整。今天周五是

---

① 唱无情调被称"无情"。

沙溪街天,我想着要看看今天的赶街会怎样——中秋将到,烟叶收摘、初烤、上交以及收割农忙前的物资采购准备是这个乡村小镇重大的生产生活时间安排问题,于是放下他们后又调转车头回沙溪。赶集只是少了一些人,路上也常遇到推着满满一手推车烟叶的农民,偶尔还有放牧的成群羊、牛会堵住公路。

再回石宝山,每人2元景区卫生费。交警指挥着车停到了一个新辟的超大型停车场里。和去年一样,先到上海云居,路边多了几幅十八层地狱各阎罗图,其他依旧。等到我们步行至对歌台时,已经10点半,开幕式才刚刚开始——领导贵宾晚到,又不能晾晒着群众,就让李繁昌等几对歌手临时唱了几调救场。

或许是有的群众等不及走了,这次开幕式文艺演出没有去年挤。我稍微往前挪了一点后,内场里维持秩序的年轻武警战士在人群中看到我,可能误认我是记者,就拨开了人群让我进去,坐到了贵宾前面的地面上。

图 4-18　阿鹏姜续昌与其搭档的演出 (2011 年)

县长祝词离不了经济发展、文化繁荣、人民幸福生活创造;主持人的主持词、串场词一遍遍提到歌会是白族的"情人节"、"有情人以歌择偶、有情人歌浓情深"等;就连新组建的阿鹏艺术团表演也是"情人成双成对"、"唱情歌"。阿鹏姜续昌刚一出场,引起了全场观众们的一点小激

图 4 - 19　洋金花与洋阿鹏打起了
霸王鞭（2011 年）

动，他用汉语祝福父老乡亲健康平安，就与他的女搭档（汉族）唱了由剑川传统白曲改编，但完全用汉语演唱，加了一些改编词和电子合成配乐，有明显舞台表演艺术风格的《老鼠提亲》①（见图 4 -18），贵宾和前场的中老年观众并未报以太多的掌声，倒是后场传来一阵年轻人的叫好声和响指口哨。随后他用汉语说到白族情人节该唱情歌，单独演唱了一曲汉语流行情歌，这一次前后场基本没有多少掌声。

本次开幕式文艺演出最为令人难忘的除了"阿鹏艺术团"十六位青春靓丽的"金花阿鹏"外，还有来自大理学院南亚国家留学生们的"洋金花与洋阿鹏"——高鼻深目、头发卷曲、皮肤黝黑的他们都穿着大理白族的"新金花服"和"新阿鹏服"，配合着音乐，正经八百、有模有样地打着"霸王鞭"，他们的表演获得了全场最为热烈的掌声（见图 4 -19）！

依旧，文艺演出一结束，群众又把舞台围坐得严严实实。我们看到好几个当地人拿着并不是很高端的家用录影机架着三脚架坐到了舞台上就放心地走了——去年歌会后，市面上就出现了现场录制，简单制作后刻录成的光碟出售，还很畅销。影像、音效、拍摄技术等当然非常简陋业余粗糙，但绝对是 live 现场版，而且经我们各版本对比，他们（当地人）录制、制作中还进行了选择：主持人是不用出现的，唱得太差对不起听众的也统统被剪，只有他们觉得唱得好的才会被录影、灌制、出售。

李根繁、李繁昌还是在售卖各种白曲 VCD/DVD，群众仍然很多在围看、挑选、购买。

---

①　此曲同样演出于 2008 年央视"原生态民歌"大赛上，阿鹏用汉白交替自弹自演自唱，再有其自创的"民歌摇滚风"。就三弦弹奏和演唱腔调来说，总体仍是民间传统唱词和唱法。2010 年参加第 11 期"星光大道"时，已改编为有电子配乐，阿鹏与女搭档表演兼唱。见网络相关视频。

　　经宝相寺,到灵泉庵,一路上香客如织,摩肩接踵。一群人拿着纸花簇拥着一个拿着一柱香的中年妇女要到灵泉庵去,据说拿一柱香的妇女是比较灵验的"捨由姆",要去"跳朵兮"。我们同其他香客立即也就跟了去。"捨由姆"也看到了我们,连忙用汉语说今天不跳,只是"上复",过几天才跳。

　　金顶寺每间厢房都已经坐了好些人,大殿二殿的佛像前都被香花火烛供品摆得满满的,香客端着各自的供品川流不息地逐一向每一尊像祈求祷告,我俨然听到有个穿丽江九河服装的老奶奶在用汉语向佛像祷告:"保佑考上研究生。"甚至一个角落里几个小小的西方小天使白石膏像前面也有好些香烛火,接受着香客"不漏过一个"的供品祈告。问"七姊妹"之一的"大姆"(白语,意为大妈),说是这些"成形体的像"是不能放在家里的,普通人受应不起,会生病不顺利,就只能"奉送"到寺庙里了。这也解答了我宝相寺前水池为什么会有"招财猫"、"丘比特"的困惑。

　　下午对歌比赛还是由歌王姜宗德与歌后李宝妹打头阵,他们的配合演出已经非常默契,赢得台下一阵接一阵的笑声(按:经现场翻译我了解了他们对唱的大致内容,见后。对唱一结束我就他们对唱时是否"用词过度"、"太无情",以及现场演唱的经验这两个问题访谈了姜宗德。他首先表示两个人已经配合对唱了快十年过千场了,彼此熟悉默契,不会由于演唱中的用词而心生嫌隙。至于"太无情",他认为是要根据观众不断调高的口味来决定,一般的"无情"不会有很好的现场效果。另外他和李宝妹作为县文化馆的专职歌手工作人员,平时经常下乡演唱如《烤烟种植好》、《天保林工程要执行》等政策宣传白曲,普通老百姓就爱听他们俩唱,都会来听,一听就能懂,比下乡几个工作队效果都要好)。

　　山门海云居下一个凉亭里,黄四代和一个丽江九河"大姆"弹唱正酣,今年他被定点在此,据说与他对唱的是他的一个亲家母。因为是山门附近,进出很多人都在围听。旁边空地上,有好几个圈的妇女放了音乐自娱自乐在打歌。①

---

　　① 打歌:边歌边舞,舞蹈动作简单重复,围圈而舞,注重团体整齐协调的民间舞蹈可以按其民间说法叫"打歌"。现场来看,"歌"都是录制音乐,用简单放音设备播放,有全国流行的"民歌",诸如《好日子》、《今儿老百姓真高兴》等;也有大理、剑川白族本土音乐家吸收本民族音乐要素谱写推广的民族集体广场舞"新民歌",如《霸王鞭》、《肖拉者》等。

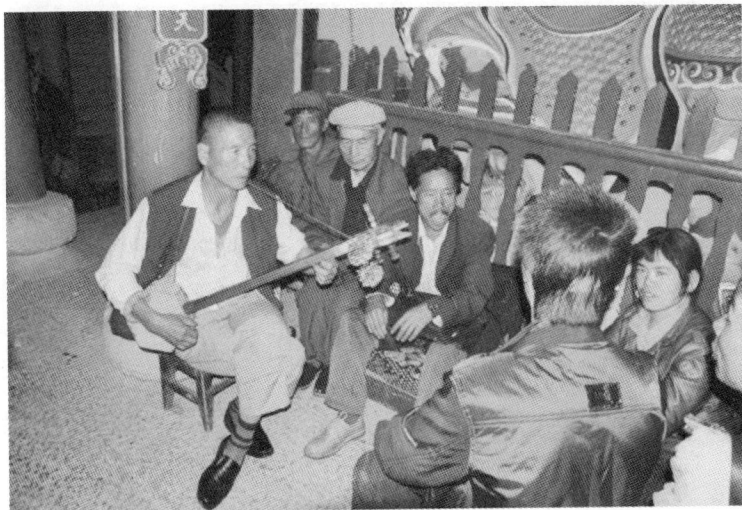

图 4 - 20　宝相寺哼哈二将脚下的对唱（2011 年）

　　晚上 8 点，篝火照样燃起，人却少了好多，一群小伙子围着打歌场尽往阿鹏艺术团的那些年轻漂亮女孩子瞄。我们鼓着勇气打着手电筒摸黑上了宝相寺，一进山门就听到有三弦声和对调子，一群男女就坐在门楼哼哈二将下，弹着不太熟练的三弦，若断若续地唱着一些小调子（见图 4 - 20）。

图 4 - 21　通明阁到处都躺满了人（2011 年）

图 4 - 22　通明阁不大的院子里,就有三个圈子的群众在打歌 (2011 年)

看来今年我才来对了!

进了二殿,宝相庄严,佛门清静,只有一个师傅在敲着木鱼做晚经科。

再上通明阁,眼前的景象竟吓了我一大跳:灯火通明,弦声阵阵,遍地是人,人头攒动!弥勒佛下、大黑天神下,走道、过道,甚至门廊里侧、一楼、二楼回廊地板上,有男有女,有老有少,不分彼此统统都躺满了人!(见图 4 - 21)韦陀脚下较宽敞的一个位置,一对看上去已至耄耋的老人蜷缩着干瘪瘦小的身躯头抵着头酣然而眠,他们弓起的身形中间,一个还只有一岁半左右大的小婴儿,小脸红扑扑,在他们怀中正睡得香甜,就像一个小天使!巨大的年龄差距、显著的躯体对比,隐隐透着衰老的不可抗拒之悲凉与新生命的恬静与活力。我瞬间即感到手中的现代化工具——照相机及其微弱闪光灯之无能与无力,只有西方风格冷峻又充满温暖写实的油画才能还原我眼前这一幕的神韵。

整个通明阁有顶能遮盖能躺下的走道过廊几乎都躺满了人,除了两只脚能小心移动的以两侧满躺的人的身体勾勒出的小径外!

楼上楼下每间客房也都坐满了人,都有三弦声,都在或高或低,或热烈或平静地唱着白曲。三弦调子此起彼伏,听都听不过来。并不宽敞的庭院里,三队穿着不同民族服装的妇女正围着各自小小的放声机手拉着手围着圈圈打歌,更把庭院挤得满满当当(见图 4 - 22)。

图 4-23 李根繁（正中坐者）弹着三弦，与一群躺睡在地上的妇女对歌

图 4-24 通明阁偏房的地板上也都躺满了人，正在对歌（2011 年）

上到二殿的廊沿，也密密麻麻躺满了人，石龙村委书记李根繁坐在右侧正中一把椅子上，弹着三弦与地上躺着的一位女歌手对歌（见图 4-23），女歌手周围都睡满了人，有的仰躺睁着眼，有的坐起来在听，有的闭目仰靠，也有的蒙头大睡。他们的对唱若断若续，实有似无，竟也时而湮灭在整个通明阁到处都是的三弦和调子声中，泯然一片，众声莫辨。

通明阁右侧耳房堆满着柴火，仅剩下的一点外展屋檐下，也被来自弥沙的一群妇女给密密实实地躺满了（见图 4-24、图 4-25）。一群石龙

图4-25 柴房里也有对唱

的小伙子几句调子过来,就有搭腔过来,于是就兴致勃勃开唱起来。看得出来,他们是醉翁之意不在酒,一直在言语挑逗这群二妈子(方言,意为三十岁以上的已婚妇女)当中很显眼的那个长得还颇为漂亮的年轻女孩,不过好像她连对听调子都毫无兴致,低着头玩手机,周围的二妈子也尽力用身体遮挡着她。剩下没唱的估计很想唱,又插不上,就跟旁边看热闹的我们搭话,得知我先生是沙溪人后,就说沙溪人最会唱调子,搬了个凳子让我们坐下,要和我们对唱。尴尬地连声推辞后我们狼狈逃到通明阁外另一空厢房,里面照样密密麻麻睡满了男男女女,当中坐着两位也正在对唱调子,还有一位弹着三弦伴奏,是听不懂的腔调。站在门框一旁的老者主动告诉我们,这一屋子的人都是包车来自洱源的,他是一位教师,以前就常来,退休后每年都来,洱源调子和剑川调子都喜欢也能听懂,大家都是在唱着"有情歌",钟情哥、有情妹什么的。

到处都在唱调子,到处都是打歌者,到处都有走来走去放调子寻对歌者和躺得满地都是人,在通明阁狭小的空间里竟一时闷得喘不过气来。小心挪移到门外长凳坐下后,才得深深吸一口山林间的新鲜空气,再看看透明的璀璨星空,清理一下头脑耳朵。

三个古小伙吊儿郎当地游荡在通明阁前露台,戴红帽者嘴里唱着"就我一人最倒霉,人人都寻得夫甲,没人搭理我"的调子,眼光不停地扫射来往的女性。很快,丽江三河打扮的两位看上去年纪已长的妇女(约45岁)就和他们搭上了腔,单独走到一个黑暗角落低低切切的唱着。不过,红帽古小伙很快就又把目光瞄准了另外两个二妈子,撇下她径直围靠过来,喃喃说着些什么。他的同伴凑过来将另一二妈子支开,留下红帽古小伙和二妈子单独在一个角落,听不到是唱还是说了些什么,两人的举动有些亲昵起来，另一方向他的同伴与另一二妈子也同样如此。红帽古小伙想趁着黑搂抱二妈子，没想到这个举动被二妈子欲迎还拒挣脱了，约上同伴满脸羞涩又得意地跑进了通明阁。红帽古小伙没紧跟着追进去，反而这时一直在旁边的丽江三河大姆又唱着调子主动迎了过去，搭了几句后，红帽古小伙还是离开她进了通明阁。几分钟后，红帽古小伙和二妈子都出来了，就坐在我们对面的长凳上。两人交换了电话号码，谈起了可能共同认识的人，红帽古小伙还是想趁着这个时机再亲昵一下，二妈子挣脱跑下露台，红帽古小伙也紧跟了下去。不一会儿，搂抱的举动还是被二妈子们挣脱了，又跑进了通明阁，这次红帽古小伙带着同伴怅怅离开通明阁往山下走去了，剩下丽江三河那两个大姆还在露台。

　　跟苏贵大大联系过，他们没在宝相寺，由黄四代在石龙村的一个亲家接到石龙村去借宿了。李繁昌带着一大群挂记者证的外地人上到通明阁，他熟门熟路地先把我们带到一间坐得满满都是人的小厢房，打断正在唱的调子，介绍男歌手是本村（石龙村）的张塔宝，肚才不错，让我们听录他的就行。说完就挤出去招呼记者们了。同屋的人尽量地挪了床沿一个位置让我坐下，张塔宝嗓音条件不错，反应敏捷，女歌手没穿民族服装判断不出哪里人，不过也很善唱，只是腔调听着不熟悉（见图4-26）。

图4-26　通明阁厢房里的对歌（2011年）

对我来说，听调子是对牛弹琴，逼仄的空间、满满的人和弥漫在空气中各个角落的听不懂的语言甚至浓烈的嗅觉刺激，不断累积着我的强烈不适和排拒感。在通明阁待了约四个多小时，正式录音半个多小时后，歌手们唱意还正酣，庭院打歌更加起劲，困意、倦意和烦意却一起袭我而来，击溃我最后的耐力。于是告辞下山，到家近凌晨 2 点。

三 2011 年 8 月 27 日（农历七月二十八），歌会第二天，晴

早饭时谈起昨晚歌会盛况，婆婆很心动，于是抱着我一岁半的女儿一起上山。

图 4 - 27 来自丽江的白族朝山者（2011 年）

12 点左右，对歌开始，我带着女儿在打歌场上闲逛，打歌场上有好些穿着各式民族服装的中老年妇女全然不顾周围人来人往和舞台上正扩音着对歌，自顾自围了三四个圈在打歌（见图 4 - 27、图 4 - 28、图 4 - 29、图 4 - 30、图 4 - 31）。婆婆和先生挤前台去听对歌。据婆婆说，1976 年她县城高中毕业后知识青年下乡到羊岑乡，跟老乡一样同吃同劳动同穿戴，穿白族传统服装打包头。羊岑乡人个个都会唱调子，喊人叫门拿串钥匙都是唱调子。和县城娘家和亲戚不一样，白曲她就能全部听懂，还相当喜欢，年轻时候差不多每年都来，有时还专挑晚上与沙溪卫生院同事一块来。

图 4 - 28　哪里有空地，哪里就有打歌（2011 年）

图 4 - 29　等车片暇，就能邀约打起歌来（2011 年）

　　观众席同样坐得满满的，昨晚遇到的洱源退休教师就在其中帮同伴守着装行李的背篓，对我说等着再听唱几个调子就回去了。观众还是很多，但台上的对歌好像并不热烈，仔细看看，昨晚通明阁里唱调子的好几个都在候着场等着上台比赛。昨晚是预演热身吗？我还看到昨晚的红帽古小伙，目光依旧游荡在打歌场上，不远处还有丽江三河那两位。

婆婆、先生走过来,说唱的都听不成,人又太挤,去苏贵定点处算了。

苏贵大大这次被定点在第二停车场(VIP停车场)对面的一个小山坡上,有位工作人员拿着一口袋小红帽全程跟着他,只要有人与他对唱上两个调子就发对方一顶小红帽。这里风吹日晒毫无遮挡,不过苏贵大大兴致依然极高,一直都坚守岗位与来往的歌手对调唱曲,帽子发出去了大半。这里也闻声慕名聚集了好一些人,或听或休息。唱得正兴起时,三弦坏了,苏贵大大依然没停,边修理边唱:"我送情妹到村口,村子又有恶犬吠,狗儿再凶我不怕,就找有情妹。"① 惹得大家哈哈大笑。午饭时分,工作人员送来盒饭,歌伴停了先吃饭,也招呼先吃了再修再唱,苏贵大大舍不得:"修是还没有修好,唱是还想要再唱,肚子又饿咕咕叫,到底怎么办?肚子饿也不管了,先修三弦唱起来,唱调能抵香甜饭,再饿也喜欢。"又逗得大家乐起来。

图4-30 来自凤羽的妈妈会成员,请了专职摄影师对她们的石宝山朝山之旅进行全程跟踪拍摄。这是她们在列队吟诵,摄影师正在录制 (2011年)

---

① 前面还有唱词,大意是外村小伙子要来本村找小姑娘谈恋爱的话,本村男青年会故意设卡刁难,如让唱歌、敬烟,甚至还会打起架来等。这里苏贵是将本村男青年比喻成了汪汪狂吠的狗,叫得再凶他也要找情妹妹的意思。

　　李繁昌也来到这里，接了三弦修理，苏贵大大这才先吃饭。不一会儿，一群坐在旁边身穿大理服饰的妇女自己唱了起来，李繁昌赶紧弹了三弦过去，即刻就与她们一群人对唱起来，腔调完全不同，三弦伴奏也不同，一唱一和很是热闹，我们一点不能听懂。大约唱了有半个多小时，她们很是依依不舍，约了李繁昌明年再唱。婆婆削了个苹果递给李繁昌，表扬他厉害，他谦虚又不无得意地说这是大理（市）调子，开头结尾重复，要唱的话，唱几天不停也行，怒江那边的调子他也会唱。

　　定点给苏贵大大的年轻女歌伴（三十出头）名分上是其徒弟（白曲艺人及艺术没有正式拜师的传统及礼节），饭毕再次对起歌来，语气就是徒弟向师傅表示敬佩、要学习的崇敬之意，而回过来的调子，也是师傅勉励徒弟、鼓舞其信心的口吻了。一时再无话，调歇。

　　下午4时，婆婆看到一个中年妇女过来，就赶紧招呼她过来与苏贵大大对上几调，这时黄四代也从山门过来，一个劲儿地催促苏贵大大到对歌台去。中年妇女想要顶红帽子，说已经唱了好多调子了，前面的发完了想到这里来领。工作人员强硬回说，没听见就不能给，不唱就别想要帽子。当场很有些尴尬。

　　这个定点场也散去了。回家的路上，婆婆说那个中年妇女是以爱唱调子出了名的，虽是文盲，但记忆力惊人。刚嫁来的时候参加别人家的葬礼，请来的师傅慌手慌脚，经也不会念，悼亡词（山花白曲）也唱不起来，她当时就拍案而起，按着曾听过的经文一字不差全背了出来，悼亡词也把丧家亲人哭得昏天黑地。一战成名，后来好多人家的白事都是请她主事。但是她太爱唱调子了，自己丈夫死了没满一百天就到歌会上唱①，所以现在夫家人都不搭理她，民间声誉也有影响。她是真能唱，也放得开，要是她和苏贵大大唱起来，年龄相当，也没师徒名分牵绊，估计会相当精彩。

　　晚8点，打歌场放着李连杰主演的电影《霍元甲》，几个老妈妈在看。又上通明阁，空空荡荡，清静异常，草垫子整齐地堆在旁边，丝毫没有昨天曲声鼎沸，人头攒动，恍惚间昨天的热闹只是一场镜花水月，今天的冷清才是黄粱初醒。找到一个工作人员，说昨天比往年都还要热闹。

---

　　①　剑川民间白曲艺人有个规矩，家里有人亡故，三年内不得开口唱曲。现在时间虽有缩短，但至少一年、一百天的规矩还是民间固守的底线。

回宝相寺，灯火通明，许多人围着大殿边沿坐成了一个大圈，探头进去：原来他们是在清点宝相寺的零碎香火钱，堆得满大殿都是，码得像三座小山！攀谈几句，说中午银行就已经提去了重头香火钱，今晚清点后，明天银行还会上门服务；以前香客歇息、唱调子就是在宝相寺大殿和其后的巨大崖缝里（现在修成了十大明王殿）；已经好几年都没在宝相寺唱过了。

四　2011年8月28日（农历七月二十九），歌会第三天，晴

上午10点，又到对歌台。据说还有对歌，几个女歌手等着其他人来报名。李局长（原文化局李岗副局长，现升任旅游局局长）过来与我们说，今年歌会门票收入——2元景区卫生费——共收得2万多元，但是前期和现在卫生维护和垃圾清运就已经花了1.6万元左右，歌会结束的景区卫生大扫除还得再花1万多元。我问起新辟大型停车场、山门停车场和VIP停车场①为什么都全程免费，即使收个5元、10元的停车费也合情合理。他说县里主旨是不能向丽江②学，要为老百姓提供服务、保障节日顺利。想来这两年、这几天，我们两人总共也只交过两次共8元的门票（景区卫生费），停车全免，而平均海拔2500米，方圆25平方公里的石宝山其卫生打扫、垃圾清运也非易事——至少在我看来，这倒并非官话、唱高调。我打心底里啧啧称赞的同时不免感慨剑川县政府也当真太厚道了些。③

12点时，工作人员说断电了，开始收设备，对歌不能进行了，张文伯父作为评委也准备下山去了。对歌历来都是当天比当天评当场颁奖，也就是说如果今天能比起来的话，在场的两个女歌手，肯定就只能是一等奖或二等奖，这个合理规避强敌又能获较好荣誉的招儿还不错。

---

①　还有一个宝相寺打歌场（平时就是停车场），据李根繁说，1999年县里为鼓励他和李宝妹唱歌，承包给了他俩，后来李宝妹调入县文化局工作，这个停车场就由他一直承包到现在。

②　剑川与丽江古城仅隔60余公里。笔者1999年大学四年级时曾在丽江市政府办公室实习近一个月，亲自参与办理过其城名人宣科等一批政协委员提案，主旨是应向外地人（游客）征收丽江"高原天然氧吧呼吸费"、"古城进城费"等。自从丽江开始涉足旅游开发后，此项收费一直存在。现在的形式是——凡外地人在丽江办理住宿时附带得交每人90元的"古城维护费"，凭票免费进古城、景点；不住宿的游客景区门票单买，可能就100元或以上（感谢刚从丽江旅游回来的姑妈提供此信息）。笔者也曾旧地重游，感觉丽江已经在向着急功近利的商业主义大道上一路狂飙突进了。关于丽江古城的迅猛商业化，网上信息比比皆是。

③　另见"大理山居·网易博客"也提到其自驾游都是全免票（http：//zenhu2004. blog. 163. com/blog/static/58560619200781723855592/）。

图 4 - 31　路边一隅，都能吹拉弹唱起来（2011 年）

图 4 - 32　歌王黄四代（最右者）定点在海云居下，与其亲家母（左二）的对唱（2011 年）

　　不甘心田野就此结束，我们又登金顶寺。一个大姆领着我们进了东北向一间厢房。里面已经坐着一个穿传统白族妇女服饰的老奶奶和一个穿汉装的精神委顿的黑瘦中年妇女，旁边还摆了些香火纸烛纸花供品。七姊妹之一的"捨由姆"手捏一炷香看来是要请神，口中念念有词片刻后，渐渐地头歪向一边一动不动，"押埋根"连声叫唤。突然，"捨由姆"直挺挺地两眼发直直视前方醒了过来，然后就开始一边摸着右腿一边喊"痛痛痛",老奶奶赶紧过来扶着她,"捨由姆"抑扬顿挫地唱了起来,还有一些互相的盘话,中年妇女将信将疑,老奶奶却深信不疑。"捨由姆"突然站起说要好好叫一声"阿姆"(白语:妈妈),要求再最后吃一口阿姆喂的饭,然后又突然跪下去连声叫唤起阿姆、阿奶(白语:奶奶),呼天抢地唱得老泪纵横,还抢过饭碗表示要尽一下孝道,也给阿姆和阿奶喂一点饭,这个举动(表演)大大逆转了先前的小小不畅,阿姆与阿奶早已哭得泪人一般,就连听得一知半解的我也在旁边哗啦啦掉眼泪。之后,"捨由姆"问到什么,阿姆与阿奶差不多都是在点头应是了。一炷香约尽后,"捨由姆"大叫一声,说累了要走了,就又头一歪一动不动,又由"押埋根"将其唤醒。

出得厢房,其他每间厢房也都有人泪眼婆娑,泣不成声。走出金顶寺外,大坪场上松树下好几个地方都有一群一群的人围着"捨由姆"在各行"法事"。

下山途中,先生翻译了其中的一些细节:这家人来问中年妇女的大儿子在阴间的生活情况,他快18岁时与同村人到石场打工,结果被石块压死。刚开始盘话时,"捨由姆"请的是南海观音,就有出错:家庭方位、石场(死亡)方位等,但是试探几次后,"捨由姆"察言观色,很巧妙地将她想知的答案套由更坚信的"阿奶"来告诉了她,那场"催泪弹"表演,则彻底击溃了"阿姆"的心理防线:"捨由姆"扮演的"儿子"附身的孝顺形象,是任何一个失去将成年儿子的母亲所不能承受之痛。而且最重要的是,"儿子"告诉母亲和奶奶:不用花钱给"他"修很好的坟,一个夭折的魂灵受不起;连续三年看"他"够了,"他"在阴间该行轮回之事了,总来看"他",频繁的"往返"于"他"于家人都不利;"阿奶"和"阿姆"应该好好地带大"他"两个兄弟,过好日子。

据说,这样一场"乖兮吻"的基本收费是20元。偶有洱源有钱人会给到100元。

晚饭间,与家人谈起这个话题,公公说七姊妹都是他的固定病号,前几天他还开玩笑问过,她们都能请南海观音、玉皇大帝等神,就不用看医生吃药打针了,她们的回答是:医生能治身,她们是救心。

五 补记
苏贵大大几天后来家里坐,愤愤不平,解释说黄四代来叫他是因为对歌台前领导催着要结算补助：每天 60 元，只算两天。于是他俩都觉得第三天就不好意思再出现在歌会上了，而这差不多是他俩这辈子参与的最短的歌会了。另外，对歌比赛砸了，群众不满意，就催着让黄四代赶回去救场唱了两支调。至于他，也觉得这次唱得太不舒畅了，被定点，风吹日晒不算还不能去舞台看看；工作人员就像监工一样没给过他好脸色；没有一个相当的好歌伴或好对手。他说黄四代也抱怨一直与他对唱的亲家母（见图 4－32）其实是在监督他，只要别人与他唱，马上就插进来，唱不尽兴。

翻看 2006 年日本板垣俊一教授现场采集的"对唱实例及说明"，那个时候黄四代就与他的亲家母对唱了[1]，仔细审看汉语译词，女歌手的对唱实力（肚才）确实弱了好些。据苏贵大大的说法，歌会上本来就是唱花柳调[2]，有情无情都是唱情歌，对歌双方在年龄、辈分上相当，没有亲戚关系等羁绊，才能旗鼓相当，激发肚才，才会越唱越精彩。

第四节　白曲现场对唱实例之二——2011 年歌会白曲试析

去年我们是坐在艳阳上的舞台录对歌，今年我们就只听了歌王与歌后的对唱后便去了其他地方。因为在比较去年各版本（各本土摄影师）的现场实录光碟后，我认为没有比这些已经过当地人自己择选的对唱录影更适合我作分析的了，更何况石宝群山都足够将我的田野塞得满满。

从最近几年的报纸、网络上我们都可看到这样大同小异的石宝山歌会介绍：

> "青年男女汇聚宝山，通宵达旦，弦歌如潮，被称为西部的'情人节'"[3]；
>
> "弹不完的三弦琴，唱不尽的白族调，9 月 5 日，一年一度的白族情

---

①　参看张文转录"日本教授收集实例及说明"，见张文、陈瑞鸿主编《石宝山歌会传统白曲》，云南民族出版社 2011 年，第 8—17 页。

②　民间通常又称情歌小调为花柳曲（无贬义）。

③　董增旭《南方敦煌——剑川石宝山石窟》，"云南国学讲坛"，见《云南信息报》"特稿" B4，2009 年 3 月 20 日，讲座于 3 月 21 日在云南省社科界联合会举行；另见《云南信息报》副刊·文化专题 B05，2009 年 3 月 20 日；《都市时报》"专题" A06，2009 年 3 月 20 日。

人节——剑川石宝山歌会节在国家级风景名胜区石宝山多情谷①隆重举行。"②

"石宝山歌会在每年农历七月的最后 3 天举行,被称为白族情人节,传承了千年,现已入选非物质文化遗产。"③

"石宝山歌会……剑川及邻近的大理、洱源、云龙、兰坪、鹤庆、丽江等县的白族青年男女及歌手云集石宝山,对歌玩耍……被称为'白族歌城'……有不少青年男女正是通过唱曲对歌结成百年之好。"④

图 4-33　歌王姜宗德与歌后李宝妹对唱
(2011 年)

不否认民间有因对唱觅得知音结为连理之多例,不过这样的概率实在过于微小。民间生活表明,婚姻的缔结就是唱曲的"坟墓",白族几代同堂的大家庭生活、村落日常生活,(以前)是绝对不允许情歌对唱的。⑤ 可是,就算情歌缠绵、情感炙热,现在绝大多数呈现于光天化日之下、众目睽睽之中的对歌台比赛的唱情歌歌手就能是"情人"吗?歌会就是(青年男女的)"情人节"吗?还有,就笔者两年田野所见,参会者、对唱者、听歌者压倒多

---

① 杨延福记打歌场山谷为"宝相寺大谷(俗称大佛底谷)",见其《剑川石宝山考释》,第 22—23 页。

② 杨艳玲:《万人狂欢石宝山歌会——2010 年剑川石宝山歌会侧记》,《大理日报社数字报刊平台》,"文娱体育"第 B4 版,2010 年 9 月 8 日星期二。

③ 《剑川石宝山歌会还能唱多久》,记者秦蒙琳、熊艺,见《中国新闻网》2011 年 8 月 29 日(http://www.chinanews.com/cul/2011/08—29/3291310.shtml)

④ "百度百科·石宝山歌会"(http://baike.baidu.com/view/193291.htm)。

⑤ 笔者在石龙村调查时,李根繁多次表示他是村里第一个敢弹着三弦走路的人,也是第一个敢在村委会院子里就唱曲的人。另可见杨曦帆的田野经历,他提到他的访谈对象就是因歌结缘成家的,也算比较开明,愿意在家里唱调子给杨听,但一见到大哥来家里,紧张失措即刻就此停声。见《石龙村的音乐文化生活——白族民间音乐调查》,《南京艺术学院学报》2009 年第 3 期。

数的都是上了些年纪的中老年，青年男女现在大多听不懂、不会唱，看上去也不感兴趣，这样的年龄属性的定性是田野所能见到的吗？

于是，笔者有意识择选下述对唱，其一：多年工作搭档关系的歌王歌后舞台对唱实例（见图 4-33）；其二：通明阁夜晚民间自由自发对唱实例（汉字型白文记录见附录三）。如果笔者的描述能重新树立起对歌会、白曲"情歌"一个更为正确的认识，也许就不会因严重缺乏基本了解就断定其是"白族青年男女的情人节"，另一方面又严厉质问"剑川石宝山歌会还能唱多久"①。

一 歌王姜宗德与歌后李宝妹对唱实例及注解赏析

对唱时间：2011 年 8 月 26 日下午约 3 时，全长 12 分 10 秒

听音、汉字型白文记录及翻译：赵一平

汉译	注解及赏析
女： 各位父老乡亲们，你们早饭吃了没？ 每年大家来赛歌，来了不想走。 一年一度对歌会，八方朋友到这里。 唱白曲又弹三弦，圆了咱心愿。	通常来说，对调都由男歌手先唱，这里是歌后先唱。 歌王自弹三弦伴奏。
男： 各位父老乡亲们，今年歌会热闹吗？ 一年还比一年好，人山又人海。 穿着打扮真得体，远方客人到歌会。 每年要来逛一次，来了不想走。	开场应景。
女： 都是白子和白女，告诉大家姜宗德的情况。 现在他好打麻将，赢了钱无数。 赢了几百万的钱，日子过得如此好。 现在他的手气好，好到不能好。	歌后歌王唱曲能力非同一般，故以加快语速方式多唱几个字，从而可将不符合山花体"三七一五"格律要求的唱句也能唱得合辙押韵。 民间都在盛传歌王歌后就凭唱曲赚了好多钱，打麻将可谓大手笔，应该就是其生活场景，并非为唱曲而编造。
男： 我给妹妹说真话，麻将手气我最差。 麻将一年输到头，输到身冒汗。 入不敷出的日子，家中人只喝冷水。 这次我身毁我心，不再打麻将。	输钱"惨状"

---

① 秦蒙琳、熊艺：《剑川石宝山歌会还能唱多久》，《中国新闻网》2011 年 8 月 29 日（http://www.chinanews.com/cul/2011/08—29/3291310.shtml）。

汉译	注解及赏析
女: 哥哥谦虚到如此,你有钱也我不要。 他怕我来向他要,所以才谦虚。 讨饭也要去远方,不会向哥要一分。 哥哥即使要给我,我也不会要。	"哥哥"、"你"、"他"这几个人称代词的瞬间变换,或可说明对歌虽是二人对唱,但对唱发生于舞台的视角转换。通常来说,舞台表演决定了对歌不能只顾自己,得注意舞台气氛营造、与台下听众进行眼神、语言、形体互动交流等表演形式上的问题。 现场语境下的听众,绝对不会混淆这几个人称代词的指代对象。
男: 刚才她来笑我上,其实我钱一分无。 子女两人去读书,爹妈已年老。 苦钱没有花钱快,一文钱也没存下。 一大早就贷款去,我身无分文。	"哭穷"
女: 你说这些也是的,你得意到飘飘然。 下是粗来上边细,两截老葫芦。 把它丢在剑湖里,漂来荡去水中央。 即使剑湖水干了,无人愿意捡。	唱"无情"
男: 各位父老请听着,她的衣服是捡的。 鞋也穿着母亲的,还得意成这样。 活路她也做不起,这里还得意扬扬。 现在她来取笑我,你们不知她实情。	活路:白语方言,意为事情。 "无情"反击
女: 今天我给你们说,他上长着贼模样。 小小年纪就去偷,偷到洱源坝。 大理下关都偷完,丽江坝子也盗尽。 你们叫你贼老大,你还像话不?	贼模样:白语"正样放",意为贼眉鼠眼、奸诈无比的模样; 贼老大:白语"正通得",有"恶霸地主"之意; 这两个词汇都是程度很严重的贬义词,况且还数落对方流窜多地作案"偷盗",相当无情。 群众的笑声都有些尴尬。
男: 偷偷摸摸也是真,小偷小摸是为你。 前天偷得玉手镯,还戴在你手。 没时没刻勾引我,我身上的确没有钱。 稀里糊涂空长大,生了三只手。	歌王没有否认"偷"的罪名,并认为是对方"勾引"自己才会"生了三只手"。
女: 你说全是为我故,其实你什么都没偷到。 公安局来抓捕你,你魂都吓跑。 又是打来又是踢,踢得不成样。 天天都在抓捕你,搞成灰头又土脸。	歌后又嘲讽歌王"被捕"之狼狈样。

续表

汉译	注解及赏析
男： 现在唱到这地方，我们只是开玩笑。 只是图你们欢乐，并不是事实。 人生在世会做人，千万不能干坏事。 突然戴上铁手镯，真糟糕透顶。	歌王无心恋战，提示该结束下场了。
女： 他所说的也是真，他是如此的"认真"。 他在"认真"的做人，胡子也没有。 苦得蓬头又垢面，油肚也变成水肚。 我哥宗德真"认真"，你们不能学。	歌后继续抓住不放，继续反讽其"认真"和 "油肚变水肚"。

备注：各版本皆缺结尾部分，据当时听曲记忆，可能只少两支曲。

二　石龙歌手张塔宝及某女歌手对唱实例（片断）及注解赏析

录制对唱时间：2011 年 8 月 26 日 23 时 30 分，全长 12 分 10 秒

听音：李繁昌、张塔宝

汉字型白文记录及翻译：张塔宝、赵一平

另注：张塔宝（约 45 岁）与女歌手（约 40 岁）分别坐在通明阁一楼西北方一间厢房内两张床沿边对唱，周围坐着好几个人，我们开始录音之前，他们已对唱多时。我们走后，据说又对唱到凌晨 4 时左右才罢。2011 年 9 月 2 日，我们到石龙村云南大学白族调查研究基地请李繁昌帮忙听音，个别唱段李也听不出来，就给张打电话。几分钟后，张塔宝与几个同伴到来，听到我们录的是他的对唱，还颇为得意。欲再详问女歌手姓甚名谁，芳龄几许，家住何处时，他憨厚地笑了，说他也没问过，不知道。这让在场的我们哄堂大笑，纷纷拿他打趣说，都不知对方姓名还唱了快一个晚上，实在滑稽。

上述这个事实对理解下面的歌词有重要的参考意义。也就是说，如果张塔宝与女歌手双方互不认识、仅只是歌会当晚临时对唱的话，那么我们按照字面意思理解、仅作文本分析的传统研究方法来"解读"这首现场对唱，不知又将会产生多少对少数民族婚恋的"自由形态"的浪漫想象。

汉译	注释及赏析
男: 你的丈夫我认识,你的丈夫没良心。 你的丈夫没良心,把你困家中。 不让你去赛歌会,担心你来找哥哥。 你的丈夫没良心,不让你出门。	如果双方是陌生人,不知是前面唱的有所提及,还是普遍意义上的情况陈述,这种对对方家庭生活"知根知底"的同情之语不知从何而来。
女: 我把话儿说给哥,丈夫限制我自由。 他只管得我的身,心儿管不着。 我去之处他跟后,我到之处他紧跟。 我的丈夫良心好,介绍你相识。	在笔者的调查中,确有年轻小媳妇表示曾非常喜欢逛歌会、偶尔会上台唱几个调子,甚至获得过一等奖的名次,但出嫁后,婆婆及家人都会明令反对和禁止再上歌会对歌。
男: 从你家门往北走,听到你家在吵架。 听得婆家打骂你,打得哼哼叫。 你们交恶自己事,<u>担心不要提起我</u>。 如果你要提起我,后果难处理。	还涉及"家暴"?不过,如果双方不认识的话,那就无所谓"担心不要提起我"了。
女: 我把话儿说给哥,家中吵闹别害怕。 拳脚相加妹妹身,不会打到你。 我说只来唱曲子,他们不会来找你。 家人即使来打我,我还紧跟哥。	女歌手的劝慰。
男: 妹妹话儿真贴心,上街买上纸笔墨。 再买一只大公鸡,来看小情妹。 何日你我相爱恋,何日你和我相识? 二人下跪磕个头,心欢几欲死。	直教人生死相许的"恋情"。
女: 听得高兴到要死,让我口儿难言语。 我们同园中鲜花,同园齐开放。 采花要采花中魁,情人要找人中杰。 妹妹哥哥相遇后,别说分离话。	常见情歌套语。
男: 哥哥回妹妹的话,咱是两江并流水。 兄妹二人同园花,咱是并蒂花。 花蝴蝶儿对对飞,有情男女对对行。 今天相遇咱们俩,也要成对行。	常见情歌套语
女: 回句话给小花儿,开花开在这地方。 开花开在别枝上,叫妹空欢喜。 不采就怕心挂念,采你就怕千人知。 开花开在悬崖上,叫妹空羡慕。	担忧。

续表

汉译	注释及赏析
男： 听到空羡慕哥哥，兄妹相遇在这里。 兄妹相遇花园里，一朵靠一朵。 唱曲我只找妹妹，走也只跟妹妹走。 今天二人碰一起，分秒不相离。	誓言。
女： 我把话儿对哥说，一直唱曲没意思。 昨天唱曲到今天，就是一个调。 现在时间已很晚，咱们耽搁人家困。 明天咱们台上唱，不知意如何。	邀约对方明天上台比试。并很关切周围听众的睡眠问题，此时已过凌晨0时。
男： 回话给我小花儿，手疼推说是脚痛。 周围人们喜欢听，再唱上几调。 和你唱到天大亮，我知你伴在外边。 今天你若将我抛，我就不依饶。	不依。
女： 我把话儿给哥说，说了哥哥不相信。 人家想听妹无力，昨天妹妹早出门。 至此还没合过眼，现在妹已困， 想要睡一会。	女歌手是外地远来石宝山，确实是累了困了。
男： 我不信，你只在我面前装。 你用红纸裱灯笼，好看只表面。 里面衣服暖身子，妹把哥当外人。 你将我来放在外，你夫妻二人。	男歌手的石龙村距宝相寺只2公里。
女： 说了你也不相信，不相信就跟我后。 你不信就跟我走，你意下如何？ 咱们手牵手的走，脚跟脚地一起去。 现在咱们就回家，让你看一看。	斗气。
男： 不愿与你回你家，让你为难没意思。 无聊光棍到处有，破坏咱感情。 你丈夫又心眼小，婆家人们管束你。 和你回家我不愿，婆家心眼小。	"借口"。
女： 你放心，你放一百二宽心。 风吹过来我挡着，天塌下来我顶着。 婆家只能管我身，管不到我心。	"担保"。

续表

汉译	注释及赏析
男: 天塌下来你顶着,我怕妹妹欺骗我。 小小年纪哥心真,你别骗哥哥。 和你回家哥喜欢,使你为难没意思。 若果你要骗哥哥,哥哥没地去。	拖延。
女: 我回话给我心肝,心儿掏出给哥看。 真心打开给你看,哪一点不真。 外人只是别的人,哥不是个外人。 我把真心递给你,哥哥仔细看。	掏心掏肺表真心。
男: 有了妹妹这席话,切记不要改心意。 要是你把誓言毁,我就不依饶。 你要改口我不改,你要分手我不放。 如果你把誓言毁,我就不依饶。	决定。

第五节 基于民众主体价值认同的石宝山
朝山歌会的原生态概貌

至此,笔者以为可以大致对基于民间民众主体所期待、所认同并实践的朝山歌会原生态作一框架式勾勒。

地点	概貌总结	主要形式	民间主要诉愿	总图景
石钟寺	求生	拜八号窟	求子、求顺产、国家级文保荣誉和国家级风景区①	白族民间综合性、复合性并具相互容纳性的一个民间宗教节俗。兼而有农闲休息、游山玩水的日常生活情趣
十子十妹殿/宝相寺/通明阁	祈现世	拜各路神佛、唱曲、打歌	农业丰收、清吉太平、财运顺旺、娱神娱人、现世欢愉——语言上的狂欢(唱情歌);极个别人的暧昧/野合等	
灵泉庵	求生/福/财/顺	喝石宝灵泉水、摸石洞、拜诸佛	求子、祈愿心想事成	
金顶寺	问死	跳朵兮	问逝亲、寄挂,平复现世命运缺憾的心理创痛	
海云居	清修	念经、清修	定期做会、吃斋、思/欲/身/心清洁	

---

① 剑川民间无论个人集体,得到高级别的评级认可是一个很荣耀、很值得夸赞的荣誉。

　　同时也需强调：由于国家文物保护政策、香客、民众的个体选择以及并非明朗的民间宗教政策等主客观因素，朝山歌会的原生态一直处于或急或缓的历史流变进程当中，如石钟寺不能再烧香，属急变；宝相寺不再有自发唱调子，是缓变；跳朵兮（被）集中至最高峰金顶寺，就是萎缩。再加上民间宗教的包容性、各个神佛的多功能性、个体香客心目中的各寺"灵验"程度和范围以及许还愿的主观选择等因素，也非本表所能概括。不过，七月底朝山唱曲所蕴含的基本人生诉求及其宗教/现世/现实目的，其浑然一体并不可分的基调应当就是如此。

　　就本书视野所及的对歌舞台竞赛演唱与寺庙夜晚民间自发对唱来看，首先，区别在于呈演场域、演唱形态、心态和编创压力等的不同。具体来说如下：舞台竞赛演唱有专人三弦伴奏、歌手手持麦克风、并排站立舞台上、面向听众、目光向下、偶与对方交流、注意现场气氛、集中短时间内唱毕、歌词不会有无关行动交代和安排；听众围坐在舞台下方，与对唱者形成仰视角度等，这是基于舞台演出所必须做的自然的自我约束与改变。当然也有因舞台公开对唱的压力，个别歌手有紧张失措，声音发颤，语塞调没等情况出现。民间自发对唱则较轻松自由，恰逢对手时对唱可发生于任何较适宜场域下，三弦伴奏可有可无，在其身体形态上或坐或卧或定立或蹲下，目光可以集中于对方，专注听懂唱词，也可低眉顺眼就盯着某处；听众也尽着自己舒服选个姿势围在周围，平视对歌者或自由地来回走动寻找更好的对唱者；对唱绵绵延延，身边琐事、欲行的举动都可以借由调子慢慢道来，也可唱不成曲调的就似快语速说山花大白话、围听听众也可随时自告奋勇紧接上阵等。在笔者访谈的歌手当中，曾经为了唱曲三天三夜没睡个好觉的"当年勇"比比皆是。

　　其次，就所收录的对歌汉译及简要注释赏析来看，对歌舞台与夜晚民间对唱都是以山花体情歌为主，歌手现场编创的"肚才"有个体差异，都会有些经典模式化唱词及唱段，"有情"、"无情"艺术风格对比显著，等等。也就是说，在山花曲调、内容、立意上没什么根本性的区别。因而，若以民间夜晚对唱为"纯粹原生态民歌"，歌会期间对歌舞台与之并不构成对立式的"原生态"之反面。况且，民间夜晚对唱的歌手第二天基本都会遵守约定登台打擂，公开展示自己的肚才和人才。就喜爱唱曲的民间歌手来说，能在对歌台上公开地展示自己，获得一个较好名次、一把雨伞、几块毛巾、一个枕套、一顶红帽、20—100元钱的奖品、甚或一张写着自己名字的鼓励奖状，都可激起参赛者的荣耀和不服输的再战决心，来年相约再唱。对歌台上也走出了一批广受民众喜爱的歌手。因而，歌会舞台竞赛唱曲也是一种基于民众心愿的历时性的"原生态"。

最后，就笔者两年期间观察的歌会现场来看，从山门迎宾队伍、各种正式非正式的文艺演出团体到民间宗教团体、民间个体朝山香客，其热情的积极的参与者都是一些上了年纪的大姆大大、二妈子古小伙，尤其各寺稳定驻扎的"妈妈会"更是清一色50岁以上老年妇女。（未婚）青年男女仅只是新组建的"阿鹏艺术团"演员、零星挑选出来参与山门迎宾的漂亮女孩和一小部分民间三弦手。对歌场、通明阁一直都会晃荡着一些年轻人（男性为主），不过他们的兴趣通常集中在打歌场上的与孔雀、骆驼合影的照相铺、烧烤小食摊和喂食通明阁外的野生猴群等，笔者极少见到他们也开腔唱调。而就笔者所见每一场对歌，双方都未必年轻、大都已婚、也未必相识、周围也听众如云。于是，"青年男女以歌择偶"、"青年男女汇聚石宝山"的"（西部）白族情人节"之结论是何以得出的呢？不否认当前歌会盛景有极大的萎缩，可这些报道不也都是当代所作出的吗？从其文字表述语气，不难推断出是对过去所谓的"青年男女对歌择偶"民俗消散的扼腕叹息，那么，这是不是又一种极为想当然的关于"过去的"、"静止的"、"封闭的"少数民族民歌"原生态"的浪漫想象呢？或者是在认为"原生态民歌"是"不应该有变化"的？他们究竟需要石宝山歌会展演给他们一个什么样的原生态歌会？

至少目前可以判定的罪魁之一就是作为文本分析的情歌对唱惹的祸！如已记录分析，每一首对唱的情歌都达致了"死了都要爱"的最高境界。或者是笔者愚钝不开窍和过分的理性，生要恋来死要爱的承诺相许在笔者看来，仅只认为其属于特定时空下一种情欲语言的尽情狂欢，也属人类以口头或写作或其他方式，发泄释放被压抑的情感之一种基本方式。笔者持续的观察对象中从来没有人就此放弃现实的恋爱理性，如门当户对、媒妁①介绍等经济/现实考量，更未就此舍弃现实婚姻家庭的责任。也就是

---

① 媒妁在自由交往和恋爱开始逐步增多的现代乡村生活中还是个不可缺少的角色，至少也会在象征层面上出现，其必须出现在相当于汉文化婚姻礼仪"六礼"中的各个环节当中。

说，如果我们从人类普遍的创作动机角度来重新思考为什么歌会上炽热情歌这么多这个问题时，凭什么就只会"望文生义"的按字面意思表面理解？为什么就只会直线型的认定是因其是少数民族，所以感情表白和婚恋形态都直率天然、自由自主？而从没想到是不是情感被压抑太多，感情生活不太自由，只能借由特定时空的语言的暂时狂欢？总之，笔者朝向当下的田野，套用当今的新新话语，只能老老实实得出如下结论：对唱情歌者都是"纯洁的对唱情歌关系"。

再套用民俗学的经典发问："是谁，在什么时候，为什么需要情人、情人节？"

小　　结

本章尝试以调查日记的民族志形式描写了 2010 年、2011 年两年石宝山歌会的原生态田野。正如本章开头所说，被研究者的声音在没有真正意义上"发声"的情况下，现有学科建制中研究者与被研究者的二元对立就必然存在，至少我们作为知识建构的主导一方可以反思：以何种形式才能更好地"接近""对象的主体性"。在这个意义上，本书的"原生态"概念构拟不仅是一个学术目标，还是一个观察立场。至少，在本章的描写中，完全意义上的"原生态田野"及"原生态民歌"呈现出了不同价值主体下的不同理解意义。

本书秉持与歌会绝大多数民间参与者一样的立场，即每年会期参与石宝山朝山歌会，是为了在石宝群山名寺古刹的福荫下，求得新生命的诞生，让个体生命的有限性能以新的形式瓜瓞绵绵生生不息；是为了在当下的现世生活中，求得幸福、财运和诸事顺利；是为了以白曲小调的形式，当众现场对唱，逞才情秀才艺展人才赢掌声；也是为了在凡尘俗世中清静修行，平息内心现实欲望的躁动；还是为了怀逝追忆已经先行而离去的曾经的亲人……

关于本书的描写方式究竟又能在多大程度上"解放""对象的主体性"，这更并非本书篇幅或笔者的自我反省就能做到，毕竟，"光是撰写有关某个民族的专题论文，他笔下有关此民族的自我印象呈现，便势必蒙上属于他的偏见与先入想法的色彩，因为关于异民族的客观真实并不存在。而这个异民族如何看待这种自我印象，很难预期。他们可能排拒、反抗,也可能改变自我去迎合并趋近此种印象,最终成为僵硬扮演自我的演员。不管结局为何,我们的所谓'纯真'(也就是一件事之所以如此,是因为只能如此)已经荡然无存"①。

_____

① 〔美〕奈吉尔·巴利:《天真的人类学家——小泥屋笔记》,何颖怡译,广西师范大学出版社 2011 年版,第 221 页。

第五章

生活相：剑川白族民俗生活
世界中的歌与会

　　本章继续"原生态"之旅，再将歌会（歌手）在剑川日常生活、民俗文化系统中的位置作一系统的梳理和比较；同时，细心分辨在本民族自己的"倾诉"中白曲的价值与意义。在剑川当下日常生活的田野中，即更大的原生态场中，也许就会更加明白歌会、白曲自有其"适应周围环境以及与自然和历史的互动，被不断地创造、延续、再创造，不断满足其当下需求的能力"① 的原生态价值。而此原生态的现状正在发生着某种堪忧的变化，或许，国家的非物质文化遗产政策正来得其时，笔者的研究也可以表明某种立场。

第一节　歌会、歌手的地域性文化特征

一　歌会的地域性文化特征

　　关于介绍剑川石宝山歌会的任何文字和任何民众口头表述，都会提到这是一个"剑川、洱源、丽江、大理、兰坪等地的白族群众自发集结"的民间节日，参会群众的广泛地域分布是其表述中无须掩饰的骄傲。事实也确是如此，歌会期间，自然地②身着各地各式让人眼花缭乱的白族服装的参会者，真会让少见多怪的如笔者等频频按动相机快门。

　　可是，这个歌会却于居住在剑川县城、其他乡的大部分"原住"白族同胞无动于衷；各类剑川本土历史文献、多位名载史册的地方名人的诗

---

　　① 参见塞西尔·杜维勒女士（《保护非物质文化遗产公约》秘书处负责人）发表于2011年5月29日中国成都"非物质文化遗产国际论坛开幕式"的致辞。

　　② 非表演需要的统一着装。

文稿中除已述赵怀礼诗句外,从未提及歌会哪怕只言片语,这又是怎么回事?

剑川颇有知名度的地方文化学者张笑[①]认为,石宝山朝山历来就是一个地域性的文化现象,其参会群众都是固定的个别区域的白族群众。大体来说,就是石宝山周边区域,如剑川县的甸南乡之上下桃源村、沙溪乡、羊岑乡、弥沙乡、象图乡,洱源县的牛街镇、乔后镇、温坡村、大树村、哨坪村,剑川与丽江交界地的三河乡、九河乡,兰坪县一两个小村落,大理市凤羽乡等。他们来朝山都是许好了愿,或为了宗教方面的祈福,毕竟在过去交通不便的石宝山山区,群众跋涉朝山来回一趟少则4天,多则7—10天的行路时间。八月初一石宝山各寺正会前夕,大约七月二十七日,稍远一些的石宝山东北方向的三河、丽江九河白族群众经过两三天的步行已陆续来到,野炊、露宿,晚上可能就相互唱起了调子娱乐;二十八日做宗教会,斋饭、露宿,晚上再专唱调子;二十九、初一再做会,或者就得打点行李,再步行两三天回到家中。稍近一些的石宝山正南方向的洱源牛街、三营、剑川甸南乡白族陆续于七月二十八赶到,活动也如上,约初一后就得盘算回程。更近一些的石宝山西南方向的洱源乔后镇、温坡村、哨坪村途经沙溪乡在寺登四方街露宿一夜后,二十九上山;羊岑乡、弥沙乡、象图乡也得步行一两天时间于二十八、二十九左右上山,活动也如上,做会结束后一两天返程。所以朝山的各地域人流基本上不会碰面,也不会同一个时间段簇拥在规模不大的各寺,而是较为有序地流水线般地完成朝山旅程。现在成为跨州、跨县的广泛地域的参会人流,部分也是因为现当代国家行政区划将上述地区划辖不同地区、州[②]的多次变更的结果。

远在25公里外的金华镇是剑川的文化政治经济中心,有相对完备的宗教文化设施,人们当然不会参加这种长途跋涉、露宿多日、条件艰苦的朝山之旅。再者,朝山小调也实在过于淫词艳曲,深受儒家传统文化熏陶

---

① 张笑与笔者公公按其说法是多年的"生死之交":少年时代同做老中医的学徒、青年时代"文革"风云的生死相助是他们共同的人生经历。他也亲切地称呼和认为我们是他的亲侄子与亲侄媳妇。笔者与先生于2011年8月4日到其家——金华镇南门段家巷一院标准白族传统民居拜访了他,向其请教了各种问题,张笑伯父也认真坦诚地谈到了他的一些困惑及嘱咐。

② 譬如原怒江州兰坪县的部分乡1956年时就曾归属剑川县,而现洱源县的牛街、三营、邓川在1958年时属剑川县,清朝时剑川还曾归属过鹤庆府、丽江府等。参见《剑川县志》,第98—101页。

的"正统文人"们自然是羞于启齿，更不用说为之提笔立传。

那也就是说，朝山的传统群众及其分布地域，还与其所在地与石宝山适当的地理半径、当地宗教信仰体系完备与否有关。也就是，相对来说，来朝山者都是需祈求"更高一级"宗教满足的香客，其所在地域可能就是宗教、经济、文化等方面都稍有欠缺；而来艰苦朝山本身就是受过更高的类似"洗礼"的标志。于是朝山石宝山本身就是件很值得夸耀的"人生成就"，是个人"本事/能力"的体现："你有什么能耐，到过石宝山吗?"① 这话可是民间攀比、争执甚至骂架中显示自己本事和能力的习惯表达句式，大有"到过长城皆好汉"的气势。

朝山会延续了下来，香客依然延续着好几辈人每年这段时间的朝山之旅，对歌唱调也赖此沿袭。只是公路的修通和交通工具的方便，大大缩短了沿途的行程。沙溪寺登街的受访者记忆中，1985 年石宝山公路修通之前，歌会前后就会看到来自洱源乔后的哨坪、温坡的朝山群众背着简单行李和炊具、粮食络绎前来：男的穿着七八层汗白褂单衫，一层比一层稍长以显示其富有，最外一件的布纽扣甚至根本就不可能扣上，脚上穿着用花花绿绿的新布条纽绞的花布鞋，前端还有两个红绿线绒球，弹着三弦、唱着小调集结四方街头露宿、唱曲；稍年轻的女子也穿着干净的本地民族服装，满身都是各种图案的刺绣，有的头上还戴着满是银饰的鸡冠帽，丁零咣啷地招摇走过四方街，可惜她们的帽子常常被外地知青们当街就抢，损失惨重。更多的老者自顾自地唱着调子，并以丢豆子的方式计数 100 首或更多的许愿调。

于是，过去开门可见的沿途即是的朝山唱调群众，被呼啸而过的中巴车、微型车、农用车、摩托车等交通工具方便快捷地运送到各寺山脚，各行其是之后，就笔者 2011 年所见，最多只于二十六日、二十七日晚间席地宿于通明阁，约二十八日中午以后就又快速地四散而净。相对来说，这也让更远、更多的游客、香客方便来此朝山逛庙听曲，况且，这里是全国首批的重点风景名胜区，佳景有佳游。基于交通条件和交通工具的改善带来的朝山唱曲的萎缩和新的变异，是歌会原来生态受到的最大冲击之一。

---

① 笔者公公多次反映，来他小诊所就诊的超出沙溪乡范围的病人们口中就会时不时冒出这样的句式。另外也可见李绚金日记《石龙新语》第 138 页。

二　歌手的地域性文化特征

有朝山传统的地域自然就是盛产歌手的地方。现在活跃的知名、不知名歌手们差不多都来自这些地方。尤其深藏于石宝山腹地,仅距宝相寺对歌台 2 公里的石龙村。

根据石龙村家谱及传说,都认为其先祖最早于元、明时期,由鹤庆籍流官至剑川做官时,将其鹤庆松桂白族人和南京应天府汉族移民①移居至此形成了一小村落。② 据说也是源于宝相寺的修建和一次法会的发现:"有一天石宝山上举行法会,突然狂风大作将会幡刮走,法师令人追踪,翻山越岭后发现此坝地势平坦、森林茂密、有山有水,会幡就挂在一棵树上。于是取汉名'挂纸坪','挂'白语叫'蕨菜','纸'白语是市场的意思,'挂纸'和白语的'蕨市'同音,于是又被称为'蕨市坪'。一百年前,村贤张耀彩到沙溪坝做客,记账先生把'蕨市坪'记为'绝世坪',被认为有侮辱和歧视的意思,于是张回村后就把村名改为'石龙村',取意石宝山边卧条龙的意思。"③

这个传说反映的石龙村之隔绝至今仍有其现实可观察性。石龙村在石宝山群山当中,平均海拔 2628 米,年平均气温 10.2 摄氏度,属高寒山区。至今农作物只能收种玉米、白芸豆和马铃薯等,还有一定畜牧业养殖,然后再到坝区交换大米等生活必备品。1985 年可借石宝山公路较方便出行,1986 年通电,1993 年通自来水,1994 年村公所有第一部程控电话也是至 2004 年止的唯一一部,2002 年开通闭路电视,2003 年左右村民个人拥有手机可借附近高山信号接收塔勉强通话,2005 年村民始有固定电话。相对封闭和恶劣的地理自然条件,造成石龙村在经济社会发展程度上始终要慢于如沙溪坝区其他村落。

乡土中国的一大特点就是各地域间的互相比较,小到村落之间,大到如北、上、广之城与城比较。通常来说,这样的比较会附带考量一些地理位置(距某种中心远近)、经济与社会发展程度、条件和机遇等外在条件,但有些比较却不一定有切实的根据,大都会先入为主地在想象中就把

---

① 云南汉族大多会自称是明朝时来自南京应天府,甚至还有家谱证据。有学者专门作此研究,如陆韧《变迁与交融:明代云南汉族移民研究》,云南教育出版社 2001 年版,等等。

② 石龙村委会提供:《沙溪镇石龙村民俗文化旅游发展的初步规划》。

③ 沙溪乡文化站提供:《剑川县沙溪镇石龙村民俗文化简介》。

对方视为逊于本村/本地，然后就互贴标签，视对方诸种物事如口音、饮食、生活习惯、人的行为方式等异于己者为"不合常规"、"可笑"之事。有时这样的"地域歧视"并无贬义，只是一个概率式的大致印象，如北京人眼里的上海男人；有的"地域歧视"则会直接体现在交往态度、通婚范围等实际的生活选择当中。鲁迅先生笔下的阿 Q 就很鄙薄城里人管未庄的"长凳"叫"条凳"，也认为城里的油煎大头鱼加切细的葱丝，而不是未庄的加半寸长的葱叶也是错的、可笑的。

沙溪距县城金华镇 40 公里，地理自然条件相对其他各乡来说可算优越富饶，可沙溪人还是县城人口中的"嘎贝子"（白语，意为"猪皮子"）。百年前石龙村贤感到的侮辱，至今仍可在沙溪人——更不用说县城人的话音里感到：看到我们是去石龙村的寺登街人，都会开玩笑式地学着石龙人的浓厚口音说"诺阿挂纸坝"（白语：你们去挂纸坪?）笔者都能听出其中的调侃意味。2009 年 9 月至 2011 年 3 月期间在石龙当了两年大学生村干部的堂弟寸德平也提醒我们到了石龙，千万别学他们的口音说话，要不会受很多教训。云南大学的石龙村调查表明，石龙村的通婚半径相对封闭和狭窄，90% 以上婚姻缔结都是本村人[1]，近亲结婚占 12%[2]，2005 年有该村历史上第二个县城小伙上门娶亲，是"想也不敢想"的"突破性的变化"[3]。人口流动稳固，2003 年只有 3 名非农户口的退休人员回乡养老迁入，无人口迁出。[4]

这样的相对封闭或许就是所谓"遗俗"研究的福地，本书无意在此，只想说明，石龙村的相对封闭，却于歌手、白曲是一大有利条件。历来每年歌会，以逸待劳的石龙村都得其天时、地利、人和之充分条件，于是石龙村走出了歌后李宝妹、歌霸李根繁、央视青歌赛原生态组优秀奖阿鹏姜续昌、青年新秀李福元与李繁昌等。不夸张地说，石龙村几乎人人都会唱调子，个个都可成歌手。

前面分析到歌会朝山者，可能是因其所在地域的宗教信仰系统不完备，某种程度上这也就是经济发展的问题。事实上如弥沙、羊岑、洱源乔后、温

---

① 董秀团主编：《石龙新语——剑川县沙溪石龙村白族村民日记》，中国社会科学出版社 2009 年版，第 27 页（以下简称《石龙新语》）。

② 李绚金日记，《石龙新语》，第 151 页。

③ 同上书，第 403 页。

④ 董秀团主编：《石龙新语——剑川县沙溪石龙村白族村民日记》，第 10 页。

坡、大树、哨坪就是经济相对贫困之地。石龙村盛产歌手也有类似原因。再加上小调的不入正流,于是,在剑川的民间评价体系中:会唱小调之地都是穷乡僻壤;唱小调非能发家致富之正经事;歌手也不是一个"光荣"的职业,甚至其道德品质、生活作风都有衍生负面评价的可能,人们都避而远之为上。在现实的生活当中,包括部分歌手,都清楚实际地知道歌会唱小调是不能完全当饭吃的,现在国家、政府很重视,但还得看个人才能和机遇,毕竟能像歌王、歌后由于唱曲就能得到一份国家正式工作、赚了大钱的人仅此一例。他们都在从事着本分的营生,如务农、做小生意等。唱曲只是不能割舍的强烈爱好,有时候也是能将自己与同村其他人区别开来,在现在更为开放多元的评价体系中获得掌声(笑声)、羡慕和一定经济利益的副业。①

被人嘲笑的口音就是需要改进的一个方面。歌后李宝妹的口音和唱腔就已经完全标准化为金华镇白语了,这让她的甜美歌喉被更多人认可和喜爱。除工作所需编唱一些政策白曲如"三个代表"、"科学发展观"、"十七大报告"下乡宣唱外,她也被县城很多商家邀请进行开业、周年庆典、公司广告宣传的商业演出,专辑张张畅销。榜样的力量是无穷的,其他石龙、弥沙、羊岑或丽江九河歌手表演唱于各种 VCD、DVD 光碟里的唱调都在努力甚至刻意地学金华口音,制作的简单不可能提供录音棚类的剪辑修饰,于是,过犹不及的学舌就像南方人卷了舌头学北京人的儿化音,其滑稽程度常常会让公公婆婆和来家里看录影带的苏贵大大忍俊不禁。剑川白族音乐家张文几十年来一直担任现场对歌的评委,于白曲研究及收录整理著作丰厚,笔者向其请教此事时也提到:各地的口音加上现场编创压力和临场发挥的紧张,连他都不能完全听懂个别吐字不清的外乡歌手对唱;现在比赛的歌手确实有某种自觉不自觉的标准化口音的自我要求;如能口音和调类标准化,白曲可能就会让更多年轻人听懂、认同甚至喜爱,这于白曲传播、传承有利;但至于多样态的白曲曲调的趋同化是利是弊,他持开放性意见。

那也就是说:作为一个都不能被大部分民间文化主体甚至(热衷者的)歌手完全认同和看好的石宝山歌会,作为一项不能于实际生活、经济收益和个人声誉有根本提高和改善的唱曲技能,本书的原生态视角,又

① 歌会是以唱花柳小调为主,与本子曲等其他山花可于日常生活中演唱不同,下文即会提到山花体的吉利词等在各生活领域中的不可缺少的应用。于是,能创作、演唱吉利词、本子曲的歌手在民间从未缺少,也一直都可获得一定的报酬。

能否如前述音乐学家们的理想一样，以"原生态之名"为之获得足够的重视、唤起更坚定的民族自信心？已是国家非物质文化遗产名录的歌会又如何才能平衡基于经济社会发展差异之上的民间评价体系？也即，国家非物质文化遗产保护政策能否让田野中的原生态歌手的现实选择、反思改进有实实在在的助益？

第二节　剑川其他民间节日与石宝山歌会节比较

上节论述了歌会、歌手之地域性特征，本节打算从剑川其他民间节日的构成、操作、功用等方面与歌会节进行一番对比。也即，从分析遍及剑川各地的其他民间节日系统的原生态中反向评估当下石宝山歌会节之原生态，由此总结作为国家级非物质文化遗产的石宝山歌会，其要实现活态性传承，还有哪些方面的具体工作要做。

人类在平凡、漫长、周而复始的日常生活中最有智慧性的创造之一便是各种节日。节日的创造、选择、稳固和传承都有其生活的合理性（功能性），剑川白族民间节日也是如此。其所指是——除带有现代国家色彩的如"十一"国庆节、"五一"国际劳动节、"六一"国际儿童节、"三八"国际妇女节等之外的，也不考虑在与汉文化积极交流中吸纳的传统岁时节日，如春节、清明、端午、中秋——而更多是符合本地域农业生产周期，人民身心调适，有增强民族认同感，强化民族凝聚力和传承本民族习俗文化等功用的传承性民间节日。

就大理白族自治州来说，相邻各村形形色色的本主们及其会期（本主生日或忌日）就很"巧合"地互不相同，与上述的国家节日、传统岁时节日也很"巧合"地不会重合。跻身于本主庙里的大黑天神、观音、龙王和各种娘娘——送子、痘花、眼光等神祇的会期自然不能喧宾夺主，各有会期。于是，即便一个小小村庄一年当中都能周期性的较频繁地稳固预热过节的期盼、繁忙的准备、然后是激动人心的过节，这于乏味的乡村日常生活中的村民来说都是最值得期待的热闹，多出的那么些"节"，大约也会是多多益善。

因而笔者的民间节日体系的观察视角，只能局限于石宝山所归辖之沙溪镇，附带与县城、石龙比较；也只能择选"超村域"，得到全镇、全县认同、稳定传承至今的"大"的民间节日；也不着意在习俗的具体细节比较上,而是从其节日创造诉求、节日活动主体构成(节日会首)及其在民俗生活、民众心理功用几个方面进行阐释。沙溪镇这样的民间节日有二月八太子会、六月二十五火把节和七月十四中元节。[①]

一 剑川其他民间节日

1. 二月八太子会

剑川东部山区的白族称农历二月初八为"年节",祭祖牲礼如除夕,是其"春节";西部山区白族称之为"牧人节"或"羊节",认为春天此时才会真正到来,百草吐新芽,正是牧羊好时机。羊被称为"财贿",是山区牧民生活重要来源和财富象征,祭之是为求财富兴旺;坝区白族则称为"插田节",插田准备春耕,百虫今日也去做会,此日园子种瓜种豆不生虫害。[②] 沙溪寺登街称二月八为"太子会"——与年轻的释迦牟尼太子联系在一起。相传当年太子在游历四门后,看到真实人间的生、老、病、死和沙门点悟,睹相增怀,深厌尘俗,于二月初八日逾城而遁世成佛。

图 5 - 1   "二月八",装扮成"小太子"的寺登街少年 (2011 年)

---

① 严格来说,中元节是一个佛教的衍生节日。但其通常不会呈现在受限于某些研究"禁区"的中国传统节日研究体系中,因而本书在此纳入。

② 参见《剑川县志》,第 442—443 页。

图 5 - 2　"二月八"，抬着成佛后的释迦牟尼像巡游的当年新郎官们
（2011 年）

　　按照剑川民间传统规矩，每年二月八太子会的主事者（会首）都是
从去年二月八到今年二月八一年时间内新结婚的新婚夫妇们，活动经费也
由他们共同承担，其中又再根据各人能力分配不同任务。从二月初七下
午，他们就要集结本主庙商量、准备、筹划、安排。

　　通常来说，新娘子们主要负责活动期间后勤工作，为参会者——寺登
老年人协会、妈妈会、外来祝会者和其他帮忙者等准备当天晚饭和第二天
全村人、活动参与者的三餐；新郎官们要在老年人协会（以下简称老
协）、活动司仪等指示下，抬出摆好桌椅、用松树枝搭建未能保留的寺登
街西寨门、北寨门，装饰好东、南寨门和四方街正中的一个临时的太子行
宫（见图 5 - 4，图 5 - 5）；各种祈拜仪式后于吉时从兴教寺中抬出太子、
佛陀放到行宫中接受乡民供奉。二月八一大早饭后，新郎官们合力抬起太
子放置于特意挑选好的马匹背上，再抬起佛陀的行轿。锣鼓队开道、新郎
官们牵马与太子及佛陀在后（见图 5 - 2），沙溪的少年们都要化妆装扮成
"小太子"的模样，紧随其后（见图 5 - 1）；随后是佛教队、道教队、洞
经乐队、耍狮耍龙队奏响各自乐器、舞动各自道具；然后是老协成员、妈
妈会们手捧各式供品、各村文艺表演队手持霸王鞭等长长一列队伍，分别
游历寺登四方街上东、南、西、北四个寨门。沿途巷道的各家各户门前都

燃起香火蜡烛，持香或供品在门前守候，待太子佛陀游经本家门前时，敬供供品，燃放鞭炮，再争相把硬币、糕点和糖果瓜子等掷向太子、佛陀，"祈求太子保佑清洁平安，万事如意，添财添福，赐儿赐女"。① 游过四门后，由新郎官们合力把太子、佛陀抬下马来，放在行宫最佳观赏位置，随后，古乐队奏奉丝竹二胡古乐，文艺队打起霸王鞭，耍起狮龙，都在太子和佛陀的眼皮子底下，酬神娱人，引得围观者甚众（见图 5-3）。一切完毕之后，再次敲响锣鼓、念诵佛号、行起科仪、高举供品、抖动霸王鞭、点燃鞭炮，由新郎官们一起将太子、佛陀奉送回兴教寺。

图 5-3 "二月八"，在太子、佛陀的注视下打起歌来（2011 年）

图 5-4 "二月八"，寺登四方街东寨门（2011 年）

图 5-5 "二月八"，寺登四方街南寨门（2011 年）

① 剑川政协编:《剑川文史资料选编》，第 228 页，大理州文化局内部资料准印证（2006）23 号。

图 5 - 6　二月八会期，寺登街本主庙里等待就餐的"妈妈会"成员们（2011 年）

寺登街本主大黑天神是其佑下之民任何举动都需知会、祈福的首要神祇，本主庙也是除四方街外另一个集体活动中心，各家各户川流不息到本主庙敬献供品后就找桌子坐下，享用新娘子们早已准备好的晚饭，席间再公开半公开地热烈议论一下各家新娘子来历、人才、厨艺等村落日常琐事（见图 5 -6）。愉快的全村村民集体进餐后，饭后收拾自是新娘子们的事。新郎官会首把席间一碗红肉献给已订下亲事待办酒席的下几家，就表示本年太子会任务顺利完成，交付下家。县城的太子游四门更上规模和档次，轮不到抬轿、牵马的新郎官们甚至可以开着自家小车组成更为豪华和庞大的队伍。

民间节日的太子会早已没有太子当年所感受到的生、老、病、死之生命轮回无常的悲凉气氛，其会首选择及做会主题主要还是以避苦病求吉、福财两顺、添丁进口为主要诉愿。据 2005 年代笔者去准备饭食的婆婆说，当年分了两组，每组七八户人家，每家最后凑份子平摊后交了 300 元左右。

2. 六月二十五火把节

火把节曾在 1999 年前作为剑川民族节，目前来说，火把节仍是县城、各乡村一个最重要的民间节日。沙溪火把节的活动主体（会首）仍是从去年火把节到今年火把节期间新婚夫妇，新添子嗣的人家负责给火把下的全村人奉送烟酒糖茶瓜果炒豆，石龙村及县城则由当年添嗣人家准备火把、蚕豆瓜子。

图 5 - 7　火把树静静躺在寺登四方街的魁阁带戏台下（2010 年）

图 5 - 8　火把树起来后祈福的群众（2010 年）

很早新郎官们就需聚集一次，商量凑钱、拼柴火、扎火把、树火把事宜。六月二十四下午，经挑选适合做火把的松树就要从山上砍倒运送到四方街上，晾晒一晚（见图5 - 7）。火把树通常都要高约三四丈，粗细适宜，笔直挺拔，顶部保留部分茂密松针。火把节当天一大早，新郎官就要请专门捆扎的师傅把劈好的柴火①严严实实（防止燃烧过程中过早掉落，是个力气与技术活）地用粗铁丝、扭绞棍一层一层共堆码捆上十二层（闰年十三层），顶端青松上再扎上装裱精美的三个升斗，寓连升三级，升斗四面写上"五谷丰登"、"风调雨顺"和"国泰民安"大字，周围遍插五彩旗，再挂上棠梨、李子、火把梨等小水果。

---

①　有的村是每家上交一抱劈柴，沙溪就是由会首统一购买。

图 5 - 9　给兴教寺门前的老人们献酒（2010 年）

　　火把装饰打扮停当之后，众新郎官和一大群帮忙者就要听着师傅号令，一起卖力，齐心协力很有技巧地将火把稳稳当当竖立起来，放入四方街上预留好的石板洞①中，这叫树火把（见图 5 - 8）。当年的新娘子们有的可能已经怀孕、待产或者已经生产，于是火把节期间，她们不用准备全村人的饭食，只与家人一起坐在家里用彩纸扎好小三角旗、用染好各种颜色的糯米面捏出各种小动物、小玩意，以花椒籽点睛，串在劈成几枝的竹棍顶端，白语叫"欧欧子串"，等待着长大到已经可以到处乱跑的小孩子们自动上门来取。这些小孩子们来的时候，手里通常早已拿着其他家的小彩旗和"欧欧子串"。满街满村到处撒满了他们乱跑乱窜的欢声笑语。谁的彩旗和"欧欧子串"最多、形象更生动就成了小孩子们表现自己取要能力的一目了然的夸耀。

　　新添丁人家爷爷奶奶可能会集中于某一家中，合伙做好白族传统宴席必备的"八大碗"、公鸡、猪头等来到火把下，待日暮火把燃起之后就在火把下磕头、感谢、祈福，供品随后就由祝贺的亲戚们共享。然后主要是奶奶们还要背着水酒、瓜子、蚕豆、糖果——首先给兴教寺门口坐成一排的村中 70 岁以上老者一一奉酒、敬烟、送糖果瓜子，得到他们的祝福语几句

----

　　①　以前是当年生了男孩子的人家树火把，生了女孩子的人家父亲负责挖洞，这期间有无"性"方面的联系，非本书重点，故不讨论。现在基建水平下，基本都会预留一个永久性的水泥或石板洞口。

图 5 - 10　添丁后的喜悦（2010 年）

（见图 5 - 9，图 5 - 10）；然后再给火把下看热闹的每一个人都送上糖果瓜子。熊熊燃烧的火把下已经舞起了霸王鞭（见图 5 - 11），街衢巷道里不时传来阵阵惊恐又兴奋的尖叫声、笑声和厉声斥拒。原来是有一些孩子、中青年男子举着小火把，对着过路行人脚杆泼洒松脂粉，顿时行人小腿部位就会腾起一团熊熊火焰，直窜身上，不过也会即刻熄灭，这叫"取火把"。据说取了火把之后，身上的百病诸邪就会被火烧灭，来年身体健康、诸病不侵。不过顿时的烈焰还是太过惊怖，笔者多次被取火把后，裤腿还是能被瞬时的烈焰炙损，取得过分者直接取到腰以上部位，还能将眼眉燎焦。

掉下来的未尽燃柴火和余炭，常被捡回家中挂在牲畜圈头，据说这样可以使牲畜发旺。掉下的小水果据说吃了能止肚痛。

一直都豪阔的金华镇，仅由添丁人家来树火把，再负责给亲朋、街道隔壁送烟酒糖茶瓜果炒豆。计划生育国策下，很多喜添丁嗣的人家甚至一户就能树一根火把，众多的火树尽可照得县城夜如白昼。

对几乎个个都能唱上几调的现在的石龙村来说，火把节是一年中唯一一个能在村落里就唱小调的节日。① 以前还有曲熟艺精者，在火把下专唱长篇本子曲，一唱就一宿，一宿又不能完，又由村民主动破费将艺人请到家中，其他村民串门，聚集一块听艺人几天几夜再唱完。而三年内的新亡

① 以前即使歌会节也不能在村里就唱小调，现在已经有些改变。

图 5-11　兴教寺前火把下尽情地打起霸王鞭（2010 年）

者，也可得到树火把的缅怀。其遗属扎上小火把到其坟前祭拜，火把或竖于坟前，或竖于大门外，如是者三年，以寄追思。

　　火把节来历及传说至今仍是著名的学术公案之一。不过就笔者家庭2005 年当过"会首"、2010 年请客送蚕豆糖果的经历来说，民间并不在意学者们的争论，而是更多体现了本社区成员成家立业进入人生新阶段的责任与义务：筹备举村同欢的节日，以此获得全社区的认可与人生祝福；再实现为社区增添新成员，保证社区的自然延续，社区共贺新成员诞生。树火把、过火把节本身既是在庆新生也在忆逝者，有尊重生命自然轮回的意味。除新婚者、新添嗣者会首外，社区每一户家庭每一年龄层社区成员都有参与火把节的必然性：从小孩子到青壮年到老者甚至新亡故者家庭都有其节日活动的"必需项目"。因而火把节仍然是剑川这个高比例白族县一年中最为重大的民间节日。

　　据婆婆说，2005 年的主要会首不太能干，选的火把树歪歪扭扭，不入众眼。只好非常匆忙地又再买了一根，这样折腾后凑的份子就由原来只交 200 元左右变成了交 300 多元。

　　3. 七月十四中元节

　　进入农历七月，寺登街上有了些微妙的变化，公公的小诊所也明显比平时忙碌了许多，甚至有时天不亮前、天擦黑后都会有实在推不掉的亲戚故交包了农用车等在家门前请公公为家里老人出诊，主诉症状多以其常见病如高血压、痛风等为主。公公婆婆都认为这些长年的老病号的"集中集体发病"更多是心理因素,因为剑川民间一直都认为死在阴历七月,做鬼都不得安宁。

七月十四前的沙溪街天(每周五),街上陡然增多了好多好多卖香火纸烛、各式冥纸冥器、小衣裤鞋帽和花样繁多甲马的小摊,生意异常火爆。① 而七月十四当天,全年仅春节休息十天的公婆的小诊所,也会在处理好最后的病号后,下午2点就早早关门。公婆一直宣称是无神论者,并非是为了避所谓阎王开门放鬼的讳,主要是也不会有病人就诊,不如早歇。

笔者较长时期生活于寺登街,见到过几次出殡,寺登四方街是亡灵"回望故乡"的必经之地。某年的七月十四前夕就见到过一场出殡,家人的哭声异常凄厉,而街上一直都和蔼亲切的乡邻却显得有些淡漠,甚至在尽力回避。

二 民间节日间的比较分析

同为传统民间节日,已经官办的歌会与它们在如下几个方面有所不同。

第一,活动主体(会首)。传统来说,朝山会是一定地域群众自发参与的会期节日,无年龄层次区别,吸引他们参加的是石宝山各寺的宗教号召力和影响力,各寺的综合实力决定了它们成为朝山会期的活动主体。其他三个民间节日,会首有社区成员具体的年龄、人生阶段的必然性,其轮转自然顺畅。换句话说,某种程度上官方不可能插手主办上述三个民间节日,只要参与,官方的行政—经济—旅游诉求必然脱离民间主体真实的办会意愿和节日生态,而朝山会的唱曲对调反而是官方权力进入此民间节日的唯一渠道。于是,政府成了朝山歌会的"会首",其召集能力更多体现在行政的权威上。开幕式文艺演出、对歌评奖是吸引民众的力量,至于民间是否"买账",也已作分析。

第二,做会经济负担。以2005年笔者家庭新婚年为例,二月八、火把节分摊伙凑共600多元(火把树的小插曲至今仍被当年会首们念叨)。添嗣后的糖果蚕豆瓜子随各家庭意愿,不构成负担。以一组八户人家来算,当年也只需花费共5000元左右②,两组共一万元,负担分散合理,

---

① 冯骥才也提到他在大理地区看到的甲马种类非常繁多,收获丰厚,见冯骥才《我眼中的大理甲马与"阿姎白"》,《民族艺术研究》2005年第1期。

② 农村消费水平较低,已足够。金华镇表哥罗江2010年自己树了一根火把,就花费约3000元。

就能让全寺登镇人满意。毋庸置疑，做会的经济负担往往是民间节日、会期能得以举办、维持的重大的现实经济考量。随便走到某个小村村口，村中心的告示宣传栏上，除了国家政策统一宣传的如计划生育、预防艾滋病等外，更多更新鲜的就是大红纸毛笔书写的某某会期本村每个人、每户、各团体（如老协、妈妈会）的"功德榜"告示和收支预结算公示①，其细节甚至到某家献米几斤（碗）、柴几捆，结余以角为单位。

而据张笑伯父估算，官办的歌会节，政府财政支出每年至少都需二三十万，才能勉强将贵宾、媒体的邀请接待费用、公安、交通、通讯、消防、医疗、卫生、文艺排演等现代节日必备要素的行政成本应付下来。如果旅游局所报门票收入属实的话，那就相当地入不敷出。而豪华如县城的二月八，民间会首通常只需共付一两万元就能将全城人民总动员起来，自发带炫耀性质的游太子的轿车队还会造成严重交通拥堵。火把节完全就是民间添丁人家自愿，政府不用花一分钱，全城当日火树冲天的壮观盛景，和犹如街道巷战般的"取火把"的壮烈刺激让笔者至今难以忘怀。

两年歌会笔者所见，外地人或外国人的游客相当稀少，否则年轻的武警战士也不可能从人群中就认定笔者是记者。可能一是受限于石宝山的山区道路条件、山区旅游接待能力；二是显著的草根参会者几乎100%使用白语的交流的巨大障碍和天然排拒感；三就是歌会的主打白语唱曲项目，对外来者完全就是对牛弹琴。况且就音乐性来说，从头到尾就一个腔调，听感都不能具备，实在不可能构成能带来经济利益的旅游者的吸金石。张笑伯父也认为，歌会节投入收益比极端悬殊，其旅游定位只能是高端、学术和个性游，不认为目前会有商业团体愿接手运作（文化产业）；而歌会之外，国家级石宝山风景名胜区的名头更无山水方面的比较旅游优势，国家级文物的石窟也受众有限，漫漫群山人迹罕见，相当冷清幽静。

第三，活动主题（诉求）。上述三个民间节日，都是至今可见影响广泛的剑川民间节日。其主要诉求，也已多次表明：生命的生、老、病、死之自然流转，现世日常生活中的福顺财运和欢愉。中国人的民间智慧就在

---

　　① 笔者认为这是一个饶有趣味的关于民间节日、会期各成员各户经济贡献、功德心意和晒做会收支账本的民俗（经济）学课题，或许能给目前公民强烈要求中的中国各部门行政支出的公开透明有一个民俗学视角的提醒和范例？目前视野所限，未见有所研究。

于:总以积极的、乐观的和豁达的胸怀去看待生命、生活中的诸多不可避免、无法逆转之自然定律、生命规律和不可预知无法掌控的各种偶然事件。于是,民间节日在表达这些深具宗教、哲学意味的命题时,表现的却是更为淡定、坦然甚至是世俗欢乐的态度。如太子逾城,本是一个人类无法回避的生命、躯体之生、病、老、死的永恒的普遍的深刻命题,最后可见的(可观察和感受到的)却是全社区成员都会尾随的集体(化妆)游行狂欢,以及公然公开品评各家媳妇美丑、挑剔厨艺高低、互说婆媳坏话的社区"欢乐"聚会;树火把的齐心协力及个体家庭新添子嗣,当然也是需向全社区夸耀的重大人生事件;七月缅怀逝者又成为能知悉飘逝灵魂所栖居状况的时机和慰抚生者现世生命缺憾和心理创痛的出口。

对逝去亲人的追忆还会延续到歌会期间的金顶寺,至少剑川民间是把整个七月都当作逝亲可与家人灵神互感的特殊时间。金顶寺的"捨由姆"们也自称能较快"附身"需是在七月,七月底阎王"关门"的最后时刻,是"逝亲附身"的最好时机,如此就能更"灵验"地知道逝亲在阴间"更真实"的"生活状况"。

三个民间节日如此相较之后,如前已充分论证过,石宝山朝山歌会也具有同样的类似功能:祈生怀死是朝山的最重大主题,现世唱曲欢娱也是生者必需的人生调剂。那么,主要是以地方学者受限的学术视野做出的"母系社会原始群婚论"的歌会节,官方仅抽取了"现世欢愉——对歌唱曲"之原生态的一小部分进行了经济舞台和(正确)意识形态的打造,也就自然"与时俱进"成为了"青年男女对唱情歌"的"白族情人节"。据笔者目前材料视野所及,明确公开表述歌会为"(西部)白族青年男女情人节"始于2009年前后。① 与此同时期或更早,云南各地区各民族中有类似民俗因素的节日,也纷纷先后成了"情人节"。相邻的怒江州兰坪

① 记者王才达2005年9月1日17:02云南日报网这样报道:"2005石宝山歌会节开幕"——"以歌会友,以歌觅知音是石宝山歌会魅力的所在"(http://www.yndaily.com)。完成于2007年2月8日的剑川石宝山歌会国家非物质遗产申报书,只有"原始群婚"的立论和对唱情歌的实景描述,在提到有青年男女的对歌时,是如此表述:"弹弦对调是白族青年谈情说爱的巧妙方式。石宝山歌会正是他们互相认识结交,以此择偶的好机会。对歌定情后,双方还要进一步交往了解,互相考验一段时间,然后才由父母央请媒人说合,有些就此结成了终身伴侣。"(第7页)这样的表述客观实际,符合生活常识,更未有"情人节"之妄断。而前已引述的刊载于2009年3月20日一系列云南重要报纸平媒上董增旭"云南国学讲坛"的讲演文章,是目前笔者所见定位为"白族青年男女情人节"或"西部情人节"的公开言论。

县就有了普米族的"东方情人节"①，活动地点的高原草场是"情人坝"，两棵并排的大树成了象征爱情的"情人树"，就连飘忽不定的高原气象条件下的雨，也成了"情人相思的眼泪"②。而云南最具国际（学术）知名度的"情人节"又当数丽江宁蒗县泸沽湖畔摩梭人的"女儿国"阿注走婚③，以及当代最具世俗认可度的地理接壤的后起之秀"世界艳遇之都"丽江。④ 笔者并未对上述各族的"情人节"、"艳遇之都"都做过如歌会般的深入了解，不能在学理上有所判断，列举只是排比式的反衬歌会"白族西部情人节"出现时机和地理之荒谬。

上述论证中，也许"是谁、在什么时候、为什么需要情人、情人节？"已无须笔者再作进一步论证。

本子白曲在如此重要的火把节中的萎缩是个值得关切的现象。早在1956年，羊岑乡、甸南乡白族妇女在正月十五过"青姑娘节"、唱《青姑娘》曲，就已是退出了历史和生活舞台的先例⑤——青姑娘是传说中一位受到婆家极度虐待的年轻媳妇，不堪其辱、怨愤至极后投粪塘自尽。⑥ 其《青姑娘》曲⑦是由后世妇女代代口耳传唱的对青姑娘的同情理解，控诉其与自己相似的不幸和遭遇，借由时间和民间的千锤百炼，不同时代和处境下的妇女都可以在歌声中寻到些许抚慰——可惜仅剩下唱本文字记录，相关仪式早已灰飞烟灭。农历六月十五"绕海会"——朝拜十八坛本主⑧，剑湖沿岸村庄白族群众顺时针绕剑湖一周，路上说笑、弹唱调子——也已荣光

①《怒江兰坪罗古箐 端午与普米"情人节"双相会》，《云南经济日报》，2011年6月8日星期三，第05版（http：//jjrbpaper.yunnan.cn/html/2011—06/08/content_ 366752.htm）。

②《怒江兰坪普米族"情人节"》，中新云南新闻网，编辑：张晓晶，发布时间：2007年12月23日（http：//www.yn.chinanews.com/html/junketing/20071223/31293.html）。

③ 关于摩梭人的"母系社会"、"走婚"研究，学术争议甚巨，因笔者并未过多关注于此，不能有倾向性地一一列举相关论述。

④ 互联网关于丽江艳遇之都的海量信息无须笔者陈列。

⑤ 施珍华、陈瑞鸿、李文波编译：《白族本子曲》，第70页。

⑥ 青姑娘本事和相关祭祀活动与东晋《异苑》卷五所载的"紫姑神"本事非常相似，与江南地区的相关民俗活动也有很大类似，应该有显著的传承、承继联系。据施珍华考证：1956年是其所见的剑川地域内最后一次青姑娘祭祀唱曲活动。本书的朝向当下的原生态视角只能略此不顾。

⑦ 白曲选集中都会有收录，各版本稍有不同，可见施珍华、陈瑞鸿、李文波编译《白族本子曲》，第58—66页。

⑧ 十八坛本主是谁、在哪儿，剑川当地也有不同说法，大约与元代蒙古侵入剑川后阵亡的十八将士有关，目前剑川乡村绝大多数的本主庙门楼两侧的"马神"都是元代服饰牵马蒙古兵和宋代服饰牵马汉兵。

不再。

我们或许可在这样的民间节日体系的对比梳理中,再次明确朝山歌会、小调白曲的原生态之生命、生活意蕴,而这,通常来说就是民间每一个体日常生活中最为关切的基本方面。各个民间节日的对比也反向提示了官办节日仅突出打造"唱曲"于其原生态不尽全面;官方费大力花大钱却不讨好(民间/外界)的根本原因也在本书论域内作了简析。

第三节 "他者的倾诉"——石龙村民李绚金日记

如果说民间节日作为一个能集中体现民间习俗的复合性的特定时空,歌会上唱白曲,白曲唱于歌会,白曲本身的生活相于此特定节日的体现并无特殊也属必然的话,那么本节将从文化持有者自己的"倾诉"中,再次明晰白曲之于其持有者,在其基本的民俗日常生活中的生活本相。这也是本书关注被研究者的声音、试图以学术话语的原生态打通民间生活原生态的一个努力。

前已述,石龙村的相对封闭保留了更多白族文化,云南大学在推行"211工程"、"十五"民族学重点学科建设方案中就择选了石龙村作为"云南少数民族调查研究与小康社会建设示范基地"之"石龙村白族调查研究基地"。2009年4月其成果之一"新民族志实验丛书",《石龙新语——剑川县沙溪镇石龙村白族村民日记》由中国社会科学出版社出版,何明总主编在该丛书中有一篇长序《"他者的倾诉":还话语权予文化持有者——"新民族志实验丛书"总序》,详尽论述了该工程的实施理念、细节和丛书"还话语权予文化持有者"的"新民族志实验"——在当地择选较佳位置建专门性、永久性的调查基地、在当地聘请若干名"村民日志"记录员,让一直都是被研究对象的文化持有者成为民族志的作者,采取"主位"(emic)方法,从"本文化"内部视角,对"本村每天发生的事情进行观察与记录"①。此种实验也正是在当代国际人类学关于"文化书写"问题的相关反思结果——"文化书写者遮蔽了所书写的文化和文化持有者的声音。传统民族志并非如其书写者所标榜的那样,是

---

① 何明:《"他者的倾诉":还话语权予文化持有者——"新民族志实验丛书"总序》,载《石龙新语》,第1页。

'异文化'的'客观'、'真实'的叙述，而是西方人类学家从自己的意识形态和学术目的出发重新建构出来的文化"①。

笔者的"原生态"视角也首先声明要摒弃所谓"西方学术"的干扰，那笔者的身份、立场和视角是否又是另一种形态的"借其研究对象的'自白'而阐述其思想观点的'任意裁剪'"②呢？为让本书关于歌会和曲的朝向当下的"原生态"进行到底，本节及下节参考该书收录的石龙村民李绚金——作为文化持有者③——的日记文字，从其丛书学术目标——"更彻底地让研究对象发出自己的声音"中，摘选李绚金在2004年8月1日至2005年12月31日日记时段内所记录的本村村民每日物事活动中关于白曲、歌会的相关记录。也即，借被称为白曲村的村民自己的眼和笔，再来看白曲之于他们自己日常生活中的运用与作用，这也应该就是白曲生活相之最佳例证，在此意义上，此叙述中的白曲生活相具绝对意义，不可辩驳。

因为阅读的某种偏视，笔者于写作论文期间才读到此书，一读就不再能释手，曾经一度自嘲"学术理性""灭绝"了的基本感动，竟然随着一位67岁的石龙老者长达一年半时间每天不懈地对身边熟悉的村民的重复、简单、琐碎得不能再琐碎的日常生活的点滴记录而慢慢复苏。笔者的某些调查对象与之有部分重合，也在乡村度过较长一段日日雷同周而复始的简单甚至乏味生活，李绚金笔下的村民和他们的普通乡村生活，很多于笔者仿佛便是眼见身临，熟悉而亲切。

在这个相对封闭又孤独的山间小村中，每一个个体村民都有名有姓④有年龄，有着自己在姓名上就体现出的，于族属、家谱、血亲、姻亲上的确定位置和依此位置庞杂又明了的与其他人的亲疏、远近的相互联系。这些又都具体行动化为农业劳动上的互助网络、人生生、老、病、死、苦的互相走动往来的责任义务，还有互赠礼物的类型、丰俭和流动等方面。甚至国家最基层的"单位"——村委会和各种宗教民间团体如念佛会、洞

---

① 何明：《"他者的倾诉"：还话语权予文化持有者——"新民族志实验丛书"总序》，载《石龙新语》，第2页。

② 同上书，第2—3页。

③ 关于李绚金作为村民日志记录员的"挑选"，见《石龙新语》，第106页。以下所指该书"李绚金日记"部分，仅只标明页码。

④ 除个别于主流道德价值标准而言非正面的极个别村民，由李绚金本人或主编董秀团隐去，如村里未婚先孕，生子的小青年，2005年本村发生的恶性刑事案件之双方当事者等。

经会、妈妈会、霸王鞭表演队，歌手也有着年龄、性别、能力等的区别与挑选。在这个小村庄中，上述这些"团体"，安排、协调和决定着全村"重大"的行政体制下的集体活动、各种繁多琐碎又合理穿插在农业生产生活节律中的仪式、会期和节日活动。它们有时并不可分地作为"超村民个体"发挥着协调、统一全社区行动的不可替代的作用，又将每一位个体村民紧紧地团结在自己周围，为其提供关于石龙村这个集体的情感认同与心理和身份的依赖感。村民李绚金在日记中，以并无文采夸饰的质朴，将一位位鲜活的个体村民及其家人、其亲属的生、老、病、死、怨憎会、爱别离、五阴炽盛、求不得诸种人生世相一一道来。

前文提到："外界源于时空、族属、资讯等差异所产生的普泛化、浪漫化民族民间生活的想象，其真实的充满琐碎日常事务的民族民间生活该以什么样的姿态回归民俗学的生活论学术取向?"在反复阅读李绚金日记后，本书先将日记基本内容分为如下几个方面，然后再根据本书论域归纳出一个基本萃取线索。

一、配合季节转换的农业、副业的生产劳动情况和生活节奏记录：如日记几乎每天都会提到的收菌子、种芸豆、种玉米、犁田、碎土、求雨、抗旱[①]等农事活动。

二、村落世界里的盖屋树房、婚丧嫁娶等人生大事中的礼仪、亲属朋友间的频繁来往和个体村民、家庭中的生老病死苦、祸福财顺运等丰富的生命、生活细节描述：如几乎天天都有发生的祭拜本主庙和各种缘由的请金顶寺"捨由姆"的"看香"。

三、穿插于农忙、农闲中的传统的周期性的民间宗教性质的各种年节、会期记载，以及全村人的活动内容、礼仪描述；出于村民自身心理需要和家庭家族需要的相应祭拜的特别记录。

四、村民与村外世界的交通、往来、上街、赶集和到外面世界的打工、受骗、参军等活动的描述；村外世界及人员到本村的各种行为轨迹的观察：如基本上每天都到石龙卖新鲜猪肉的"沙溪二妹夫妇"的个体命运[②]；各种参观、考察白族文化的外来者的活动；云南大学的白族研究基

---

① 云南的大旱早在2005年前后就已露端倪，非从2008年才开始。

② 屠妇二妹在李绚金的日记时段内，就经历了一场"生死大病"，经治疗和请金顶寺"捨由姆""看香"、"吩咐"后（第372页），病愈后的二妹也成功"搭坛"成了一名"捨由姆"，平时屠宰卖猪肉，应人之邀也为他人"看香"作法（第403页）。

地、世界少数民族语文研究院东亚部的白语学校也在李绚金日记中从清理地基开始，一砖一瓦、一木一梁慢慢建成。

五、其他：偶发、无法归类的事件。

根本来说，日记所载的白曲类型于上述各类内容都有关联，尤其具体体现于第二方面。从写作安排上，本节先述录多为应付一些外来演出任务要求的第四方面。

笔者在论述官办歌会节内容时已表明非有"学术洁癖"，即不认为它们就是"非纯洁原生态"。这些为了宣传、报道石龙村的也无从得知歌手（文化主体）其真实意愿、场景和演唱内容的白曲"表演"，在笔者的"原生态"定义中，也属于发生于本土演唱地域、有着特定演唱要求和目的、于该村历史属实的"原生态"——即歌手、发生场域、山花调都是该生态场的原生要素，至于演唱内容——通常情况下都是因着更为强势的一方的要求／需求而"表演"唱。也就是说，如果对方就抱着一个看少数民族青年男女唱情歌、谈恋爱的"期待"来观看、录制和宣传的话，那其脱离歌手的实际情况[①]、歌唱的本真原生自是不可避免。也就是说，至少在笔者两届歌会的观察视阈中，从来没有唱情歌的歌手是情人或准情人[②]，戴着有色眼镜看到的自然就是有色的，板子应该分清再落下。这样的宣传、接待类型的演唱和石龙霸王鞭[③]表演在日记中共明确记录有如下几次：《中国妇女》杂志社到村采访，77岁李定鸿表演霸王鞭、66岁张定坤配唱白曲[④]（第107页）；大理州纪委视察，李根繁和2个儿童唱调（第118页）；石龙白语培训开班，李根繁唱调（第108页）；云南大学白族调研基地开工典礼表演唱（第162页）；寺登街古集市复兴工程庆典，张塔宝、张春胜、李生龙和张全瑞等唱白曲（第187页）；云南大学洪副

---

① 石龙村基本人人都是亲戚，李根繁是李宝妹的叔辈，在村落自然语境中甚至歌会舞台上，他们都绝不／极少搭配对唱情歌，但不排除在录制商业营销的VCD中，利用其个人的"明星"票房号召力促销。下文会再详细分析。

② 红帽古小伙的寻艳，笔者无法坐实，也觉无必要坐实。

③ 石龙霸王鞭据说是区别于大理州其他地区霸王鞭的一种民间舞蹈类型。竹制霸王鞭长2尺4寸，代表二十四节气；竹竿上开6小槽，分装2枚铜钱或铜铃，代表一年十二个月。鞭杆头部扎红绸花，尾部再系响铃。石龙鞭舞的特点在于手持尾部（其他地区持中部），如此便扩大了表演范围，据说只在石龙村还保留了《观音扫地》、《双飞蝴蝶》和《童子拜佛》三支舞蹈，其基本动作还有"双肩奉送"、"八步梅花"、"左右插花"、"八面威风"、"太子游四门"、"左右抬桥"、"仿莲花"等20多个传统舞蹈动作。本书框架下，恕不再旁涉于此。

④ 都摘自李绚金日记，以下仅标注页码。

校长视察白族调研基地，相关村民表演（第 240 页）；太平人寿保险公司请李根繁弹唱宣传（第 301 页）；世界少数民族语言研究所到石龙考察白语楼建设及白语班情况，李根繁及李福元唱调（第 311 页）；县级"白族歌舞村"资料片拍摄，村民李宝妹、李根繁等表演（第 329 页）；云南航空公司拍民族风情片，李宝妹、李根繁表演（第 335 页）；世界少数民族语言研究所白语楼建设考察，李宝妹、李根繁表演（第 353 页）；云南大学白族调查基地挂牌，李宝妹、姜宗德、李根繁表演（第 354 页）；大理州文产办调研，村民表演（第 376 页）；电视剧《大理公主》拍摄，李根繁等表演（第 409 页）。上述这些都大可证明：石龙村的盛产歌手、歌舞特色明显都是不争的事实。

第四节　生活相——村落日常生活中的活态白曲

随着季节变化的农副业生产劳动步骤、宗教活动和生活休闲的安排，在普通农村和普通农民的日常生活当中从来密不可分。本书在白曲的民俗研究的框架下，则更为关注白曲在诸如盖屋建房、婚丧嫁娶、生老病死等人生重大生活事件、生命场域下的演唱使用，这些本也都是民俗学的传统研究领域，只是在整体的生活论取向的理论基础奠定之前，它们被不同的材料收集式的民俗学事象研究、被各式理论剪刀裁剪成了漂浮和散落在生活中的碎片。本节尝试在"他者的倾诉"中，再将其较完备连缀起来，在以人为本、以现实生活为流、以生命意识观照为基本原则前提下，重新复显白曲在原生态的民间生活中的原生态歌唱、活态生活中的活态应用。

"死"是个体生命的终结和最终归宿，无法回避，于是现世如何活着也成了与之相对的另一永恒主题，不同民族不同文化自有不同的生命意识和生死观，不可一概而论。相应来说，对死的态度也就是如何活的另一种解释。本节写作手法也由"死"观"生"。

李绚金有识文断字的本事，有些村民便会请他为家人的坟墓刻墓碑（尚在世，俗称"做生基"），他记录道："碑文前行题名和中行名讳，有一个讲究，就是其字数按'生老病死苦'5 个字来念的话，最后 2 字必须和'生'和'老'2 字对应，但不能对应'病死苦'3 字，所以今天的碑文前行 16 字，最末一字恰好对应'生'，中行 22 字，最后一字恰好对应'老'字。"① 如是，我们便可更充分理解石宝山朝山歌会的原生态基色，也就不会对其日记中几乎天天可见的村民们川流不息的各种理由的（甚至年猪咳嗽、大牲口暴亡、一个梦魇）对本主庙与各路神祇的虔诚敬供和频频地请金顶寺"捨由姆""看香"举动感到诧异，更不应该想当然地就在意念中举起大棒喝令"淫祀"！——生是欢欣，老是必然，那么现世的病、死、苦如果能凭着向本主和神佛的祭祀、做会的虔诚就能得以避免或延迟，又该是个体生命多么重大的事件！

　　日记中每位村民的死亡情况描述及死因的（主观/客观）推测都有或详或略的交代，其葬仪也有或简或繁的描述。这种"主位"自然流露出的不舍、留恋、惋惜等态度的温情，的确大大不同于"客位"们的冷漠、匿名和被研究对象的冷冰。通常来说，白族丧仪中的唱悼亡白曲就是其程序的最高潮——死者生平的娓娓道来、家人的眷念不舍之情，都会由着白曲通俗易懂的表现形式和直指人心的唱词让家属、亲朋哭声震天、悲恸欲绝。日记共完整记录了两次这样的白曲《上祭文》、《亚献文》②，因有根据亡者各人生平、子孙、家庭情况有现场编创的大量内容，也于现场氛围有一定掌控需求，故也非完全模式化的千篇一律，各歌手肚才（唱曲能力高低）也是丧主选择的重要考虑因素。兹择要简录部分示其艺术性③：

　　　　"明天阿母你升天，悬白招魂把你接，念诵给您报恩经，祈去极乐天。阿母安心独自去，您的孙儿想念您，女儿回家要见您，您老哪里找。"（第215页）"叫声阿爹爬起来，清茶薄酒喝几杯，子子孙孙和侄女，跪在您灵前。远房亲戚也跪下，三亲六眷全到齐，都想再见您一面，只看到遗像。洞经会里都找您，念佛会也想您到，生离死别两分离，伤心又伤肝。"（第295页）

---

　　① 李绚金日记，《石龙新语》，第183页。
　　② 李绚金日记，《石龙新语》，第214—221页，由村长姜伍发（阿鹏姜续昌的父亲）和张万和诵唱；第291—296页，由李根繁和姜伍发诵唱。其他村民的丧仪就未有详细记载，不过根据日记表述"今天下午李庆生丧事举行悬白法典，内容和前所记相同"（第316页）等，至少在石龙村每位亡者丧仪都会有相应的白曲祭文。
　　③ 部分词句由笔者根据汉字型白文山花格律自译更改。

　　墓碑刻好后,要择吉请石匠师傅立墓碑(俗称:竖玉券、竖玉柱)、整墓室。[①] 亲朋好友、村民也会相应送些礼物祝贺,大伙热热闹闹吹吹打打来到生基坟前,主持人抱着公鸡将鸡冠掐破,将血分别点在墓柱和墓碑中央"点券"[②]:"接得主人一只鸡,鸡是五彩凤凰鸡。头戴金冠帽,身穿凤凰衣,五色金鸡凤凰衣,你在阳间报五更。今日张家竖玉券,用你头上一点血。"观众大声应叫"好!""点左边,青龙抱玉柱,点右边,白虎旺子孙,点中堂,富贵万年长。"众人又大声叫"好!""一点点券头,保佑子孙代代有;二点点券尾,保佑子孙出人才;三点点中央,匠役主人得安康。"众人又叫"好!"抱着鸡东南西北作揖后,还给主人。而后爬上墓上"破四方"和丢馒头,也是念的山花体吉利词:"一架木梯值千金,我是鲁班的弟子,今日主人竖玉柱,从你上走过。爬了一台又一台,上了一阵又一阵,鲁班和我上高台。接得主人一盆钱,钱是中央银行钱,今日主人竖玉柱,遍地撒金钱。"随即抓起一把硬币撒在前面,小孩子争抢。"接得主人一壶酒,酒是仙家酒,今日张家竖玉柱,用你做喜酒。"酒洒下来,众人又叫"好!""接得主人一盆花(馒头),花有珍珠五味香。大的蒸出八百味,小的蒸出八百双,双双又成对,对对又成双。男人点得一朵云,女人点得一朵龙,我是鲁班的弟子,前来破五方。"众人叫"好!""馒头一个丢东方,太阳照进我们家。福如东海水长流,幸福在我家。"众人一面叫"好!"一面争抢这个大红纸包的大馒头;"一个馒头丢南方,子孙兴旺像兰花,寿比南山不老松,享富贵荣华。"众人叫"好!"又抢红纸包的大馒头。"一个馒头丢在西,主人勤劳又贤惠,家和人和万事和,黄铜变成金。"众人叫"好!"还抢红纸包的大馒头。"一个馒头丢在北,上梁正遇紫微星,亲朋好友来祝福,好事在后边。"众人叫"好!"还抢。据说这大红纸包的四方馒头抢到即有好运。随后,几百个小馒头一齐撒在地上,老少都争抢。"四方破了破五方,主人跪在我下方,辛辛苦苦一次,赏你一朵花。"拿一个大馒头专门给墓主人,表示祝福。礼

　　① 李绚金日记,《石龙新语》,第206—207页。
　　② 以下引文部分参考李绚金日记,《石龙新语》,第206—207页。日记中没有将白文对比写出,直接根据其翻译习惯转写成汉语,故有部分不合三七一五山花体句式要求,笔者在民间所收集的相关汉字型白文吉利词,绝大部分都是山花体格律,现场听其念诵时也以白语、白族腔调念汉文(即看着汉字念相应的白语或用白族腔调念汉字),格律上基本满足山花格律,这里遵照原引文。

毕，开始立墓碑、整墓地。

2004 年以来，石龙村受益于国家政府扶贫救困工程，每户享受 3000 元的危房改造款，有许多村民在此期间重整老屋，这于村民来说自是需全村人帮助—互助、关心—关注，也是值得向全村人炫耀的人生大事。日记也不余遗力将这个小村庄里一年半时间内每一户人家的竖房上梁的仪式、请客、客人人数、礼物类型、帮工人数/次等细节——记下：张富贵 41 岁，石龙第一家砖木结构住房（第 182 页）；张发瑞年过半百请客上梁（第 208—209 页）；董四代上梁收礼（第 236 页）；张树华 44 岁竖五间新房（第 239 页）；张四春竖房，本村 169 家挂礼（第 271 页）；张路八树新房，全村人挂礼送米面（第 405—406 页）；董二愣和张玉发两家竖新房请客（第 412 页），另有村民偏阁改造、冲土墙、换瓦等不赘列。

成家立业、安居乐业是几千年积淀下来的厚重的中国人的民俗心理，于每位村民个体来说，一辈子的最高成就之一就是能建一座房，这和前述中隆重地为最终归宿立好玉柱是同样的心理欲求。因而，阳世间的竖房子和早早立好的阴宅玉券，都是每个村民此生一世身心安居的重要场所，于是，建屋树房的上梁立柱、破四方与做生基、立墓碑的"竖玉券"、破四方的相关仪式和吉利词基本相同，这于乡土中国来说毫不奇怪。"墓'券'和房'柱'地位相同，因而点券和点梁的吉利话也同。只不过在破四方时，因为各人情况不同，主持人可以就事论事灵活运用。"①

剑川木匠滇中闻名，掌墨木匠大师傅在民间被尊称为"山神"，其技艺传承据记载也是靠着鲁班祖师传下来的"民家调"（即白族调，白族以前自称和他称"民家"），口口相传：

　　　　方五斜七不用量，见尺收分两山扬，九五方墨出六角，鱼抬紫金梁。
　　　　四柱不齐为下欠，上七下八短就长，圆是过心三倍一，飞角架龙马……②

---

① 李绚金日记，《石龙新语》，第 209 页。
② 陆家瑞收集：《"木雕之乡"的由来》，载张文、陈瑞鸿主编《石宝山传说与剑川木匠故事》，云南民族出版社 2003 年版，第 133 页。

择吉上梁前一天,掌墨木匠就要举行仪式将建房所用木料的树神"木气"送走①,使木料安于做人间屋宇栋梁。上梁当日念吉利词、公鸡冠血点梁券、然后丢馒头"破四方":

> 馒头一个丢在东,夫妻双齐像双筷,勤俭二字值千金,幸福在我家。
> 馒头一个丢在南,几个兄弟皆齐全,弟兄都团结,如意大吉祥。
> 馒头一个丢西方,三男一女好欢心,家和人和万事和,一切都顺利。
> 馒头一个丢北方,上梁正遇紫微星,亲朋都来贺,如意大吉祥。②

众叫"好!"同样争抢四方红馒头。
给中梁披上红布,挂梁衣:

> 一件红袍披金梁,你在山中做树王,今日张家竖玉柱,用你做中梁。③

众叫"好!"气氛热烈。

山花体白曲的应用还远远不止这些仪式场合。如果说,一种民族语言中的成语、谚语、格言或俗语,是民族生活智慧的高度提炼和浓缩精华,那么,剑川白族民众大多就已将这种"结晶"借由韵律和谐、高低协调的"七七七五"山花,代代相传口口相诵。据段炳昌记载,他父亲生前就辑录了各种剑川白语成语、谚语和俗语383条,还据此把这些哲理性很强的白族格言,用了山花体的格式,编成了《白语贤文曲》,竟也达304行之多。④ 剑川民间生活中,稍有留意(听、学白语)就可发现,这样的山花格言,时不时就可从操白语的普通民众口中冒出,言简意赅,韵味无穷。

---

① 李绚金日记,《石龙新语》,第239—240页。
② 同上书,第209页。
③ 同上。
④ 段炳昌:《民间生活与习俗》,云南民族出版社2008年版,第16页。

小　结

本章从剑川白族民俗生活世界这一更大的原生态场域范围内，对歌会、白曲作了更深入、多方位的比较和解读。对朝山歌会和歌手的地域性特征、民间节日体系中歌会原生态的相对“弱势”也做出了基于融入式田野调查的实际评估。本章还在文化主体自己的“声音”里，从其整体的生活场中、生活流下，发掘辨析出白曲在村民日常生活、生命历程中不可忽视的生活相价值，再次确证了歌会及白曲有其在剑川民间活态生活中的活态生活相，有其作为非物质文化遗产继续传承、传递人类优秀精神价值的内核。本章也在论述和比较当中，驳斥了个别地方人士与外界①想当然的“白族青年男女西部情人节”的荒谬。

作为国家非物质文化遗产的石宝山歌会，就在本章深度田野的原生态考察中面对着如下实际问题：

第一，歌会、歌手的地域性特征，在剑川民间本身就受着某种程度上代表贫困落后的“地域性歧视”，那么作为国家民俗类非物质文化遗产项目，如何才能既发展了经济又保护了文化？

第二，民间节日系统中，地方政府能否借力国家“习俗类”非物质文化遗产政策，既部分尊重了朝山歌会的原生态基色，又力挽了当下显著的民间也不愿见的“颓势”？笔者的学术写作能否于此有益？

第三，白曲，由于被其传唱主体不可或缺地应用于人生、生活中的诸多重大场合，生命意识和人生关怀的角度引入，更让原生态的白曲显示出其活态生活活态传承的必然性与重大意义。那么，国家非物质文化遗产在此有否偏视？

也就是说，本章对歌会、白曲民间原生态的多角度、全方位的解读与

---

①　在笔者看来，是当代社会经济背景下，诸多诱导因素共谋合力制造了诸多“原始状态的、没有社会发展形态的、不受（传统）道德（文明）约束”的原（始）生态的幻象。中国传统伦理道德约束下对情、恋甚至性的相对封闭、压抑与克制，已在当代的时代和社会氛围下有了较为宽松的评判尺度。如，中国当代语境下的“情人”、“情人节”已不再承载过多负面道德评判和舆论压力，甚至有了较为积极和正面的意义。“外界”是笔者在此表述中几乎无法明确具体对象实体的无可奈何的择词。本书也以为，与其对“外界”这个并无具体面目的巨大的“对象”进行批判，不如从自己学科本身的自省开始；正如“社会”可以是我们任何一个人都可以批判的“对象”，但批判“社会”不如先自我批判，自省才能自知。

阐释,已经证实其并非完全就是地方政府官办歌会的主旨诉求,更非地方个别人士趋炎附势的文化捏造。在全球经济一体化的时代潮流下,在当前中国区域经济发展的事实差距和少数民族边缘文化的国情下,是否也有类似原本是"地域性的歧视"渐而演变成了更大的,代表偏僻、落后、不"文明"、不"现代化"、"野蛮"等的"内部的他者"的想象?只不过,商品消费主义的时代,这些偏僻、落后、不"文明"、不"现代化"、"野蛮"反而成了"稀缺的"、"不可再生"的资源,可居奇货,大有利图。从而,自觉不自觉地,官方、地方人士甚至民间都以"外界"的"内部他者想象"要求来改变、来迎合、来"僵硬扮演",其结果,很难保证不一定能讨得"外界"欢喜,反而连自己原生态的灵魂也丢了。那么,当前同样作为政府主导行为的国家非物质文化遗产保护运动,如果其行政执行力、文化决断力和财政投入权是完全交由各地方政府,而地方政府又全权委托地方文人来执行运作,作为事实弱势一方的民间民众还能否再真实地发出自己的声音,并且能被"倾听"到?笔者唯愿本书的学术写作生逢其时!

也许步履维艰的官办节日是时候思考政府红头文件中"还节于民"究竟到底意味着什么了;也许个别人士的"原始群婚"、"白族青年男女西部情人节"定义是该感到羞愧了;也许前二者是时候俯下身来倾听民间、民众的朝山+唱曲的真实意愿是什么了。至少,撤销了"贵宾席"就可以让出更宽、更大的空间让群众更多、更好地团团围坐在舞台上。

第六章

作为民族语言文学艺术
精品的剑川白曲

　　石宝山歌会以歌唱白曲为其主打活动，白曲于石宝山的歌唱却只是白曲类型之一个方面——情歌小调。如果说朝山的民间宗教性质，一段时间内还不会得到国家意识形态的"宽松"政策，那么地方政府保护这个国家非物质文化遗产节俗活动的"唯一"着力点也还只有对唱白曲。这也就是说，假如只有情歌小调在歌会演唱、外界对白族曲艺的了解仅只通过歌会这一特定时空，那么不但是对白曲作为民族文艺的相当褊狭的理解，石宝山歌会也将会继续"僵硬扮演"所谓"原生态民歌"的"幻象"。

　　本章将对作为民族语言文学艺术精品的剑川白曲的其他类型作一介绍，并试图将其民俗文艺生活相的学术话语论证贯穿全书原生态民间生活的立场，穷尽本书对"歌"与"会"的"全方位原生态"观照。原生态民歌白曲作为优秀的民族民间语言艺术，承载、寄托了白族丰富深厚的民间生活智慧和生命意识感悟。在这个意义上，石宝山歌会要想唱得远、唱得久，也得赖白曲的生活相继续在丰富的民间日常生活中汲取营养，获得更为深广的生命力。

　　值得特别注意的是：剑川白曲是用剑川白语演唱的一种山花体民歌艺术，民族语言的使用，使其并非能为同操白语北部方言的白族所听懂，也就谈不上喜爱，更遑论能被民族属性为"白族"的全体民众所认同，这就是说，"白族"的民族属性不指代"应该懂"白曲。这也正如并非汉族就能听得懂"国粹"京剧、并非中国人就"应该会"功夫一样。任何不经分析的泛化标签定义都无任何意义。这样尤其提示了国家非物质文化遗产保护任务的艰巨性。本章将继续秉持朝向当下田野的视角，观察描述传统白曲艺术类型、作为白曲艺术持有者和享用者对传统白曲和新编本子曲的新技术改造、新生代歌手群演唱活动和杰出老艺人的当代创作四个方面，论证白曲作为白族的民族语言艺术精品，值得本民族重新发现和珍爱;而民间的白曲歌手,也正是白曲能实现活态传承的绝对载体,对他们的关注与保护,也就是对作为民族语言文学艺术精品的剑川白曲的保护与尊重。从这个角度说,这也才能真正激起传承的内在动力和活力。

第一节　白曲艺术类型概述

白曲是能将跨县域的部分白族群众团聚一起,以其语言表现艺术、生活艺术和文学艺术的魅力获得白族群众喜爱和认同的重要媒介之一。本书歌会对唱实录已有有情调①和无情调②两种艺术类型例举,悼亡白曲③和上梁立券吉利词④也有石龙白曲村日常生活中的实例。白曲艺术类型不止于此,否则无以解释同操大理白语北部方言的剑川、丽江、兰坪、洱源等地白族对之的喜爱。本节查漏补缺,再作相应补充扩展。

一　"隐字尾"语言和白曲

对语言的精妙应用和锻字炼句也是展现白语和白曲艺术的一个重要类型。白曲现场创作中常会出现"隐字尾"的句子:借一些固定形式结构的成语、

---

① 另见张文、陈瑞鸿主编《石宝山歌会传统白曲》,第3—63页;张文、陈瑞鸿主编《石宝山传统白曲集锦》,第3—55页;施珍华、陈瑞鸿、李文波编译《白族本子曲》,第383—571页;张笑主编《剑川县艺文志》,第306—349页;等等。

② 另见张文、陈瑞鸿主编《石宝山歌会传统白曲》,第50—59页;张文、陈瑞鸿主编《石宝山传统白曲集锦》,第56—60页;张笑主编《剑川县艺文志》,第349—352页;等等。

③ 另可见张文、陈瑞鸿主编《石宝山歌会传统白曲》,第191—198页;除有《叹亡白词》、《三献礼白词》实例外,据引侯冲《云南阿吒力教经典研究》,还有其他如"法宝白词"、"佛宝白词"、"僧宝白词"等阿吒力宗教类型佛腔唱诵于超度亡灵法事上,中国书籍出版社2008年版。据施珍华收集考证:"佛教经书中插进一段运用白族民歌本子曲的形式来讽诵也是白族独有的,因为白族的一般群众乃至一些知识分子都很难听懂经师们所念汉语经书的含意,用白语歌谣的形式来讽诵,一般群众也都能听得懂。"(第365页)另见施珍华、陈瑞鸿、李文波编译《白族本子曲》,收集有《守孝歌》、《送丧调》、《灵前哭娘》、《女儿祭母》、《祭夫歌》、《姊弟姐歌》、《白语经》等,第327—365页;张文、陈瑞鸿主编:《石宝山传统白曲集锦》有《祭母经节选》,第73—74页;张笑主编:《剑川县艺文志》有《祭母灵节选》,第292—294页,等等。

④ 此类山花体的吉利词通常由泥、木、石工匠掌握,也主要以念诵形式使用,未被文学性质类的各种白曲收集本收集。不过笔者从民间收集到的各式各类山花吉利词,都可证明其应用范围之广,不可被"白曲"这一"文学类型"所忽略。如宝相寺知名居士,沙溪甸头村人杨镇鼎提供的其自创吉利词:《宝相寺十子十妹开光仪式(吉利词)》、《宝相寺二殿诸佛像开光庆典(吉利词)》、《石宝山宝相寺悬空普渡踩桥法会并金顶寺文宝塔奠基典礼(开幕式吉利词)》、《献给宝相寺会友》、《十殿王重装开光吉利调》,按其说法,这些个人创作都在相应的场合隆重念诵,收到极好效果(普通民众能听懂)。下文将会再谈到杨镇鼎的其他白曲创作。

谚语，故意省去说最后一字，实际最后一字才是关键。如问贵姓，答曰"赵钱孙"，隐"李"，表示自己姓"李"；或答曰"一刀两"，隐"断"，姓段。这在日常对话中也常有出现，既显现自己对语言的掌握运用，又表现自己的幽默风趣，如：香训木脸千登千——香训木（耳）千登千（过），"耳过"，白语，"耳聋"的意思；中本介你害几打——中本介（温）害几打（敏），"温敏"，白语，"眼睛看不见，眼瞎"的意思。①

二　"一字歌"

每句唱词里都有一个相同或音相谐的字贯穿始终，有的甚至可每句出现的位置都相同（特指汉字型白文，汉译之后有变化），以"新"字歌为例：

> 新娘作客去外边，崭新衣裳身上穿，新人初到亲戚家，躲在薪垛边。不料薪垛垮下来，新娘压在薪下边，新郎吓得一声叫，心跳了半天。②

三　"反意歌"

所描述的人、事、物与客观实际全部相反，以其背离现实的"陌生化"效果达到正话反说，反意正举的艺术化效果，如"鬼把阎王爷管住"、"初三那天月儿圆"、"下雨晒死人"、"黄牛钻进土罐首"、"大火烧着冷浸田"、"风不吹也树摇头"等，以"竹叶沉重石头轻"为例：

> 你给信，（方言，你相信吗？）竹叶沉重石头轻，蚊子抬着大橇杆，扛到房头顶。虎皮花猫去耕田，水牛捉鼠好本领，两只公鸡学马叫，马啄马相争。③

四　"寓意曲"

这更充分体现了白族民众对生活的细致观察和细腻感受。以对对象的精细细节描述，揭示社会生活中一些不合理现象和矛盾，透过现象看本

---

① 李绚金日记，《石龙新语》，第264页。
② 张文、陈瑞鸿主编：《石宝山传统白曲集锦》，第87页。
③ 同上书，第94页。

质,寄寓深刻思想内容,充分展现了民间艺人高超的观察能力和语言提炼能力,如《母鸡抱鸭》(母鸡孵化鸭蛋):

　　母鸡:　母鸡说给小鸭听:
　　　　　到底你是哪个生?
　　　　　整整抱你一个月,
　　　　　费多少苦心?
　　　　　为你脱落一层毛,
　　　　　嘴唇干裂喉咙疼;
　　　　　水米不沾如重病,
　　　　　问你可知情?

　　　　　你一下地呱呱叫,
　　　　　摇摇摆摆到处奔;
　　　　　一日三餐啄喂你,
　　　　　大口大口吞。
　　　　　如今长大昧良心,
　　　　　越是教你越不听;
　　　　　谁知你的良心丑,
　　　　　实在伤我心!
　　小鸭:　你说伤心怕不会,
　　　　　说话不知厚脸皮,
　　　　　何时背我抱过我,
　　　　　何曾把我喂?
　　　　　你那嘴巴尖又长,
　　　　　我生的是扁圆嘴,
　　　　　你说你是我妈妈,
　　　　　你该会凫水?(该会,方言:会不会)
　　母鸡:　过了河水丢拐杖,
　　　　　无情鸭子坏心肠,
　　　　　养儿防老靠不住,
　　　　　白辛苦一场。

池塘积水为防旱，
养儿想过好时光；
谁知遇着不孝儿，
两眼泪汪汪。

骂声我儿鸭子心，
翻过脸来不认亲；
喝酒吃肉自欢乐，
不想你母亲。

"母鸡抱鸭"是比喻，
老来无靠是真情；
儿子大了不认娘，
伤心不伤心？①

　　这样的比拟形象生动，广在民间流传的寓意曲还有《谷鸡子的歌》②，用拟人化的手法，描写田间的花谷鸡一年到头辛苦劳作奔忙，得不到鼠姐、雀妹的帮忙，收获季节却由他们窃食而去，天寒地冻儿女嗷嗷待哺，向他们借粮却又遭拒轰出门外，"通过田间动物拟人化的刻画，既幽默风趣，又饱含辛酸，每次演唱都催人泪下，引起听众的愤慨"。③《乌鸦与箐鸡》，则解释了箐鸡凭其花言巧语骗得乌鸦为其涂绘五彩锦衣，乌鸦反只泼得一身墨④；《松与棕》，写松树大哥悉心庇护下的棕树小弟才得以度严冬，当它派遣棕树小弟先去打探坝子田园的肥田沃土打算共同移居时，却

　　① 见施珍华、陈瑞鸿、李文波编译《白族本子曲》，第578—580页。另见张文、陈瑞鸿主编《石宝山传统白曲集锦》，第139—141页。
　　② 施珍华、陈瑞鸿、李文波编译：《白族本子曲》，第573—577页，香港天马图书有限公司2003年版。另见张文、陈瑞鸿主编《石宝山传统白曲集锦》，云南民族出版社2005年版，第135—138页。
　　③ 施珍华、陈瑞鸿、李文波编译：《白族本子曲》，香港天马图书有限公司2003年版，第577页。
　　④ 施珍华、陈瑞鸿、李文波编译：《白族本子曲》，香港天马图书有限公司2003年版，第581—584页。另见张文、陈瑞鸿主编《石宝山歌会传统白曲》，云南民族出版社2011年版，第187—190页。

被棕树背信弃义,搬弄是非独霸田园,后世为惩其恩将仇报的罪行,千人万人共剥其皮,暴露其黑心肠①,等等。

五 咏物曲

这类咏物寄情抒怀的白曲不一定有批判或揭露意义,从松、竹、梅、兰、菊到昆虫、蚕豆、烟锅、鸡蛋、拐杖都有妙趣横生的形象描述,其中大可见出白族民间艺人丰富充盈的内心感受和细腻活泼的生活情趣。

六 礼仪曲

另外还有一些礼仪场合下的"迎客调"、"祝酒调"②、"出嫁歌"、"嫁女调"③,等等。前者笔者听闻于一些宴请场合,后者存在于一些传统白曲选辑当中,笔者未在田野中听得,也未见李绚金日记对其提及,应已让位于婚礼其他礼仪,也是值得重视的现象。

七 农事生产曲

与农业生产密切相关的白曲,据张笑1998年春节正月十五的田野调查,还见于沙溪东富乐村。为迎接春耕农业生产,借耍牛鞭策勤耕的"达额勾"(耍牛舞),同样也可见于农历正月初五至正月十五期间,剑川弥沙乡的弥井、岩洞、江头、大邑;沙溪镇的上下江坪、东西富乐;乃至洱源县的西山、乔后、大树、温坡、米子坪、哨坪等山乡,是各村社春耕前的一次重要娱乐活动,配合各村的本主祭祀进行。④

据其田野描述"达额勾"如下:

村民扮有鹤发童颜老人,提篮有籽种;乌黑长须老人,肩扛木犁背插旱烟;两头耕牛由四小男孩装扮;一对扎冲天桃髻的小孩子;画丑角妆容的"哑巴";男扮女装的一对白族"姑娘"给犁田的一对小伙子送饭,"姑娘"小伙子对唱"情妹想情郎"、"情郎恋情妹"的白族调子,唱到

---

① 施珍华、陈瑞鸿、李文波编译:《白族本子曲》,香港天马图书有限公司2003年版,第589—593页。另见张文、陈瑞鸿主编《石宝山歌会传统白曲》,云南民族出版社2011年版,第142—146页。

② 张文、陈瑞鸿主编:《石宝山歌会传统白曲》,云南民族出版社2011年版,第60—63页。

③ 同上书,第69—72页。

④ 张笑:《剑阳湖畔话神灵》,第16—17页。

"无情调"时惹怒了"姑娘"……双方不依不饶又不舍不分……"哑巴"趁机插科逗趣、牵牛拉尾，牛对哑巴也"牛脾气"大发，角顶蹄踢，拒不顺从，引得村民哈哈大笑。

其时，鹤发老人首先面向东方道祝词：撒种撒朝东，蝴蝶采花闹哄哄，村里才男配巧女，孙子胖咚咚。观众齐喝彩："好!"种子撒东方，观众用草帽、围腰去抢接种子，据说，抢到的种子放家里的籽种里，当年的收成就特别好。

图6-1 永和乡永和村本主会，放鹧鹰者（右二神像）与鹧鹰（右一）陪同本主共同出游，享受村民们的歌舞娱酬（2011年）

乌发老人面朝南方道祝词：撒种撒朝南，家家粮食满新房，老幼穿红又穿绿，个个喜洋洋。观众齐喝彩："好!"又撒种村民又接。

鹤发与乌发分别向西、北两个方向：撒种撒朝西，叫声娘来叫声爹，敬老爱幼是美德，代代有根基。撒种撒朝北，村里年年出人才，耕读传家勤苦练，平安保万代。

然后鹤发、乌发两位老人一起在坪场中央唱道：撒种撒中央，盛世国泰又民安，清平和睦勤耕种，福禄寿满堂。①

---

① 张笑：《剑阳湖畔话神灵》，第17—21页。另据李绚金日记，2005年石宝山歌会开幕式演出新增了沙溪联合村耍牛舞，其如是评价："此舞在本主节时表演，属祭祀兼娱乐的性质，可以这样说：'土得不能再土了。'但恰是这'土'体现了白族民间歌舞的特性，是舞蹈来源于生活的有力证据。""今年石宝山歌会新增的'耍牛舞'别开生面，很受观众欢迎，也给歌会舞台增添了新的血液。"见《石龙新语》，第365—368页。

八　叙事性长篇本子曲

叙事长篇本子曲是最为白族民众所喜爱的一种白曲艺术。讲述身边（生活）故事、宣扬做人道理，有明确的"劝世"意味，故其演唱场域并不局限歌会期间，过去各村中的年节会期都会出钱米邀请著名的本子曲艺人演唱。史载有职业、半职业化的艺人，借农闲季节走村串寨演唱养家糊口。借由汉字型白文，民间至今仍有一些本子曲的手抄本流传。新中国成立后，经地方文艺工作者收集整理翻译的本子曲有《黄氏女对金刚经》、《鸿雁带书》、《出门调》、《李四维告御状》、《月里桂花》、《穷汉叹五更》、《青姑娘曲》、《老人谣》①，等等。其中又以《黄氏女对金刚经》篇幅最长，达3000多行，经历代艺人的锤炼加工后，在其表现生活细节真实和真挚情感的艺术感染力上更胜一筹。笔者于2010年9月9日在苏贵大大引领下去沙溪乡江尾村汤沛选老人家走访时，时年已93岁高龄的汤老人提及当年16—17岁时听唱《黄氏女对金刚经》情景，情绪依旧激昂，顺手抄起蒙尘三弦，撩拨定弦正音，自弹自唱了近五十句唱段，让我们都惊叹不已。这也可看出当年本子曲传唱之受群众热爱。②

图6-2　最右角，与本主们同享香火的放鹞者与鹞鹰

---

①　张文、陈瑞鸿主编：《石宝山歌会传统白曲》，第67—173页；张文、陈瑞鸿主编：《石宝山传统白曲集锦》，第151—260页；施珍华、陈瑞鸿、李文波编译：《白族本子曲》，第84—227页；张笑主编：《剑川县艺文志》，第393—436页；等等。

②　赵一平：《白族语〈黄氏女对《金刚经》〉研究——民间经典口头长诗的文学释绎尝试》，博士学位论文，复旦大学，2013年。

　　根据笔者的阅读和理解，试图对叙事性长篇本子曲在传统题材、主题和创作手法三个方面作一大致归纳，以方便与笔者收录的当代新编本子曲进行对比理解。

　　第一，传统题材：剑川木匠和马帮马伕通常是传统长篇叙事本子曲的主角。此类本子曲多以木匠们背井离乡"下夷方"、"走夷坝"①的"出门"（即现在的"打工"）和马伕马帮驮运远涉千山万水艰难险阻为题材。围绕木匠出门、马帮远行后，就有妻子的长夜五更思念和木匠马伕异乡为客、生活艰辛、思妻念亲的倾诉，如《鸿雁带书》、《出门调》、《五更曲》、《茶马古道相思谣》②等。另有《月里桂花》、《放鹞赶雀》③是以日常劳动场景下青年男女的初识、试探、相恋为题材。

　　第二，传统主题：多为记事、记史④、夫妻不同的家庭分工和家庭责任、上孝下养的中国传统孝道——如二十四孝行状等为主题和对人生各种贫病苦乐的生活化理解。

　　第三，传统创作手法：山花体白曲，基本上都能合辙押韵、高低律相谐。由于本子曲弹唱性质，创作上多以第一人称手法，由一个演唱者悉数将其中各种人物的心事苦楚一一道来，有一些如"五更曲"、"十二月调"的固定表达模式的套用。

----

　　①　夷方、夷坝，云南泛称如德宏、腾冲、临沧、西双版纳等地以傣族为主接近缅、泰的边境地区，气候四季炎热，自然资源和物产丰富，但又瘴疠丛生，水土不易适应。甚至"文革"前后都被普遍认为是本土生存无望之下的无奈选择，云南又广泛流传着"要到夷方坝，先把老婆嫁"等谚语。

　　②　"茶马古道"是新近学术化的一个名词，因受到学术、社会和民间的认同，故现在可见此类型白曲，包括阿鹏姜续昌在央视"原生态"舞台的竞赛曲，都已以"茶马古道"来命名。

　　③　过去剑川民间七八月稻谷灌浆期间普遍都是放鹞鹰赶田间小麻雀。鹞鹰展翅一飞，小麻雀就似吓破了胆，纷纷空中坠落。捉养训练鹞鹰有专门人家，喂养却要由全村人负责。每次上街，养鹰者手臂上停立着鹞鹰威风凛凛地走在街上，屠户或需用鹞鹰的人家见到就得主动割、买较好的一猪肉块送给养鹰者。此曲就是一位养鹰者与农村少女的相恋曲。2011年9月10日笔者参加了剑川永和乡永和村"迎本主"，该村本主庙本主旁边就树有一位脚下站着一只鹞鹰的青壮年农民形象的"神"，共同配享香火供奉。本主"巡游"时，"鹰"与"主人"都要"陪同出行"雕像（见图6-2）。这尊"神"极为广泛地见于剑川乡间各村的本主庙中（见图6-1）。但是目前据说可能除了山区山脚下极个别小村庄还有使用此生态法，绝大多数农田里都只能是遍插各色破烂塑料袋来驱赶小麻雀了。与此生活农业民俗相关的白曲演唱也只能停留于经典。

　　④　如《李四维告御状》，就见载于《剑川县志》第16页："清乾隆三十三年（1768），剑川甸南乡西中北村木匠李四维，为兴修水利免除苛捐事，在乡绅王向极支持下，只身到北京'告御状'，申诉民间疾苦，虽胜诉，却被充军云州，客死他乡。"又如各种"兵灾匪乱"本子曲，都有事实根据："民国十一年（1922），洱源罗高才率部到沙溪寺登一带抢劫，烧毁民家10余家及兴教寺外院。""民国十五年（1926），各地匪部声势浩大，先后有张正才、刘兴武、杨仁源至剑川境内骚扰，六月十四日，剑川县城失陷，代理县长杜超英投降匪众。其间，七月二十三日，沙溪人杨德龙（杨大老倌）率部入城，踞城半月余，不扰民，抢劫部分富豪，烧毁田契租约。"见《剑川县志》第28页。

第二节　多媒体技术下的白曲经典
演绎与新编创白曲

图6-3　部分白曲音像制品

新中国成立以来，白曲艺术家们就对民间传唱、手抄的白曲进行了大量地搜集整理和翻译出版，成果丰厚，功绩卓著。不过这也即是说，传统白曲被凝固和封存在纸质载体之上，难以想见其传唱神韵。笔者不否认表演理论给传统民间文学研究带来了新的学术增长点，也尝试在上文对现场收录的情歌对唱作了表演学意义上的民族志描写，然力有不逮，笔有晦涩，笔者不认为对现场民歌对唱的线性单向的文字描写已尽得表演理论精华。那么，当科技进步工具普及使得本土的传承人也自然地选择了从此"武库"中择其经典，进行多媒体技术的重新演绎，甚至也有了新创作的尝试，这些都在改造着传统白曲的演唱形态，也改变了传统白曲的生存状态，甚至歌手的定位、白曲的价值立场也都在部分随之改变，那么，作为以整体生活论为学术取向、以民间文艺作品的生活相探究为学科旨趣的文艺民俗学自然应当与时俱进。在这个意义上，笔者不认为作为可消费商品的机械复制的白曲音像品，就意味着"原生态"的消失。"回到原来的生产劳动情景下的歌唱"的"原生态要求"，是一种可以理解但绝对非公平非正义的"话语暴力"甚至"行为暴力"。

本书朝向当下田野的原生态立场，自然也就是对白曲艺术持有者的"武库""版本"升级、"武库"新造的当下活动进行观察、描写和思考。在某种程度上，笔者认为这或许可减轻学术论文文字写作方式对口头艺术的"表演性"描述的压力。

根据笔者目前对市场发行的 VCD、DVD 白曲音像光盘的收集（约85% 以上）和观看、阅读，按发行先后顺序（见图 6-3）①，先以列表形式陈列简述，然后再总结探讨。

光盘名	制作/出品人	曲目	演唱/表演者（以光盘封面署名为序）	场景、服装、表演及内容简要提示
多彩剑川	中共剑川县委宣传部	1. 阿鹏牵着金花走 2. 相见难 3. 花配柳 4. 茶马古道相思谣 5. 石宝歌会白曲飞 6. "爱"字歌 7. 松与棕 8. 东山放羊调 9. 心肝票（小心肝） 10. 五月田中曲	阿鹏 黄四代 李宝妹 姜宗德 李福元 姜玉山 施益瑞 赵家玉	1. 男歌手弹三弦与女歌手在风景较佳处或适应歌词的相应场所弹唱，歌手演唱过程中都配合有一定的表情、动作等表演。 2. 除通常的男女对唱外，有根据传统本子曲的角色设定，分别有歌手角色扮演兼演唱。 3. 通常来说，男歌手服装多为对襟白汗衫，外套羊皮坎肩或蓝色扎染夹夹，下着黑色宽腿裤或绣花边白长裤"新阿鹏"服；女歌手穿常见大理新金花服，有颜色和款式的细节变化（备注：基本都不是剑川本地白族服装）。 4. 有应歌词、表演需要的多场景、多角度的镜头、画面简单切换和长焦近焦的基本推进，也即其摄录、制作设备并非专业。 5. 伴奏乐器绝大多数仅为三弦。 6. 围听群众多以身穿传统剑川白族服饰的中老年妇女为主，也有部分歌舞演员在旁表演。
茶马古道恋歌	李宝妹白族调演唱专辑	1. 黄氏女对金刚经 2. 老鼠提亲 3. 浪子回头 4. 放鹞曲 5. 青姑娘 6. 月亮出来白生生 7. 茶马古道恋歌	李宝妹 李福元 李繁昌 李四益 李四兴 三弦伴奏：李繁昌	
牵心索—白族相思调	李雁举 李景元	1. 出门恋 2. 分路不分心 3. 蜂花恋 4. 母鸡孵鸭 5. 出门相思 6. 夜半弦声	黄四代 李宝妹 三弦伴奏：胡汝清	
石宝山传统名曲	剑川县旅游局、剑川县风景名胜区管理局、剑川县文化馆	1. 鸿雁带书 2. 秧鸡曲 3. 泥鳅调 4. 老人谣 5. 报答父母恩 6. 穷汉叹五更 7. 劝夫五更曲	李宝妹 姜宗德 李根繁 三弦伴奏：姜宗德	
开放的方壶山欢迎你	王龙 李宝妹	某商人、公司的宣传唱片	姜宗德 李根繁 李宝妹 施益顺 陈建松 三弦伴奏：姜宗德 李根繁	

---

① 民间有一小部分自制无正式出版批号的刻录光盘，但制作实在粗略，演唱者也汲汲无名，所唱曲调口音严重，不忍卒听。另外，正式出品人的民间盗版也较多，因此大部分都无寻其正式出版日期，笔者根据寺登街音像店店主自述其进货时间来做此排列，也不再将歌会现场版的刻录光盘陈列其中。

续表

光盘名	制作/出品人	曲目	演唱/表演者（以光盘封面署名为序）	场景、服装、表演及内容简要提示
梁山伯与祝英台	梁贵发 段亦平 李根繁	梁山伯与祝英台	李根繁 张小发 施益顺 姜伍发 杨义祥 张福妹 三弦伴奏：姜宗德	李根繁演员外，施益顺演祝英台，张小发演梁山伯，都身着新金花服、新阿鹏服；有简单道具和场景。
黄氏女对金刚经（上、下集）	段亦平 刘宇辉	黄氏女对金刚经	黄四代 李根繁 姜宗德 李宝妹 施益顺 杨唐坤 张五妹 邱雪兰	李宝妹演黄氏女，姜宗德演赵联芳，黄四代一人分演医生、城隍和阎王三个角色，等等，都是穿民国时期汉族对襟衣服饰，其中黄氏女游十殿时还有相应的简单道具和布景。
白乡情	李宝妹	1. 白月亮白姐姐 2. 三弦传知音 3. 青姑娘 4. 肖拉者 5. 泥鳅调 6. 温情永远 7. 盐马情歌 8. 恩情 9. 新鸿雁带书 10. 白族酒歌《具坝朵》	李宝妹 电子器乐合成配乐，有汉字型白文字幕，可用于白语演唱卡拉OK。	白曲"民歌风"新唱专辑。非传统白曲演唱风格，包括取景、服装、妆容、MTV拍摄都是中国式的"民歌风"。
白族民歌新唱情洒白乡	姚国珍 姚福花	1. 有情调 2. 出门调 3. 家乡情 4. 无情曲	姚国珍 姚福花 三弦伴奏：施永才	两位歌手是丽江九河白族，故服饰是其当地服饰的舞台装。唱调有刻意靠近白语北部方言的倾向；所谓"新唱"是将如手机、电话等"新鲜"词汇融入"思念"情中之类。
孝老爱亲调	杨镇鼎创作之一 宝相寺佛教管理委员会	新编本子曲：孝老爱亲调	李根繁 姜宗德 施永妹 张海花 三弦伴奏：姜宗德	两位女歌手完全身着剑川大部分坝区白族妇女日常生活中的传统服饰——黑布包头、灰色左衽大襟宽袖长衫，外罩黑、青两色拼布左衽坎肩，腰围青灰布大围腰，以长带顶部挑花刺绣围腰带系上，脚穿白布绣花鞋，即：全身以黑、灰为主，仅围腰带尖及鞋面带有少量绣花。甚至妆容都比不了其他的"艳丽"。

续表

光盘名	制作/出品人	曲目	演唱/表演者（以光盘封面署名为序）	场景、服装、表演及内容简要提示
禁毒戒赌调	杨镇鼎创作之二 宝相寺佛教管理委员会	新编本子曲：禁毒戒赌调	李根繁 施永妹 姚福花 三弦伴奏：姜宗德	女歌手施永妹穿各式大理新金花服，姚福花穿丽江白族舞台服，李根繁穿新阿鹏服、生活装等。
山青水秀白乡美	杨镇鼎创作之三 剑川县旅游局	新编本子曲：山青水秀白乡美	李福元 施永妹 三弦伴奏：姜宗德	本曲主要是剑川山水人文的赞美曲。歌手青春亮丽，造型多变。但民间普遍认为汉语词汇太多、词句重复多次，有陈词套话。
情满白乡	杨镇鼎创作之四 杨镇鼎	新编情歌对唱：情满白乡	李福元 施永妹 张佳益 三弦伴奏：李福元	歌手青春亮丽，服饰多以舞台装的新金花服、新阿鹏服居多。民间也认为套用原有石宝山情歌情语模式太多，并不算好听。
老人道情	马桢	杨泽周创作《老人道情》、李根繁收集整理《生死恋》	李根繁 李繁昌 姚福花 张五妹 张佳叶 三弦伴奏：李繁昌	女歌手穿丽江白族舞台装。其中《老人道情》与《老人叹》等同题材传统本子曲有较多相似；《生死恋》则据苏贵评说民间叫《打胎曲》——男女有私情，女方私自打胎致死，老一辈中流传较广，但也相对讳莫如深。此曲仅有开头——相识、相恋；结尾——女方"偶患风疾"不治，男方到其坟头哭诉生死不变情。

再予总结明晰：

第一，民间广为流传的经典白曲各类型：情歌小调、寓意曲、咏物曲和叙事性本子曲大都已改编、表演/唱、录制和发行。

第二，大多数民间公认的歌手，都是成长历练于多年石宝山对歌比赛的一等奖获得者，他们基本都参与了音像录影的拍摄、表/演唱；年轻一代歌手开始成长：如70后李福元、80后李繁昌和90后施永妹等。

第三，歌手"民星"效应明显，甚至有商业演出，歌手有个人艺术道路拓宽的探索：如阿鹏姜续昌有"白曲摇滚风"；歌后李宝妹有"中国式民歌"

MTV"民歌风"拍摄(前文已对阿鹏的表演有描述;后者据笔者歌会期间对购买过《白乡情》群众的随机采访,绝大多数都表示并不喜欢李宝妹改变白族调的传统唱法)。只要有李根繁参演的传统本子曲就是光盘畅销的保证。

第四,传统白曲男女歌手对唱和本子曲一人自弹自唱的形式改变为按唱词分配不同角色,各个角色分工合作,有相应的角色扮演和表演/唱。

第五,开始出现民间人士的新创作,尤其杨镇鼎(见图6-4)①新编系列之《孝老爱亲调》,是继《黄氏女对金刚经》后最为畅销的音像制品,甚至歌会当天即告售罄,当年供不应求,第二年歌会前又加急再版,也很畅销。据作者自述原因:题材有广泛的民间群众基础是其一,主题重大表演/唱朴实是其二,歌手完全身着剑川民间传统白族服装有认同感和亲切感是其三等。但其后的情歌创作明显脱离对唱实际,并不尽如人意。②

第六,除情歌"新唱"、"新创"外,一些由地方文人新创作的本子曲在题材、主题和表演/唱方面,与传统本子曲相比已有了一些变化:

图6-4　系列新编本子曲创作者杨镇鼎

1. 木匠主人公背井离乡的"出门调"、"相思调"不再出现。

2. 传统孝亲敬老主题延续——《老人道情》讲述父母艰辛抚育子女成长之恩,子女成家立业后应勤勉劳作,孝敬父母,抚育儿女成才,家和万事兴。

3. 也多了新生活内容——《孝老爱亲调》里唱到当下农村家庭生活的(部分)现实:有离退休工资的"父亲"会被子女争相小心奉养,伤风感冒都如临大敌,吃药输液、求神拜佛;而丧失劳动力的农民"母亲"

---

① 杨镇鼎为沙溪甸头村人,与笔者家庭有较频繁往来,此处总结根据杨镇鼎本人自述。
② 杨镇鼎是宝相寺居士,不是歌手,甚至自重身份不会参与宝相寺山脚下的对唱歌会。就其《孝老爱亲调》来说,题材有一定的农村生活(事实)依据,能引起农村老者的较广泛认同。

就如同"母鸡抱鸭"般，生儿育女身心俱损，劳苦终生老后却再无"价值"，被子女媳婿们推脱嫌弃、老无所依——影像片中就可看到，歌手身后作为拍摄背景的中老年群众眼眶湿润，有的还在抹眼泪。

4. 还有剑川民间当下热点社会问题：如当代中国甚至遍及农村角落里的赌博、毒品和艾滋病等危害，都有实际发生在民间、身边，严重危害个体、家庭的人间惨剧案例。

第七，从剑川地方学者如张笑等，到民间普通群众都开始关注到表演/演出的"服装"问题——至少新金花服绝对不是本地白族服饰，也有被穿"滥"的视觉审美疲劳，而剑川本地民族服装又太过朴素和生活化，不适应舞台展演（然其自然引起的亲切感和认同感也是《孝老爱亲调》畅销热卖、由作者自我总结出的一大原因）。

笔者在较长时期的沙溪乡村生活中也观察到这样的现象：就沙溪镇来说，由于地理位置较优越，远如弥沙乡、洱源乔后镇白族大多会在每周五沙溪街来赶集，各种白曲光盘包括歌会现场的刻录盘都有较好的销售量，寺登街临街的小铺面有时也会全家人聚在一起看最新的白曲光盘。笔者也参加过堂妹、农村亲戚等民间普通家庭的几场婚礼，当下最新热卖的白曲音像品甚至就会在新婚家庭正中堂屋的电视机里热热闹闹地大声放着。不过有意思的是：如果是《孝老爱亲调》、《黄氏女对金刚经》之类的本子曲，笔者的爷爷等老者们大多就会聚集在堂屋里似听似不听地闲坐一块，抽旱烟、喝茶，偶尔还会交流一下谁谁谁唱得好/不好，哪哪哪唱得好/不好；但如果是情歌对唱、新唱，爷爷等老者们就会坐在院子向阳的一个角落，晒太阳、抽旱烟、喝茶，堂屋里也就基本不会有人落座。剑川县电视台每周二、四、六晚 8 点 30 分的剑川新闻播报后，通常都会有李宝妹和姜宗德（兼弹三弦）的白曲新唱——如"十七大"会议精神宣唱、县政协会议精神通报等。

所谓民间文艺的"电子化"、"数码化"生存、传播已经是摆到民间文艺研究工作者面前的一个现实任务。

第三节 当前活跃的新生代民间 歌手及其相关演唱活动

前已述，剑川部分地域的民间虽然喜爱白曲，但民间评价里并不认为唱白曲是在"务正业"，甚至歌手自己也不完全认同唱白曲可以是个谋生的"正经事"。不过,随着社会发展带来的思想观念上的一定松动,特别是外出演唱、白曲光盘的录制、销售成了可赚得一定收益的经济来源之后,"兼职"活跃在对歌台、音像光盘里的部分歌手们的唱曲活动也有了一些变化。除了年节会期、接待外宣的邀请演唱外,主业农民兼做点小生意的普通民间歌手也与唱白曲、销光盘有了更多的关联。歌王歌后的成长经历、艺术成就可见于各种宣传报道中,更为乡土("绝对原生态")的民间歌手也无田野的可观察性,于是本节主要择选一些在民间较为活跃的,将演唱白曲与获得收益,甚至将白曲演唱作为一项(暂时性)职业规划的民间歌手们的成长经历及其最近几年的唱曲轨迹做些记录,从中或许可以判断白曲的某种发展趋势。

1. 李根繁

图6-5 歌王/霸 李根繁

李根繁(见图6-5),现任石龙村委会党支部书记。据他说,他从小就特别爱听村里老人"讲古"(讲古时候的故事,如三侠五义、水浒、三国等),过去火把节村里老人都要弹唱本子曲,连唱几天几夜都唱不完,有时为了听曲,自己还得上山砍松明,扎成小火把照亮自家才能请得老人前来弹唱。自己年轻时,尤其喜欢约上同村的年轻人到村里小河边的水碓磨坊去,因为那里都是小姑娘、二妈子们连夜舂碓的地方,有了他们小伙子去后,碓房里灯火通明,欢声笑语,连水碓都舂得格外快些和好些。歌会更是连唱几天几夜不会归家。① 1989年20岁那年在朋友的怂恿下第一次登台,没想到居然就拿了一等奖,当时的奖品是一套枕巾,也已让他兴奋

---

① 说到此他用白语向笔者先生辩解说:人家都说他在歌会上"乱"(方言:意思是乱搞男女关系之类的事),但他在石宝山唱调子都来不及,连人家的手都没摸过。2011年8月7日,笔者与先生在曾在石龙当过大学生村官的堂弟寸德平陪同下到了石龙村委会,访谈李根繁及姜伍发。李根繁也是笔者公公的固定病号之一。

不已了。从此年年登台对歌，直到前些年县文化馆通知他不能再拿一等奖了，要把机会给更多的年轻的新人。1992 年、1993 年在一位老人的提醒下开始学习弹三弦，让他的演唱如虎添翼。1999 年歌会成为剑川县民族节后，县里为了鼓励他出来唱曲，还让他和李宝妹承包了宝相寺停车场至今。他也一直活跃在石宝山对歌舞台上，作为石龙村人，积极参与着本村的唱曲接待和外宣活动，还参与、投资了多部白曲 VCD、DVD 的拍摄录制，其中就只有《梁山伯与祝英台》成本还未收回。村里走出了李宝妹、阿鹏姜续昌等重量级唱曲歌手，他们家里的生活境况由此得到巨大改变。阿鹏是村主任的儿子，被杨丽萍挑走后，自己也特别"争气"（方言：能干的意思），是村子里走得最远，甚至全世界都走过的第一个人，他们都是村里小孩子想要学习的榜样。但他和李宝妹，大理州都走不出去，外面人听不懂白族调。自从担任石龙村委书记后，他还与村主任姜伍发①主动义务办了三弦培训班，每周六晚免费为村里愿意学弹三弦唱白曲的孩子们上课。国家和县里现在都很重视石龙作为白曲村的建设，因此村里老人对自家小孩学弹三弦唱白曲也放松了好多，今年的三弦班就有 30 多个小孩子自愿来学。这几年火把节，村里唱曲子的也多了，许多小孩子甚至是家长抱着上台去唱的。他自己每年来自剑川其他乡、村和兰坪等地的演唱邀请较多，唱不过来就安排本村里其他歌手去，每人的出场费至少 500 元。村里老妈妈都抱怨说他把能唱好调子的人都安排去赚钱了，让自己村里的火把节都热闹不起来。不过，他依然很得意地提到，他是第一个敢在村里边弹三弦边走路的人，也是第一个敢在村委会院子里就唱白族调的人。

2. 李繁昌

李繁昌（见图 6 - 6）生于 1984 年 5 月，据其称，14 岁那年就上台打擂，但只得了鼓励奖，不服输年年上台比赛，16 岁那年学会了三弦，还得过二等奖的好名次。初中毕业后，2004 年即在云南民族村从事歌舞表演，2005 年到怒江三江艺术团做歌舞表演，2006 年在大理"五朵金花艺术团"期间，参与了央视"同一首歌·走进怒江"的歌舞演出。基本上大理州各县的白族调子都会唱都能唱、怒江州的普米族调子也能唱一些，相对来说，剑川调子更讲究肚才和押韵，更难唱。2008 年回到石龙村结

① 村主任姜伍发也是弹弦唱曲的一把好手，他多年担任村主任，近年来忙于村务，已不大唱曲。

婚生子。多年的舞台歌舞表演实践和经验让他直到 2010 年的石宝山对歌比赛都还是一等奖,不过文化馆也通知他不能再拿一等奖了,只能是陪其他歌手练。他过去在宝相寺与通明阁的唱曲经历用他的话来形容"简直是疯狂",连着七月二十六到二十九都不睡觉地唱,歌会结束后有时在家里要连睡几天才补得回来。而且只要有他们在,外村小伙子根本不敢上石宝山来与本村小姑娘唱。2011 年春节,他还被村里老人点名、自己也愿意,扮演了村里大年初二至初五都要唱的"乡戏"① 里的"财神",希望跳过"财神"后,当年财运要

图 6-6 李繁昌(左一)与来自大理的歌手们
对唱"大理调"

顺一些。现在除务农、松茸收购外,外村有邀请唱曲,也积极参与了一些白曲光盘的拍摄和录制,有些得自己负责销路,所以 2011 年歌会一结束他就要到大理凤羽去卖白曲光盘和歌会开幕式文艺演出实况刻录光盘。他说,能听得懂剑川白曲的地方主要有丽江的九河乡、兰坪县一小部分白族乡、洱源乔后镇、牛街镇等,那些地方主要看有李宝妹、李根繁和他的演唱就

---

① 石龙村至今每年春节过后,大年初二至初五都会在本村本主庙的魁阁带戏台上自娱自乐演出"乡戏"(滇戏之一种)酬本主大黑天神。平时有专人保管唱戏的服装、道具和剧本等,有固定的"戏师傅"负责化妆和在戏台上"提词"——念一句村民演员跟着唱一句——村民平时都无时间练习,现学现卖,图的是心诚、本主高兴和村民愉快参与。还有专门小乐队拉二胡、击锣打鼓打钹等。留存至今的剧本有《薛仁贵征东》、《穆桂英挂帅》、《双挂印》、《白玉带》等。云南大学白族调查研究基地有《石龙白族乡戏》一书出版,何明主编,云南人民出版社 2009 年版。

"跳财神"——村中每年腊月十五由多位戏师傅商量指定或某家某人表示自愿承头,就在哪家举行仪式立"大唐天子得道老郎神君之位"的戏神牌位,承头的会首从此到正月初五都要吃素、不与妻子同床,牌位前香火不断,直到大年初二由全村人敲锣打鼓到其家请出扮成"财神"的会首,恭恭敬敬、鞭炮响天地迎到戏台上,稳稳当当地蹀步四方,"开金口"念些保佑村里各家各人大吉大利大顺大发等吉利话。然后左手持金锭,右手高举鞭端坐戏台当中,脚踏(有人扮的)"伏虎",看着戏台上村民演出的乡戏,至演出结束都不能动,更不能出错,这叫"跳财神",否则与个人、全村人当年的福祉、财运等都非吉兆。

会买下，生意还行。他卖白曲光盘最远到过大理凤羽、大理三月街，销量马马虎虎。

3. 张四安

张四安（见图6-7），女，1985年生，石龙村人，现在沙溪寺登街经营"泡壶茶"茶室。与寺登街不算太多的外地人经营的茶室相比，张四安是本地人、白族、自己还能唱调子表演，于是在部分国内外旅游者的镜头下和记录中，她和她的"泡壶茶"

图6-7　笔者对寺登四方街经营"泡壶茶"茶室的歌手张四安进行访谈

都算得上特色经营。① 张四安自述，她的学曲经历也是从田间山林劳动过程中听其他人唱时不知不觉学会的，甚至当她也开口唱时，村里人都不太相信。她初中毕业后，一直与哥哥一道做些小生意，业余时间因为喜爱跳舞，2002—2003年在村里参与组织了石龙霸王鞭青年女子队，参加过村里好多次外宣接待，以前多是跳舞为主。2007年才开始尝试开口学唱调子，当年登台对调就得了三等奖，得到李根繁的大力鼓励。最为锻炼她的一次演唱经历是2009年"大理国际摄影节"，全县挑选了十男十女参与到这个全州性的活动当中，被分别安排到大理古城各个酒吧驻唱了十多天，其他人的嗓子都唱哑了，就她还好。2010年5月租下茶室后，她的演唱活动主要集中在自己的茶室里，生意还算好。有时也会穿着民族服装②演唱，客人来自世界和全国各地，本地人也会专门到这里休闲。有些外国客人比较热情，听她唱曲后也会唱自己本国本民族歌曲，这时候虽然大家都听不懂，但通常都是茶室气氛最好的时候。她也会积极地回到村里参加各种外宣接待，争取更多的锻炼机会；在沙溪镇有接待任务时，义务提供茶室免费演唱。2010年以来，她的唱曲活动主要有：大理绕三灵期间与姜宗德、李根繁到大理唱曲；火把节应邀到甸南乡某村唱

---

① 寺登街现在是世界纪念性建筑遗产，后文再详述。笔者乡居调查期间，差不多每天都要到寺登街散步，经过她的茶室。2011年8月2日，笔者专门对她进行了访谈，全程约三个小时。

② 她有五六套不同款式的大理新金花服，没有剑川本地民族服装。

曲。2011年以来除了经营茶室外,还在春节过后初二至初四到了洱源东山某村唱了三天的调子,获得一定报酬;正月十五都应邀到上兰、弥沙等地唱了几天;五月端午参加了兰坪的"东方情人节";7月20—28日,还与黄四代一道参加了上兰乡的"骡马会",唱了好几天;火把节时,还应上兰一个矿山老板邀请去唱了好几天。环顾茶室,她将一张2011年7月25日获得"老君山镇第25届骡马物资交流大会民间文艺赛特等奖"的奖状,挂在显眼位置,这于她在全县的歌会比赛常获的三等奖来说是个不小的荣誉。

据其说,每天清晨傍晚有空时,她会到寺登街旁黑潓江边吊一下嗓子,编几首调子唱唱,但总是会被田间劳动的村民和散步的寺登街人说一下;有时她穿着民族服装营业,周围开小铺子的当地人又对她指指点点,所以有时她都觉得自己坚持不下去,只好放弃。周围茶室的外地人老板本来也会请她去驻唱,但她自己开茶室后就不再有来往,在寺登街多少有些被孤立。

有时也会看到她在店里练弹三弦,她说女生要能学会了更好;至于学唱曲,她生病到家里输液时也在翻看《石宝山传统白曲集锦》;一本稿纸上自己描下了各种石龙霸王鞭舞的经典舞蹈动作图例;一个笔记本里还用拼音型白文传抄了些经典唱段。不过,作为只有一名雇员经营茶室的石龙村年轻女子,她也会遇到些沙溪本地人喝醉后在她店里的胡闹,这也是让她烦恼的事。

  4. 李福元

图6-8　洋金花王莉莎与其"师傅"李福元在《欢乐中国行·魅力大理》中演唱白曲(网络视频截屏)

李福元(见图6-8),1979年生,石龙村人,初中毕业后参与过设在石龙村的世界少数民族语文研究院东亚部的白语学校培训,成绩优秀,被聘请在白语学校推广本村的白语培训。他能弹能唱能编,由此还收了一名美国女孩王莉莎做徒弟,一字一句地教她背唱下了几曲白族调,两人搭档出现在2009年石宝山歌会对歌台上、2010年寺登街复兴工程"中瑞(士)签署沙溪寺登街复兴工程四期谅解备忘录"签字仪式上和 2011 年央视"欢乐中国行·魅力大理"舞台上。李福元也在较多白曲音像制品参与表演/唱，并因其曾参演过"来波爹"一角，民间都称其为"来波爹"。

5. 施永妹

图 6 - 9　手执话筒歌唱者为施永妹

施永妹（见图 6 - 9），1991 年出生，弥沙乡人，小学毕业后一直从事各种零工，十五六岁左右登台比赛就得过一等奖。由于会唱曲、形象较佳，较长一段时间都在李宝妹开在县城的"曲之灵"茶室从事服务员兼唱曲工作。据杨镇鼎介绍，当时他的《孝老爱亲调》打算请李宝妹演唱，但出场费太高就在其茶室里挑了施永妹，没想到施永妹表现较佳，也由此一炮走红。现在施永妹也是"阿鹏艺术团"成员，也与李福元搭档主演/唱、录制了杨镇鼎之后的一系列新创作。目前两人都是剑川较为出名的青年（专职）白族歌舞艺人。

第四节　"曲仙"苏贵及其当代创作

作为老一辈的白曲艺人，苏贵（见图 6 - 10）的创作及作品在当代民间仍享有较高的声誉，白事人家以能请到他创作、唱[①]"上祭词"为荣。

据苏贵大大回忆，他小时候仅上过几年私塾，少年时代听过张明德弹曲后，狂热地喜爱上了唱曲，曾经追随着张明德走村串寨演唱近月余。年轻时为了去石宝山听曲、唱曲，他掰几包地里还未成熟的嫩玉米背起就上石宝山。饿了就着火塘烧玉米充饥，困了就在火塘边打个盹，其他时间就是不停地与

---

①　苏贵年事已高，于唱腔方面并不是其优势。

图6-10 "曲仙"苏贵

各个歌手车轮战般地连续唱上几天几夜,渐为民间所认可,20世纪90年代,就已是民间公认的"曲仙",都是对歌比赛的一等奖。他的成名作是1964年25岁时创作的《血吸虫的生活史》——将血吸虫从虫卵、幼虫、成虫的成长"生活史"到传播、传染、发病到致人死亡的各种过程以及各种科学有效的防控、防治手段,用白曲山花创作并自弹自唱,深受群众喜爱。新中国成立后的剑川各乡村,曾经遭受了很严重的血吸虫病疫情①,云南省派出专门的血防小组下乡控制疫情,1964年地方又专门组织各村的血防专业队,千方百计利用各种场合、开展各种形式的血防工作②(笔者认为,从这个意义上来说,民间文艺历史上的各种"被政策利用"无须理会个别传统文艺批评所谓非"纯审美"的指责)。《血吸虫的生活史》一炮打响后,张明德表示其已经完全可以"出师"了,就推荐他另外跟随其他比如露天电影流动放映队,在电影放映前群众最集中的时候,先让他演唱,宣传血防知识。他也由此开始了一段时间的半职业唱曲生活,差不多直到"文革"开始才又告暂停。据其回忆,"文革"时的禁止上石宝山唱曲,他也基本没停歇过,反正持枪的民兵只能堵得了一条路,封不了另外的百条路;管得了一个人,制不住千万人,"文革"时候的石宝山照样香火旺盛,相当热闹。

本来苏贵大大手抄了好些唱本,也有些颇为得意的创作,但他不识字的老伴有一次裱糊筛子眼盛细密的糯米面,就把家里仅有的几个笔记本的纸拆下来糊筛子眼了,也没意识到上面写着字。近年来,年迈体衰,精神及记忆力都有不济和下降,除了每年的歌会都必定要去参加至少三天三夜,遇到合适的对手再唱上几调外,创作就少了好些。不过,苏贵大大依然还能兴致勃

---

① 可参见《剑川县志》"血吸虫病防治"专节,第834—836页。

② 笔者公公20世纪60年代作为沙溪卫生院医生,很长一段时间也被抽调到沙溪乡血防工作组。其时工作组都必须充分利用各村的重要集会下乡工作,尤其石宝山朝山期间,更要几天几夜驻扎宣传、防治血吸虫病,也可亲证当年朝山歌会的盛况。

勃地背诵起二十多年前，他作为大理州文协会员，代表剑川县上台表演时，现场口头创作的用白汉双语演唱的调子，他还能回忆起台下大理州县的各位作家们、民间文艺家们的不停歇的热烈掌声还是能让他至今回味的场景。2002年，他被命名为"云南省民间音乐师"，云南省非物质文化遗产传承人，这也是让他颇为自豪的荣誉。县文化馆近年来也有对白曲的重视，有几次还请了他和黄四代给专门招收的爱好者们传授创作、唱曲的技能，他主要负责选词、音韵和押韵方面的讲座；黄四代音色优美，表演自然，负责唱曲技能的传授。

　　于苏贵大大来说，唱曲是发自内心的强烈爱好，他就觉得台下观众越多就越会唱得起劲、笑声越多就越会得意、对手肚才越好他的调子就更"有情"；优秀的创作是他异于其他歌手的杰出技能，貌不惊人的农村老者，心灵却丰富细腻，日常交流中无论语言表达还是观点看法，都似唱曲般高低抑扬有节有理。他作为（半职业的）白曲歌手在那个年代的成长经历，自然也受到些民间的"非议"，这于他与我们的谈话中也可明显感到：他总是会很自然地将他的演唱、创作与他能因此获得较高的评价和一定的经济报酬联系起来。譬如他说道，到亲戚家悼唁兼唱悼亡词，后辈亲戚都会很客气地婉拒他的挂礼还会给他 100 元报酬或其他礼物；甸南乡金龙古桥复建后，他创作的《金龙古桥调》，勒石刻碑，载入乡史，民间听过此曲的群众都盛赞他才是作了最大的"功德"，另外还得到 100 元报酬；2011 年二月初一马登一个村委书记专门派了车来接他和黄四代请到村里唱曲，包吃包住包茶烟，仅只唱了两个晚上就每人 400 元，还又专门送回了家；作为云南省级的非物质文化遗产传承人，每年还可获 2000 元的补助。在笔者的理解中，荣誉与金钱的列举陈述某种程度也是平复他内心深处民间对"唱调子"歌手"不正经"、"不务正业"的总体评价的心理焦虑；更何况作为已丧失劳动生产力的农村老者，这些收入都可让他的家庭养老负担稍有减轻，在农村也是相比之下的荣耀。

　　苏贵大大总结其个人的创作和改编传统本子曲的经历和经验如下：

　　首先得按山花调子合辙押韵，调子不押韵根本没法听也唱不远；

　　其次就是要通俗易懂，讲身边事、身边人，用身边的物事，切身感受才易引起广大（不识字）普通群众的共鸣和认同；

　　最后就是不能用太多典故，语言保持日常口语之上就行——太多的典故和文绉绉的文言文最不容易在山花体里押好韵，比如说剑川白曲也有《梁山伯与祝英台》，因为就是两个读书人讲读书的话，家里又都是诗书家庭,讲的话就文绉绉的,老百姓听不懂、不爱听①;另外,他说手头上一直都有《目连救母》的本子曲打算改编,但他觉得里面典故太多,他不懂,也不会用一些佛教用语,试了好几次都不好下手改编。

苏贵大大告诉我们说,2011年正月十五(2月17日),县文化馆馆长、歌王姜宗德和一名驾驶员来到他家,说最近几年和春节前后,剑川秋冬春连旱,风干物燥,森林防火形势严峻,想请他专程到县里专心创作一首《森林防火调》。他欣然同行前往,在县城亲戚家吃住了四天后,正月十九(2月21日)交稿,获稿酬500元。之后就由县文化局工作人员姜宗德和李宝妹下到各乡宣传演唱。②

不过,宣唱预警还是晚了些,天灾人祸未能避免:2011年3月2日,剑川金华镇金和村一农妇烧玉米秆时引发森林大火,森林武警即刻投入了灭火,部分村民也自发上山扑火。火势得到基本控制后,3月3日下午4时突遇大风,火场一度大面积复燃,造成扑火人员9死7伤的重大伤亡。③

逝者已逝,举县同悲。逝者"头七",各大道场的佛、道、朵兮薄等都自发为逝者悼亡。全县二月八太子会活动自发取消。

下面就将此曲附上,愿逝者安息,警钟长鸣。

森林防火调④

创作:苏贵

翻译:赵一平

男:

    清风轻吹风吹轻,

    各位父老和乡亲,

    今有要事需告知,

---

① 参见李根繁自述,李提及《梁山伯与祝英台》VCD让他赔了不少,家里现在还有堆积。

② 苏贵也很委婉地向我们提及,现在正式出版的各种白曲选集里有部分"传统"曲子是由他改编提升兼新创作的,但最后都没有他的名字;本来是邀请他专门创作,由歌手演唱、表演于一些特定场合的白曲,经录制出版发行后,也变成了"某歌手"的歌,赚了大钱,而他连署名权都没有。其实民间大家都知道"某些歌手"没文化,更没肚才,不可能会编曲。

③ 见相关新闻报道。此事件当时引起党中央、国务院的高度重视,中共中央政治局委员、国务院副总理回良玉作了相关指示和安排。

④ 汉字型白文见附录三,或许可凭汉字读音感受苏贵尤其注重的炼字押韵技巧。另,部分字句有白族民间习语俗语的惯用表达,其言简意丰之处本书的汉译有不尽恰当的勉强意译,更不能兼顾山花体的押韵协调格局。

事关林业好。

发展林业顶重要，
国家政府很用心，
林业工作做到位，
人人均受益。

女：

天保工程一实施，
大人小孩齐欢喜，
荒山荒地变成宝，
作物种满山。

飞机播种效率高，
高山陡坡都植树，
远远望去景色好，
宛然入仙境。

男：

听到你说像仙境，
的确看来悦人目，
远山青来近山绿，
赏心且悦目。

远的不说说近处，
当讲剑川金华山，
山清树茂风景好，
衬得县城美。

女：

真心话儿给哥说，
做人要多动脑筋，

农业发展优越性，
一件一件说。

树木繁茂水自多，
庄稼不愁没水喝，
万物生长靠清水，
不说都知道。

男：

洁白月光照东巷，
妹妹知道那就好，
退耕还林政策好，
人人都高兴。

我家种得核桃园，
现在核桃已结果，
果实饱满皮儿薄，
一捏就破壳。

女：

阿大哥，
为何心思如此好，
栽种果林得好处，
政府还补助。

经济效益实在好，
一斤核桃十多元，
后来涨到十五元，
还供不应求。

男：

心欢喜，
家里分得一座山，

山上林木真茂密，
家人笑眯眼。

七八月份到山上，
松茸菌子满山坡，
早晨上山晚上归，
钱财满荷包。

女：

说给哥哥仔细听，
林业政策确实好，
每家分得一座山，
家家奔小康。

这家要种板栗树，
那家核桃种满园，
哪种作物效益好，
马上就行动。

男：

清清泉水往下流，
党的政策确实好，
关爱百姓想周全，
要让民安乐。

号召使用沼气池，
省电省钱省时间，
从此无需再砍柴，
处处都便利。

女：

阿大哥，

你家是否用沼气，
如果现在还没用，
赶紧建一个。

林业系统来支持，
派来技术员指导，
还要补助花蝴蝶①，
的确大拇哥。

男：
确如此，
生活幸福又安乐，
沼气池和电气化，
无需再砍柴。

党的政策实在好，
一切都为百姓好，
处处均为人民想，
民心暖乎乎。

女：
说给阿哥仔细听，
自从天保实施起，
护林防火做到位，
做得挺扎实。

荒山荒地大变样，
一天一样变化快，
一年更比一年好，

---

① 白语俗称老版十元面值人民币为"花蝴蝶"或"红鲤鱼"，现在则指 100 元面值人民币。

大家要珍惜。

男：

小阿妹，
你的话儿合情理，
山上入林要小心，
不要带火种。

我自己也很小心，
为了护林我戒烟，
就怕一时不注意，
悔时来不及。

女：

哥哥的话挺合理，
你为护林把烟戒，
水火无情这几字，
不说我也懂。

你知我知还不够，
要让大家都明白，
深入群众广宣传，
政策入人心。

男：

各位同志听我说，
火灾发生顶危险，
如果发生大火灾，
拖累大家人。

国家个人都损失，
林毁泉干无水源，

生态环境被破坏,
生活如何好。

女:
仔细想来确如是,
就拿最近两年看,
几次火灾痛心事,
人人记明白。

本村曾有一家人,
就是典型的例子,
春节过后去开荒,
引烧整座山。

男:
听得妹妹如此说,
去年救火我参加,
几天几夜火不熄,
差点儿累死。

防火队伍很勇敢,
哪儿有火去哪儿,
机关干部都出动,
日夜不息救。

女:
说给父老乡亲们,
家中小孩也要教,
他们如果将山烧,
大人也遭殃。

家中用火也小心,

火种火星要注意，
一不小心把房烧，
后悔来不及。

男：

心悠悠，
做人就怕遇火灾，
人说火烧一世穷，
啥都靠不到。

上无寸瓦下无被，
肚子都还没吃饱，
突然之间家败落，
梦里都在哭。

女：

有这样一对夫妻，
清明节时去扫墓，
一时引发山林火，
叫爹又叫娘。

林业公安来逮捕，
双手戴上铁镯头，
千亩山林成灰烬，
还得去劳改。

男：

同志们，
千万不要像我们，
一旦酿成火烧山，
世上无救星。

遵纪守法做好人，
千万别碰高压线，
我们本身不小心，
后悔也不及。

女：
话儿实在说不完，
其他事情也谈谈，
农村城镇化建设，
改变了不少。

乡村变成城镇样，
远远看来真气派，
全靠党的政策好，
好处说不完。

男女合唱：
梦中高兴得跳起，
政策定得如此好，
林业生态保护好，
处处山野一片青，
发展林业的目的，
是保护地球。

小　　结

前一章已将部分白曲在村民日常生活中的应用作了陈述，本章概述了
"（泛）白曲"的其他艺术类型，呈现了其作为民族语言文学艺术精品的
特性。然后再次将视角朝向当下的田野，探讨传统白曲已经"与时俱进"
大步开始了用新媒体技术的录制、包装、制作和发行的步伐，部分当代民
间文人（非歌手）新创作白曲则直接借由新媒体音像光盘走向了民间，
民众在日常生活中的（热烈）接受及评价，正是可观察的当代白曲原生

态的"现代化"进程。这也即是说，白曲在民间也经由其主体进行了"民间商业价值"的改造，普通民众也有其"民间艺术品"的"消费"需求，甚至曾在石宝山对歌台上连续获得过一等奖、受到民众检阅过的民间歌手还是"民间票房"的"民星"保证，等等。也就是说，民族民间艺术品的自我市场化、商业化和逐利化与民间民族艺术"原生态"不存在对立关系，仍是白曲的当代"生活相"。"逐利"的音像销售实践也已证明：传统唱法的剑川白曲光盘销售在地域上超不出大理州，在接受群体上越不过部分地域的本民族。① 当前民间活跃的"准职业歌手"也正是得逢白曲受重视、可获利的时机，也在生活现实利益面前较积极地从事着与白曲演唱、获利和相关职业发展规划，他们的道路能走多远某种程度上也是剑川白曲还能唱多久的一个标志；他们还能唱多好某种程度上也正是原有接受面还能否得以维持又抑或是萎缩又或者是扩大的关键性因素。

当下民族民间艺术的生产传播已经有了新技术新载体，又处于一个多媒体的互联网时代，那么我们的研究是否也应该与时俱进，而不局限于纸质文本、文字记录呢？就笔者目前的音像光盘白曲"阅读"面和"观后感"来看，新创作白曲的质量是第一要素；其次是无论从新媒体基本特性如"高保真"到设备、拍摄、剪辑和制作等技术要素，再到歌手（演员）的服装道具妆容表演/唱等方面都尚有巨大的改善和提高空间，普通民众日益增长的文化需求不是随便就能够满足的，否则在当代繁多的可替代品选择面前，没有诚意的白曲音像光盘制作不会获得尊重。② 此一系统联动工程的实现主体仍然只能是其文化主体，又不能仅限于其文化主体。

最后列举民间杰出歌手的成长经历及其因应时势的一首白曲创作，说明白曲在民间流传、受民众喜爱、为民众接受是因其通俗易懂、符合民众审美接受能力和习惯。反思传统民间文学研究中，各类正式出版的选集里，是何种标准的"审美性"、"艺术性"又是道什么样的高门槛，从而将各种类型的作为生活艺术、生活必需品甚至政府政策宣传品的民间创作白曲排除在外？其也重申了作为民间杰出艺人，其创作署名权、基本待遇改善等问题都应再有民间作品收集、使用的规范和相应的政策保证。

---

① 笔者类型的学术研究除外。
② 受限本书的论述框架和视角，不再继续讨论此方面内容。

总之，本章简析了作为民族语言文学艺术精品的剑川白曲其原生态底色和价值①，这也决定其暂时不太可能会被学术分析之外的旅游/商品消费大市场打造、文化产业（大）开发。那么，这是否也是国家非物质文化遗产"政府管理式"运动其于民族民间语言艺术之某种偏视？又或者，非物质文化遗产的国家保护运动也需接"地气"，细心呵护多民族、多地域的底层民间的文艺样式。

----

① 笔者婆家在沙溪，博士论文田野调查两年期间长时间（各时段一般约三个月以上）生活在乡间，在石龙村、在"泡壶茶"茶室都现场听到过若干首由李根繁、张四安、李福元、施永妹对外来官员、贵宾、游客的"欢迎曲"，最常见的情状是：由于语言的障碍，唱者兴高采烈，听者呆若木鸡，围听的群众却早已哈哈大笑，待得同行翻译告知：歌曲是在赞美你长得像芍药花，今天的相逢就像北斗会三星，拿来牵心索拴紧你，就是舍不得你离开等时，听者也只能是很尴尬地礼貌性地赔上几声笑。歌手要是在围听群众的热烈响应下，越唱越高兴忘了时间，呆坐当中的听者看上去越发尴尬狼狈。

第七章

朝向当下生活场的原生本真:作为国家
非物质文化遗产的石宝山歌会

回到本书的论述起点:"原生态的幻象"以及论述目标——作为国家非物质文化遗产的石宝山歌会。

第一节　"幻象"原生态与学术话语的"脱域"

历史停滞在地理的某处有一个不受外界侵扰的"原生态",这种想法的荒谬不言而喻。于是,本书的整体论述基调更为关注朝向当下的石宝山朝山歌会的田野调查。在撇清了官办歌会主旨、地方文化人士附加上朝山歌会的诸多标签之后,本书将最多论述放置于朝山歌会民俗文化主体的整体生活诉求之上。也就是说,本书的"原生态"立场及视角是尝试以一种具体的而非思辨的方式,来探讨生活"话语"与学术"话语"在一个特定时空(两届石宝山歌会)中的"情境定位"问题。

在对朝向当下的田野作了"全观式"的"此时此地"向度的描写后,笔者并不试图如同早期人类学、文化批评或其他社会学科一样,保有某种"传统修辞策略"地提出"替代性的生活模式"理想,即"以异文化的优越性来批评现代社会"①,期望从被浪漫想象的异文化中"发现/发明"未被现代文明"污染/改造"的、能补救现代人"心灵"和现代社会"时弊"的诸多要素。恰恰相反,本书开篇明旨:正是由于中国经济发展地区不平衡、中华民族多元才导致"原生态"概念出

---

① 〔美〕乔治·E.马尔库斯、米开尔·M.J.费彻尔:《作为文化批评的人类学——一个人文学科的实验时代》,王铭铭、蓝达居译,生活·读书·新知三联书店1998年版,第163页。

世之初就被想当然地划定到西部少数民族民间歌舞艺术的"内部他者"想象之上！原因可以找到，责任主体却不能轻易归属，在本书的学术生产视域中，至少可以先从学术话语的"脱域"来自我查找一下。

"所谓脱域（disembedding），指的是社会关系从彼此互动的地域性关联中，从通过对不确定的时间的无限穿越而被重构的关联中'脱离出来'。"[①] 在吉登斯看来，脱域有两种机制：其一是"象征标志"（symbolic tokens），其二是"专家系统"（expert system），而后者"指的是由技术成就和专业队伍所组成的体系，正是这些体系编织着我们生活于其中的物质与社会环境的博大范围"。[②] 而我们对"专家系统"很大程度上就是"信任"，甚至"一定程度上无可避免地也就是'信赖'"。[③]

这也就是说，在目前学术话语的"脱域"语境中，"原生态"的概念，就是以"原生态"的歌舞艺术为代表的，就是代表着展演化、市场化和舞台化的、脱离了原有互动的地域性和时间性的联系，无限"穿越"而重构的"原生态的幻象"。可是在笔者看来，学术话语本身又在"自我脱域"：高屋建瓴的理论体系、标准普泛的话语模式甚至标榜客观实则冷酷的学术"理性"同样无限"穿越"了特定时空下普通民众的日常生活。他们对"原生态"歌舞艺术的批判，不仅不能完整准确地传递特定社区及其主体的日常生活原生本真信息，同样也不能表达其社会维系作用和深层社会内涵，甚至更不能"视听"到其主体追求"现代化"的诉求意愿，同样也是另一种的"原生态的幻象"。

也就是说，如果我们不回到田野，不作个案研究，仅是凭着学术话语所批判的"原生态"就不敢或不能认定田野当下所见就是"原生态"，那么又该如何面对中国国情语境下原生态概念的意向所指呢？如果我们来到西部、来到少数民族聚居区，面对少数民族生活场中的歌舞艺术，我们又该何以命名当下田野所见？如果我们还能与他们当作一家人真诚平实地生活一段时间，而无"调查者"与"被调查者"天然地位不平等的"话语权力"与"戒备"，其民歌生活相中所自然流露出的充满生活真性情与生命本质的原生本真就能不管不顾了吗？

---

① ［英］安东尼·吉登斯：《现代性的后果》，田禾译，译林出版社2000年版，第18页。
② 同上书，第24页。
③ 同上书，第25页。参见该书"信任"专题，第26—32页。

至少在笔者看来,目前学术界关于"原生态"的学术话语的"脱域"建构,在理论层面先入为主地部分干扰了我们持有这样的信念:朝向当下的田野就是作为生活场、行进在生活流中的"原生态";进而还预构了受到现代化冲击的田野就已是值得质疑的"原生态的幻象"。总之,以笔者的褊狭理解,学术界所猛烈抨击的"原生态的幻象"是否某种程度上是在为原本可替换性生活模式的消失、变异或变味不纯粹痛心疾首?又或者,是在清楚地意识到、认识到现在所有的异文化世界已经被自己身处其中、享受着便利却又需划清界限般地大声批判的"现代生活"所渗透而担忧?又或者,是在真心诚意地大声疾呼市场之手和商品消费的"无底线"原则?如果都自问不是,朝向当代当下任一田野、任一民族并诉诸民族志以诚实表述的都应该是其"原生态"。

"原生态的幻象"存在于我们每一个人的生活中,身在此在,却向往"彼处";这是身在此生此世,心灵却"诗意栖居""别处"的人类思维特有属性。相由心生,幻由妄起,妄念之间,不离实相。于是"是谁,在什么时候,为什么需要原生态?需要什么样的原生态?"也许可以首先从我们学者自身的理论诉求及学术目标问起。

坚定了个案、田野和当下的原生态立场后,秉承文艺民俗学传承性整体性的生活场、生活流和生活相理念,本书踏踏实实地对云南省剑川县白族群众的 2010 年、2011 年两届石宝山歌会节进行了民族志的深描,并相应扩大到剑川白族民间节日文化系统、现场收录白曲分析、村民"主位"倾诉日记、各类型歌手及歌唱活动、新白曲光盘等。由上述的全方位、多角度的描述当中,更可看出朝山歌会的原生本真是其作为民俗文化生态系统中必不可少的一个民间节日盛会。对普通民众来说,朝山歌会一直以来都是一个农忙前民间自发生成的节日,兼而有着休闲、身心调适、唱歌对曲逞肚才显人才、求生问死等宗教心理诉求和现实需要等功能。因而,本书的原生态"幻象"来源构成,除了学术话语与生活话语的相互"脱域"之辩外,还有传统社会历史研究和民族民间文艺研究模式、地方政府追求经济发展改善民生的行政举措、非均衡的学术生态下地方文化学者的文化活动以及有着复杂文化政治意味的"内部他者"的"异邦想象"等其他社会大环境、大生态所造成的"印象"、"想象"和"现象"等诸象之间的相互折射、映射和交集等庞杂因素。

　　"所有的异文化世界都已经被现代生活所渗透。因此，现在重要的问题，不是别的地方存不存在理想生活，或者古时候的生活是不是较为理想，而是任何地方日常生活过程的意义以及可能性的新组合如何可以被发现。"① 于本书来说就是：深描当下生活场中的歌会及各类白曲型演唱的原生本真生活相，以及与学术话语预设"脱域"的交互观照。换句话说，如果本书作为主观性的学术性的民族志，不可避免其固有的两面性视野和个案与理论预设的"并置"（justaposition），那么笔者期望是从本书的"原生态"田野描写推导出另一种民俗学学科基本问题的批评性方法：（1）对人类共同的生活状况的进一步琢磨和深化②；（2）对不同民族民俗生活及其民俗文艺生活相的相互尊重、理解和欣赏；（3）对其（同步）追求变化、改变或者现代化的宽容、鼓励甚至扶持等。也就是说，笔者的石宝山歌会的"原生态"立场和研究，不会提供一个"高贵的原始人"的幻象，也不会试图表白歌会白曲的原生态的"神圣意义"能"拯救"非此场域的"现代人"及其"现代心灵"，更不会妄图停滞了原生歌会的现代性的生活流以便各种"居高临下"的视角"凝视"③。笔者的文本只是在特定时间段和空间范围内，对有着鲜活草根性和现实生活气息的、有着深层生命意识本质的、原生的本真的田野作了一次"如实"的观察和描写，仅此而已。

第二节　朝向当下田野的原生本真：作为国家非物质文化遗产的石宝山歌会

　　民俗学与非物质文化遗产理论并非同学异名已为诸多学界前辈正确指出。相对而言，民俗学的传统研究对象及内容使其更易与当下国家政府的"政策式运动"互相衔接。就本书的"原生态"语境来说，关注普通民众的整体式生活视角使其与非物质文化遗产保护的"整体保护理

---

① ［美］乔治·E.马尔库斯、彻尔：《作为文化批评的人类学——一个人文学科的实验时代》，王铭铭、蓝达居译，生活·读书·新知三联书店1998年版，第163页。
② 同上书，第165页。
③ "凝视"，是关于不同文化语境中的人们如何"看"的一个哲学、文化、社会概念。"凝视"本身就意味着"看他人"、"被他人看"的双重视角；居何种位置"凝视"，也是一个重要的文化位置、话语权力的讨论问题。此不再赘述。

论原则"① 有了进一步对话的可能性,换句话说,也还是生活"话语"与学术"话语"如何相互倾听、对话,并能借由"作为整合性概念的非物质文化遗产"② 的政策性操作框架,达成如何良性引导、妥善保护民俗生活文化的相关社会实践及相应学术活动的问题。具体来说有如下几个方面:

首先:如何正确理解和定位石宝山歌会作为国家级非物质文化"民俗类"③ 遗产?

2004 年 8 月,中国加入《保护非物质文化遗产公约》(以下简称《公约》)。《公约》对非物质文化遗产的定义是:被各社区群体、有时为个人视为其文化遗产组成的各种社会实践、观念表述、表现形式、知识、技能及相关工具、实物、手工艺品和文化场所。具体包括:(1)口头传统(及其作为载体的语言);(2)表演艺术;(3)社会风俗、礼仪、节庆活动;(4)有关自然界和宇宙的知识和实践;(5)传统手工艺。因而,有着显著民间宗教底色的石宝山朝山歌会与官方红头文件的"精神"及其打造历程,甚至县政府的非物质文化遗产申报书表述并不一致,但也绝非对立,官办歌会历程又或者仅是官方模板化文件起草及多年活动程序的惯性因袭。也就是说:(1)从歌会是"民俗类"遗产的意义上来说,目前作为执行国家非物质文化遗产政策的主体—官方并未全面顾及;(2)从歌会是现场对唱白曲来说,对歌舞台与寺庙舞台同等重要,甚至后者并不会见于正式新闻/官方报道、至今也未见学术性的民族志表述就显得尤为重要;(3)从情歌白曲的现场编创演唱来看,由于民族语言的使用,目前来说自然地屏蔽了消费商品化(大)开发,也最大限度地保有了其原生本真性。于是,对国家级民俗类非物质文化遗产名录的石宝山歌会,除了国家相关宗教政策的宽松和开明,行政举措、学术阐释活动都有可进一步修正、调校和阐释的空间。本书基于生命意识和生活常理的当代石宝山朝山唱曲之性质论断,或许可以有助将来以现实意义为旨趣

---

① 董晓萍:《民俗学与非物质文化遗产保护》,《文化遗产》2009 年第 1 期。

② 高丙中:《非物质文化遗产:作为整合性的学术概念的成型》,《河南社会科学》2007 年 3 月。

③ 笔者同意乌丙安观点:民俗学是本体的本格的人文基础学科,不是非物质文化遗产中民俗文化类遗产保护的工程学。此问题甚巨,不在此处和本书中展开。见其《思路与出路:保护非物质文化遗产热潮中的中国民俗学》,《河南社会科学》2007 年第 2 期。

的研究者不再在"原始群婚"、"白族西部情人节"的"自我桎梏"中盘桓。

其次,如何正确确定作为国家非物质文化遗产的石宝山歌会的"遗产主体"?

相对本书的个案来说,非物质文化遗产理念中以"各社区群体"或"有时为个人"的遗产主体定位,才是贯穿民间宗教朝山香会、唱曲歌会以及现场赛唱小曲的唯一主线。毫无疑问,无论是朝山的宗教祈愿、心灵抚慰,还是获得唱曲欢愉或对歌台(名次/民间)的名声夸耀,这些都属于歌会真正的民俗文化主体,是其基本的现世生活诉求。也就是说,只有关注到朝山歌会的实质主体才是真正理解石宝山歌会民俗文化意蕴价值的关键,也只有通过实质主体的朝山唱曲活动,才能真正发现和理解朝山、歌会和白曲在民间活态传承中的脉络。那么,1949年后石宝山对歌(擂台)就已有地方政府文化工作部门的事实参与,且在1999年成为地方民族节由官方主办的十多年历程,以及2008年成为国家非物质文化遗产后,地方政府更是当仁不让成为非物质文化遗产政策主导方和执行方,它们又该如何平衡与歌会真正的"遗产主体"的关系?

2009年官方的工作失误或许可为我们理解此问题提供一个现象实例:按照民间传统,当年七月二十七日,民众早就自发在石宝山集结完毕,一部分围坐舞台等着看官方开幕式文艺演出,绝大部分到石宝山各寺庙朝山敬香。晚上,不能当天回返的香客照样借宿通明阁唱曲,等等。那也就是说,如果官方不再主导主办歌会,石宝山各寺庙的宗教吸引力依然能延续绝大部分的朝山香客,夜晚寺庙的对唱可能也依然继续,但能持续多久、"热闹"程度与现在相比如何等都并非简单的问题。其中毫无疑问的是:石宝山各寺庙并无保护国家非物质文化遗产的"职责",甚至各寺庙巨额的香火钱也没有上交剑川县财政或襄助县政府举办"石宝山歌会节"的义务(香客可以从四面八方上得石宝山来,不一定要经过石宝山山门,也就不一定交2元的景区卫生费,但香火钱、功德钱是不会少的)。

更为本质和关键的是,民族自治地方政府的为人民服务、保障民间节日(集会)安全的基本职责以及作为社会主义体制下的地方政府,其执行国家"进一步繁荣发展少数民族文化事业,推动社会主义文化大发展大繁荣,促进各民族共同团结奋斗、共同繁荣发展"① 的行政文化职能又该如何体现?况且官方几十年间与民间朝山歌会的互溶互生的生态有机联系,绝不仅只是"还节于民"就能"撂担子",也绝对不是歌会当下可见的明显衰落的主要原因。

第三,如何正确评估石宝山歌会的国家级非物质文化遗产的价值②?

本书的当下田野视角,深描了"公正地面对异文化在其自身社会环境内的消极面"③:当地社会历史文化传统、经济发展和地区地域比较优劣等现实因素,决定着剑川当地历史以来对歌会、歌手和唱曲的民间(负面)评价甚至自我评价。我们依凭各自的生活经验也非常容易理解。而当国家非物质文化遗产政策等所代表的"外界""突然地"将白曲、歌会作为一种可堪正面弘扬的"民族文化"、"民族精神"的"代表"标榜起来时,甚至剑川当地白族民众对歌会本身也并非完全认同与认可(正如前文已述:剑川全县范围内最为热闹、参与面最广的民间节日不用说还是火把节、二月八甚至七月半等)。

本书比较过上述民间节日与石宝山歌会节的相关基本活动,从其整体来看,各节日都有现实基本生活功能的满足诉求和生命意识的祈求注入,而歌会"求生·问死·祈现世·求福顺财运·清修"的深层结构,其中又在以本民族语言现场编创对唱山花体白曲上尤胜一筹。在这个意义上,作为国家非物质文化遗产的歌会,其价值也应从此方面发掘。

歌会现场白族男女热烈的"言语放纵"的"情歌"对唱和赛曲、传统各类型山花白曲之于白族日常生活、生命历程的密切相关度都显示了剑川白曲是其本民族语言艺术之精品。本书为了确证歌会之白曲价值,还以第六章的专章篇幅陈述了一些已经在历史中消失的白曲及其传唱场域。"曲仙"苏贵的创作经验总结和当代新创作列举,是为了说明:源于民间、满足民众审美接受心理的传统白曲,能否用传统民间文艺评判标准的

---

① 国发〔2009〕29 号:《国务院关于进一步繁荣发展少数民族文化事业的若干意见》,参见文化部官网(http://www.ccnt.gov.cn),2010 年 3 月 5 日。

② 首先笔者表明:从联合国教科文组织自己的遗产评审标准中就定出了世界级、国家级、各省(市)级或"代表作名录"、"急需保护名录"等级别和类别,于是,"非物质文化遗产之间不可对比出某个社区的遗产比另一个社区的遗产更优越、更有价值或者更有意思"就像在自说自话。

③ [美]治·E.马尔库斯、M.J.费彻尔:《作为文化批评的人类学——一个人文学科的实验时代》,王铭铭、蓝达居译,生活·读书·新知三联书店 1998 年版,第 164 页。

"艺术性"、"审美性"尺子来度量？这也是在尝试学术话语与生活话语的某种对接。而如果没有日常生活维度、深层生命意识的注入，传统白曲其于本民族的喜爱、接受和不可或缺，能否仅用诸如"少数民族民间文学概论"、"白族文学史"、"白族民歌"、"表演理论"等"类标准化"的学术化的"话语"表述就能得以"理论化概述"或"概貌式描述"？于此再次表明本书个案研究的意义及价值。本书也花了不少笔墨描写各类型白曲、歌手们的活动和新创作、新媒体技术的制作等，于是，民族艺术的确认、立档、研究、保存、保护、宣传、弘扬和传承（包括正规和非正规教育）和振兴等问题就不再仅只是少数民族艺术的（本）民族责任和（本）民族传承人的培养路径等单方面的问题。

第四，如何正确执行使遗产在其原生场域活态的、可持续的发展？

经济基础仍然是决定一切上层建筑的关键因素。就是说，如果歌会传统参会人群、歌手及其唱曲收益仍然在当地本民族当中就受着"偏远落后的穷乡僻壤之地之民"的"地域性歧视"，歌会和白曲在历史中的消亡就仍不可避免。或者是出于摆脱"穷帽子"的焦虑；或者是经济发展了的必然[1]；甚至可能就会被有着唱曲"肚才人才"的歌手自己所先行抛弃。[2] 相应地，传统白曲在剑川当地操白语的白族当中，听不懂由此不听、不喜欢听也并非小比例。所以，学术话语所批判的"外界"轰轰烈烈的商品消费文化对原生态艺术的"侵袭"，在笔者的田野经历看来，并未大规模地强加式地不可逆地"商品化"到剑川传统白曲和歌会，主要是由剑川当地知名民间歌手录制、表演/唱和制作发行的白曲音像光盘仍属其文化主体的自我选择和技术升级，发行地域和接受群众的有限制约着光盘制作的自我优化循环。

---

①　笔者与通明阁的自愿服务人员（居士）作了访谈，也对歌会当晚通明阁有床铺和只能睡地铺的人群稍作了观察和分析，能出 20 元钱买个床铺（虽然在此环境下基本不能躺下、入睡）也是与免费地铺有着衣着上和地域上的小差别，至于条件更好的 3 公里外的石宝山宾馆，普通歌会民众就算是挤在比邻的海云居的地面上、甚至彻夜不眠也基本不可能会去问津。也就是说，如果大家都有了更多的可支配的钱和更方便的交通工具，生活条件和标准都得到较好的提高和改善，估计也就没有人愿意席地而卧在冰冷不平坦的土泥地板上了。至少歌会夜间对唱于寺庙之中神佛之下的景象大约也就会慢慢消失了。

②　笔者在田野中经常觉察到，总体而论，濡染浸润于歌会唱曲传统地域的普通白族民众基本都能唱、会唱几句白曲，甚至一开口就是肚才人才兼备的一把好手，但基于各种民间"禁令"、现实考虑、谋生养家糊口的现实生活压力，并不会将唱曲当作一种谋生手段、自我展现方式，甚至疲于生计奔波，不可能再唱。

此外,"舞台"并非就是能将基于生活底色的白曲与可消费商品截然两分的一个"场域"。无论是村民日常生活特殊场合"舞台"、寺庙晚间"舞台"、对歌赛舞台还是新媒体音像光盘甚至央视舞台,都是当前白曲歌手们所喜爱和热烈向往的一个"舞台"。阿鹏的"舞台"成就是他的石龙乡亲们羡慕和向往的。甚至在笔者看来,如果没有当年 8 岁的小阿鹏第一次登上石宝山对歌台就获得一等奖,如果当时坐在台下采风的音乐家陈哲没有给他 100 块钱可以给他母亲看病买药①,14 岁的小阿鹏不会从石龙这个封闭的小山村中脱颖而出被杨丽萍挑中,在一个较好的舞台上继续他的音乐之路。他的三弦弹奏技艺据张文评论,已是炉火纯青、超越现在任何民间传统的三弦手。阿鹏现在所设定的"原生态民歌 + 摇滚"艺术定位和相关的"舞台"演出,虽不一定为剑川当地民众所欣赏和接受,但也不能完全否定或断绝他的艺术个性追求;这于歌后李宝妹的《白乡情》"中国式民歌"MTV 来说也可成立。原生态的传统白曲唱法和各种"舞台"上的表现还需要歌手们自己的尝试、探索和改变。换句话说,如果白曲民间"舞台"不能于最为现实和基本的经济收益有利,就很难苛求歌手在当地的主流价值观念中不被认为或自认为"不务正业";如果白曲(或其他各民族民歌)没有更大的荧屏舞台展现、没有更为正面的价值判断(非旅游窥异俗猎奇式的投其所好)引导,也很难要求歌手仅凭热爱和热情传承。在与白曲同类型的民族语言民歌艺术的表演/展演上,真正的"原生态民歌"通常都不一定具备外民族的可欣赏性和可接受性。

同为民族民间艺术品,民族音乐以某种语言为载体、线性时空流动的特性,都决定了其在艺术欣赏和接受上不可能像民族舞蹈这样的肢体语言艺术或民族绘画、民族手工艺品这样的造型语言艺术具有超民族性、超个体性和超时空存在性。甚至,民族音乐相较其他艺术类型来说,不可能被摹仿(模仿)、仿造,甚至更不能速成。在这个意义上,音乐学领域所衷心渴盼的"用原生态概念及央视舞台,唤起更多的民族自信心和自豪感,让更多的中国观众学会喜爱和欣赏多姿多彩的中国各兄弟民族的民歌艺术"的"志愿"何其的崇高,但又何其的漫长和艰难!

---

① 听闻于张笑伯父、阿鹏父亲的陈述和阿鹏自己在 2008 年央视"原生态"舞台大赛与主持人董卿、评委余秋雨的对话。

第五，如何正确合理地关注和保护民族民间非物质文化遗产传承人？

作为在本民族中传唱的民间口头艺术，其间还是有个别民间创作者的个人艺术贡献大小和艺术能力高低的问题。笔者三十多年在云南二十五个少数民族聚居地的生活经历也表明，日常生活中，各少数民族并非"随时随地"的就会歌唱起舞，歌舞都是发生在普通的日常生活中具有特别意义（或人类学上的"仪式"）的某些节点上，有着明确的生活伦理和民俗文化的"功利"诉求，是日常生活的一个有机组成部分，由此才能"打歌打到太阳落，只见黄灰不见脚，打起了黄灰做得药"般的酣畅淋漓，否则就不能理解其激情投入；少数民族更非个个都能具备"有嘴就会唱"、"有脚就会跳"的才艺，否则各级各类"非遗传承人"就该是个伪命题。外界关于西部少数民族"能歌善歌"的民族才艺想象——所谓"有嘴不会唱，俏也没人要；有脚不会跳，白来世上走"，对其本民族来说，更多的是一种"召唤"——召唤本民族的成员，参与到举族群、全社区的重大的集体活动（仪式）当中——诸如播种丰收、祭天敬神、婚丧嫁娶等，由此获得集体的社会认同与自我认同。同时，这样的"召唤"还来自生命本身——召唤生命、身体本身就应该与生俱有的歌唱的言语能力、舞蹈的肢体律动能力来证明生命本身的存在。在这个意义上，少数民族的原生态歌舞艺术，其一定程度上来自生命本身的"召唤"和以天地为舞台的"天人合一"，确实会让被所谓现代"理性"文明、"契约"社会束缚了歌唱言语、肢体律动等"生命本能"的"现代人"所浪漫想象和心驰神往。而当这种带有维持集体认同仪式性的、发自身体和生命本能的召唤性的少数民族歌舞，越来越受到消费时代的冲击，曾经稳固的社区共同体也应当寻求新形式的集体认同（仪式）①，摒除已蒙尘其上的"经济交换价值"来感悟与认知亘古不变的生命本质与普通日常生活的意义价值。这就更提示我们保护其民族艺术杰出创作者的艺术活力和创作积极性、培育扩大其民族艺术认同感和民族艺术自信心绝非只是学术语句的惯式表达。

"非物质文化遗产更注重以人为载体的知识技能的传承。"② 相关的著

---

① ［英］安东尼·吉登斯：《现代性与自我认同》，赵旭东、方文译，生活·读书·新知三联书店1998年版。

② 陈勤建：《当代中国非物质文化遗产保护》，《解放日报》（http：//www.sina.com.cn）2005年10月30日。

作署名或说明、名誉颁予、经济补助甚至就只是工作当中的体贴入微，通常来说，就能使其感觉到"受到重视"，这些具体工作对于传统艺人、民间歌手来说都是保护其创作积极性的有效方式。

就本书个案来说，还有大力挖掘、转换、扶植和培养民间歌手的重要问题。也就是说，如果唱白曲能成为一项有良好收入预期的谋生职业，从普通农民转化为职业、半职业歌手的可能性就增多；如果弹三弦唱白曲能是无忧衣食的闲情逸致、才情切磋，那妙趣横生公开展现自己肚才和人才的歌者就更多了。只是，后者的理想不知何时才能照进现实。另外，"剑川白族听不懂剑川白曲"的田野事实，也提醒我们，倡导重新认识本民族艺术价值、普及珍视本民族艺术传统在本书的田野中也绝非口号问题。

第三节　新时政下的白曲传承生态：剑川中小学"撤点并校"和"白语学校"

一　剑川中小学校的"撤点并校"①

再次回到原生态之"生态场"的意义上。就笔者在石龙村的调查，"歌手"与普通农民的界限确实并不可分，他们的学曲、唱曲经历绝大多数就是在劳动场合当中自然而然地发生了：石龙村四面环山，开门见山，山林间砍柴、采菌子、下山赶集、背运途中及田间集体劳作与水碓磨坊里都会有人自发地唱些调子，这些调子多为空旷山林辛苦劳动之余的自我调剂或集体劳作时男女之间插科打趣、搭讪讨好或相互的讽刺挖苦，又或就只是话语的逗趣取乐。而每年的石宝山朝山歌会，通常就是其他各乡歌手在相似场域下的学、唱曲经历后，铆着劲儿地欲与石龙歌手"强龙来斗地头蛇"的赛曲大会。那么，从其中我们可归纳出歌手生长养成的"生态场"关键要素：（1）各种劳动场合；（2）长期互相较量。笔者曾按图索骥侧面了解过剑川县国家非物质文化遗产申报书中所列举的不完全的民间歌手及其基本学历情况，勉强以只接受过国家九年义务制教育为最高。

---

① 此节内容根据剑川县教育局段剑鹤同志介绍的情况写作。据其称，"撤点并校"的力度还在加大，还在根据国家相关政策加紧压缩现有中小学数量、调整中小学的地域分布和格局，故不能确定数据。

有学历并非就有肚才更非会有人才，但有更高学历、接受更长时间教育的子弟就不会在民间的各种劳动场合中自然地学曲，更不可能会在长期的斗曲较量中成长为歌手在一定程度就是必然的——"耕读传家"同时一直都是传统本子曲的一个重大的"劝世曲"主题。

大理白族家庭普遍相当重视子女的国民基础教育，这也是白族的（汉）文化水平与汉族无异的现实结果。在李绚金日记中，即使突遭重大不幸、主要经济来源完全断绝的家庭也没让其子女辍学，艰难岁月抚育子女成材成婚之时的离别哭诉，让读者无法不动容。于是，适龄儿童大部分的成长时间更多的是在（寄宿）学校度过，学习以汉文化为主的现代知识，于白曲学习和传承的生态场就不能兼顾。

目前，举国皆行的教育行政举措——中小学"撤点并校"也同样发生在剑川县。石龙小学因其地域自我隔绝于其他乡村，村内有一所小学。其他各乡，坝区相邻多个行政村基本都已实现了以某一处为中心，招收多个村落、个别山间小村的寄宿小学生；每个乡、镇又只有一所初级中等学校，招收全乡、镇寄宿初中生；县城有一所高中和职业高中，招收全县范围内高中生和职高生。由此，小学、初中、高中阶段的孩子，也就是学习白曲的最佳年龄段，就不可能再在原有村落语境中、再以传统方式、再在传统"生态场"中习得、竞技和传承白曲，这也就意味着：现在及未来白曲新生代歌手的白曲自然习得和传承场域将不会再完全依靠各种劳动场合及自发较量。重新发掘培育新兴传承场就已成为势在必行，如学校特色课目设置教育、拜师专门学艺、白曲音像特别培训等途径。而其中，首先仍需大力培育弘扬本民族精神文化、民俗文艺价值独特性及丰富性的民族自信心与自豪感。

白曲学习及传承于当前初中阶段的学生们就已出现了不容忽视的断层：2010 年、2011 年两届歌会都可见桃源村小歌手张银、罗燕的对唱，可从李繁昌及台下听众们的评议及表情来看，都觉得十三四岁的孩子就唱"情啊"、"爱啊"这样的小调子"太不像话"（见附录三），更何况唱的都是"死调子"，一听就知道是编好了背下来再来唱，没有现场编唱的肚才，这也提示发掘多样白曲类型及丰富题材的紧迫性。① 而当前流动的民

---

① 当前中国的少年儿童没有属于自己的歌，只能唱大人世界里各式各样的"爱情"流行歌，也同样是这个问题。

间歌手们还可以由各村集资聘请，到田间地头为插秧种地、栽种烤烟、收割庄稼的村民唱曲子以鼓励耕种、活跃劳动气氛、舒缓劳动强度等场景，也可预期将在劳动生产率提高、农业生产转型以及新生代农民出现后面临危机。正如流传久远优美动人的《放鹞赶雀曲》也已随着放鹞农业民俗的消亡而成绝响，放鹞人及鹞鹰也只能"功成身退"，与各村本主共享香火。

二　剑川白语及白语学校

民族考古学家汪宁生早在 1961 年 9 月 15 日来到剑川县城，"就发现城内居民全操白语，认为这是少数民族地区其他县城所少见的。实际上，县城通行一种少数民族语言这种现象，在云南没有第二个地方"。[①] 剑川白族的高比例和白语的高使用率，直至目前来说都是毋庸置疑的。不过这不意味着没有危机。白语是白曲传承目前来说的唯一载体，白语——拼音型白文字与白语言——目前正隐含着巨大的危机，而这正是白曲诸危机中最为严重的危机。

笔者已多次提到，白曲并非完全口头传唱。白文山花碑就是当时大理地域"民家人"（白族）广为使用的用汉字记白音的一种"文字"的标志。1957 年，中国社会科学院少数民族语言调查第三工作队白语小组对大理州进行了白语普查，1958 年曾遵照国务院关于少数民族文字方案设计的五项原则，设计出一套拉丁字母拼写的《白文方案》（草案），后因极"左"思潮干扰，没有试行推广。1982 年春，大理州白文研究组邀请原《白文方案》（草案）设计者徐琳和赵衍荪[②]进行修改，以剑川方言为基础方言，以金华镇白语音为标准音，设计出了《白文方案》第二稿。接着，由徐琳、赵衍荪亲自在剑川教师进修学校试验教育，效果良好。1986 年，在联合国儿童基金会资助下，又到甸南乡西中小学进行实验教学，也取得显著效果，西中乡由此还成为"白文无盲村"，获得各级各类表彰。[③] 1993 年经国务院批准，正式推行这套由拉丁字母拼写方式来记录白语语音的"拼音型白文"。然而事实总不会如文件规定和历史纪录般简

① 段炳昌:《民间生活与习俗》，第 20 页。
② 两位学者兼为剑川籍，白族。
③ 《剑川县志》，第 498 页。

单明了,拼音白文自身设计有一定缺陷、适用面较窄,使用也并非必要和迫切,甚至也没有强有力的相关(硬性)规定(并非民族自治县中小学生必修课、必考科目等),于是推广工作不尽如人意。至少笔者所采访歌手中,只有李福元、张四安能使用拼音型白文,其他歌手很顺手也很自然地用上了各自的"汉字型白文",这也大大增强了甚至本族人的辨识难度。

白族语言文字于人类语言文字多样性的重要性不言而喻,白语及白文的相关普及、推广也引起了世界少数民族语文研究院东亚部(以下简称"世语东亚部")等组织的重视,2004年7月26日至8月5日,世语东亚部与云南省民族语言委、剑川县共同实施了白文活动计划——"石龙村白语言文培训班"正式开班。石龙村21位村民,其中不乏如李根繁、姜伍发、李福元、李繁昌等民间优秀歌手,9位石龙小学和沙溪镇中心学校的老师共同参加了培训。澳大利亚专家毕百灵博士和妻子毕丽丝女士是此项目的管理者和实施者,培训推广的正是原在西中乡推广过的《白文方案》第二草稿,专家们经过实践检验,修订和改善了部分内容,使其更趋合理及更易接受。此次培训是为期六年的白文扫盲试点工作的第一阶段,主要培训对象为"在石龙村的成人歌手和具有较好的白族调、民间艺术基础的人",其目的是"使白族人加深对自身文化的欣赏,通过开展与歌唱艺术相关的扫盲工作使他们有能力保存其自身文化"。第二阶段是在石龙村开展为期两年的学前教育班,第三阶段是以妇女为工作重点,以巩固第一、第二阶段的成果,由此拓展扫盲工作的社会效益继续在成人中开展后期扫盲工作。整个推行白文活动计划的主旨在于"增进白族人对他们自身文化的欣赏,让人们看见开展扫盲工作在促进白族人的教育水平和经济水平过程中的好处,并为本地人以后自行开展扫盲工作活动奠定基础"。①

2005年8月,世语东亚部在石龙小学投资建立的二层白语教学楼正式落成。在李绚金的日记中,毕百灵博士和毕丽丝女士几乎事必躬亲;关注工程主要进度,亲力亲为每次培训讲授。云南大学白族研究基地的建设与此同时期、同进程,其基地调查人员对毕百灵博士夫妇进行了访谈。他们的教学理念是:白文的学习和推广能够有效地促进双语教学的推行,一

---

① 董秀团主编:《石龙新语》,第71—74页。

个孩子在自然习得母语及母语文字之后，会促进第二语言如汉语及汉字的学习。当然，在他们的培训班中，虽然村民们每人上课都可获 10 元补助，一些目不识丁的村民或迫于生计，或迫于学习的困难会主动放弃；而一些原是文盲的学员也很惊喜于能将心中所想之曲、口中所唱之调，用文字呈现于纸上的快乐。[①]

如果说白族自南诏大理国时期就已接受了汉文化、汉字，漫长历史时期早已习惯于白语思维表达，汉字书写记录的模式，历史以来也文风昌盛、文人辈出，那么当下白文的推广除了是国家对少数民族语言文字的尊重、保护和发展[②]以外，也是世语东亚部等学术机构的有识之举。文字作为一种书写符号，确实能够更多更好地代表、书写和记录其本民族文化，也是一种凝固型的线性的书面历史。

但是，更大的社会生活现实是:一个小小村落的白文推广试点并没有更多其他强大外力、内在自需动力助其拓殖。基本上全县其他幼儿园、小学的学前班、小学一至三年级的白文教育，都处于一种并不被本民族特别关注也不会纳入主要教育评价考核体系的尴尬境遇。白族小学生们就算曾于小学三年的学习中掌握熟练，但后续更为漫长的汉文化汉字课堂知识学习，也会冲淡已有的学习效果。

白文尚且如此，外显于口头语言的白语自身也面临着危机:当下大多数白族家庭对后代子女孙辈的白语习得的认识，就已经在更为强势的全球化的社会发展中做出了"顺应"的改变和自我抉择。

就金华镇来说，几乎从 20 世纪 80 年代起，父母辈们就对牙牙学语的孩子首先施行汉语（当地汉语方言，俗称"土汉话"）教育，也就是说，教孩子学语首先用土汉话、自己日常与其他人交流用白语，两种语言自然自动转换。他们的解释是:当然得先学说汉语，以后上学就听得懂老师说话，学习没困难，以后学普通话甚至英语也就没太多白语口音，再长大了升学、就业、参军、外出等都没困难;至于白语，是肯定会说的，因为剑川个个都在说白语，从小就听着长大，长大自然开口就会。持同样想法的县城白族家庭几乎是 90% 以上，甚至是可见的明显的现象:幼儿园、小

①　董秀团主编:《石龙新语》，第 71—74 页。

②　另可参见祁文秀《剑川县石龙小学白汉双语教学项目考察报告》，《今日民族》2011 年第 7 期。

学门口接送孩子的爷爷奶奶爸爸妈妈们本来都是在用白语交流,等大门一开,几乎又全都转换成了与孩子们的土汉话对话。小学生、中学生们与家长的交流也是土汉话,部分因为有来自农村的同学则两种语言兼有。总体而论,历史以来一直善于学习先进的云南白族,自20世纪80年代就在以高考为主要选拔手段的"成才"标准上与汉族不分伯仲,其整体汉文化程度及水平,一直是云南25个少数民族当中首屈一指,然其白族文化特色,如白族传统民居的水墨(彩)绘,含蓄而又温婉地标识着自己本民族不凡的审美品格,那么他们目前这个选择,其历史效果又将如何无法预知。

县城的做法无疑在其他各乡镇中心如沙溪镇寺登街上①也很盛行,从笔者的生活经验看来,都可凭此断定是否就是寺登街(集镇)居民还是来自其他农村家庭,其家庭是有重视子女"后续"学校教育的前期培养意识还是没有。

于是,目前以白语为绝对载体的白曲危机,不仅仅是传统传承生态场的"被剥夺"、"被萎缩"或"被替换",还有其文化主体的传承"工具"经比较和自择后的"顺应"或"优先后置"。在这个意义上,白语、白文和白曲的兴盛或自然衰亡,还不是仅仅凭国家政策重视、学术机构公益、学者奔走呼吁和歌手热情天赋等就能决定和规划左右,这是一个巨大、漫长、复杂的社会系统性工程,抑或将仅为社会历史滚滚车轮下的一个小小辙迹。笔者唯愿本书的学术写作能于前者有益。

附

文化变迁的逻辑
——以被复兴的"茶马古道上唯一幸存集市沙溪寺登街"为例

引　子
石宝山北边山脚下的平坝即是沙溪镇。沙溪坝的富饶某种程度得益于几十亿年前喜马拉雅造山运动的余波——冰川时期,亚欧板块和印度板块

---

① 笔者家庭同样如此。"留守"沙溪的笔者女儿目前正在语言习得过程中的自然阶段,她爷爷奶奶就认为首先应学习汉语,生活、成长过程再自然习得白语。

的强烈挤压，在中国疆域内的西南边陲形成了巨大绵延的南北向的褶皱山脉和一系列断陷的山间盆地，这在地势上成为中国的"第二阶梯"，并由于其阻隔了东西交通而被称为"横断山脉"，沙溪坝就是这些曾经浸泡在冰川中的山间盆地之一。南诏大理国笃信宗教的君王们，就因看中易于雕刻的石宝山丹霞地貌，而将自己的形象、宫廷仪仗和神佛僧侣等永世铭刻于此。

相对来说，沙溪田良广袤，气候适宜，"所出米谷甚盛，剑川州皆来取足焉"（《徐霞客游记》）。附近还遍布盐井，如拉鸡井、诺邓井、弥沙井和乔后井等，对山区内陆地区来说，盐才是最重要的物资，这些地方都因地势狭窄，不得不聚集到沙溪来完成交易，沿途的课盐关卡数不胜数。自然环境的厚爱、地理交通的方便等使沙溪较早地就成了一个理想的集市交易地。差不多从元代起，历史上连接吐蕃（西藏）、中原、南诏和东南亚、南亚诸地区，以骡马为主要畜力运送茶叶、食盐、皮毛、药材、布帛等基本生活物资的"茶马古道"①，就将其中一个歇脚驿站相对稳定地固定在了沙溪寺登的四方街上。

"街"是当地方言，意为集市；"四方街"指代一个有四方边界的集市空间。历史还逐渐地为这个四方的集市空间里附加上了适宜稳定生活和经营的前铺后宅的临街商铺，满足路途艰险的马帮祈求神灵庇护的兴教寺②（见图附－1），欢愉神灵与自己的飞檐翘角玲珑精致的戏台，以及标识本村有着科考成功士子的魁星阁（见图附－2）。贯穿四方街的长长的南北巷道，惜地如金地建起了密密麻麻相互依靠的沿街商铺马店，方便着南来北往的马帮在此停驻，并且因北来的藏族马帮最为多而称之为"南、北古宗巷"（古宗，白语：藏族）；东边的巷道直接面对滋养沙溪坝的黑潓江和绵延低矮的群山；西边就是鳌峰山，历史上森林荆棘密布，成为一道天然屏障。于是，南、北、东三面都曾建有寨门，保障着能够提供多种生活需要的既安全又热闹的四方街。

晓行夜宿的马帮行脚一天，赶在日落时分到达四方街，饮马卸货；日出而作的农民也正好可以来看看走南闯北的马帮是否带来什么必备物资和

---

① 本文取"茶马古道"命名，其具体丰富的内涵不再详考。

② "寺登"得名即是兴教寺。"登"，白语，某地方之意；寺登，就是"有寺的地方"。同时，石宝山上的石钟寺，民间白语一直都叫作"弯寺子"，意为"中寺"，在"中间的寺"。那就是：山顶的金顶寺是上寺，石钟寺是中寺，兴教寺是下寺。可见此三寺在历史上就一直影响深远。

图附 - 1　寺登街兴教寺。哼哈二将为剑川知名木雕艺人的作品，最右边的石狮就是夜市点天灯的底座

新鲜资讯："州之沙溪、甸尾皆有市（夜市）。悄悄长昼，烟冷街衢；日落黄昏，百货乃集。村人蚁赴，手燃松节，曰明子。高低远近，如萤如磷。负女携男，趋市买卖。"① 在清朝流官看来，男女杂流自是需首禁之事。"其最关风化者，莫如夜市，乃首禁之：立为教条，示以男女有别、出作人息之义及违禁之罚。遴各里矜耆之方正者，家喻而户晓之。"② 为强调效果，还令下所治各商铺的五扇木板店门分别写上"如日之升，如月之恒，如松之茂，如竹之苞"，当中一扇必定写着"日中为市"以示警醒。张蕃以为"民初以为不便，逾月而夜市绝，日中尽阛阓矣"。没想到，马帮还是只能日暮时分赶到，街心油灯由四方街各家商铺自发轮流为其点亮指引，夜市并未断绝。直至今日，石宝山朝山会也还以"夜寺"③闻名。

---

　　① 清乾隆十年（1745）、乾隆十六年（1751）两任剑川州牧张蕃所著《滇西纪行记》（或作《滇南新语》），转引自剑川政协《剑川文史资料选编》第八辑，第146页，大理州文化局内部资料准印证（2006）23号。

　　② 同上书，第148页。

　　③ 白语中"逛夜寺"就是指逛夜间的石宝山朝山歌会的各寺。歌会期间"逛夜寺"时至今日，还是石宝山附近地域如沙溪镇甸头村等民众最为热闹的民间"夜生活"。

图附 – 2　寺登四方街魁阁带戏台

　　自然的沧海桑田,有时也会在历史时势发展面前败落下来。曾经热闹非凡的四方街,随着茶马古道在现代社会的衰落而再度深藏在横断山脉的褶皱之中,经年未有变化。某年,四方街西面鳌峰山的莽林被砍伐清理,陆陆续续有了人家;214 省道也沿着山麓修筑,方便快速地将一波波的人流从四方街身边呼啸着往来运送;曾经挖出过西汉时期海贝、绿松石的鳌峰山上建起了新型的农贸市场、牲畜交易市场。四方街的集市复合空间彻底没了用处:沿街的铺面都紧紧地闭着门,马店也早已歇业;兴教寺的大门门楼,“文革”前就改造成了乡政府办公室,寺庙厢房是工作人员宿舍,大殿隔成了小学教室和谷仓,琅琅读书声回荡在曾经香烟缭绕的大殿上空。尘满面的魁星自是不再能保佑士子们科举得魁了,戏台上也曾唱起过革命的红色小戏。两棵大槐树中间孤独地立着一根一劳永逸的水泥杆“火把”——大家都不再在乎是否还得每年轮换着由当年新郎官们齐心合力“树火把”。荒草长满了四方街的街场、小径,还顺着屋墙檐角,爬上破瓦屋头,随风摇摆。曾经的繁华记忆凝固在四方街,静静地破落着、衰败着。

惊　变

造化总是就在拐角处。1999 年,一个极其偶然的机遇①让寺登街以这种最"质朴"的"粗服乱头"的形象,获得了世界性的关注。2001 年 10 月 11 日,世界纪念性建筑基金会(WMF)在纽约向世界宣布:"中国云南沙溪(寺登)区域入选 2002 年 101 个世界濒危建筑保护名录。"入选缘由是:"沙溪(寺登)区域是茶马古道上唯一幸存的集市,有完整无缺的戏院、旅馆、寺庙、寨门,使这个连接西藏和东南亚的集市相当完备。"②

此后,瑞士发展合作署(SDC)、瑞士联邦理工大学(ETHE)空间与景观规划研究所(IRL)、美国世界纪念性建筑基金会(WMF)和剑川县政府相继投入了相当比例的启动资金,由剑川县人民政府和瑞士联邦理工大学合作进行的"沙溪复兴工程"正式启动。

沙溪复兴工程共设计了六个层面的保护实践基本框架:

一、四方街修复。包括魁阁带戏台、兴教寺、老马店、临街店铺、东、南寨门和四方街场等建筑层面的加固、更换、修补或补强等;

二、古村落保护与发展。在不破坏民居群体外在协调关系的前提下,实现内部生活设施的现代化,如布排地下管道、排水系统、电线和互联网线等,吸引原住居民留驻;

三、沙溪坝可持续发展。引导整个沙溪坝子的民居建筑保持古村落格

---

① 以下内容归纳自整个事件的最关键人物王亚军的自述《云南沙溪古镇与万里长城并行——剑川沙溪寺登街入选世界建筑遗产名录纪实》,见剑川政协《剑川文史资料选编》第八辑,第 36—43 页。

1999 年 8 月,时任云南省第一人民医院的剑川籍医生王亚军在与同事王砚女士闲谈中得知,其丈夫米世文目前就读的瑞士联邦理工大学有位雅克·菲恩纳尔博士受世界纪念性建筑基金会(WMF,非营利机构,成立于 1965 年,从 1995 年起在全世界范围内发起评选世界建筑遗产保护名录,每两年公布一次,给予一定经济和技术帮助)委托,想要在云南寻找一处可列入名录,并且具备遗产修复和保护可操作性的地方。王亚军当即就提出了自己的家乡剑川,后经与米世文的不断沟通,米世文就将剑川推荐给了雅克博士。昆明与瑞士苏黎世是友好城市,雅克博士常到昆明开展相关古建工作,基本同意米世文的推荐,并决定亲自考察。张笑等地方学者积极准备相关材料,精心规划考察路线,原本推荐之一的金华镇西门街明清古建筑群由于范围太大,现代建筑过多而落选;推荐之二的石宝山石窟下的寺登街则获雅克博士青眼,认为其保存完整度较好、修复可操作性强、保护实施着力点集中等。于是就开始了一系列剑川县政府、瑞士联邦理工大学、世界纪念性建筑基金会等联动工程。

② 世界纪念性建筑基金会(WMF)评定寺登四方街入选名录的缘由。参见云南剑川政协《剑川文史资料选编》第八辑,第 44 页。

局、优化现有优美自然生态景观;

四、生态卫生。兴建新型旱厕、无害化处理等设施;

五、脱贫与地方文化保护。在历史建筑修复基础上,因势利导,给地方注入活力,重新恢复生机,最终主要以旅游带动整个沙溪坝区实现脱贫与地方文化保护的和谐及可持续发展;

六、宣传。探索创新型的保护与发展之路,必要的总结与适当的宣传,创造更广阔的机会,启发其他地区的发展保护。①

始终贯穿其中的修复理念是:其一,在尊重文化遗产现状的基础上展现其各历史断面的丰富性、真实性和完整性;其二,在保证建筑结构稳定性基础上赋予当代再利用的空间与功能;其三,不超出此时此地工匠、技艺水平及材料使用,因地制宜最大限度保持其真实性与完整性,等等。

由于事先进行了周密详备的工程调研,民众和当地文化学者的意见得到了充分的吸纳和尊重②,复兴框架细致、合理、可持续;还以部分、单体建筑的修复,考验、培训了当地工匠等,整个沙溪复兴工程虽遇到部分困难,总体还是顺利、流畅、完满地按部就班地行进到目前常态化建设的第四期③目标。

这个曾经将被历史遗忘、也将被村民们遗弃的荒草满径的寺登四方街,经过这一番仿佛突如其来的"机遇",既是偶然更是必然地呈现出了如同略略打磨过的璞玉不失其丽质的底色,淡然地接纳着来自全世界、全中国,不同肤色和种族游客们的慕名"凝视"。他们有的或惊艳于其本质

---

① 云南剑川政协:《剑川文史资料选编》第八辑,第94—96页。

② 雅克博士考察时,兴教寺大门门楼现状是"文革"前期就被改造成的砖木结构的乡政府办公二层小楼(已搬离)。瑞士方坚持要保持其登录名录时的"原来模样",而沙溪几乎全体居民和所有地方文化学者的意见是恢复其宗教场所的"原本之样",双方意见发生严重冲突。最后瑞士方妥协,但提出让黄印武根据现有建筑物的体量、规格和四方街整体基本风格等数据重新设计兴教寺的"宗教大门",由此冲突才得以平复。具体内容可见下注所列参考资料。

③ 具体内容可参见2003年起一直担任沙溪复兴工程瑞士方代表,参与具体设计、施工监督的黄印武著作《在沙溪阅读时间》,云南民族出版社2009年版。黄印武另有单篇论文《不得不设计:云南剑川县沙溪复兴工程建筑遗产保护中的几个例子》,《时代建筑》2011年第2期;黄印武、雅克等《复兴茶马古道:沙溪坝和寺登村的光彩未来》,《中国文化遗产》2006年第2期。另见云南剑川政协《剑川文史资料选编》第八辑,大理州文化局内部资料准印证(2006)23号。网络上相关沙溪寺登街的报道和旅游推荐、游记感悟也较多。后文会有针对性地详述。

图附 - 3　寺登四方街北古宗巷

天然;有的或不满其(农村)生活现实的平静冷寂①、规模狭小,不一而足。

　　现在的四方街也在继续容纳着原住居民在其间的生老病死,检阅着牛马羊鸭猪成群的喧闹经过,"小勤实验小学"的学生也在大殿后新建明亮宽敞的教学楼里愉快地学习着。年节会期的演出都安排到了魁星眼皮子底下的戏台上或专门搭建的更宽大的舞台;抬着贡品的家庭川流不息地沿着南北古宗巷红砂石板小巷,经过东寨门到其外的本主庙供奉(见图附-3)。本主庙上的对联也换成了"街道复古感谢雅克博士无私奉献一片好心,庙宇重修全靠寺登老协尽力完成合村善事"。② 街心的水泥杆"火把"大约从复兴工程启动之后就"顺便"被撬走,每年都有新婚、添丁家庭"不厌其烦"地有滋有味地过起了太子会、火把节(2011 年火把节"树火把"时,由于协调不力,粗大的火把树歪斜侧倒

---

　　① 如果游客是与 60 公里外丽江古城四方街来对比的话,寺登四方街目前根本一点儿都比不上丽江四方街的人声鼎沸、人头攒动的盛景。

　　② 据参与整个复兴工程的总顾问张笑伯父澄清断定:沙溪复兴工程目前进行到第四期,外方总投资共 800 多万瑞士法郎,而剑川县政府及相应的中国各相关机构、部门已投入 4000 多万元。至少在经济投入和后续维护投入上,中国政府才是真正做出最大贡献者。

时还擦碰掉了戏台一角的飞檐翘角，当地人巧匠第二天就又将之恢复如初①）。一部分原住居民开启了紧闭的铺门，理发烫头、缝纫裁剪、小卖部中药铺等，恢复着其原有集市的生活服务功能。有的则卖起了剑川最有特色的各式绣花鞋或各式旅游商品，一些嗅觉灵敏的外地商人也盘下了最好位置的沿街商铺，改造成"马店式"星级旅店或茶室，还打出各式招幌在古镇上卖起了咖啡、牛排——异域的奇异香气飘荡在这个古老的四方集市上。

在专家的评估中，寺登街在被复兴工程启动修复之前，由于不是国家类别的文保单位，超脱了部分框架限制，而得以按照当今最前沿的国际性保护原则得到了保护性修复。②荣誉也接踵而来：2002年1月，沙溪镇成为云南省级历史文化名镇；2003年底，世界纪念性建筑基金会颁发《杰出工程实施证书》；2003年5月20日，联合国教科文组织授予"世界遗产所在地脱贫的可持续管理"试点研究案例；2005年，获联合国教科文组织"亚太地区文化遗产保护杰出贡献奖"；2006年，兴教寺成为第六批国家文物保护单位，等等。

物质与非物质文化遗产的"保护"

本节重点并非在于沙溪寺登街建筑群修复过程的具体介绍，只想通过此个案说明：在操作性相对较强的物质遗产保护中，原真性也并非被机械理解为"停滞不动在历史某处"，相反，"不得不设计"的个别操作实践"变通"，正是"为了更好地维持和表达建筑遗产的原有价值"、"完善建筑基本要素的现实诉求"，"不是无奈妥协，也不是委曲求全，而是建筑遗产保护的一种基本态度，一种务实谨慎的态度，一种谦虚恭敬的态度，一种积极自信的态度"。③那么，反观本书歌会和白曲的非物质文化遗产保护，其原生性、综合性与现代性④难道不是也应该拿出点"务实谨慎、谦虚恭敬、积极自信"的"态度"吗？

①　这个过程笔者都亲眼所见。
②　黄印武：《不得不设计：云南剑川县沙溪复兴工程建筑遗产保护中的几个例子》，注释1，《时代建筑》2011年第2期。
③　黄印武：《不得不设计：云南剑川县沙溪复兴工程建筑遗产保护中的几个例子》，《时代建筑》2011年第2期。
④　陈勤建：《民间文化遗产保护和开发的若干问题》，《江西社会科学》2005年第2期。

就物质遗产保护来说，现代的"保护"概念早已从单一的个体建筑扩展到保护群体的建筑、再而发展到文化景观的保护，也已超越了"保留和保存"的意义，涵盖了可持续发展的概念，还将"被动地接受保护"逐步转化为寻求更好的被保护机遇、积极主动地与发展联系起来。而发展更不是随心所欲的发展，而是基于保护、为了保护、实践保护的一种可持续的发展。保护不再只是一时项目的建设完成、专家的指引，而是其广大群众的热心参与和其普通日常生活过程；保护也不仅只是可见的有形的物质遗产部分，还关注看不见摸不着的无形非物质遗产部分；保护有待专家学者的理论探索，更待其文化享有者持有者以其生活实践的关注、支持与参与。那么也就是说，如果沙溪复兴工程已经为我们奠定好了一个较为良好的建筑群落文化景观，绝大部分寺登原住居民在其间的自然生活又维护和维持了其理想的良好的文化生态空间，那么，作为沙溪镇辖属的石宝山，其上的荣誉有：国家级文物石窟、国家级风景名胜区以及国家级非物质文化遗产的歌会，这些又都该如何相互的联动呼应，共同实现其"保护"的终极意义呢？

就本书的论述主题来说，沙溪居民记忆不远处，步行来自乔后、温坡、大树的白族群众穿着七八层汗衫新衣、戴着叮哩咣啷作响的银饰帽子、弹着三弦对着小曲露宿寺登四方街头的场景可能再也不用回去了；原本只允许乡绅村贤耆老组成的"洞经会"、"圣谕会"登台演奏的魁阁带戏台，现在也能让"不登大雅之台"的情歌白曲公开的对唱了；甚至，每年每届的石宝山歌会节，现在也成了由离退休老干部、村贤野老们组成的各支"洞经古乐会"所乐意、需争取才能去的展演舞台。不过，在更为"根深蒂固"的思想观念和社会舆论评价体系中，寺登"街上的"居民①、沙溪坝子的居民、甚至剑川、大理的白族同胞们能否不再"歧视"来自"穷乡僻壤"的唱调子的歌手；歌手们也能凭其艺术天赋获得非世俗传统意义评价上的"成功"、"名誉"；从而，身为白族就能自觉地、主动地、积极地将白曲艺术、白曲演唱当作本民族自己的语言艺术精品而加以欣赏、珍爱、传承并且自豪地发扬光大也许就不仅仅如建筑遗产的

----

① 小孩子游戏嬉闹、互相攀比、骂架的口头语中都会以"我是街上的"，来表示自己的"区位优越感"，目前在四方街上小孩子口中经常可听闻到，这个现象也被黄印武感觉到并记录在其《在沙溪阅读时间》一书中，第37页。

"修复如故"那么具备可操作性甚至可设计性了。

在 2007 年中国非物质文化遗产专题展上,温家宝同志曾就非物质文化遗产中非物质与物质之间的关系有精辟的论述,他说"非物质文化遗产也有物质性,要把非物质文化遗产的非物质性和物质性结合在一起。物质性就是文象,非物质性就是文脉。人之文明,无文象不生,无文脉不传。无文象无体,无文脉无魂。文化文化,文而化之,化而文之,两者要很好地结合起来"。① 在笔者的本书论旨理解中,非物质白曲的物质性、文象就是:更为丰富充盈的现实生活、更为平等宽容的经济发展环境,在此富足小康的生活基础上,历史上一直都善于学习、心灵丰富的白族同胞们定然会向人类精神的丰富性、人类艺术的多样性上贡献出带着自己民族特色的更多更好的白曲山花,万紫千红才是春,更何况山花烂漫。

文化变迁的逻辑

如果上述是笔者略带浪漫气息的"学(习)者"式的激情及理想,那么朝向当下田野,寺登四方街的"文化变迁"及其"变迁的逻辑"或许可让本书的"学(习)者"的理性回归,也力图使本书的思考不仅限于某立场的单向式、平面式的陈述。

如果我们把文化理解为某共同体的生活方式,那么对其主体来说,文化变迁就是一个既存在又不存在的文化状况。通常来说,文化变迁的步幅是细微的、累积的或渐进的,文化和其主体生活之间的关系是如此的密切,以至于其主体通常意识不到文化在变迁、已变迁和将变迁。他们"在文化中"生活而不是"在文化前"生活,正如鱼儿在水中。在这个意义上,文化变迁对他们来讲是不存在的。也许他们偶尔回顾自己的生活史时会感觉到自己的生活方式已然发生了某些变化,然而这种累积性的渐变状况本身却是无法清晰地被把握的。而且,通常来说,一种文化与其主体的生活越和谐,这种无意识状态也就越显著。即这种生活方式越合理流畅,那么其文体主体对自身文化的无意识状况也就越彻底,海德格尔称之为"敞开状态"——只有在敞开状态,文化才真正能够显示自身的特色

---

① 中国政府官网:《温家宝、李长春参观中国非物质文化遗产专题展》(http://www.gov. cn/jrzg/2007—06/09/content_ 642958. htm),2007 年 6 月 9 日。

以及发挥自身的功能。而如果要把握文化变迁，首要前提是文化从敞开走向闭锁，即文化被对象化。这其中的吊诡值得玩味。

对该社区共同体之外的人——或本来就是（大）社区共同体之中却被划定为"异乡人"的旅游者、研究者和地方学者来说，文化就是被观看与被审视对象。此时，文化就被对象化了，这些人俨然就站立在了"文化之前"。他们可以在文化的传统与现代之间无限时次地"穿越"、可以"客观"地解释当下和传统之间的继承和流变关系、可以将某一特定区域的文化勾勒为具有时间秩序的稳定的连续体。然而当这种认识确立时，文化已经远离他们了，文化也已不再是社区共同体成员们所生活着的了，文化作为一种普遍意义上的人类生活方式已经被他们肢解成有着边缘界限的各个部分构件，以至于闭锁在他们自己的意念下话语中的逻辑框架里了——即使他们客观上就生活于这种文化当中。他们的生活方式俨然已是另一种通过学术话语建构起来的生活方式。

文化变迁，意味着文化的自我否定。当变迁的幅度微小、持续的时间漫长时这种否定性就被忽略了，然而被忽略并不意味着不存在，正如茶马古道之退出历史舞台四方街的自然衰落。而当文化变迁的速度突然加速时，文化变迁就会被明显地感觉到。有关文化变迁突然加速的直接原因有很多，如不可抗的自然生态灾难（如地震、干旱等），或人为造成的战争、某行政规划（如三峡移民等），等等。其中，"文化保护"是最有意味的一种促使文化变迁加速的力量。对社区共同体的多数成员来讲，自己就快遗忘、遗弃的文化居然成了被"外界"欣赏的、珍惜的，甚至不远万里、不惜重金、漂洋过海前来"保护"的对象。他们将会"震惊"于自己的文化，同时也就有了利用或使用自己文化的下意识本能。而一旦"使用"自己的文化，文化的自我否定就更被强化了。

一般意义上，文化保护意味着要阻止文化变迁，或使文化沿着文化保护者认定的轨迹变迁。悖理的是，这两种目的都会由于"文化的对象化"而自我消解，文化的保护就是文化的变迁。文化的保护把文化共同体成员从"文化中"移到"文化前"。一旦站在"文化前"，对"文化的使用"就几乎不可避免。"文化的使用"不仅来自外来者，更有其本文化主体，而后者，常常被我们的研究所忽略。

文化成了（被）使用对象，在当下的商业社会就意味着商品化。市场经济的规律将会毫不留情地撕破那些文化保护者温情脉脉的书生气学者意的初衷。文化主体将会在震惊于"重新发现"自己文化的"价值"（商业价值、人文价值等混合）同时，意气风发地开始他们的"新"生活。开始新生活意味着否定旧生活，于是"引诱"逻辑开始上场。

根据意大利学者马里奥·佩尔尼奥拉的观点：引诱者在引诱逻辑中实是弱者，被引诱者才是力量的持有者，引诱者其实是被被引诱者所左右。引诱者为了引诱被引诱者，它必须清空自己以便为被引诱者留下处所，引诱者最终由被引诱者塑造成型。"游戏规则其实是掌握在被引诱者手中，引诱者之所以能够有所作为，是因为他完全接受了这些条件。"① 换置为本书的论述语境就是：文化在文化保护的驱使下成为对象，对象在市场经济中成为商品，商品意味着消费者的力量，消费者的力量意味着渴求柏拉图理念式的"原生态"，理念"原生态"必定造成"原生态的幻象"，"原生态幻象"的提供者不能少了其文化的主体的参与，而文化主体的参与是按照外来者的期待进行的。也即，作为"茶马古道上唯一幸存的集市"的沙溪寺登四方街，已经开始被全世界关注，文化变迁也将由此开始，而沙溪复兴工程就是其巨大的推手。寺登四方街的修复成功，已经使其能作为一个"引诱者"，"引诱"来自世界各地的游客，而"被引诱"的游客的"凝视"，必将改造作为"引诱者"的寺登四方街、甚至文化，甚至日常生活方式。

原生态的幻象

在主动提供保护契机的一方（瑞士联邦理工大学、世界纪念性建筑基金会）看来，该工程把文化遗产保护同地区经济发展联系起来，目的在于避免高速公路之类的基础建设影响到"沙溪这块美丽而历史悠久的世外桃源，……避免这些因素对沙溪的自然与文化遗产造成负面影响……同时……为可持续发展创造条件"。② 该项目涉及沙溪的方方面面，其中最核心的基础部分是寺登街的修复和规划。本着与国际接轨的国际性修复

① ［意］马里奥·佩尔尼奥拉：《仪式思维——性、死亡和世界》，吕捷译，周宪、高建平主编：《新世界美学译丛》，商务印书馆2006年版，第105页。
② ［瑞士］迭戈·萨梅隆·威利·施密特：《沙溪精神：沙溪复兴工程——基于可持续概念的中国农村发展示范项目》，黄印武译，见其书《在沙溪阅读时间》，第169—180页。前作者是瑞士LEP景观与环境规划咨询公司首席执行官，后作者是瑞士联邦理工大学空间与景观规划研究所所长。

原则,寺登街核心区域:四方街场、临街商铺、马店、兴教寺、魁阁带古戏台、东寨门、南寨门都进行了根本性的修整补强和精细修复,曾是沙溪坝最高建筑物的魁阁带戏台还在修复后可防震防雷电,并有防火设施和照明设备等,所有这一切从外表几乎看不出来,培训本地工匠进行的施工,其质量之高令人叹为观止。

图附-4 寺登四方街上的咖啡店

寺登四方街仿佛一夜之间又回到了历史上最为繁华鼎盛的那个年代,旅游业也得到了几乎从零开始的、加速度式的发展,中外游客开始络绎不绝。沿四方街除去一些乡村集市必备的生活服务功能的小店外,更多的店铺以其商品陈列、服务定位俨然承担起了"代表寺登四方街、沙溪、白族的文化特色"的最为外显的表征:如各式各样的白族绣花鞋店、剑川木雕小店等。很多早已经消失的物品重新摆放到商铺柜台中,如草鞋、古旧的生活用品等,甚至有些根本不属于本地本民族的花花绿绿的旅游商品、纪念品也堂而皇之地摆在了木制柜台上。四方街场上位置最好的各式茶室似有若无地传来沙溪居民闻所未闻的电子蓝调音乐;木板上或扎染布幡上用中英文陈列着各种聱牙诘口的咖啡、西餐名录;店内灯光柔和、环境朴实雅致。原先只有大马锅头、二锅头①才能享受的马店客栈(一般马夫只能随意地在马圈附近睡地铺,方便不时给马喂夜草)也被打造成了内部拥有各种现代化设施的"星级马店",兼而配备来自台湾的大厨,细

① 马锅头:马帮中领头者的俗称。

心烹调，提供牛排、西餐等"洋玩意儿"，等等。

最令人回味多思的现象是：大多数星级马店和咖啡馆的老板都是外地人，然而，他们就是外地游客最易认同的、语言能沟通的、情感最相近的，甚至装修格调、生活（卫生）习惯也最接近的"在异乡"的"同乡者"。他们店铺的好生意正是由于来自"异乡"，寻求"异文化震撼体验"的"异乡者"所光顾；而他们就是在此地的"异乡"提供给远来的"异乡者""体味沙溪文化"的直接供给者（见图附-4）。二者的吊诡实在值得玩味。

总之，与其说旅游者在领略异文化，还不如说当地人在领略异己的文化；与其说旅游者被当地文化所震撼，还不如说当地人被"自己的"文化所震撼；与其说寺登街"引诱"了旅游者，不如说旅游者"引诱"了寺登人。那些"看上去很美"的咖啡、牛排用其异域的香味引诱着沙溪居民的嗅觉；那些在四方街场上，晒着太阳，熟练使用刀叉进食西餐的外国人、中国人也在以其"另类"的"行为方式"引诱着沙溪居民；那些穿着各式服装使用各式旅游装备的游客也在以其"奇装异服"引诱着本地居民的视觉审美……而这些，都是缘于寺登四方街的复兴。于是，本民族的文化骄傲感油然而生。而同时，什么时候也能晒太阳、使刀叉、吃牛排的念头再也挥之不去：外面的世界很精彩已无须再证明。沙溪的居民正在面对一个他们自己都从未"见识"过的寺登街和沙溪白族文化，正是它们，让外面世界的人千里迢迢跋山涉水奔赴到此，很可能仅仅为了喝杯咖啡，晒会儿太阳，再发会儿呆。寺登街人开始注意维持街道卫生整洁了，毕竟要注意"国际形象"；生活习惯也开始接受并享受这种农村中的"城市化"、乡村里的"国际化"生活了。现在寺登街年轻人"比阔"的口头语都变成了"请你到老马店吃牛排"；县城里追赶时髦的年轻人甚至还只有到"嘎贝子"（猪皮子）的寺登镇才能"开洋荤"，吃上"正宗"牛排。寺登街的文化变迁从复兴工程带来的"突然加速"，正在过渡和进入到"缓慢行进"的过程当中。

至此，"原住民"已然不能完全掌握自己发展自己本民族的本土文化——也即绝对纯粹意义上的"原生态文化"的权力了。至少是从复兴工程起，沙溪白族文化的"现代化"进程将不再能由其原住民所完全自主掌控，"原生态的幻象"也成了理论批判意义上的必然。本来作为保持全球文化异质性的文化保护行动，在本书的观察视野下蜕变为加速文化同质化进程的关键力量。"被引诱的游客"是其中不能被忽视的参与力量,而作为"引诱者"的原住民也有躬亲践行的心理认同。当下正在丽江发生的"全质蜕变"在离丽江不到60公里的地方有了再度重演的因素及可能性。学者们的学术活动、理论力量由此必须及时上场。

需特别强调的是,我们自己所宣称的"文化保护同时又强调经济发展"、"以旅游为主要推动力发展经济"等口号,其"利用"和"引诱"的意味是很明显的。然而,本书语境下的"利用"和"引诱"都不具有消极意味,笔者也无意否定其价值。"文化"本身就意味着"未完成",具有过渡性。文化的变迁无法阻止,而变迁就意味着差异、否定。在这个意义上,同质化也不可能真正实现,至少从哲学的意义上来说即是如此。文化的常态也从未有一个视角就能看清,正如我们自己从未能拔着头发让自己离开地球(鲁迅语)反观过自己。"原生态的幻象"就产生自生活在当下的自己的心中。

小　结

本章主要是对全书各论点进行进一步的明确和总结。在学术话语建构的"原生态"与民间生活原生态问题上,本章参考"脱域"概念,对学术话语应当在更深入民间生活和文化主体意愿的基础上再予学理化建构进行了再次的辨析与讨论。对"原生态"的"幻象"之由产生也在本书论域范围内作了学理上的明晰和总结。石宝山歌会作为国家非物质文化遗产,在前述几章的描述和论证的基础上,在本章也分别从"民俗类遗产"、"遗产主体"、"遗产价值"、"活态可持续传承"、"非物质文化遗产传承人"五个方面进行了逐一的清理和总结。在本书原生态即当下生活场、生活流和生活相理念下,对当代剑川正在发生并进行着的,全国范围内的中小学"撤点并校"的时代社会现实与歌会传统白曲歌手生成养成的原有生态场域进行了思考。也对以白语为白曲的绝对承载工具,在当代白族的自我选择中的"优先后置"作了描述。可以说,都在紧密联系当下切实的白族日常生活,提出的问题其现实感及现实意义绝不容忽视,这也更进一步加深对"原生态"概念本身的思考。

最后,笔者尝试以"文学化"的民族志形式,对笔者近十年日常生活田野中几乎全程经历过、正在经历着的沙溪镇寺登四方街（世界纪念性建筑遗产）的文化变迁进行了描写，尝试以"文化变迁的逻辑"的理论提炼深化本书"原生态的幻象"的立论深度及意义，完满本书对石宝山歌会的个案田野调查的写作价值。

附录一

云南省剑川县石宝山歌会位置图、
地理环境形貌图

白族石宝山歌会地理位置　中国　云南　剑川

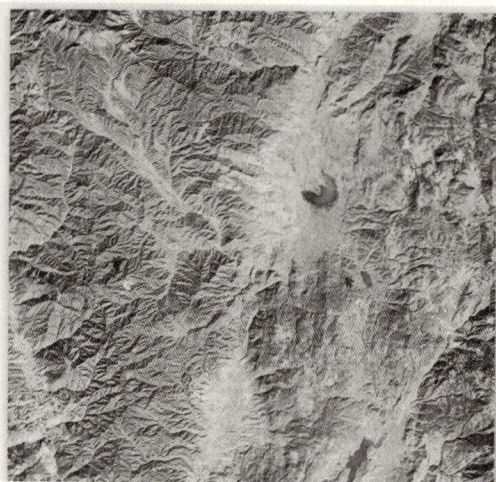

白族石宝山歌会文化空间环境地貌　剑川地区卫片

（剑川县文化体育局提供）

石宝山下沙溪镇远眺

剑川县城远眺

（县文化体育局提供）

附录二

剑川县人民政府关于石宝山歌会节安排情况一览表（1999—2009）

［制表说明］：

1. 指导思想只摘选文件的主要精神；

2. 常规活动指 1999 年前即有，已基本稳定传承下来的活动。不排除个别常规活动由于政策导向，不再见于文件表述，而实际在民间继续传承，如宗教信仰活动等；

3. 新增活动若连续出现第二年，即视为常规活动纳入相应程序序列。

另：本文视政府行为的经贸类活动、与歌会原生态无确切关联的木雕技艺、刺绣展演、竞赛；白族洞经古乐展演、土特品展销为新增活动。

文件号	指导思想（摘要）	节日时间	常规活动					新增活动
剑政发【1999】39 号	以云南省建设民族文化大省为契机；实施旅游名牌战略；加快旅游资源开发和旅游业发展；培植富民强县支柱产业；文化融入经济，促进和推动地方经济。	1999 年 9 月 6—9 日（农历七月二十七—三十日）	山门迎宾仪式	对歌台赛歌	民间歌手自娱自乐对唱（表演）①	大型篝火晚会（9 月 6 日、7 日晚）	云宝寺相居、海寺民族宗教文化活动	首届龙舟大赛②

---

① 就"表演"是有意识的展示性的行动意义而言，民间对调不一定带有"表演"意味。

② 石宝山是山区，没有大面积水域。"首届剑湖龙舟赛"（文件里原有"首届"二字，下同）举行于离石宝山约四十公里外的甸南乡、东岭乡剑湖水域。

续表

文件号	指导思想（摘要）	节日时间	常规活动					新增活动
剑政发【2000】30号	紧抓云南省建设民族文化大省契机；将民族风情、歌会文化和石窟文化最大限度推向市场；增强民间文艺群众参与性；展现歌会原始风貌；"文艺搭台、经济唱戏"	2000年8月26—28日（农历七月二十七—二十九）①	山门迎宾仪式	对歌台白族调表演赛	民间歌手自娱自乐对唱（表演）	大型篝火晚会（8月26日、27日晚）	海云居、宝相寺民族宗教文化活动	首届剑川"石宝山杯"歌手大奖赛；歌会前举办一期30名白族歌手"龙头三弦弹奏"培训班，参与迎宾、结伴对唱。
剑政发【2001】42号	紧抓省州（大理州）建设民族文化大省、大州契机；"文艺搭台，经济唱戏"；邀请媒体"高起点"、"高密度"、"高聚焦"报道；"让世界了解剑川，让剑川走向世界。"	2001年9月14—16日（农历七月二十七—二十九）	山门迎宾仪式	"民间歌手大奖赛"	民间歌手自娱自乐对唱（表演）	大型篝火晚会（9月14日、15日晚）	海云居、宝相寺民族宗教文化活动	首届"龙头三弦演奏大奖赛"；木器、木雕小件设计、雕刻大赛。土特产品展销活动。招商引资、园区建设新闻发布会、工业项目洽谈会；
剑政发【2002】29号	"把歌会办成弘扬优秀文化的阵地，加强民族团结的盛会，建设精神文明的载体，展示剑川新形象的舞台，让世界了解剑川的窗口，开创'文艺搭台，经济唱戏'的新局面，促进经济和社会各项事业的协调发展。"对外展示剑川各族群众能歌善舞、热情好客的精神面貌。	2002年9月4—6日（农历七月二十七—二十九）	山门迎宾仪式	"民间歌手大奖赛"	1. 民间歌手自娱自乐对唱（表演）2. 第二届"龙头三弦演奏大奖赛"。	大型篝火晚会②（民族歌舞大联欢）		歌会开幕式文艺表演；定点歌舞表演；（篝火晚会上）县级机关、企事业单位③首届白族集体舞大赛；第二届剑川木雕工艺产品雕刻技能大赛；土特产品、旅游产品展销活动。经济发展座谈会；旅游业开发座谈会。

---

① 农历历法大部分年份没有七月三十日这一天。

② 没有明确日期，有可能减至一个晚上，下同。

③ 本书视作为现代行政体制的"机关单位"参与歌会为新增活动，况每年活动主题内容均不相同，下同。

续表

文件号	指导思想 (摘要)	节日时间	常规活动			新增活动
剑政发【2003】38号	第四届中国昆明国际旅游节剑川分会场;"弘扬文化性、增加旅游性、突出群众性、满足参与性";"唱响剑川、展示剑川";提升"南天瑰宝—石宝山"、"中国歌城"国际品牌文化内涵;"以歌会友,以歌招商";大力发展文化旅游产业;开创'文艺搭台,经济唱戏'的新局面。	2003年8月24—26日(农历七月二十七—二十九)	迎宾活动①	开幕式文艺表演	"民间白曲歌手大奖赛"定点歌舞表演	大型篝火晚会(民族歌舞大联欢)	"石宝山杯白曲大奖赛"(乡镇间白曲对抗赛);(篝火晚会上)县级机关、企事业单位"剑川儿女唱名山"合唱比赛;剑川白族古乐演奏②;剑川风情摄影展;电影《多情谷》滚动播放剑川木雕工艺产品雕刻技能大赛(原文无届数);土特产品和旅游产品展销;项目推介会、招商引资会。
剑政发【2004】22号	"以人为本,**还节于民**";"以人为本,发展创新,弘扬民族文化,振兴剑川经济";"政府引导,社会化、市场化运作";开创"文艺搭台,经济唱戏"的新局面。营造"歌山歌海";抓住"十一旅游黄金周"、"自驾车旅游"、"中老年户外运动热",细分营销市场。	2004年9月11—13日(农历七月二十七—二十九)	迎宾活动	开幕式文艺表演	"石宝山杯白曲大奖赛"(乡镇间白曲对抗赛);第二届"石宝山杯"歌王歌后擂台赛③;"龙头三弦"大赛;民间歌舞乐定点展演	篝火晚会	白族歌曲创作、白族歌舞创作(编导、表演)大赛;剑川白族古乐演奏;**本子曲演唱会**;(篝火晚会上)县城体育场分会场,县级机关、企事业单位首届"**石龙霸王鞭**"大赛和焰火晚会;9月12日,金华镇满贤林千狮山"狮王剪彩活动";木雕工艺技能现场技能竞赛和木雕工艺品大赛;精品旅游路线和旅游产品推介。

① 不提具体地点,经询问应该还是在山门前迎宾。

② 前文已提到,专唱小调白曲的歌会在大部分剑川人家眼里不能登大雅之堂,历史上专以文人士子(读书人)为主体的剑川古乐队根本不可能会出现在歌会上,所以本表将它放置于"新增活动"部分。后文还将提及。

③ "石宝山杯白曲大奖赛"与"歌王歌后擂台赛"据受访者回忆应是不同的两场比赛,原文件即这样划分。

续表

文件号	指导思想（摘要）	节日时间	常规活动			新增活动
剑政发【2005】16号	紧抓被列为云南省县域文化试点县契机；"以人为本，还节于民"；"通过政府引导的方式"办会；大力发展非公有制经济、着力土特品展销；"唱响、发展、宣传剑川"；抓住十一黄金周、自驾车游机遇；展现全县良好投资环境和美好发展前景。	2005年8月31—9月2日（农历七月二十七—二十九）	迎宾活动	开幕式文艺演出	第二届"石宝山杯"白曲大奖赛（乡镇间白曲对抗赛）；歌王歌后擂台赛"龙头三弦"大赛；定点歌舞表演；本子曲演唱会。	篝火晚会	剑川白族古乐演奏；（篝火晚会上）县城分会场，县级机关、企事业单位参加的文艺和焰火晚会；第五届剑川木雕工艺产品展赛；**民族刺绣饰品展赛**；
剑政发【2006】22号	紧抓被列为云南省县域文化试点县契机；"以人为本，还节于民"；"通过政府引导的方式"办会；大力发展非公有制经济、着力土特品展销；"唱响、发展、宣传剑川"；抓住十一黄金周、自驾车游机遇；最大限度展现全县良好投资环境和美好发展前景。	2006年8月20—22日（农历七月二十七—二十九）①	开幕式文艺演出	第三届"石宝山杯"白曲大赛；民间歌舞展演；"龙头三弦"大赛；乡镇歌手定点表演。	篝火晚会	**民族服饰展演；白族酒歌和传统民歌演唱大赛；剑川阿吒力古乐演奏②**；第六届剑川木雕工艺产品展赛；民族刺绣品展赛。
剑政发【2007】16号	"以人为本，突出民俗，弘扬文化，振兴经济"为主题，加快剑川经济社会全面发展为主线；大力发展县域经济为重点；促进文化旅游产业为核心；唱响、发展、宣传剑川。	2007年9月8—10日（农历七月二十七—二十九）	迎宾仪式	开幕式文艺表演	传统赛歌；歌王歌后擂台赛；龙头三弦演奏赛；传统本子曲演唱；歌布点展演。	篝火晚会	**云南省首届"石宝山杯"洞经音乐邀请赛；民间歌手、龙头三弦拜师仪式；**古乐定点演奏；民族服饰展示；民间手工制品制作展示；**书画摄影展**及剑川风光摄影活动。

---

① 2006年有"闰七月"，根据民间习惯，选第一个七月底举办歌会。

② 古乐和阿吒力古乐，一个为朝堂礼仪之乐，一个为地方性宗教吸收前者和其他音乐改造之乐。

续表

文件号	指导思想（摘要）	节日时间	常规活动				新增活动
剑政发【2008】50号	抓住被列为全国第二批非物质文化遗产保护名录机遇；民族文化旅游强县；以人为本，还节于民；重点突出"传统赛歌"特色民族文化遗产。	2008 年 8 月 27—29 日（农历七月二十七—二十九）	迎宾仪式	开幕式文艺演出	传统赛歌；传统本子曲演唱；	篝火晚会	古乐演奏；展销剑川木雕、**布扎**、刺绣、地方特色食品；
剑办发【2009】27号	围绕庆祝新中国成立 60 周年，以"迎国庆、对情歌、颂成就、建和谐"为主题；以人为本，惠及于民的办节原则；政府引导，弘扬民族优秀文化。	2009 年 9 月 16—18 日（农历七月二十八—三十日）①	"迎宾仪式"	"开幕式文艺演出"	传统赛歌；"石宝山杯"歌王歌后擂台赛；龙头三弦演奏赛；"弹不完的三弦情·唱不尽的白族调"民歌展演；民族歌舞展演。	篝火晚会	古乐定点演奏；白族题材电影放映；**白族歌舞光碟展播；**剑川木雕、布扎、刺绣展销。

---

① 民间历来都是七月二十七即开始会期，当天即有大量民众涌在对歌台前期待看渐成传统的"开幕式文艺演出"。这个明显的政府工作部门的失误，致使 2009 年的歌会，仓促地以部分演出人员按文件安排的例行的头天不正式彩排、走台代替了"开幕式文艺演出"。二十七日当天，传统赛歌等活动都是临时抽调人员上台凑数，政府部门的工作安排当即被全盘打乱，当然也就随着民众二十九的自行散去而结束。

附录三

2010 年、2011 年石宝山歌会部分
现场对唱实录、部分白曲
汉字型白文记录①

一 2010 年石宝山歌会部分现场对唱汉字型白文记录

（一）苏贵和羊岑女歌手对唱实例汉字型白文	（二）李繁昌和赵应萍对唱实例汉字型白文	（三）李根繁与哨坪女歌手对唱实例汉字型白文
视频编号：001 对唱时间：2010 年 9 月 5 日下午约 4 时，全长 11 分 13 秒 听音、汉字型白文记录：李繁昌 翻译：苏贵、赵一平	视频编号：002 对唱时间：2010 年 9 月 5 日下午约 4 时，全长 12 分 48 秒 听音、汉字型白文记录：李繁昌 翻译：李繁昌、赵一平	视频编号：003 对唱时间：2010 年 9 月 6 日下午约 3 时，全长 11 分 14 秒 听音：苏贵 汉字型白文记录及翻译：李繁昌、赵一平
男： 介自我怎六十岁，菊整代利达吐兰。 六十岁利额采后，初杂汉树哈。 汉数间利阿挂劳，采得羊岑后冷包。 用某挂中恩尺处，先先告某安。	男： 来劳母，冷直孟得票恩努 庸说吃努必虽自，在票恩面努。 我利唱言那使产，我利大言那使够。 我利工某唱工次，来告恩银得过。	男： 花子斗，做花杨该彦片仲。 彦片杨手努仲野，告杨花斗呕雨呕直自须手七，告奴学则样手东。［呕特格须变直计］ 告奴学则样手古，奴想恩奴押用。
女： 悠悠意，工梯商豆走波会。 走波山奴顶观朽，观劳压想贝。 阿刷样额观某奔，观劳自样舍某透。 坚恩心劳坚恩肝，盖许咒孟又。	女： 欠咒嘎冷瘪得过，朽努次知讲压多。 我介阿哥冷心欠，努恩得疯药。 言要小利咒古漂，冷皮压古冷心古。 我想勾努唱次乃，努想卡恩努。	女： 押府劳利贝到中 观寺温彦票了奴 牙手机会顶难得，遇后恩勾奴。 岩处我利提能董，寺奴我共奴大脚。 我爱奴彦能曲秋，我喜欢能奴

---

① 为节省正文篇幅，正文所采用的现场白曲对唱的汉字型白文记录，统一放置在附录三，可供汉族研究者凭其汉语音节感受其押韵、高低协调律，也方便相关白族研究者对本书提出批评。

（一）苏贵和羊岑女歌手对唱实例汉字型白文	（二）李繁昌和赵应萍对唱实例汉字型白文	（三）李根繁与哨坪女歌手对唱实例汉字型白文
男： 千咒奴利舍我透，恩奴符得棒够受。 我利岩之某利岩，计收恩厄跳。 样三勾之来楼呢，用某做恩圆心药。 奴利岩之我利岩，贝退告三牟。	男： 欠咒我想卡冷努，女梯赖讲赖耍衾。 好东冷大嫂们言，某之样边努。 孟身材利顶告秋，孟脾气努山牙多。 庸耍讲差耍冲之，我利该孟努。	男： 押府劳利贝到中，花奴子乃挂能奴。 花奴子乃挂歪特，孟何之花莫。 能勾有意厄采花，花子东利采押度。 女体奴挂来花自，告恩花瘾过。
女： 咒心勾，奴之男子汉阿标。 奴该楞妻该劳该，为样三勾努。 奴该楞妻样塞成，冷白山努阿言们。 奴该楞妻样塞成，为样三勾努。	女： 欠咒努利该孟努，邀得架言怕老婆。 孟次斗利孟胆小，某该巫言努。 我体共努唱次乃，考冷努之来压莫。 庸耍我庸安架自，在票冷面努。	女： 花东岩票仲波寺，厄勾能曲顶唱色。 花利开处厄勾采，当自三温心。 河里金鱼对对岩，以得女体圆能心。 我告冷次搞使奴，百岁利有意。
男： 牙甫够恩银妻耍，留得架言松奴安。 我用冷努又牙甫，晃之搏生造。 岩白某利计起我，岩处都告架告安。 奴用吗努厄牙个，招呼吗腾达。	男： 欠咒在票冷面努，安架努安古波衾。 古波衾之讲七多，努为中忙贼努。 阿大我只小伙言，样来配商后大莫。 庸双配到冷努自，盖冷母孟勾。	男： 收平花奴呕史须，阿斗在比斗开盖。 阿斗比斗在开色，扎史合恩意。 茂用单盖史双盖，女体花斗告我收。 茂仲女体来各花，贷款利我爱。
女： 大到能董阿哥之，庸梯劝努阿比之。 庸梯劝努细偶必，证冷心努了。 衣之仪嘎叩之温，架之嘎言来安衾。 努庸安架嘎言之，汝冷心努们。	女： 冷直努再讲恩努，冷努压山努言莫。 来波二爷古波得，好之眼清秀。 努冲阿使古小伙，贝土努用勾三只。 庸耍努之小伙自，我利之后兜。	女： 奴寺花柳架鸡气，美上恩勾花间意。 叫衾之来中押肯，恩勾厄跟嘎最（不清楚） 恩勾奴利送我哇，讲东讲西利子意。 东山之高西山低，我配恩勾虽。
男： 三勾十人中十角，奴之中孟盖可角。 用奴当之温心心，言该孟牙耍。 一切初之样工言，恩妻们利我牙说。 搬冷手努记起奴，耐讲耐耍妙。	男： 冷直努利讲恩努，我利梅斯古压莫。 来波二爷之讲内，咒挂努阿漂。 冷勾我只当老板，油肚子口害恩努。 弄望汉利恩光仲，我之老板口。	男： 我答能董女体子，奴计盖做样花奴兵。 无聊光棍奴之计，贵散杨花勒。 得盖门利拥告计，后盖门利拥告挣。 无聊光棍门衾之，茂考能奴勒。

（一）苏贵和羊岑女歌手对唱 实例汉字型白文	（二）李繁昌和赵应萍对唱 实例汉字型白文	（三）李根繁与哨坪女歌手 对唱实例汉字型白文
		女： 大哥恩哥仲心哥，女体盖门我自收。 来皆小炉匠之计，茂想赵杨收。 弹子松利茂克开，暗锁松自虽奴收。 后天轴各苏乘子，苏乘我押哭。
女： 咒气哥，努自有情票良努。 冷五大努牙中心，中心冷（有情努）【心叩】 有情后斗孟等色，有情后斗孟等照。 美上恩勾努之减，豆奴努言莫。	女： 欠咒冷努油肚口，油肚口标水肚口。 咒手之努做阿苏，大冷厄须努。 冷鞋记利买使努，冷挖子几安恩厄。 努冲阿使大老板，冷卑利居们。	
男： 我要冷孟女梯子，我外号叫有情之。 岩得架轰利喜欢，望我努言们。 好之言努虽到心，恩产努改使努吃。 介先勾努所后劳，希利柱努们。	男： 冷直努在讲恩努，我该女梯压清秀。 我该努在说梦话，牙利山牙多。 那脂坚孟刀必那，那难口们安恩破。 庸要恩努遇压得，在该繁之努冷空。	男： 勒勒唱自唱修可，利仲岩中能门肯。 能勾岩中能门自，省得仲三恶女体岩处能交计，能勾岩处交人们 冷次唱劳自亚府，坐之阿轰子。
女： 努说冷次自初大，切记代贵细后多。 努告样后代贵称，我初依奴多。 努依劳利我牙依，努杀劳利我牙杀。 三可手努贼起母，使吗千言安。	女： 父老乡亲同志轰，冷直安体要那努。 安体厄中唱次乃，咒挂努阿标。 繁冷轰之自吃直，繁冷轰之福气呼。 冷直繁努那该该，言先够阿漏。	女： 中厄门利偶押用，我该艾心仲能奴。 厄次利秋努利秋，仲三恶阿轰阿岁乖寺安奴奔，安等奴之算红乐 我押该奴来安奴，奴喜欢彦们
男： 白糕值彦后气子，共努自改坚开得。 介先说商后劳自，一定跟恩后。 我利岩自努利岩，努利肯之我利肯。 吃餐卑利样倒火，手呼呼之吃。	男： 欠咒言先够阿漏，那卡繁该努之莫。 那卡繁该努之自，阿大安工口。 银前腿你随那批，银后腿利随那咒。 那想吃干奔虽之，安干奔压莫。	男： 我中能门奴用安们，奴干我当自如奴子 用偶当自如奴特，能温和押们党里鸡子孟如计，如奴斤自南该可。 奴嘎恩奴该可自，茂尾能厄勒
女： 恩公手呼呼之吃，恩哥贝得之贝后。 贝恩得之间恩心，贝恩后之垒恩勾。 冷该恩该初阿次，贝土商傍勾。	女： 父老乡亲同志轰，安初唱票冷得努。 冷次唱劳安压唱，安耸安家轰。 冒利坐也等经多，使冒厄中唱嘎调 冷次唱了安压唱，安耸安架轰。	女： 恩勾奴利害秋勒，人才之秋文化子 人才之秋文化秋，芬芳奴银子[ ][ ][ ][ ][ ][ ]， 我该奴相信我们。 奴利爱我我喜欢，在能光间之。
男： 欠得贝土商傍勾，我手搬冷波得努。 工梯三开手努岩，努庸中心努。 观山观儒打伙岩，观花兰利打伙中。 我用冷次讲冷孟，证紧冷心努。	男： 欠咒样耸样架后，得直咒挂要那努。 唱次样体告挖善，咒挂努阿标。 唱次劳之必冲直，口说无凭压利莫。 冷次唱劳安压唱，安耸安架轰。	

（一）2010 年石宝山歌会，张银与罗燕现场对唱实录及汉译

1. 对唱时间：2010 年 9 月 5 日下午约 5 时，全长 6 分 4 秒
2. 听音、汉字型白文记录：李繁昌
3. 翻译：李繁昌、赵一平

备注：张银、罗燕是沙溪桃源村人，年纪 13 岁（见图 4－12）。据李繁昌评价：首先，还是读书年少的年纪就唱"情哥情妹"的有情调，于其年纪和身份都不符合，不应该唱；其次，两人唱的都是"死调子"——由别人创作好了，靠死记硬背记下来现场唱，不好听；第三，没有唱出新意，都是传统的一些句子和调子，没意思。张银与罗燕的对唱没有在论文中呈现，为尊重李繁昌听曲记音的辛苦劳动，同时也展现李繁昌对此的评价与判断，故在此陈列。

汉字型白文	汉译
男： 小女梯，咪冷多自努亚山。 宅宅和汉冷票，冷努安压多。 今天共努遇三斗，心空初杀花拿七。 对歌台努样相遇，欢乐某嘎言。	男： 小情妹，哥哥想你你不知。 时时刻刻盼你来，总是不见你。 今天我和你相遇，心儿几乎跳出来。 我们相遇对歌台，欢乐过几天。
女： 共商世劳冷冒，我利天天咪冷多。 编言皆之乃好数，双使先言旺。 我使三先厄冷孟，耍使北斗共努耍。 今天阿登恩公努，初杀害花号。	女： 和你相识已很久，天天思念心上人。 想问音讯羞开口，说给星月知。 我请三星去迎你，我让北斗送消息。 今天见到情哥哥，几乎高兴死。
男： 嘻手嘻手恩女梯，咪冷多利努压山。 石宝山努样三会，阿妙哈你细。 石宝山努花冷该，经之阿对对克起。 山伯英台样工言，汉书自阿妙。（不押韵）	男： 笑嘻嘻的小情妹，哥哥想你你不知。 我们相会石宝山，不要太羞涩。 石宝山上花繁茂，都是一对一对开。 山伯英台就我们，不要太害羞。
女： 咒气恩公之碱哥，冷心恩心初阿口。 冷该恩该初阿次，商世之阿袭。 公利之利对对付，样得孟袭走样土。 豆土踏板样得孟，样贝三勾土。	女： 有情有义情哥哥，你我二人一条心。 两人影子就一个，永远不分离。 蝴蝶翩跹双双飞，前人给咱指明路。 平坦大路在前方，两人爱相随。

汉字型白文	汉译
男： 嘻手嘻手恩女梯，努之波单后楞子。 我之党河努芍药，配自阿对子。 石宝山努后冷该，样冷对之后楞子。 等票孟后克起自，百耍利腾之。	男： 吟吟微笑小妹妹，宛如牡丹小花蕾。 我是地上芍药花，芍药配牡丹。 石宝山上花儿多，唯有你我小花蕾。 待到花蕾绽放时，花期过百年。
女： 我利想庸牙手说，共努商勾阿百耍。 阿百耍利心压变，争几中商安。 岩计岩达厄冷孟，贝记贝达嘎努安。 十乃耍样努样工言，哈苏之阿妙。	女： 阿妹阿哥心相通，百年与哥长相随。 相亲相爱心不变，持拐棍相会。 外出行走相召唤，来来往往常探望。 你我现在十二岁，不必太羞涩。
男： 小女梯，唱劳白自样庸贝。 介言唱努言该计，阿言唱嘎贼。 介言色色舍努多，色开阿多样工梯。 贝开劳利乃额达，还是样工梯。	男： 小情妹，唱了一曲要下台。 今天参赛歌手多，每人唱几句。 今天你我实难分，二人相依难相别。 走开然后又相拥，聚散两依依。
女： 只减哥，贝计贝达利受苦。 介先达恩舍压苦，树可安边努。 额书利样打伙岩，自子样坐阿中努。 昌卑利样打伙吃，正紧冷心努。	女： 情哥哥，来回相见太辛苦。 今天一起回我家，相恋在一起。 读书路上长相伴，同窗同桌同玩乐。 同桌吃饭情义长，切记勿相忘。

二　2011 年石宝山歌会部分现场对唱
汉字型白文记录

一、姜宗德、李宝妹对唱实例 汉字型白文	二、张塔宝与某女歌手对唱实例（片断） 汉字型白文
对唱时间：2011 年 8 月 26 日下午约 3 时，全长 12 分 10 秒 听音、汉字型白文记录及翻译：赵一平	对唱时间：2011 年 8 月 26 日约 23：30，全长 12 分 10 秒 听音：李繁昌　张塔宝 汉字型白文记录及翻译：张塔宝、赵一平
女： 各位父老乡亲羹，冷直那餐吃劳孟 阿岁样来计会本，票劳贝舍透 一年一度对歌会，八方朋友票登奴 唱白曲彦弹三弦，圆那可心空	男： 冷丈夫奴我利认　冷丈夫得没良心 冷丈夫得没良心，用奴卦压肯 观寺冷奴押史岩，某初皆奴找恩厄 冷丈夫得没良心，用奴卦压肯
男： 各位父老乡亲羹，那说会乃温彦们。 阿岁在比岁温彦，银该计孟须。 衣贝对用对手移，堆处开羹票得奴。 阿岁样来观会奔，来劳贝舍透。	女： 我告阿勾冷孟说，恩丈夫卦我心干票 某体卦得厄次乃，恩心卦押票 我岩处冲厄史，我坐处利某厄了 恩丈夫孟良心秋，奴杂告某世

一、姜宗德、李宝妹对唱实例 汉字型白文	二、张塔宝与某女歌手对唱实例（片断） 汉字型白文
女： 尽之白子白女轰，耍史那姜中德孟史巫。 冷各某好打麻将，得的钱计须。 某自得的几百万，某彦先够朽票牙奴。 来该紧自孟手气秋，某秋票自牙奴。	男： 杂那门孟押共北，欠得那轰该三厄 欠得冷轰该村奴，打自厄厄手 那三打自大那亡，温心奴替厄董勒 庸说奴替厄董自，把直牙利孟
男： 我说冷孟小拥体，打麻将恩手气害。 杂耍之奴次通乘，厄汗利次七。 托利用奴计咪度，罕东轰之饮各须。 冷本厄次毁厄心，麻将我押爱。	女： 我告阿勾冷孟说，安初厄利皆阿妙 打利茂体打厄次，冷奴打押票 我说茂孟唱次乃，茂岩贤冷厄押们 厄后轰初打安利，我初计冷后
女： 恩勾谦虚票牙奴，冷钱计利冷奴用。 某该样勒用孟孟，某谦虚利中。 用餐卑利岩堆处，厄勾冷孟我押用。 厄勾在自史我利，在利我押用。	男： 冷次之利欠朽勒，做自买本纸笔墨 买大孟奴鸡波得，告花柳告贤 样杂茂彦奴相轰，样杂茂彦奴商认 工梯脆下斗得波，晃哈利大勒
男： 得直某来受厄奴，其实厄钱阿贝们 子女工眼岩厄书，爹妈轰茂古 兔利用奴计缅度，存肯钱奴贝利们 开得利在岩代款，厄亡牙利们	女： 欠仲晃哈利大勒，史我说利说正孟 样之阿兰里奴花，阿兰里开七 花自采孟色某斗，口之收孟朽孟银 工梯三斗劳厄之，世开斗替妙
女： 奴说冷次利之中，奴自冲票害乘奴 孟厄之粗孟东畔，工台葫芦空 用某史彦剑湖里，本来本来须等奴 厄先剑湖须高利，摘某奴银们	男： 我大冷董小女体，样之工勾三凹须 工梯样之阿兰花，阿斗里开七 公利之利对对飞，样交轰利对对贝 今天三斗样工银，样利杂对贝
男： 各位父老那欠肯，孟衣套利自捡得 鞋子仲得孟母亡，某冲直自牙手 银害之某做肯多，坐到冲之厄厄手 冷直某来讲厄董，孟史巫那舍押得	女： 大冷董奴花枝斗，开之奴开冷得奴 开之奴开那只奴，空中心冷奴 押采之该心特坚，采奴之皆千人知 开之奴开厄波兰，空中心冷奴
女： 今天我告那孟说，孟奴害得正样放 小小坚打眼皆，打票洱源豹 大理下关利打千，丽江巴巴利打架 茂恶冷奴正通得，冷奴之阿史样	男： 欠仲空中心恩奴，工梯三斗冷登奴 工梯三斗花兰里，阿斗来几斗 唱利我体工奴唱，大利我体大冷奴 今天三斗样工银，三世奴白们
男： 打银皆利只中，打银皆初为冷奴 得先打的玉几双，奴在仲冷奴 餐卑银劳勾引我，我双仲卦恩钱押孟 乘大劳利心押明，害得手三破	女： 我告阿勾冷孟说，特特唱利欠朽们 前天唱票今天利，初之聊手调 冷白时间利美劳，样利耽搁茂温多 明天邀奴上台子，奴用利仲妙
女： 奴说冷牙本厄奴，其实奴牙利打押度 公安局轰茂盖奴，奴该票冷命奴 茂千奴白打白白，千代代潘巫 茂自天天岩皆奴，把直子则劳女标	男： 大冷东花斗，手疼褪茂勾儒奴 样交轰利喜欢欠，唱史茂嘎眼 工奴唱票明斗白，冷交嘎眼之旺奴 今天用我便乘之，我初依奴们

一、姜宗德、李宝妹对唱实例 汉字型白文	二、张塔宝与某女歌手对唱实例（片断） 汉字型白文
男： 开自唱票冷登奴，安亡牙之挖善奴 样图孟奴告欢乐，则仲卦奴标 计害世东苦做银，正值古标耐把衾 阿皆仲得铁几手，盖孟母孟勾	女： 我告阿勾冷孟说，说七劳利奴西们 茂初喜欢欠利女体爱肯多，昨天安初祖贝七厄 阿付利在册押度，冷白之厄温多，想庸车夫之
女： 某说冷次利只中，某自仲东票了奴 某只仲东奴做银，孟巫利居们 用孟得茂苦长乘，油肚把直水肚空 厄勾中德顶认真，那厄孟孟衾	男： 我押西，奴体做厄见面乃 奴用赤纸表灯楞，看朽孟旺面 衣利移孟可空温，旺利奴体旺我乃 奴用厄奴当七旺，冷妻①那工银
备注：此处缺去一段。故不能听懂上一段李宝妹的反讽之意。	女： 说冷孟利奴喜们，奴押喜之大厄后 奴押喜自大厄史，冷心孟史手 冷手开厄手奴岩，冷勾仲到厄勾后 冷白样初押付利，史奴利告安
	男： 大冷史自我岩们，史奴爱心做则们 无聊光棍奴之计，贵撒样花柳 冷丈夫之卖彦处，那衾茂做冷奴真 大冷史自我押岩，茂做冷奴真。
	女： 奴放心，奴放一百二宽心 比斯冲利我档乘，害乘来特我顶肯 茂初卦得恩次乃，恩心卦押得
	男： 害乘来特奴顶肯，我该女体花我勒 小小坚坚厄心真，奴滑冷勾勒 大冷史之我喜欢，史奴爱心做怎么 庸要奴滑冷勾之，岩直处利们
	女： 我大冷董干心票，心空代开史奴安 真心代开史奴汉，暗那坚代旺 旺利我体旺茂乃，阿勾冷奴押代旺 我告真心当史奴，奴利告某安。
	男： 奴说冷次利初大，切记贵心万多 奴用细吾代贵自，我初衣奴多 奴衣劳利我押衣，奴撒劳利我押住 奴用细巫代贵之，我初衣奴多。

①　应该为"夫"，现场对歌错漏难免。

（一）2011 年石宝山歌会，李繁昌、姚福花现场对唱实录及汉译

1. 对唱时间：2011 年 8 月 26 日上午 9 时 30，全长 14 分 17 秒
2. 听音：李繁昌
3. 汉字型白文记录及翻译：李繁昌、赵一平

备注：领导及贵宾晚到，开幕式迟迟不能举行，就让李繁昌和丽江九河姚福花（女，42 岁）先上台现场对唱了此调。李繁昌以唱无情调出名，姚福花是李根繁弟子，两人旗鼓相当对唱精彩，属典型现场版的无情调。

汉字型白文	汉译
男： 南自歌会过劳厄，皆自勒勒温彦克。 后黄绿采奴利计，温利汉花克。 我利邀得细交银，厄够比某比见之。 庸要某再比见自，杂史配秋勒。	男： 自从去年歌会后，今年歌会更热闹。 五光十色游客多，眼花又缭乱。 我也找了新游伴，可惜身材比我高。 若果她再矮一点，两人配成双。
女： 衣押夷奴厄小梯，能曲嘎次是唱盖。 唱七次次是欠朽，奴自盖咪七。 能姐我利爱唱次，厄曲配冷曲孟虽。 奴利得单我得单，工得单三配。	女： 袒胸露背小阿弟，你唱山歌真动人。 字字句句悦人耳，如何想出来。 姐姐我也爱唱歌，曲调是否能相配。 你我都是孤独人，孤独人相伴。
男： 能次之利欠朽勒，厄心口慌自波波手。 杀自今日劳恩自，叫仲拥梯子。 大姐冷次押叫劳，利仲配自阿对之。 我用冷次讲冷孟，单应特大们。	男： 姐姐歌声真动人，听得心儿怦怦跳。 今天与你相识后，叫你小亲妹。 不再称你为大姐，两人相配成一对。 心里话儿说给你，妹妹应允否？
女： 恩小梯，唱曲阿斗说高比 唱曲庸说高比自，唱押直利虽。 三勾押分斗彦小，三勾押分钱彦灰。 我用冷次说冷孟，奴再告某咪	女： 小阿弟，唱歌谁会比高低①。 对歌如果讲高低，不如早分手。 相爱不言老和少，相爱不讲富与贫。 我把这话告诉你，弟弟细思量。
男： 冷次说史恩拥梯，我利初之押手咪 工奴唱劳阿皆自，我庸工奴贝 福利工梯打伙福，岩处冷多我特咪 我用冷次讲冷孟，奴千得们虽	男： 真心告诉小情妹，我也就是这样想。 与你把歌唱完后，我要和妹走。 飞也两人一起飞，哥哥时时把妹想。 哥哥心意告诉你，妹妹合意否？

---

① 高低：带有双关含义，既指对歌水平的高低，也指身材高矮，前文中男方提到身高略矮于女方。

续表

汉字型白文	汉译
女： 所史厄梯奴冷空，经之岩考冷姐奴。 勒姐之大奴之小，配后大勒莫。 唱次我体告挖善，冷奴自我自改用。 奴拥安交虽乃自，安茂女南衾。	女： 说给弟弟糊涂人，总打姐姐的主意。 姐姐大来弟弟小，怎能配得上。 两人对歌只是玩，姐姐怎么会要你。 若你要找女朋友，去找小姑娘。
男： 冷次之利欠朽勒，阿大冷细占占勒。 我庸安交虽乃自，押安二妈子。 安利我庸安女南，茂自排队见我厄。 庸说工奴把三紧，厄名誉间们	男： 这句话儿真好听，姐姐心儿真天真。 如果要找女朋友，不找小婆娘。 朋友要找小姑娘，成群女孩抢着来。 如果我和你交际，毁了我名声。
女： 说史恩梯占斗之，安得厄交们眼子 孟手之高孟勾长，某之大学生。 孟情义利比奴秋，人才比奴强十分。 白之奴自告某罕，某飞起利大勒	女： 告诉弟弟真心话，我已找到好男友。 身材高大体格强，他是大学生。 比你更加重情义，人才比你强十分。 待会你去看看他，不似普通人。
男： 大姐奴利之本事，安交安得大学生 大学生标大牲畜，孟勾高高勒 黑缅掺利某自整，孟必卦乃扒高肯 庸说史某初取自，某花自义义手	男： 大姐真是好本事，男朋友是大学生。 不是学生是畜生，个子很高大。 夜间站着来睡觉，脸嘴朝天高高仰。 如果给他一把草，高兴到异常。
女： 说史恩梯奴欠克，比冷奴自强见之 奴安得冷交那眼，初该咬奴勒 温彦处之某利岩，温彦处自某利之 某鸣冷孟工次自，那得慢得厄	女： 说给弟弟认真听，比起你来强一些。 你找到的那个伴，担心会咬你。 热闹地方她常去，哪里热闹就有她。 对你鸣叫一两句，一只跟一只。
男： 奴告安奴比自狗，奴利初之匡母卡 我之匡波奴匡母，害秋岩南安 害秋体自害奴先，安害处之几奴匡 七八月自样三勾，把直匡三安	男： 你把我们比成狗，你也就是一母狗。 我是公来你是母，如何会不丑。 美好只有天上星，丑陋就是地上狗。 七八月份两相爱，做成狗朋友。
女： 我利来告冷孟说，我利匡自奴利匡 样匡工得配三儿，配秋孟东茂 茂说汉匡奴汉秋，奴本汉匡奴发旺 匡波匡母样工得，配秋孟东吗。	女： 我也给你说几句，我是狗来你是狗。 两只狗儿在一起，般配又和美。 人说养狗你在行，生活兴旺靠养狗。 你是公狗我是母，相配无人比。
男： 父老乡亲同志衾，匡波匡母配秋们。 唱次安体告挖善，仲卦奴押们 女： 冷次唱劳安贝特，等皆之自厄到中 恩师波利等经多，欠某唱嘎调	男： 父老乡亲同志们，公狗母狗相配吗？ 其实我们只是玩，并非真情况。 女： 这句唱完我们走，等一会儿再上台。 我的老师等不及，听他唱几句。（老师：李根繁）

（二）2011 年石宝山歌会，李根繁与张五妹

现场对唱实录及汉译

1. 对唱时间：2011 年 8 月 26 日上午 10 时，全长 6 分 12 秒
2. 听音：李繁昌
3. 汉字型白文记录及翻译：李繁昌、赵一平

备注：领导及贵宾晚到，开幕式迟迟不能举行，李繁昌和姚福花唱后，李根繁和张五妹又对唱了一调。李根繁采语自然，身边物、事皆可唱入调的特点在此曲中也有表现。

汉字型白文	汉译
男： 父老乡亲同志轰，受受苦苦票到奴。 阿双样代三斗奔，安来唱白曲。 样三勾自茂喜欢，样三世自茂利呕 茂安样得做直某，编冷心之口	男： 父老乡亲同志们，辛辛苦苦到这里。 每年总要碰次面，来此唱白曲。 咱们相爱人喜欢，咱们相离他们忧。 他们看好咱俩，妹妹怎么想？
女： 厄勾唱七冷次之，厄观寺标贤冷厄。 厄观寺标厄安奴，餐利在押吃。 交轰三斗冷得孟，唱劳白自告我等。 唱劳白自大冷史，冷心孟闪手。	女： 阿哥唱出这曲子，妹妹到此非为玩。 专门来此找哥哥，早饭也未吃。 别人相遇在歌会，唱完曲子把妹等。 对歌结束跟哥走，阿哥意如何。
男： 女体冷餐在押吃，等改千奴吃饵丝 买使冷奴饵丝报，告父住住吃 餐押吃奴来安我，仲卦拥梯情义之 今天利在押直自，自皆产虽得	男： 妹妹早饭还没吃，待会请你吃饵丝。 买碗饵丝给妹妹，放开肚皮吃。 早饭没吃来找哥，妹妹的确情义深。 今天如果不成双，如何睡得着。
女： 冷次之利顶唱盖，吃阿史利虽冷意 吃阿史利虽奴哇，利仲马上贝 工奴马上贝利晃，厄勾该冷妻孟虽 厄勾冷妻押该自，手三开奴贝	女： 这段曲子唱得好，吃什么都随哥意。 吃什么都随你定，还是马上走？ 马上走也妹心欢，阿哥是否怕家妻。 如果不怕家中妻，牵哥手儿走。
男： 我利勒告冷孟说，三勾阿斗讲吃多 奴考厄奴千奴吃，斗押直利撒 细心告冷奴汉汉，初为拥梯吃计哈。 吃直复吐手冷内，安直阿史调	男： 我也给你说一说，谈情谁会提吃饭。 你想让我请你吃，谈不成也好。 仔细上下将你看，看来妹妹吃太多。 吃得肥胖如大瓮，看着不成样。
女： 奴说冷次利之中，讲厄奴标奴利中 餐卑押吃做直多，该奴千押度 冷次唱劳样世乘，我岩千奴吃利中 厄勾冷钱押们自，我千奴利用	女： 你这几句讲得对，不是讲我讲自己。 做人怎能不吃饭，难道你不知。 这句唱完咱停歇，或者我来请哥吃。 要是我哥没有钱，我来请你吃。

（三）2011 年石宝山歌会，李福元与施雪梅

现场对唱实录及汉译

1. 对唱时间：2011 年 8 月 27 日下午 3 时，全长 16 分 27 秒

2. 听音：李繁昌

3. 汉字型白文记录及翻译：李繁昌、赵一平

备注：李福元，1979 年生，石龙村人，曾在石龙村白语学校任教，因饰演/唱"来波爹"一角深入民心，民间绰号即是。美国女孩王莉莎拜其为师，两人在 2008 年对歌台上用白语表演了对唱，在民间引起不小轰动，王莉莎因之被群众称为"洋金花"。李福元现为剑川县阿鹏艺术团成员，能自编自弹自唱，常参与对外宣传、接待，并录制表演/唱于各种 VCD、DVD 中，与"洋金花"共同登上过央视"欢乐中国行·大理"之舞台。

施雪梅，弥沙人，歌会现场主动慕名约唱，李福元此前并不认识她。

汉字型白文	汉译
男： 各位父老乡亲轰，厄交眼之尼受轰 尼受报报银音计，某之岩洞轰 孟名之叫施雪梅，那觉得某害秋们 安冷工眼配三几，配直害轰斗	男： 各位父老乡亲们，我妹妹是弥沙人。 弥沙坝子村寨多，她是岩洞人。 名字加做施雪梅，大家看她俏丽否。 我们二人配成双，好比天上花。
女： 我押讲自那押虽，交眼又得来波爹 今天工某遇三斗，工某唱嘎句 孟身材之顶告秋，孟曲嘎次顶唱盖 安工眼之遇三斗，工某唱嘎句	女： 我不说来人不知，情人就是来波爹。 今天和他又相遇，和他唱几句。 他的身材很挺拔，他的调子唱得好。 二人歌会节相遇，和他对几调。
男： 欠仲样利唱某句，高利押高比押比 小利押小大押大，仲卦轰厄意 体之我敢紧奴内，厄交轰之紧奴怨 拥要交轰紧奴自，工利紧灰西。	男： 听得妹妹邀唱歌，高也不高矮不矮。 小也不小大不大，的确合我意。 只有我敢追求你，其他人都没胆量。 如果别人追求你，飞蛾扑火死。
女： 欠仲工利紧灰西，昨天奴岩安那虽 今天拥梯来贤奴，冷奴暗南贤 交轰又我押唱，我庸岩邀来波爹 今天工梯遇三斗，秋勒告商议	女： 听得飞蛾扑火死，昨天你去啥地方。 今天妹妹来找你，无处觅踪影。 别人邀约我不唱，我要邀约来波爹。 今天兄妹相会面，好好来商议。

续表

汉字型白文	汉译
男: 坚心索,坚心索银野勒冲 用样工梯移三几,移开大勒们 飞利样初阿对飞,栖利样栖阿姑奴。 我用冷次讲史奴,正紧冷心奴	男: 牵心索,牵心绳索紧紧缠。 把咱二人缠成绳,如何分得开。 飞翔咱们成对飞,栖息咱们栖一枝。 我把此话说给你,牢牢记心上。
女: 欠仲正紧厄心奴,用我坚票冷得奴 用我坚票冷得孟,贝利贝舍透 唱次我初工奴唱,大利我初大冷奴 唱劳改自样押府,手三开奴跑	女: 听到记牢妹心上,把我牵引到此处。 把我牵引到这里,走也不想走。 唱歌我就和你唱,行走我就和你走。 唱完调子咱回家,手牵手地走。
男: 欠仲三开手奴跑,大厄舍之耐把轰 来波孟母脾气呛,奴该孟奴们 工梯打伙唱次乃,唱次劳自押利们 台上夫妻台下了,正紧冷心奴	男: 听得两人牵手走,和我回家太危险。 来波母亲脾气大,你不害怕吗? 我们上是对调子,唱完之后无后事。 台上夫妻台下了,好好记心上。
女: 欠仲正紧厄心奴,得直我体耍冷奴 大冷史体耍奴乃,冷奴我押用 厄交们轰顶害秋,厄勾里茂孟大们 我体告冷心口试,耐仲真银奴	女: 听到记牢我心上,前话只是哄哥哥。 和你回家是骗你,你上我不要。 我的同伴很俊秀,阿哥如何比得上。 我只试试哥的心,你以为是真。
男: 欠仲耐仲真银奴,厄心空之赤奴空 我心空之妻眼亡,特害大孟奴 讲克仲卦奴害秋,勾心兔冷孟烦度 有缘无分样工眼,留自厄善奴	男: 听到我以为是真,哥哥的心是红心。 我的心属我的妻,和她心连心。 说来你比她漂亮,可惜拿你没办法。 有缘无分咱俩,留到下辈子。
女: 欠仲留自厄善奴,女体做冷心之空 女体做冷次奴衣,移大冷次奴 友和大冷次奴移,黑缅次利脱某轰 今天工奴遇三斗,三世之阿轰	女: 听得留到下辈子,妹妹做你胸中心。 妹妹就是贴身衣,穿在哥身上。 整日整夜穿在身,晚上睡觉也不脱。 今天遇到亲哥哥,不能相离分。
男: 欠仲三世之阿轰,聊奴闪巫乃做轰 郝东受银脾气怪,我利该孟奴 押轰某弟厄银等光,某在欠代我利中 厄次肯乃之害单薄,欠代到当共	男: 听得不能相分离,这种事情不能做。 家中媳妇恶脾气,我也害怕她。 回家她揪我耳朵,对我拳打又脚踢。 哥哥身体又单薄,难挨她捶打。
女: 担大冷董仲心勾,放心斗胆大厄奴 女体我之得当银,受利阿银们 千年夫妻紧冷孟,百岁花柳安冷普 今天奴大厄舍岩,奴用利仲们。	女: 妹妹给哥回句话,放心大胆跟妹走。 妹妹还是一个人,还没有丈夫。 千年夫妻跟定你,百岁花柳靠哥哥。 今天哥随妹妹走,哥哥意如何?
男: 我大冷董花子东,得白我体耍冷奴 来波爹体之叫直,恩妻利银孟 皆自我直十八岁,初中毕业升高中 等票学习毕业自,我初大冷奴	男: 娇艳花儿我跟随,刚才只是开玩笑。 世上并无来波爹,至今还单身。 今年刚满十八岁,初中毕业升高中。 待到学业完成日,哥随妹妹走。

续表

汉字型白文	汉译
女： 欠说奴初大厄奴，冷次说后厄义奴 我利初之用冷牙，样心初阿口 奴利岩处偶利岩，奴利坐处我利中 今天工梯遇三斗，样心初阿口	女： 听到哥哥真心话，是我心满又意足。 这也就是妹妹心，兄妹一颗心。 哥哥外出妹相随，你我双宿又双飞。 今天二人相遇后，你我一条心。
男： 欠仲样心初阿口，工梯贝土三拌够 我用真话说冷孟，冷勾爱冷奴 得直我体告奴试，耐告冷真心口告摸 咋咋编编工三改，轰厄心空奴	男： 听到你我一条心，二人相携脚相磨。 哥把真心话倾诉，哥哥爱妹妹。 刚才只是探探路，摸摸妹妹真心愿。 旁敲侧击唱几句，合意又欢喜。
女： 欠仲轰冷心空奴，受我晃孟厄处们 今天安得交冷银，里孟孟奴少 身材初之孟亡秋，情义初之孟亡乎 我用冷次双那孟，那要配秋们	女： 听到合哥的心意，妹妹心花朵朵开。 今天找到情哥哥，世上无人比。 体健英俊身材好，情深意重心细腻。 大家看看我们两，是否为绝配。
男： 父老乡亲同志轰，安初唱票冷得奴 今天唱曲孟儒计，时间之押孟 厄交银之邀得劳，横唱横唱初阿调 工梯三开手奴岩，同志轰，唉买义嗨哟。	男： 父老乡亲同志们，我们就唱到这里。 今天参赛选手多，时间又有限。 情妹已经找到手，再多唱也无新意。 和她携手一道去，同志们，哎买依嗨哟。

三　苏贵创作《森林防火调》汉字型白文记录

白曲创作：苏贵

创作时间：2011 年 2 月 17—21 日

演唱歌手：姜宗德、李宝妹

演唱场域：下基层乡镇、村社宣唱森林防火

男：
必四抽了四必抽，
各位父老乡亲后，
今天共杨厄告讲，
初讲林业奴。

发展林业顶重要，
国家顶重都孟奴，
林业发展做秋自，
扣好子言奴。

女：

天保工程实施肯，
古言小言欢跳肯，
荒山荒地柱妈称，
柱自勉勉生。

飞机播种顶做秋，
高山高儒柱满肯，
弄旺罕利之罕自，
仙该赫色色。

男：
千咒仙该赫色色，

仲卦利之安则色，
千奎奎劳绿奎奎，
自对容对手。

堆处押讲讲几处，
金华山奎奴安克，
山水树木顶风清，
嘎者者抬肯。

女：
说史恩勾悠悠意，
脑筋苦庸斗嘎给，

农业发展优越性，
自抬自抬米。

树木增加杨水源，
省得庄稼牙卡须，
万物生长卡须乎，
押要利杨知。

男：
白月亮之东处嘎，
女梯奴知自初哒，
退耕还林顶做秋，

皆言欢经多。

好东种得核桃林，
来盖孟扣利仲劳，
孟扣牙之杂世勉，
自捏利捏撒。

女：
仲气勾，
奴自世米仲孟奴，
柱得言自某香应，
得补助利中。

经济效益杂司秋，
阿斤再扣岩中东，
厄退赫自十五块，
利在买处母。

男：
欢宴心，
好东分得四汝奎，
孟奴整务害满劳，
告温利欢咪。

七八月自岩安母，
鸡棕古之害气计，
早上岩自晚上押，
钱才卖得计。

女：
刷史恩勾奴千肯，
林业冷必利朽勒，
阿轰夫得汝奎奎，
好之轰朽肯。

冷轰之来柱其以，
达轰核桃柱满肯，
阿那边奴效益秋，
马上行动肯。

男：
清水之沟各腾下，
党奴政策顶办盖，
做牙介许浩偶杨，
拥松杨够盖。

号召杨董沼气池，
省电省钱省时间，
在大孟奴省县灰，
阿那间押盖。

女：
仲七勾，
冷东斗得乃劳母，
拥刷在压斗乃自，
耐生斗母空。

林业系统支持样，
派来技术员利中，
在补助杨公利之，
仲卦手得母。

男：
利之中，
彦先够朽票聊奴，
沼气池彦电器化，
细利押岩中。

党奴政策杂四秋，
米七必必扣杨奴，
处处为百姓着想，
圆得杨细空。

女：
耍史恩勾奴千克，
天保实施可劳厄，
护林防火顶做秋，
做奴顶正得。

荒山荒地大变样，
彦直瓢劳彦直色，
阿岁比岁发展秋，
杨拥做孟真。

男：
小女梯，
冷务冷次耍后理，
岩山中汝拥小心，
阿苗当本灰。

恩本身利处冷乃，
我本护林奴短烟，
初该阿改大意成，
打后安手则。

女：
恩勾耍董耍后理，
奴本护林奴段烟，
水火无情冷嘎整，
押耍利杨山。

得当杨山贼不算，
拥松好之言之山，
岩腾大力奴宣传，
正仲心腹计。

男：
各位同志杨千克，
出火灾自顶阴沉，
拥耍发生火灾自，
代累杂改之。

对国对家利损失，
树尽水干须乎们，
生态环境破坏成，
自改够朽可。

女：
应庆米自之良生，
得冷工耍奴耍肯，
出成火灾孟嘎本，
好之言正得。

安村里之辽生轰，
初之典型奴例子，
自旺够劳岩乎坑，
告汝奎表肯。

男：
千得女梯自疗耍，
得耍杀灰我参加，
嘎言嘎先杀浩多，
苏杂害把浩。

防火队伍顶勇敢，
阿南阴之杀票那，
机关干部利出动，
彦到友奴干。

女：
耍史父老乡亲后，
在拥教育子女轰，
茂用汝奎表肯自，
斗轰利遭殃。

好东该赫利初乃，
灰灰柱柱挖善轰，
拥耍轰该乎成自，
介孟母孟共。

男：

心悠悠，
做言初该灰乎奴，
茂耍火烧一世穷，
牙利就押度。

把直控几板搭害，
腹空利再吃押波，
阿直库赫彦古特，
门无赫利扣。

女：
之聊生奴工泡母，
清明漂劳岩猛奴，
阿改告汝奎表肯，
叫爹劳叫母。

林业公安岩介茂，
仲史茂奴铁几剖，
汝之乎成上千亩，
在劳改利中。

男：
同志后，
安务自那来学轰，
那拥罕大奴奴自，
孟奴就言们。

遵纪守法做乎言，
高压线奴耐摸轰，
恩本身利押小心，
招计票辽奴。

女：
细偶是是耍劳度，
孟交色务利嘎讲，
农村城镇化建设，
改变成不少。

乡村变直城镇样，
弄旺汉利顶钱杂，
全靠党奴政策秋，
朽处耍劳度。

男：
门务曲很荒波跳，
政策办秋票辽奴，
林业生态保护秋，
岩则南利顶清秀，
发展林业奴目的，
保护地球空。

参考文献

一　专著、编著及志书

1. 陈勤建：《文艺民俗学》，上海文艺出版社 2009 年版。

2. ［美］奈吉尔·巴利：《天真的人类学家——小泥屋笔记》，何颖怡译，广西师范大学出版社 2011 年版。

3. ［美］詹姆斯·克利福德、乔治·E. 马库斯编著：《写文化》，高丙中、吴晓黎、李霞等译，商务印书馆 2006 年版。

4. 理查德·鲍曼：《作为表演的口头艺术》，杨利慧、安德明译，广西师范大学出版社 2008 年版。

5. ［英］乔治·E. 马尔库斯、米开尔·M.J. 费彻尔：《作为文化批评的人类学——一个人文学科的实验时代》，王铭铭，蓝达居译，上海三联书店 1998 年版。

6. ［英］安东尼·吉登斯：《现代性的后果》，田禾译，译林出版社 2000 年版。

7. ［英］安东尼·吉登斯：《现代性与自我认同》，赵旭东、方文译，生活·读书·新知三联书店 1998 年版。

8. ［意］马里奥·佩尔尼奥拉：《仪式思维——性、死亡和世界》，吕捷译，周宪、高建平主编：《新世界美学译丛》，商务印书馆 2006 年版。

9. 朝戈金：《口传史诗诗学：冉皮勒〈江格尔〉程式句法研究》，广西人民出版社 2000 年版。

10. 宋伯胤：《剑川石窟》，文物出版社 1958 年版。

11. 欧阳春、陈朴：《剑川石窟》，云南民族出版社 1985 年版。

12. 剑川县文化体育局：《南天瑰宝——剑川石钟山石窟》，云南美术出版社 1998 年版。

13. 张文勋主编:《白族文学史》,云南人民出版社 1983 年版。

14. 杨延福:《剑川石宝山考释》,云南民族出版社 1999 年版。

15. 段伶:《白族曲词格律通论》,云南民族出版社 1999 年版。

16. 罗越先:《石宝山与西域》,云南民族出版社 2008 年版。

17. 张文主编:《剑川文化志》,云南民族出版社 1995 年版。

18. 张笑主编:《剑川县艺文志》,云南民族出版社 2010 年版。

19. 施珍华、陈瑞鸿、李文波编译:《白族本子曲》,香港天马图书有限公司 2003 年版。

20. 张文、陈瑞鸿主编:《石宝山传统白曲集锦》,云南民族出版社 2005 年版。

21. 张文、陈瑞鸿主编:《石宝山歌会传统白曲》,云南民族出版社 2011 年版。

22. 张文、羊雪芳编著:《白乡奇葩——剑川民间传统文化探索》,云南民族出版社 2006 年版。

23. 董秀团主编:《石龙新语——剑川县沙溪石龙村白族村民日记》,中国社会科学出版社 2009 年版。

24. 陈思和主编:《中国当代文学史教程》第二版,复旦大学出版社 2008 年版。

25. 汪宁生:《西南民族老照片——汪宁生藏》,巴蜀书社 2010 年版。

26. 王海涛:《云南佛教史》,云南美术出版社 2001 年版。

27. [法]葛兰言:《古代中国的节庆与歌谣》,赵丙祥、张宏明译,华东师范大学出版社 2005 年版。

28. 汪宁生:《古俗新研》,敦煌文艺出版社 2001 年版。

29. 赵橹译注:《白文〈山花碑〉》,云南民族出版社 1988 年版。

30. 张文勋主编:《白族文学史》,云南人民出版社 1983 年版。

31. 徐嘉瑞:《大理古代文化史稿》,中华书局 1978 年版。

32. 张笑:《剑阳湖畔话神灵》,云南民族出版社 2009 年版。

33. 陆韧:《变迁与交融:明代云南汉族移民研究》,云南教育出版社 2001 年版。

34. 段炳昌:《民间生活与习俗》,云南民族出版社 2008 年版。

35. 侯冲:《云南阿吒力教经典研究》,中国书籍出版社 2008 年版。

36. 何明主编：《石龙白族乡戏》，云南人民出版社 2009 年版。

37. 黄印武：《在沙溪阅读时间》，云南民族出版社 2009 年版。

38. 《汉语大字典》九卷本（第二版），四川辞书出版社 2010 年版。

39. 剑川县民族宗教事务局编：《剑川县民族宗教志》，云南民族出版社 2003 年版。

40. 剑川县人民政府：《剑川县志》，云南民族出版社 1999 年版。

二 论文集、专著中的析出文献

1. 陈勤建：《生活相 生活场 生活流——略论非物质文化遗产保护的原真性整体性原则》，文化部民族民间文艺发展中心编：《中国非物质文化遗产保护研究》，北京师范大学出版社 2007 年版。

2. 朝戈金：《"口头程式理论"与史诗"创编"问题》，《中国民俗学年刊》，1999 年卷。

3. ［美］詹姆斯·克利福德著，李霞译：《论民族志寓言》，《写文化》，商务印书馆 2006 年版。

4. 高丙中：《〈写文化〉与民族志发展的三个时代（代译序）》，《写文化》，商务印书馆 2006 年版。

5. 高丙中：《汉译人类学名著丛书·总序》，《写文化》，商务印书馆 2006 年版。

6. 宋伯胤：《记剑川石窟》，张笑主编：《剑川县艺文志》，云南民族出版社 2010 年版。

7. 张文：《白族传统习俗"石宝山歌会"》，张文主编：《白乡奇葩——剑川民间传统文化探索》，云南民族出版社 2006 年版。

8. 赵世瑜：《明清以来妇女的宗教活动、闲暇生活与女性亚文化》，郑振满、陈春声主编：《民间信仰与生活空间》，福建人民出版社 2003 年版。

9. 石钟健：《大理喜洲访碑记》，徐嘉瑞：《大理古代文化史稿》，中华书局 1978 年版。

10. 杨黼：《山花碑》，徐嘉瑞：《大理古代文化史稿》附录三，中华书局 1978 年版。

11. 徐琳译注：《白语调查组译注山花碑》，徐嘉瑞：《大理古代文化史稿》,中华书局 1978 年版。

12. 徐嘉瑞:《白族文学在跃进中》,《边疆文艺》,1958 年 6 月号,转引自张文勋主编《白族文学史》,云南人民出版社 1983 年版。

13. 张文记录整理:《石钟山》,张笑主编:《剑川县艺文志》,云南民族出版社 2010 年版。

14. 李元阳:《云南通志》,转引自游国恩《火把节考》,见徐嘉瑞《大理古代文化史稿》附录一,中华书局 1978 年版。

15. (明)李元阳:《石宝山记·碑》,转引自杨延福《剑川石宝山考释》,云南民族出版社 1999 年版。

16. (清)赵怀礼《朝山曲》四首,转引自张笑主编《剑川县艺文志》,云南民族出版社 2010 年版。

17. 《剑川知名民间艺人小传》,《白族著名本子曲艺人张明德》,张文、羊雪芳编著:《白乡天籁——剑川民间传统文化探索》,云南民族出版社 2006 年版。

18. [日]板垣俊一收集:"石宝山现场情歌对唱实例",张文、陈瑞鸿主编:《石宝山歌会传统白曲》,云南民族出版社 2011 年版。

19. 何明:《"他者的倾诉":还话语权予文化持有者——"新民族志实验丛书"总序》,董秀团主编:《石龙新语》,中国社会科学出版社 2008 年版。

20. 《李绚金日记》,董秀团主编:《石龙新语》,中国社会科学出版社 2008 年版。

21. 陆家瑞收集:《"木雕之乡"的由来》,张文、陈瑞鸿主编:《石宝山传说与剑川木匠故事》,云南民族出版社 2003 年版。

22. (清)张薿:《滇西纪行记》,转引自剑川政协《剑川文史资料选编》第八辑,大理州文化局内部资料准印证(2006)23 号。

23. 王亚军:《云南沙溪古镇与万里长城并行——剑川沙溪寺登街入选世界建筑遗产名录纪实》,转引自剑川政协《剑川文史资料选编》第八辑,大理州文化局内部资料准印证(2006)23 号。

24. 迭戈·萨梅隆、威利·施密特:《沙溪精神:沙溪复兴工程——基于可持续概念的中国农村发展示范项目》,黄印武译,《在沙溪阅读时间》,云南民族出版社 2009 年版。

三　期刊论文

1. 陈勤建：《现实性：中国民俗学的世纪抉择》，《民俗研究》1998 年第 4 期。

2. 乌丙安：《思路与出路——保护非物质文化遗产热潮中的中国民俗学》，《河南社会科学》2007 年第 2 期。

3. 乌丙安：《21 世纪的民俗学开端：与非物质文化遗产的结缘》，《河南社会科学》2009 年第 3 期。

4. 高丙中：《中国民俗学三十年的发展历程》，《民俗研究》2008 年第 3 期。

5. 陈勤建：《民间文化遗产保护和开发的若干问题》，《江西社会科学》2005 年第 2 期。

6. 徐杰舜、郑杭生、梁枢等：《原生态文化与中国传统》，《广西民族大学学报》（哲学社会科学版）2011 年第 1 期。

7. ［美］那培思（Beth Notar）：《对云南大理白族的表述与自我表述的再思考》，《西南民族大学学报》（人文社科版）2008 第 8 期。

8. 高丙中、王建民等：《关于〈写文化〉》，《读书》2007 年第 4 期。

9. 费孝通：《反思·对话·文化自觉》，《北京大学学报》（哲学社会科学版）1997 年第 3 期。

10. 费孝通：《百年中国社会变迁与全球化过程中的"文化自觉"——在"21 世纪人类生存与发展国际人类学学术研讨会"上的讲话》，《厦门大学学报》（哲学社会科学版）2000 年第 4 期。

11. 费孝通：《关于"文化自觉"的一些自白》，《学术研究》2003 年第 7 期。

12. 乔建中：《"原生态"民歌琐议》，《人民音乐》2006 年第 1 期。

13. 王杰文《"表演理论"之后的民俗学——"文化研究"或"后民俗学"》，《民俗研究》2011 年第 1 期。

14. 刘锡诚：《非遗保护的一个认识误区》，《河南社会科学》2011 年第 5 期。

15. 范志娟：《民歌社会的现代情结和现代社会的民歌情结》，《文艺研究》2006 年第 4 期。

16. 陆晓芹：《"歌圩"是什么？——文人学者视野中的"歌圩"概念与民间表述》，《广西民族研究》2005 年第 4 期。

17. 羊雪芳：《剑川石宝山歌会的历史文化内涵及其社会意义》，《民族艺术研究》2003 年第 3 期。

18. 董秀团：《剑川石宝山歌会的历史变迁及文化内涵》，《云南民族大学学报》2009 年第 2 期。

19. 杨曦帆：《石龙村的音乐文化生活——白族民间音乐调查》，《南京艺术学院学报》2009 年第 3 期。

20. 张翠霞：《多维视野中的"歌"与"歌会"及其文化阐释——剑川石龙白族调与石宝山歌会的调查研究》，《重庆文理学院学报》（社会科学版）2010 第 11 期。

21. 董秀团：《歌唱与生活：大理剑川白族调的社会功能及其变迁》，《楚雄师范学院学报》2010 年第 8 期。

22. 董秀团：《全球化背景下少数民族民歌艺术的传承与发展——以云南大理白族调为例》，《曲靖师范学院学报》2010 年第 7 期。

23. 施爱东：《学术行业生态志：以中国现代民俗学为例》，《清华大学学报》（哲学社会科学版）2010 年第 2 期。

24. 吕微：《中国少数民族文学史编写中的学科问题与现代性意识形态》，《民族文学研究》2001 年第 1 期。

25. 孙兆刚：《论文化生态系统》，《系统辩证学学报》2003 年第 3 期。

26. 方李莉：《文化生态失衡问题的提出》，《北京大学学报》（哲学社会科学版）2001 年第 3 期。

27. 冯光钰：《"原生态唱法"三议——从 CCTV 青年歌手大奖赛谈起》，《星海音乐学院学报》2006 年第 4 期。

28. 田青：《原生态音乐的当代意义》，《人民音乐》2006 年第 9 期。

29. 金燕、王珍：《保护还是污损？——原生态进青歌赛引起中国文化界大辩论》，《艺术评论》2006 年第 8 期。

30. 乔建中：《专家谈原生态民歌》，刘晓真采访整理，《艺术评论》2004 年第 10 期。

31. 杨民康：《"原形态"与"原生态"民间音乐辨析——兼谈为音乐文化遗产的变异过程跟踪立档》，《音乐研究》2006 年第 1 期。

32. 彭兆荣：《原生态：现代与未来》，《读书》2010 年第 2 期。

33. 刘晓春：《谁的原生态？为何本真性——非物质文化遗产语境下的原生态现象分析》，《学术研究》2008 年第 2 期。

34. 岳永逸：《两个世纪初的想象——原生态与民间艺术的吊诡》，《文艺争鸣》2010 年第 3 期。

35. 金兆钧：《关于"原生态"与"学院派"之争的观察与思考》，《大众音乐生活》2005 年第 4 期。

36. 乔建中：《"原生态"民歌的舞台化实践与"非遗"保护——在"中国原生态民歌盛典"学术研讨会上的发言》，《人民音乐》2011 年第 8 期。

37. 彭兆荣：《论"原生态"的原生形貌》，《贵州社会科学》2010 年第 3 期。

38. 张成渝：《"真实性"和"原真性"辨析》，《建筑学报》2010 年 2 月。

39. 金星：《遗产保护与"原真性"——寻求遗产保护的新思路》2009 年第 6 期。

40. 瑞吉娜·本迪克斯著，李扬译：《本真性 Authenticity》，《民间文化论坛》2006 年第 4 期。

41. 施爱东：《学术与生活：分道扬镳的合作者——以各类"公祭大典""文化旅游节"为中心的讨论》，《文化研究》2008 年第 1 期。

42. 陈勤建：《原始初生态民俗内在的文艺机制》，《民间文艺季刊》1986 年第 2 期。

43. 刘晓春：《从"民俗"到"语境中的民俗"——中国民俗学研究的范式转换》，《民俗研究》2009 年第 2 期。

44. 彭兆荣：《民族志视野中"真实性"的多种样态》，《中国社会科学》2006 年第 2 期。

45. 《原生态：现代与未来》"编者按"，《读书》2010 年第 2 期。

46. 李昆声、闵锐：《云南早期青铜时代研究》，《思想战线》2011 年第 4 期。

47. 云南省文物考古研究所：《剑川鳌凤山古墓发掘报告》1990 年第 2 期。

48. 李凯：《先秦时代的海贝之路》，《青海社会科学》2010 年第 1 期。

49. 杨延福：《读〈记剑川石窟〉后》，《文物》1958 年第 4 期。

50. 丁丙:《剑川石钟山石窟造像缘起蠡测》,《民族艺术研究》2002 年第 6 期。

51. 王世丽、杨晓坚:《试论南诏大理国的佛教源流与"阿姎白"的文化内涵》,《中央民族大学学报》2003 年第 6 期。

52. 田青:《"阿姎白"与佛教密宗的女性观》,《中国文化》1993 年第 8 期。

53. 王瑞章:《剑川石窟"阿姎白"迷雾辨析》,《民族艺术研究》2006 年第 1 期。

54. 冯骥才:《我眼中的大理甲马与"阿姎白"》,《民族艺术研究》2005 年第 1 期。

55. 羊雪芳:《剑川石宝山歌会的历史文化内涵及其社会意义》,《民族艺术研究》2003 年第 3 期。

56. 白志红:《实践与阐释:大理白族"绕三灵"》,《民族研究》2010 年第 5 期。

57. 赵玉中:《地方风俗的诠释和建构——以大理白族"绕三灵"仪式中的"架尼"为例》,《思想战线》2008 年第 1 期。

58. 赵橹:《"山花体"源于"转韵诗一章"辨》,《华夏地理》1987 年第 2 期。

59. 赵橹:《白族"山花体"的渊源及其发展》,《民族文学研究》1993 年第 2 期。

60. 杨梅:《剑川白族的石宝山歌会》,《支部生活》2000 年第 1 期。

61. 杨学文:《张明德的白曲人生》,《大理文化》2011 年第 1 期。

62. 高丙中:《民间的仪式与国家的在场》,《北京大学学报》2001 年第 1 期。

63. 杨曦帆:《石龙村的音乐文化生活——白族民间音乐调查》,《南京艺术学院学报》2009 年第 3 期。

64. 朱刚:《从传统到个人:石龙白曲的传承机制及诗学法则探析》,《民族艺术》2010 年第 4 期。

65. 董晓萍:《民俗学与非物质文化遗产保护》,《文化遗产》2009 年第 1 期。

66. 高丙中:《非物质文化遗产:作为整合性的学术概念的成型》,《河南社会科学》2007 年 3 月。

67. 祁文秀:《剑川县石龙小学白汉双语教学项目考察报告》,《今日民族》2011 年第 7 期。

68. 黄印武:《不得不设计:云南剑川县沙溪复兴工程建筑遗产保护中的几个例子》,《时代建筑》2011 年第 2 期。

69. 黄印武、雅克:《复兴茶马古道:沙溪坝和寺登村的光彩未来》,《中国文化遗产》2006 年第 2 期。

四　博士、硕士学位论文

1. 郑土有:《吴语叙事山歌演唱传统研究》,博士学位论文,华东师范大学,2004 年。

2. 范志娟:《黑衣壮民歌的审美人类学研究》,博士学位论文,山东大学,2006 年。

3. 梁昭:《民歌传唱与文化书写——跨族群表述中的"刘三姐"事像》,博士学位论文,四川大学,2007 年。

4. 吴哲:《剑川白族调音乐形态与传承发展研究》,硕士学位论文,云南大学,2011 年。

五　报刊文章、电子文献

1. 刘铁梁:《内价值是民俗文化之本》,《中国社会科学报》第 169 期 16 版"人类学"文章之一。

2. 陈勤建:《当代中国非物质文化遗产保护》,《解放日报》2005 年 10 月 30 日。

3. 王鹤云:《保护文化生态激活文化遗产立体生存》,《中国文化报》2003 年 7 月 29 日。

4. 朱大可:《"杨丽萍悖论"的文化困局》,《中国新闻周刊》2006 年 9 月。

5. 李松:《增添原生态唱法,青歌赛的伟大创举》,《光明日报》2006 年 7 月 18 日(http://www.cctv.com/qgds/20060718/101538.shtml)。

6. 彭世团:《对文化原生态的期待》,《光明日报》2011 年 04 月 20 日第 14 版(http://epaper.gmw.cn/gmrb/html/2011—4/20/nw.D110000gmrb_20110

420_ 2 —14. htm)。

7. 刘青友:《原生态文化亟待保护》,《光明日报》2012 年 02 月 18 日第 09 版
（http：//epaper. gmw. cn/gmrb/html/2012—02/18/nw. D110000gmrb _ 2012
0218_ 1—09. htm)。

8. 董增旭:《南方敦煌——剑川石宝山石窟》,《云南信息报》2009 年 3
月 20 日 B4 版。

9. 董增旭:《都市时报》2009 年 3 月 20 日 "专题" A06。

10. 赵椿:《段思平身世》,《云南日报》2006 年 5 月 12 日,云南日报网
（http：//www. yndaily. com)。

11. 陈勤建:《保护非物质文化遗产要防止文化碎片式的保护性撕裂》,
《文艺报》2006 年 3 月 7 日第 4 版。

12. 秦蒙琳:《剑川石宝山歌会 活态非物质文化遗产博物馆吸引数千人》,
《春城晚报》2010 年 9 月 14 日 A223 版。

13. 杨艳玲:《万人狂欢石宝山歌会——2010 年剑川石宝山歌会侧记》,
《大理日报社数字报刊平台》2010 年 9 月 8 日 "文娱体育" 第 B4 版。

14. 秦蒙琳、熊艺:《剑川石宝山歌会还能唱多久》,中国新闻网,2011 年 8
月 29 日 (http：//www. chinanews. com/cul/2011/08—29/3291310. shtml)。

15. "百度百科·石宝山歌会"（http：//baike. baidu. com/view/193291. htm)。

16. 王才达:《2005 石宝山歌会节开幕》,云南日报网 2005 年 09 月 01 日 (ht-
tp：//www. yndaily. com)。

17.《怒江兰坪罗古箐 端午与普米 "情人节" 双相会》,《云南经济日
报》,2011 年 6 月 8 日第 05 版 (http：//jjrbpaper. yunnan. cn/html/
2011—06/08/content_ 366752. htm)。

18. 张晓晶:《怒江兰坪普米族 "情人节"》,中新云南新闻网,2007 年 12
月 23 日 (http：//www. yn. chinanews. com/html/junketing/20071223/312
93. html)。

19. 国发［2009］29 号:《国务院关于进一步繁荣发展少数民族文化事业
的若干意见》,文化部官网 (http：//www. ccnt. gov. cn),2010 年 3 月
5 日。

20. 中国政府官网:《温家宝、李长春参观中国非物质文化遗产专题
展》,2007年 6 月 9 日 (http：//www. gov. cn/jrzg/2007—06/09/content_
642958. htm)。

六　外文文献

1. Steward Julian H. *Theory of Culture Change*：*The Methodology of Multilinear Evolution* . 1Urbana：University of Illinois Press，1955.
2. Clifford，James，and George E. Marcus，eds. *Writing Culture*：*The Poetics of Ethnography*. Berkerley：University of California Press，1986.

七　地方文献、地方政府文件及其他

1. 剑川县人民政府：《国家级非物质文化遗产名录项目申报书》，2007 年 2 月 8 日。
2. 剑川县人民政府文件：1999—2009 年剑川石宝山歌会节活动方案（剑政发【1999】39 号；剑政发【2000】30 号；剑政发【2001】42 号；剑政发【2002】29 号；剑政发【2003】39 号；剑政发【2004】22 号；剑政发【2005】16 号；剑政发【2006】22 号；剑政发【2007】16 号；剑政发【2008】50 号；剑政发【2009】27 号）。
3. 石龙村委会提供：《沙溪镇石龙村民俗文化旅游发展的初步规划》。
4. 沙溪乡文化站提供：《剑川县沙溪镇石龙村民俗文化简介》。
5. 剑川政协编：《剑川文史资料选编》，大理州文化局内部资料准印证（2006）23 号。
6. 中日白族歌谣文化学术讨论会论文集：《唱响白族歌谣，我们踏歌而来》，2006 年 8 月。
7. 2001 年"剑川石钟山石窟国际学术讨论会"论文结集。
8. 塞西尔·杜维勒女士（《保护非物质文化遗产公约》秘书处负责人）发表于 2011 年 5 月 29 日中国成都"非物质文化遗产国际论坛开幕式"的致辞。

出版后记

　　转眼间，以石宝山歌会研究作为博士论文，并最终通过华东师范大学"学术成年礼"的"考验"已经两年多。答辩现场郑元者教授、朱希祥教授、齐森华教授、方克强教授、郑土有教授诚挚亲切的批评意见还历历在耳，出版审校过程同样加剧了我的忐忑不安：不知我的写作结果是否比较真实地"代言"了当下田野中，白族同胞们普普通通的日常生活、节日活动和其所思所想。在我看来，以出版物的形式作为我对几乎朝夕相处十多年的"田野调查对象"的一个"交代"，还是有些诚惶诚恐。

　　我生长于中缅边境线上的小城瑞丽，昆明上大学是第一次离开家乡，三十年中没有离开过云南，甚至在一衣带水的泰国的任教经历对来自边境线的我来说也无甚稀奇。很大程度上，中国辽阔的疆域对我来说只是一个地图式的概念。2008年3月，我从曼谷直飞上海，抱着无知者无畏的态度参加了博士研究生的考试。懵懵懂懂地，我居然有幸成为颇有盛名的陈勤建教授门下的弟子！要知道，陈勤建教授在我们当年云南大学民俗学专业研究生的同学当中，是一个传说中的名字、是一个多么遥远的"学术偶像"，而我，居然就能拜其门下，受教其创立的文艺民俗学整整四年！

　　我无法再用更好的言语表达出陈老师能将我录其门下的恩荣。名城名校和名师对我开启的欢迎大门，甚至从此改变了我的人生轨迹。更幸运和幸福的是，陈老师除了学识的渊博融通之外，还非常的和蔼可亲、平易近人，对每一位学生都能体贴入微、关怀备至，且从不论这些学生毕业与否，在不在眼前。这些都是我能以亲身所经历的"实证"经验，骄傲地向当年的"粉丝"同学们讲述的"偶像传说"，甚至我还多次"定论"：做大学问者其生活能力同样超一流！唯愿陈老师的"师者"品格能激励和促动我在边陲云南继续前行。

　　山高路遥，天高云淡的彩云南工作生活，反而让我时时回忆起华师大丽娃河畔，那里曾经有我和我的同学们，年轻、朝气、又不无博士论文写作和毕业的忧愁和焦虑。

以翻山越岭、走村串寨的田野调查为基础的学位论文能得以完成，并最终成为书稿，家人的理解和支持至为关键。首先要感谢的是我的婆婆，她不仅承担了所有的家务，细致地给全家人带来洁净舒适的家庭生活环境，还全力帮我养育留守的时年仅一岁半的女儿整整一年。如果说"太阳歇得，月亮歇得，女人歇不得"的"云南谣"要为此寻找注脚的话，我的婆婆就是其中一位至为优秀和善良的高原白族妇女！感谢我公公精湛的医术和令人称颂的医德，这尤其使得我的田野调查对象愿意倾言相告。我的先生赵一平不仅在调查中全程陪同，还为此掌握和精通了白曲的两种文字形式，本书的白曲翻译全仰仗于他。感谢我的母亲，在我集中写作的时间里，一直默默地悉心为我准备好一日三餐，让我能全无任何一点后顾之忧。家人的关怀和帮助更加无法直接诉诸言语，唯愿本书的出版能作为我对家人们付出的一个回报。

感谢凌金良编辑，仅只是电话和邮件的交流，也可判断得出他是位专业、敬业，也能感同身受年轻学术从业者焦虑的出版人。

田素庆

2014 年 9 月，昆明